# 种豆得瓜集

谢不谦 著

广西师范大学出版社
·桂林·

ZHONGDOU DEGUA JI

**图书在版编目(CIP)数据**

种豆得瓜集 / 谢不谦著. -- 桂林：广西师范大学出版社，2024.6
ISBN 978-7-5598-6186-3

Ⅰ．①种… Ⅱ．①谢… Ⅲ．①故事－作品集－中国－当代 Ⅳ．①I247.81

中国国家版本馆 CIP 数据核字（2023）第 121025 号

广西师范大学出版社出版发行

（广西桂林市五里店路9号　邮政编码：541004）
网址：http://www.bbtpress.com

出版人：黄轩庄
全国新华书店经销
北京盛通印刷股份有限公司印刷
（北京经济技术开发区经海三路18号　邮政编码：100176）
开本：787 mm × 1 092 mm　1/32
印张：14.25　　　字数：260 千
2024 年 6 月第 1 版　2024 年 6 月第 1 次印刷
印数：0 001~5 000 册　　定价：99.00 元
如发现印装质量问题，影响阅读，请与出版社发行部门联系调换。

# 目 录

001 自 序

## 甲集 太太学堂

003 我创办了一个太太学堂
006 我的女神节
010 写日记是个坏习惯
015 结婚证不是一张纸
018 骑车兜风记
025 洗衣记
030 眼镜人生
035 牙齿革命记

040　男人的私房钱

043　梦中情人傻大姐

050　狮山颤花儿

056　姐夫不高兴

059　蜗居：距离产生美

066　我家的"足球流氓"

069　热风景冷照片

072　男为悦己者容

077　穿衣服的故事

083　抵制崇洋媚外的歪风邪气

087　追求平淡的人生

094　可笑中国妈妈心

099　可怜中国爸爸心

108　儿子生日所想到的：亲亲为大

115　不是隔代亲，而是重复昨天的故事

**乙集　都市田园**

121　种菜记

126 种瓜记

131 播种记

135 儒道互补：我的都市田园生活

140 诗意栖居：种豆得瓜

145 养鸡记

151 我养了一群麻雀

156 鸡犬之声相闻

160 养鸡心得：一夫一妻PK一夫多妻

164 老鹰捉小鸡

170 我想养一只猫

177 猫　　缘

182 猪流感恐慌中的猫事物语

186 猫　　变

189 猫移民


**丙集　　故乡云雨**


195 程老师和他的"黄埔一期"

203 山旮旯的智者

211 我的冬妮娅

221 学农往事

227 我的普光

236 此生唯一刻在石头上的文字

241 青春阅读

248 羽毛球,在我心中的天空划出一道道弧线

255 插队轶事:文艺汇演

262 插队轶事:最难忘的中秋

269 插队轶事:杀猪记

274 插队轶事:种好自己的菜园子

280 插队轶事:我的小芳

287 高考记

295 我爸我妈

## 丁集　校园故事

307 高考圆我北京梦

314 心中的阳光:怀念符荣叔叔

321 见证人性:我读《金瓶梅》

| | |
|---|---|
| 330 | 我的大明兄弟 |
| 341 | 祝福先生 |
| 346 | 追怀启功先生：我的博士论文答辩 |
| 353 | 传世之作：谢不谦汤 |
| 357 | 我在四川大学最敬重的学者 |
| 363 | 川大有个毛书记 |
| 372 | 刘大侠二三事 |
| 378 | 老辣椒粉眼中的红姐 |
| 393 | "边缘人"伍厚恺 |
| 399 | 本色书生刘亚丁 |
| 405 | 家花不如野花香 |
| 409 | 寻找人生的品位 |
| 414 | 人生有什么意义 |
| 419 | 千万别做乖娃娃 |
| 423 | 跟大学生"谈情说爱" |
| 427 | 师生互粉：致青春飞扬的爱情 |
| 431 | 致华西医学生：贫困山区同学如何克服自卑心理？ |
| 438 | 我此生最珍视的奖励和荣誉 |

# 自　序

　　二〇〇五年仲夏，年近知天命，适逢四川大学院系领导换届，我主动自我边缘化，辞去文学与新闻学院副院长一职，迁居成都郊县江安河畔的江安花园。教书读书之暇，以种菜、养鸡、逗猫为乐。请老友周教授啸天兄书陶诗"既耕亦已种，时还读我书。欢然酌春酒，摘我园中蔬"悬挂书房，朝夕讽咏，想见古人高怀。古人云：大隐隐于朝，小隐隐于市。我属于小隐。四川大学江安校区明远湖畔有一原生态山坡林，学生戏称"不高山"，晨光夕照中，常独自流连其间，听鸟声、风声、琅琅读书声，乐在其中，不知老之将至，因自号"不高山人"。

　　教研室同人王红教授，川大学生曾亲切地呼为"红姐"者，讽刺我是"假山人"、"伪隐士"，力邀我出山，加盟其天涯博客"长亭短亭"。我徘徊久之，终为她化育人才的精神感动，遂于二〇〇六年岁末，以"谢不谦"为网名，加盟"长亭短亭"，竟乐此不疲，一发而不可收，一日一博，甚至一日三博。寒假前，博士生张七同学来江安花园我家，笑曰："博客乃博主客厅，老师岂能反客为主，鹊巢鸠占乎？"我爽然自失，请他为我创建个人博客，名"短亭长亭"，以示渊源所自，不忘本也。

我的"短亭长亭"与王红教授的"长亭短亭"，原本是师生课外交流互动的平台，但我拙于说理，厌恶说教，遂扬长避短，以讲故事为主。所讲故事，不是宏大叙事，也不是小说家言，而是我自己、一个五〇后大学教授曾经经历与正在经历的真实人生，既不波澜壮阔，也不惊险曲折，所谓非虚构写作，也是非功利性的自由写作，却吸引了校内外师生与海内外网友的广泛关注。有不少网友感慨地说，心情沮丧甚至怀疑人生之时，去"短亭长亭"一游，顿觉阳光普照，烦恼尽消，人生依然美好。我想此无他，是因为我以平常人、平常心，讲述了另一种人生的可能，简单而快乐、真实而率性的人生，我所理解的"诗意栖居"。

我是高校古典人文学科教授，世人所谓钻故纸堆者，自嘲为"子曰诗云"迂夫子。我此生安身立命的精神资源，主要来自传统的儒家与道家，有所为，有所不为，既做人生的加法，也做人生的减法，自我定位为儒家中的道家、道家中的儒家。作为文科教授，我追求的是学术与人生打成一片，在对平常人、平常事的日常书写中独抒性灵，与广大网友（读者）分享我对人生与社会、历史与现实的所思所感所悟，也许并不高深，但很接地气。此"短亭长亭"所以独具魅力者耶？

自我二〇〇七年元月正式开博以来，已有不少博文被全国各地报刊转载。有很多朋友建议说："何不将这些文字结集出版，以广流传？"今有广西师范大学出版社编辑林樾同学热心促成此事，因从七百余篇博文中选出七十余篇，润色文字，以便纸上阅读。书名《种豆得瓜集》，虽然没有什么微言大义，却语出有典：小时候，在屋后种下扁豆，却长出丝瓜。见本书《诗意栖居：种豆得瓜》。

谢不谦
二〇二三年三月

甲集

太太学堂

# 我创办了一个太太学堂

五年前，我还不知道博客为何物，某报记者打电话采访我，问我对博客有什么看法。我笑道："你这不是问道于盲吗?"记者说："博客，英文叫blog，挂在网上的个人日志。"我更糊涂了，问："既然是个人日志，又不是雷锋式的革命日记，咋能挂在网上呢?"记者就临时为我办了个"博客强化班"，说博客就是平民性PK精英性，然后循循善诱说："是不是这样啊?"我像学前班乖娃娃一样回答道："好像是这样的。"翌日见报，却变成了"专家访谈"。我算哪门子专家嘛!

那位记者同时也采访了我的同事王红。王红却是名副其实的专家，她早就开了博客，名"长亭短亭"，很古典，也很有诗意，说是她家的客厅可以品茗清谈。我应邀往访，不看不知道，一看吓一跳：这哪里是什么客厅啊，分明是课堂的延伸。有道是：何处是课程？长亭连短亭。人气很旺，粉丝很多，王红被天涯社区推选为"博客明星"。《中国青年报》还以《教师博客成大学生的心灵鸡汤》为题进行报道。

上前年年底，王红邀请我加盟"长亭短亭"，我问："能不能说'反动话'？"王红笑道："言论自由，文责自负。"既然百无禁忌，我当天就空降"长亭短亭"，亭长封我为UFO（不明飞行物）。从此一发而不可收，一月之内发表博文四五十篇，鼠标轻轻一点，就把记忆中的陈芝麻烂账统统移仓卸货。有时心血来潮，一天之内竟连续降落"长亭短亭"两三次，误把炮制心灵鸡汤的精神事业当成了劳动密集型产业，令网友应接不暇，纷纷抗议更新太快了。

前年今日，博士生张七偕女友来访，一见面，他们就说："不谦老师，你好不懂事哟，把人家王红老师的博客占为己有，这叫鹊巢鸠占、反客为主。"我这才知道，所谓博客，是个人的虚拟空间。我就请张生为我重新开辟了一片天地，取名"短亭长亭"，没有什么深意，就是表明我从"长亭短亭"而来。

开博两年，不谈国事，只说家事，把博客办成了一个太太学堂。都说幸福是一种感觉，这感觉首先来自家庭，但我媳妇仗着年轻时有几分姿色，死歪万恶，妻为夫纲，唯我独尊。夫妻冲突在所难免，互相讽刺、互相贬低是家常便饭。但媳妇也有一个优点，很有上进心，或者说虚荣心，喜欢被人赞扬，于是我就在博客上猛表扬她，夸张兼虚构，把她塑造为贤妻良母，赢得无数喝彩。媳妇也飘飘然，面貌焕然一新，俨然以模范太太自居。我这才发现，博客之义大矣哉！

开博两年，最大的成就感就是把媳妇培养成了我的第一粉丝。早出晚归，媳妇第一件事就是登录"短亭长亭"，虚心学习，把我在博客中塑造的她的光辉形象当成先进文化的化身，学先进，赶先进，对我空前温柔贤惠。我感觉幸福惨了。

谁知乐极生悲，前些天，突然发现博客上的照片被画上了红叉叉。原来，各网站正在"扫黄"，清理低俗照片，那些见证我和媳妇幸福生活的照片也被"黄"了。据我理解，所谓低俗照片，无非是男女不穿衣服，这都是幸福过了头的人得意忘形，忘了底线：人毕竟不是动物，再幸福，也得穿上衣服嘛！其实，穿衣服和不穿衣服之间的冲突，封杀与反封杀，自人类进入文明社会以来，一天也没有停息过，说不定再过几十年，不穿衣服派又会被当成思想解放的先驱，谁知道呢！

人，无论男女，都是需要欣赏与被欣赏的。所以，我要感谢广大网友垂顾"短亭长亭"，切磋人生经验，交流幸福心得，让我在这浮躁纷繁的世界，找到了一个并非虚幻的精神家园。谢谢大家！

二〇〇九年一月十四日

# 我的女神节

有人将妇女节称为女神节,我认为很传神。女神节前夕,媳妇不容商议地说:"明天是我的节日,我要用车。"我据理力争说:"我明天在望江校区有课。"媳妇沉着脸说:"为什么不可以乘校车去?"

结果不言而喻,女性单边主义获胜:她去玩,自驾车;我上课,挤校车。我媳妇给外人的印象是温柔贤淑、小鸟依人,其实在家里绝对是个"恶霸地主"。

也不知媳妇给我灌了什么迷魂汤,让我心甘情愿堕落为"贤内助"。去年十二月某日,我五十岁生日,我的节日。前一日,媳妇说:"到外面餐厅去?"我说:"又不请客,就在家里过生日,还温馨点。"媳妇驱车进城,买回蛋糕和蜡烛,说她的任务完成了,就自去看电视剧《新结婚时代》。然后换一个频道,继续看,一直看到播音员说"古得儿拜"才上床睡觉。翌日，一如既往睡懒觉。我骑车到文星镇赶早场，然后洗菜切菜，煎炒烹煮，备办晚上的家庭寿筵。一切就绪，媳妇才懒洋洋下楼来，说："好饿哟，早餐吃什么？"我笑着说："祝你生日快乐！"媳妇先一愣，然后笑道："不谦，你太幽默了！"我说："咋个是幽默？你睡懒觉，我忙里忙外，我真以为今天是你生日。"岳母打电话来祝贺，媳妇接的电话，还得意扬扬把这段情节汇报给岳母。媳妇说："我妈说，你看人家不谦多贤惠，你还老欺负人家！"

我都贤惠成个家庭妇男了，但在家里还是最无地位。儿子还是奶娃娃时，我和媳妇在校园外的山坡林中散步，我说："假若前面突然跳出一只老虎要吃人，咋办？"媳妇不假思索脱口而出："当然是你去喂老虎。"儿子上初中那阵儿，逆反心理特重，常把媳妇气得直哭。某次，为一件琐屑小事，母子之间又爆发大战，儿子赌气走了，媳妇伤透了心，竟哭着说："要是生个女儿，既听话，又体贴父母，该多好！"我安慰说："就是。难怪大家都说，养儿是杠上炮，养女是杠上花。"媳妇还是不开心，我就逗她说："假若现在那只老虎又跑出来，咋办？"媳妇想了想，抹着眼泪，哽咽道："还是你去喂老虎。"看来我这辈子永远只有喂老虎的命。

昨日上完课，乘校车返回江安花园，在教学楼站下车，遇到广告系主任杨效宏正在那里等车回望江校区川大花园。效宏问："你没开车?"我笑道："今天不是女神节嘛，我媳妇把车开出去耍去了。"效宏说："还是女人霸道。"我深有同感，说："人还是做女的好啊，多霸道多幸福，我都想做个女人了。"效宏笑道："那只有等下辈子了。"说笑之间，旁边一位女生从书包里摸出一小袋润喉糖，笑着递给我说："送给师母，祝她节日快乐!"我正愣神，效宏说她们是临床医学院的学生，在这里给女老师送小礼物，祝贺节日。我很感动，连声说谢谢，无限感慨地说："老师也要做女的好啊，连我这个男老师也能跟着女老师沾光哦。"

上午滔滔不绝讲了两个小时，口干舌燥，瞅瞅润喉糖，陈皮梅糖，甜酸甜酸的，生津止渴，平日最喜欢吃，就想拆开吃一颗。但这是人家学生送给师母的节日礼物，就不好意思当场拆开，只好望梅止渴。闲聊一会儿，拱手拜拜。走出老远，回头侦察，已不在学生视线内，急忙拆开纸袋，取出一颗含在嘴里，满口酸甜，一直甜到心里去了。

晚上，媳妇打电话说："我今晚不回来，就住狮山。"电话那边，又是笑又是唱，真是女神狂欢节啊!明天还有课，又得挤校车，越想越不是滋味，就喝口酒，吃颗糖，百无聊赖，突然想起近来红得发紫的才女于丹，我北京师范大学的同门师妹。曾听王红点评说于丹的听众或二十岁以下的小青年，或五十岁以上的老大爷，我正好属于后者，很遗憾未能目睹她在电视上的风采，就登录于丹的官方网站，看她如何让"孔子很生气,庄子很着急"。但我不生气也不着急,饮酒吃糖,乐在其中。

今日,媳妇玩了一天一夜回来,还余兴未尽,感慨地说:"如果天天都是'三八'妇女节,那该多好啊!"我说:"当然好,川大学生还送给你一袋糖以示祝贺呢!"媳妇喜出望外,说:"糖呢?"我笑嘻嘻说:"谁叫你一夜不归?我一生气,就把它吃完了。"

二〇〇七年三月九日

# 写日记是个坏习惯

我有个偏见：已婚男女写日记，一般都有病，毛病的病。假设你老婆或老公，天天鬼鬼祟祟写日记，而且不是革命日记，难道你就没有想偷看的欲望？即使锁进保险柜，能锁住你想偷看的欲望吗？都说夫妻应该尊重对方的隐私权，这话没错，但得有一个前提，即不知情。你明明知道她心怀鬼胎，有什么秘密遮着藏着，隐瞒着你，白纸黑字就写在日记中，你能坦然面对无动于衷吗？我肯定是不能的。

我和媳妇年轻时个性都很强，为芝麻大点事也会发生碰撞。碰撞出来的不是爱情的火花，而是夫妻冷战。我希望快刀斩乱麻，速战速决，"不在沉默中爆发，就在沉默中灭亡"。媳妇却擅长持久战，对付我的武器是静卧、绝食，不知她葫芦里卖的什么药，搞得我非常被动。男人被女人征服，就在于他根本不了解敌情，糊里糊涂就投了降。主动权永远掌握在女人手中。我就想，媳妇要是写日记就好了，那她下一步如何打算，战略战术如何，偷看日记就知道，这样我就能知己知彼，百战不殆。但媳妇学理科，只会写试验报告，她写给我的情书能公开发表。

却说儿子未满周岁那一年，我发现媳妇在偷偷摸摸写日记，我一靠近，她就如临大敌。我暗自窃喜，趁媳妇外出，翻出来偷看，却是一本"宝宝日记"，而且惜墨如金，如"今天，儿子把一只脚放在另一只脚上"、"今天，儿子把右手放在头上"、"今天，儿子对着爸爸哇哇叫"，不露感情痕迹，语焉不详。我就因势利导，告诉媳妇说日记不是试验报告，是个人日常生活和心灵世界的记录，鼓励她把自己的喜怒哀乐，包括对我的不满，都真实记录下来。媳妇好像看透了我的心思，两眼一瞪，说："你想得美，写了好让你偷看？"偷看媳妇日记虽然不触犯法律，但好像也不太高尚，我就想通了，不写日记也好，夫妻之间的是非恩怨若真要笔之于书，那得是罄竹难书，她还得像防贼一样防着我，不把我们都搞得神经兮兮才怪。

但前些日，媳妇下班回家，劈头就问我说："日记应该怎样写？"我大吃一惊，说："天啊，都年过半百了，居然想写什么日记，是不是更年期综合征啊？"媳妇斥责我说："你才更年期综合征！"说她同事Susan的儿子，叫星星，上小学三年级，聪明伶俐，却得了"日记恐惧症"，说起写日记

011

就头疼，惶惶不可终日，把Susan急惨了，非要让媳妇回家请教我，好像我是日记专家似的。我说："小学生写日记，不用钻牛角尖，记流水账最好。"媳妇以为我在敷衍，说："那也叫写日记吗？"我说："难道要像我们上小学时那样写成革命日记？"

记得我们上小学那阵儿，老师布置暑假作业，要做好人好事、写革命日记。为了假期玩得痛快，我一天赶写五六则日记，想在三四天之内把全部日记提前完成。我妈批评我说："你这不是造假吗？你怎么知道下周星期三是个雨天，有个老婆婆在街上摔倒了，你把她扶起来送回家？然后星期五你在路上捡到两分钱，交给了警察叔叔？"命我重写。我就写学"老三篇"的心得体会，对照自己猛作自我批评，如毛主席说"下定决心，不怕牺牲，排除万难，去争取胜利"，我就说我贪生怕死，又如毛主席说"因为我们是为人民服务的，所以，我们如果有缺点，就不怕别人批评指出"，我就说我自以为是，不虚心接受老师和同学们的批评。总之，我浑身缺点，通过学习毛主席的著作，我才提高了思想觉悟，结束语都是表决心，"这是不对的，今后我一定改正，请党和毛主席看我的实际行动吧！"云云。我的实际行动就是把所有决心都抛到了九霄云外，痛痛快快玩了一个暑假。然后寒假写革命日记，我又学习"老三篇"，又把自己猛批一通，以不变应万变，如现代流行歌曲所唱的"星星还是那颗星星哟,月亮还是那个月亮",缺点还是那个缺点哟,决心还是那个决心。

媳妇听我说完笑得眼泪都流出来了,说:"你好狡猾哦!"说她小时候被革命日记折磨惨了,写下某月某日之后,就咬着笔杆,对着作业本发呆。所以,媳妇跟Susan儿子星星同病相怜,很能理解他的心情。

我大惑不解,问:"现在都什么时代了,不可能还用所谓革命日记去折磨小学生吧?"媳妇说:"当然不会。老师要求写的日记,每周都有不同的重点,比如上一周写同桌同学,这一周要用颜色来表现心情。"我说:"这叫什么日记,分明是命题作文嘛,比当年的革命日记还难写。你想想,同桌同学说了什么,做了什么,你得留心观察,那不跟私家侦探一样?这不是难为小学生吗?再说用颜色表现心情,如何表现?前天我很高兴,就写'我今天的心情是红色的'?昨天我很郁闷,就写'我今天的心情是黑色的'?今天我很沮丧,就写'我今天的心情是灰色的'?"媳妇连声道:"是啊,是啊,人家星星就是这样写的。说起写日记,星星就说他的心情变成灰色了,把Susan气惨了。"我笑道:"气惨了又是什么颜色?赤橙黄绿青蓝紫?"

其实这样稀奇古怪的要求,别说小学生感到恐惧,我都觉得恐惧。我不仅恐惧,还非常愤怒,我们这一代被革命日记所误,养成了说假话的习惯,但错不在老师,而是那个时代造成的。今天的小学生被这类莫名其妙的命题日记所苦，不仅扼杀天真，还摧残心智，就说用颜色来表现心情，哪里有什么一定之规呢？为什么非得用颜色来表现心情？我跟媳妇说："你去转告Susan，就说我诊断的，这个老师肯定有病！"

我至今想不明白小学生为什么要学写日记，要培养什么能力呢？写日记本来就是个很坏的习惯。据我所知，除了那些希望身后被别人研究的人外，喜欢写日记的人大多性格内向、神经兮兮。假设一个普通人，不幸而养成这个坏习惯，那不仅折磨自己，还折磨别人，小时候折磨父母，结婚后折磨爱人，何苦来哉？

二〇〇八年九月二十六日

# 结婚证不是一张纸

二十四年前今日上午十点左右,我和媳妇终于领到了结婚证。这张奖状似的结婚证,来之匪易,险象环生,波澜迭起,见《结婚记》。

我和媳妇都很保守,领到结婚证后,手牵手走在都江堰幸福大道上,不约而同想到的是白头偕老、从一而终。二十四年来,我们不是相敬如宾的模范夫妻,吵架打架,经历了很多,但却在最艰难的岁月相濡以沫、相呴以湿。记得我初到川大时,若搞个假离婚,就可分得两室一厅,安居乐业,但媳妇宁愿住狮山危楼,也不同意把结婚证变现,去换取唾手可得的房子。浪漫主义还是现实主义?都不是,她是珍惜人生第一次,视其为唯一。悠悠万事,唯此为大。我们在危楼蜗居度过四十一岁生日后才乔迁新居。至今,她在老同学面前都自豪地说:"我这一辈子,最不后悔的是,日子再难也没有跟我们不谦闹过离婚,哪怕是假离婚!"

英国大作家哈代在《德伯家的苔丝》里说过,在这个世界上,呼唤人的和被呼唤的,很少能够互相应答。用中国话说,那是缘分。大千世界茫茫人海,青春男女走到一起,肌肤相亲,以结婚证为凭,那不是一般的缘分。即使我们不信上帝不信天意,但也要相信这是人生缘分。我和媳妇珍惜的就是我一见钟情她一往情深的缘分。

结婚证不是一张纸。那是我们青春爱情的神圣见证,

我们的结婚证就是一张纸。

心心相印的生死契约。人生能有几多青春？人生能有几多生死？我们都已年过半百，风雨沧桑，如英国诗人彭斯感慨："手牵着手，蹒跚下坡。"我的一个毛根儿朋友，结婚离婚，离婚结婚，知天命之年才感慨地说："夫妻还是原配的好啊！"

二〇〇七年十二月二十一日

## 骑车兜风记

我在上大学前,曾有一个梦想:骑着洋马儿满世界兜风。所谓洋马儿,就是自行车,虽然在四五十年前,或更早,已被好事者引进大巴山老家,却英雄无用武之地,是中看不中用的玩具,如柳宗元笔下的"黔之驴"。老家宣汉依山而建,出门就爬坡上坎,山城重庆微缩版,再洋盘的自行车也跑不起来。

县城最大的一块平地,临西门河,名西门操坝,是枪毙罪犯的刑场。记得上中学时,凡遇公审公判大会,我们停课也得参加,主席台高音喇叭一声吼"判处死刑,立即执行",罪犯就被拖至操坝临河处跪立,啪啪枪响,罪犯应声而倒,一摊浓而红的污血在沙滩上渐渐漫延开来。

这样的恐怖之地,也是宣汉人民的游乐场。周末或节假日,总有一些"二杆子"骑着自行车在那里兜圈子。车上挤着三四个颤花儿，扬扬得意，风头十足。说是练车，不如说是杂技表演，引来围观者无数，场面甚是热闹，也算是一道独特的风景线。现在说来不好意思，我也是围观者之一。记得上中学时，去西门操坝看洋马儿绝技表演，我就暗自发誓：有朝一日，老子要骑着自行车，载上个大美女，在北京天安门广场兜风！

天安门广场距离大巴山很遥远，我一个大巴山娃娃，载上个大美女在天安门广场兜风，这无异于痴人说梦。后来恢复高考，考上北京钢铁学院，好梦成真一半。到校翌日，就去天安门广场查看地形，但我孤家寡人，圆梦还遥遥无期。

却说全班同学三十人，就我来自大巴山，蹬不动自行车，有点鸡立鹤群的感觉。大家觉得不可思议，想象不出我说的大巴山区是个什么样的鬼地方。当时报纸上连载影星刘晓庆的回忆录《我的路》，说她插队宣汉城郊农场时每每想起李白的诗"两岸猿声啼不住，轻舟已过万重山"，徜徉其间，有置身原始荒林的感觉云云。同学们这才恍然大悟，说原来是深山老林飞出的凤凰男啊！北京高校首届英语竞赛，我却荣获二等奖第一名，吓他们一跳。前三名一等奖获得者都是北京或上海教授的子弟，家学渊源；而我，连自行车也不会骑的大巴山娃娃，父母只是小学教师而已。太原同学庞健赞叹道："鸡窝窝飞出金凤凰！"向我请教学"鸟言兽语"

的诀窍。我说没诀窍，就是鹦鹉学舌、死记硬背。后来，我弃工学文，考上狮山古代文学研究生，庞健很真诚地说："不谦，你是我认识的第一个以知识改变命运的山里人！"

记得某周末，庞健推出他新买的飞鸽，说要把我训练成飞车能手，先演示骗腿儿上车，嗖的一声，如离弦之箭射出百米远，又旋风般席卷回来，看得我眼花缭乱，叹为观止。庞健激将我说："骑车还能难过鸟言兽语？"说着扶我上车，我却笨手笨脚，身体不是东歪就是西斜。好不容易找准平衡，庞健说送我一程，推车向前，但他一松手，我就连人带车跌倒在地，鼻青脸肿却慷慨悲壮。庞健心疼他的飞鸽，忍不住上纲上线说："不谦，平衡原理你都搞不懂？你丫的理论力学咋学的？"我理论力学并不差，就是不能落实在行动上，心里很自卑，不好意思拿他的新车当教练车，嘴上却说："看来我这辈子没有骑车兜风的命啊！"暗自发誓，今后找女朋友，一定要找一个能骑车如飞的女将，弥补我的人生遗憾。

大二寒假回老家，与大巴山老同学相聚。班长刘同学和孙同学两位老兄弄来一辆永久，邀请我去西门操坝兜圈子。当年在老家这算是高档娱乐。我耸耸肩说："我还不会骑车。"刘同学和孙同学惊诧莫名，说："不可能吧？你娃在北京两年，还没学会骑车？"我说："我太笨，也无车可骑。"把学车连连摔倒的故事讲给老同学听。老同学就自告奋勇当我的教练，要把我在北京给宣汉人民丢的脸挣回来。结果还是掌握不好平衡，折腾半天，也只能在两人挟持之下，踮着脚尖，平地挪上车座，急踩踏板，射出十来米就晃晃悠悠摇摇欲坠。两人急冲上前，扶我下马，才免于鼻青脸肿的悲剧。我仰天浩叹："朽木不可雕也！"两人倒没说我是朽木，却悄声嘀咕："他娃是不是小脑有问题？"

寒假后回校，三天两夜火车，百无聊赖，就慢慢回味学车过程。车到北京站，突然若有所悟。翌日午餐后，即找庞健切磋车技，交流心得体会。庞健笑道："甭废话，实践出真知！"把他的飞鸽推到宿舍楼前，说："快快上马！"庞健扶我上车，猛地向前一推，我急踩踏板，东歪西倒。我猫着身体，稳住平衡，摇摇欲坠而终于未坠。信心陡增，猛踩踏板，箭一般射将出去，路旁的梧桐齐刷刷向后飞驰而去，那感觉真爽啊！绕校园一圈，回到宿舍楼前，庞健连连赞道："好！好！"我精神抖擞意犹未尽，庞健就让我继续操练，说他先回去打个盹儿。我说声"拜拜"，车已飙出去老远。这样围着校园飙了四五圈，两腿乏力，速度慢下来，车就摇摇晃晃，猛一蹬，又四平八稳。想下车歇口气，却不知如何下车，真所谓骑虎容易下虎难啊，只好围着校园不断兜圈子。不知兜了多少圈，车过宿舍楼，正遇庞健出来，我紧急呼救："咋个下车哟，快说！"庞健边追边吼："捏刹车！"我一捏刹车，车身腾地一个倒栽葱，把我甩出老远，我两手扑地，鲜血淋漓。庞健急忙来扶我，笑着摇头说："你啊你啊，捏刹车前咋不知道减速哦？"我苦笑说："你事先没告诉我，我咋个知道嘛！"

两年后，回四川读硕士，与媳妇相会狮山。某日周末，约媳妇去杜甫草堂，我小心翼翼试探说："嘿，你会不会骑车？"媳妇莫名其妙，说："骑什么车？"我说："当然是自行车。"媳妇嫣然一笑，说："那明天我们就骑车去杜甫草堂？"我说："好。"就去借来一辆飞鸽，媳妇也借来一辆凤凰，翌日上午在校门会师，比翼齐飞，冲出校门。

此前在北京还从未上过路，骑车兜风都在校园，心里虽然有点虚，但在媳妇面前不能示弱，只好强作镇静，从容上路。谁知一到沙河堡，便险象环生。那时狮山入城道路是一条窄而陡的土马路，坑坑洼洼，没有车道标记，来往车辆横冲直撞，路人也是随便乱穿，吓得我浑身虚汗，手脚发软，就下车推着走。媳妇飙出老远，回顾不见我人影，就在路边等我。见我推着车，媳妇问："轮胎破了？"我苦笑道："车来车往，太吓人了！"媳妇笑道："大路朝天，各自半边，有什么吓人的？"我只好如实相告，今日乃我第一次上路，情有可原。媳妇说："我在前面带路，你紧跟着我！"媳妇前面开道，我步步紧跟，看媳妇飞车自如，就暗自庆幸：终于找到了梦中人！

后来，经过媳妇耳提面命精心培养，我终于能独立上路，骑车如飞。媳妇姐姐、姐夫得知我中学时代就有骑车兜风的梦想后，送了一辆真资格的凤凰给我们当新婚礼物，花了若干外汇券。我骑着这辆凤凰，风里雨里，奔向小康，也屡屡险遭不测，但非关车技，而是事出突然，人力不可抗拒之因素。

记得儿子两岁生日时，媳妇命我去沙河堡买土鸡蛋。骑车至沙河堡，买来土鸡蛋十枚，顺利完成任务。志得意满，左手提鸡蛋，右手轻握刹车，哼着歌儿飞车回家。下坡时突遇一个小孩横穿而过，右手急捏刹车紧急制动，没想到车陡地来个前拱翻，我被甩下车去老远。说时迟，那时快，我赶紧右手撑地，左手高擎鸡蛋，顺势一个前拱翻，土鸡蛋居然完好如初：覆巢之下，全是完卵。路人啧啧称奇，誉我为杂技演员。媳妇见我右手皮开肉绽鲜血淋漓，左手却提着一袋鸡蛋，斥道："你这个瓜娃子，鸡蛋值多少钱？"媳妇从此就认定，我是临危不乱可以托付终身的人。

却说我赴京考博那一年，媳妇正在北航进修，也是五六月间。乘特快到达北京时已是近半夜十一点后，公交地铁皆已收车，那时也没有打的的概念，媳妇就借了一辆自行车来接站。现在我还记得，走出车站，媳妇突然站在我面前，推开自行车扑上前来，三个月的相思、三个月的压抑化为相视而笑、相拥而泣。在北京站那个二十多年前的夏夜，满天星斗，地上的两颗星，旁若无人，心心相印。

媳妇说她已在北航招待所订好房间，我就飞身上车，后座搭上媳妇，出北京站，沿东长安街一路飞驰。车过天安门，灯火辉煌之中，夜深人静之际，突然记起中学时代的梦想，就折向广场，围着人民英雄纪念碑兜圈子。媳妇说："不谦，你疯了？"我吼道："我是高兴疯了！"然后载着媳妇沿西长安街过西单，向西郊学院路杀去。结果到西四十字路口时昏头昏脑，转错方向，竟南辕北辙，骑到了北海公园门前。媳妇说她来换骑，我坚决不同意，说："世界上哪有女人搭个男人兜风的哟！"迅速调转车头，直杀北航。赶到北航招待所时已是下半夜两三点之后，我这才向媳妇说出我当年载个大美女在天安门广场骑车兜风的梦想。媳妇默默无语，夜色朦胧之中，我看见她泪珠闪亮。

　　前些天，阳光灿烂，和媳妇骑车去文星镇兜风，我竟被媳妇甩得远远的。等我追上去，回忆当年天安门广场兜风横穿北京城情景时，媳妇感慨地说："不谦，我们那时好年轻哟！"

二〇〇七年五月二十日

# 洗衣记

我离家独立生活之前,衣服都是我妈洗,下乡插队后,无依无靠,才自己动手。乡下男人不干家务活儿,煮饭洗衣女人全承包。记得我第一次去堰塘洗衣服,一群小娃娃围过来看稀奇,拍着手唱:"竹子长,我也长;长大了,结婆娘——"我一乐,说:"娃娃晓得结婆娘干吗吗?"小娃娃齐声吼:"结婆娘,洗衣裳——"我心里一亮,嘿,有道理!

但在没结婆娘之前,如诗人闻一多《洗衣歌》感慨:"脏了的东西你不能不洗,洗过了的东西还是得脏。"脏了洗,洗了脏,循环往复,周而复始,单调乏味,毫无创意,既费马达又费电。摸索试验,我发明了一种洗衣法,简便易行,事半功倍,即把脏衣服先用开水烫,泡上三四天,然后胡乱抹上肥皂,揉几揉,透去污水,不用拧干,挂在屋檐下的绳子上,夏日两三天,冬日四五天,自然干爽。上大学后，如法炮制。将此法传授给同学，也算是大学四年干了件助人为乐的好事。

到狮山读研究生，与媳妇相识，第一次约会前我觉得头发乱鸡窝似的很对不起观众，就去理了个偏分头，抹上发油，梳得倍儿光，然后换上提劲打靶的新衣服，化纤布料的，风度翩翩去赴约，自我感觉良好。第二次约会前，化纤衣服已脏得不是一般般，就用开水烫，为赶时间只泡了半天，然后抹上肥皂，使出浑身解数猛揉猛搓。这在我的洗衣史上还是破天荒第一次。晾干之后，衣服却变了形，穿在身上，上下都是皱巴巴的，怎么也弄不平。媳妇看着我笑，笑得我浑身不自在，于是我解释说："可能是我揉搓的时候太用力了？"媳妇不置可否。晚上回到宿舍，我脱下皱巴巴的衣服，用开水烫，清水反复透，然后挂在窗台晾干，取下来一看，皱得更厉害了，惨不忍睹。无计可施，就丢进了垃圾桶。某次约会，媳妇突然问："咋好久没见你穿那件化纤衣服了？"我说："皱成一团，当破烂儿丢了。"媳妇哈哈大笑，笑完之后才告诉我：第一，化纤衣服不能用开水烫，一烫即皱；第二，熨斗可熨平褶皱。我问她："你为何不早告诉我？"媳妇笑道："我就是想看看你到底能瓜到何种程度。"

这是媳妇最早教我的生活常识。婚后不久，媳妇对我进行启发式教育，说她好羡慕某某同事，换下来的衣服都是她老公洗的。我还未说结婆娘洗衣裳的道理，她却抢先一步，要把我当成洗衣机！我古今中外旁征博引，得出结论说："那个男人肯定有病！洗衣服本来就是女人干的活儿嘛！"媳妇竟不惜篡改最高指示，说："时代不同了，男女都一样，女同志能办到的，男同志也能办到！"我说："那也不是说洗衣服嘛！"媳妇反驳说："那你为何要穿衣服？穿衣服就得洗衣服！"我这媳妇是"文革"培养出来的悍妇，我不和她一般见识，说："男子汉大丈夫，说洗就洗！"拖出大塑料盆，将脏衣服泡上。媳妇问："你准备什么时候洗？"我说："泡两三天再洗。"告诉她谢氏洗衣法，多快好省。媳妇却斥道："这哪叫洗衣服？能洗干净吗？难怪你身上臭烘烘的！"命我把衣服端到楼下洗衣台，先示范表演，袖口、领口、胸口抹上肥皂，使劲儿揉使劲儿搓，然后说她去煮饭，把肥皂递给我，命我完成接力赛。

筒子楼邻居王老王恳——拱猪俱乐部最臭牌手——踅过来，笑着讽刺我说："吔，谢不谦，大老爷们儿还洗衣服啊？"我苦笑道："还不是被媳妇逼的，有什么办法嘛！"王老顿生怜悯同情之心，现身说法，献计献策说："你要不想做家务活儿，又不想让媳妇生气，而且让她自己抢着做，唯一办法就是，以最诚恳的态度，把事情做得最糟。例如洗衣服，该搓的地方，坚决不搓，不该搓的地方，使劲儿搓，搓烂也在所不惜——"我将信将疑问："管不管用哦？"王老自豪地笑说："我就是这么对付媳妇的，百试不爽！"我就把水管开到最大，刹那间盆中沸腾，把我溅得浑身湿透。我奋不顾身，猛抹肥皂，搓啊揉啊，把一盆衣服变作一盆泡沫。媳妇来现场视察，竟感动万分，又是爱又是怜，说："你咋整成个落汤鸡哦！"检查盆中衣服，却惊叫起来："你这洗的什么衣服啊，肥皂用了大半块，袖口、领口、胸口还这么脏，等于没洗！"我诚恳地请战说："我重新洗？"媳妇一挥手说："去去去，去看着炉子上蒸的排骨！"当天晚上，媳妇就剥夺了我的洗衣权，家务活儿重新分工，发配我下厨房。

　　下厨房煮饭炒菜，比洗衣服有创造性，我很乐意。但饭后还要洗碗刷锅，很烦。我不露声色，继续采用王老战术。每回洗刷完，媳妇检查质量都不满意，说："咋还是油汤滴水哦？"袖子一卷，重洗一过。后来，我只要收拾碗筷，媳妇就赶紧说："放下放下，你洗等于没洗！"我这才感慨：王老战术，果真是偷懒耍滑逃避家务的法宝啊！

　　一年后，我们有了积蓄，逐步进入电器化时代。先是电冰箱，然后是洗衣机，而且是全自动，虽然还住在筒子楼，但洗衣服再也不用下楼，把洗衣机从房间推到楼道水槽边，接上水管，脏衣服往里一放，按下开关，自动洗涤自动脱干，取出晾晒即可，比我发明的谢氏洗衣法还多快好省。再后来，乔迁新居，三室一厅，洗衣机固定留守卫生间，更省事了，媳妇把洗衣机一开，就去看电视或唱卡拉OK，甚至进城逛商店，然后突然一个电话打到家里说："不谦，把洗衣机里的衣服取出来，挂在阳台上！"

我却战斗在厨房第一线，烟熏火燎，二十年如一日，哪还有什么新鲜感？我就想换工种，与媳妇商量说："我洗衣你煮饭？"媳妇说："好。"忙活半天，媳妇端上桌的菜不是太咸就是太淡，而且酸甜苦辣不成比例，连儿子都说："还是爸爸做的菜好吃。"连续数日，我实在忍受不了了，只好重返灶台前线。我在锅碗瓢盆交响曲中隐隐感到奇怪：媳妇原来是我师傅，一手好菜咋可能就退化到这般地步？怀疑她是故意的，就饭桌上问她："你是不是以最诚恳的态度，把事情做得最糟哦？"媳妇一听，眼泪都笑出来了，说："你也知道王老战术的厉害啊？"

我想起来了，原来，迁居江安花园后，回忆狮山筒子楼往事，感慨沧桑之际，我把王老战术当笑话说给媳妇听，说者无心听者有意，她竟活学活用，以其人之道还治其人之身，竟拿我当年对付她的战术来对付我！

二〇〇八年三月二十一日

# 眼镜人生

三十五年前,我上高中时,曾经很想戴眼镜。那时,近视眼是珍稀动物,全校戴眼镜的就只有几个老师,说话时偶尔用右手扶眼镜的那个动作不经意间就魅力四射。当时联想到的,就是"文革"前旧小说里的小资。

有一天,几个男生说他们眼睛近视了,要去配眼镜。几天之后,他们真的戴上了眼镜闪亮登场,文质彬彬,温文尔雅,眉宇间平添了几分书生意气。女生看他们的眼神都很异样。我隐隐有些忌妒,决心迎头赶上,走路看书,吃饭看书,睡觉看书,恨不得几天之内把眼睛看近视,然后堂而皇之戴上眼镜。潜意识中有个很朦胧的想法:把女生的目光吸引过来。这大概就是青春的觉醒?而戴眼镜,在穿着没有个人特色的当年,或许就是青春觉醒的标志?

这个标志很耐人寻味。当年写作文《我的理想》,大家都说长大要当工农兵。在报纸和街头的宣传画上，工农兵的形象标志是安全帽、白头帕、绿军帽。偶尔冒出个梳偏分头的"眼镜"，也是敲边鼓的，不是主力军。但中学生潜意识中的偶像标志不是安全帽、白头帕、绿军帽，而是眼镜。后来我才发现，那几个戴眼镜的男生不过是轻度近视，甚至是假近视，假眉假眼，装酷，却迷倒了一大片女生。

高中毕业后插队，夜夜在农家土屋摇曳的烛光下看纸页泛黄、字迹模糊的《聊斋志异》，看得两眼飘忽迷离，想入非非，也没能把眼睛折磨成近视。高考体检时，视力正常。

上大学后，同寝室有个北京同学，老三届，资深"眼镜"，风流儒雅，但他睡觉前把眼镜摘下后眼眶深凹，很吓人。我这才发现，戴眼镜会破相。于是暗自庆幸：黑夜给了我一双黑色的眼睛，我却用它寻找光明。不用戴眼镜，也能明察秋毫，放眼世界。

万万没想到的是，就在我看穿人生，既不想装酷，也不想破相的时候，眼镜却找上了我。

孔子说他"四十而不惑"，我却在不惑之年迷惑了，变成了近视眼。罪魁祸首是电脑。用电脑写字后，仅仅两年，就把我写成了近视眼。很多大美女，在电视画面上近在咫尺，呼之欲出，看上去却模模糊糊。媳妇建议说："去配一副眼镜？"我把凳子挪近电视，笑道："就为看个可望而不可即的美女，至于吗？"

渐渐地，我看这个世界都是朦朦胧胧的，如隔雾看花，不仅看媳妇是美女，看所有女人都是美女。就像月光下，树朦胧，鸟朦胧，人朦胧，朦胧才美。

却说某日回家，半路上远远看见一位墨镜女士，卷毛狮子头，黑风衣，黑皮靴，乘风破浪而来，心想这类雄赳赳气昂昂的女人，大都外强中干、表面风光、内心空虚，不是"离女"，就是"怨妇"，忍不住一笑。没想到她却朝着我笑，把我笑得怦然心动、心里发虚，不敢逼视，赶紧垂下头来，让在路边，让她继续乘风破浪，奋勇向前。不料，女士噔噔噔地走到我面前，突然停下来喝道："嘿，你装疯迷窍嚎？"敢对一个目不斜视的男人吆三喝四的女人，当然只有他老婆。我埋怨说："媳妇，你咋搞成这副恐怖的模样啊，简直一个女纳粹冲锋队！"媳妇斥道："你什么眼水啊，连老婆也认不出来？"当即把我拽到附近眼镜店，配了我人生中第一副眼镜。

回家，戴上眼镜，对着镜子一照，怪模怪样，怎么看也不像那个貌似慈厚的谢不谦，倒像是"文革"电影里的特务汉奸，贼眉鼠眼，或宣传画上的牛鬼蛇神。媳妇安慰我说："看习惯就好了。"但东看西看，怎么也看不习惯。我说眼镜戴久了会破相的，媳妇扑哧一笑，说："就你这瓜相，还用破？"

人谁不爱惜自己的羽毛呢？何况不是羽毛，是眼睛！

所以平时出门，我从不戴眼镜，只有外出旅游参观风景名胜时，才临时把眼镜拿出来，当望远镜架在鼻梁上。

而今年过半百，很多朋友眼睛都老花了，我的眼睛却越来越近视，好多次挽着媳妇在校园散步，与美眉擦肩而过。媳妇说："人家学生冲你笑，你咋一点反应都没有？"我笑道："好大个男女关系嘛，不就是我眼睛近视，没看见嘛！"

却说上月某日，我下课后准备驱车回家，媳妇让我顺路去接她，说她就站在路边的公交车站牌附近。结果车开过了很远我才猛然想起，急忙掉转车头，结果绕了好大一个弯才把媳妇接上。媳妇一上车就斥道："我老远就在招手，你咋嗖地冲过去了？"我说忘了戴眼镜。过了几天，我下课后又去接她。我戴上眼镜，一看路边全是美女，正在搜寻媳妇，谁知后面的车追我追得紧，老是按喇叭，我神经短路，猛一踩油门飞驰而去，又冲过去了，再绕回来把媳妇接上。媳妇上车后，沉默不语，半天才蹦出一句："你心里是不是装着另外一个人哦？"我笑道："这哪儿跟哪儿啊，不就是眼睛模糊，一时没看清楚嘛！"

回到家，媳妇说必须重新验光，配一副高清晰度的眼镜。新眼镜配好后，我戴上一看，心里咯噔一下：天啊，这个世界怎么是这般模样！媳妇问："清不清楚？"我笑道："不是清不清楚，是太清楚！"媳妇追问："有好清楚？"我只好老实交代说："你脸上所有的缺点，即使在十米之外，我都看得一清二楚！"媳妇哼哼道："不就是我老了满脸皱纹嘛，你有多年轻啊？"我心想，岂止是你，我都老了啊！站在眼镜店门口东张西望，周围的人，周围的世界，历历如在目前，好像都不那么美好了，有一种不可名状的悲哀与绝望袭上心头。但这种感觉我没敢说出来。

都说眼睛是心灵的窗户，这个世界，这个人生，就是通过眼睛反映到心灵上。眼亮心明，心明眼亮，眼不亮了，只有配眼镜，但我却想，我又不想当哲学家、思想家，何苦非要心明眼亮，把这个乱七八糟的世界看得一清二楚呢？这不是自寻烦恼吗？在我的朋友中，戴眼镜的大多是悲观主义者，不戴眼镜的大多是乐观主义者。媳妇对这样的玄学问题从来不感兴趣，下达指令说："今后出门，必须把眼镜戴上，免得看不见老婆！"最后嘱咐我说："现在灰尘好多啊，眼镜要经常擦拭。"

驱车回家路上，依稀之间觉得媳妇是神秀和尚转世，于是口占偈语说："身是菩提树，眼睛通灵台。时时勤拂拭，莫使染尘埃。"

后又感慨这忙忙碌碌人生，从此又多了一件事。我才不愿意戴眼镜呢，遂将惠能的偈语改为现代版："菩提本无树，眼睛亦非台。本来无眼镜，何处惹尘埃？"

二〇〇八年十一月十二日

# 牙齿革命记

继玫瑰花、茉莉花革命后，年过半百的我，竟然也经历了一场为时四十天的牙齿革命，第一次拥有了现代高科技人造器官：义齿。

被这颗义齿革了命的原生态牙齿很霸道，医学名称叫双尖牙，曾是我的骄傲。硬碰硬，啃过不知多少硬骨头，咬掉过不知多少啤酒盖。前年家宴，酒酣耳热，得意忘形，还想以它当开瓶器，被媳妇一把抢过啤酒瓶，斥道："你这个老瓜娃子，狗撵摩托不懂科学！"瞪着眯眯眼，龇牙咧嘴威胁我道："牙痛不是病，痛起来很要命！"我酒醉心明白，以眼还眼，以牙还牙，回敬道："你这是危言耸听！"说我的铁齿铜牙英勇顽强，百折不挠，尤其盛赞敢于硬碰硬的双尖牙。谁知双尖牙却经不起表扬，革了一辈子硬骨头和啤酒盖的命，最后竟革到自己头上，结果江山易主，改朝换代。

却说寒假开学后某周末,风也萧萧,雨也萧萧,然后在这个风雨萧萧的春夜梦见流浪猫David作人语朗诵诗歌:"春眠不觉晓,处处闻啼鸟。夜来风雨声,牙落知多少?"猛然惊醒,却是阳光灿烂,太平盛世。起来刷牙,感觉双尖牙有些异常,一摸,好像短了大半截,而且穿孔,空空如也。我不懂牙科,叫媳妇来看,媳妇惊抓抓叫道:"天啊,这颗狗牙都快烂完了!你没一点感觉?"跟我讲质量互变规律,说量变产生质变,最后变成缺牙巴,把我吓惨了。我说:"那赶快去华西口腔?"说华西口腔有位黎教授,是我在老家中学代课时的学生,他当年在西南交通大学做博士后研究牙齿摩擦磨损的时候就跟我说今后牙齿有问题找他。媳妇笑道:"割鸡焉用牛刀。"轻车熟路,送我去川大花园对面的一家夫妻店,唤作戴维牙科。无巧不成书,竟与流浪猫David同名,天然有种亲切感。山不转路转,紧张的心情这才松弛下来。

媳妇年过半百,牙齿早已革命过,转来转去多次,路漫漫其修远兮,上下求索,才找到牙科圣地戴维牙科。久病成医,熟悉情况,特请戴维医生的妻子陈医生给我诊治,说陈医生是四川大学华西口腔医学院教授,周末才来诊所献艺。我躺在病椅上,看着戴口罩却欲盖弥彰的美女陈医生,赞扬道:"你们医生救死扶伤,最了不起!"陈医生一笑,说:"我们牙科是小儿科,脑外普外才了不起。"让我张开嘴，一看，说是虫牙。我大感不解，问："我天天刷牙，又抽烟又喝酒，消毒杀菌，怎么还可能被虫蛀呢？"陈医生说："机械磨损。"媳妇幸灾乐祸道："该背时，继续咬啤酒盖啊！"陈医生看着我媳妇说："他不像不懂科学的人啊！"媳妇却揭我老底，说："他就是狗撵摩托不懂科学！"陈医生笑道："你们两口子好好耍哦！"让我去拍片。拍好后，陈医生看了下说牙根完好无损，只需在此基础上维稳，安装一颗义齿即可。我什么都不怕，就怕打针，倏地坐起来，问道："打不打针？"陈医生莫名其妙，说："打什么针啊？"我的忐忑之心这才彻底放下。

接下来，隔周去换一次药，陈医生每次都要问痛不痛，我莫名其妙，说："又没血雨腥风，为什么要痛？"第三次换药后，陈医生让我躺在病椅上，说要在我的牙根上打桩。我孤陋寡闻，以为牙根上打桩跟土木建筑工程一样，需借助机械外力硬往下砸，紧张得嘴都张不开，后悔不迭，说："早知今日受折磨，何必当初逞英雄！"陈医生笑道："没见过你这么胆小的，打桩一点都不痛，那么紧张干吗？"叫我松弛肌肉，坦然面对。我说："打桩听起来好恐怖啊，为什么不起个温柔一点浪漫一点的名称嘛，比方说创建根据地？"

陈医生笑而不答，命我狮子大开口，钻头在我嘴里鼓捣来鼓捣去，不痛也被折磨痛了。陈医生一边施工，一边说："快完了，快完了。"我闭上眼睛，体会快完了的感觉，却听见戴维医生在问我媳妇装哪种牙齿，说价格不等，有八十元的，有五百元的，有两三千元的。媳妇居然问道："打不打折？"戴维医生说："同样的牙齿，我们这里是最低价。"媳妇却把绣球抛给我说："瓜娃子，你想装哪种牙齿？"我怎么知道嘛，就折中主义，伸出五个指头，五百元的。回家路上，我问媳妇："你咋像在商场买衣服似的，跟人家戴维医生讲价啊？"媳妇说她前年来补牙，就曾享受过八折优惠。我笑道："人家是想让你这个半老徐娘当形象大使，无声广告，我这个糟老头算什么啊？"

却说上周末，戴维医生亲自上阵，为我取了牙模。前天，戴维医生通知我说随便我哪一天去安装义齿。今天学院开会，就顺便去完成牙齿革命。原以为义齿登基，不过举手之劳，却折腾了一个多小时。戴维医生要新旧过渡不留遗憾，一会儿叫我张嘴，一会儿叫我咬牙，把我折腾昏了，神经短路，差点咬着他的手，幸好他反应快，才没酿成工伤。戴维医生一边小心翼翼施工，一边亲切和蔼地叮嘱我说："莫咬莫咬，千万千万莫咬我啊！"好像我是流浪猫David似的。我这才对牙科医生有了"了解之同情"，虽然挣钱多，却是个危险工种。

牙齿革命终于大功告成，虽然感觉不爽，但我知道，古今中外，革故鼎新之后，都有一个适应过程。谢过戴维医生妙手回春后，出得门来，看到诊所外面的广告牌写着"患者可以重新找回自信，有助于改善人际关系"，把我笑惨了，感觉戴维夫妇不仅艺精，而且实诚。

粗略一算，这场不流血的牙齿革命，不计交通成本，耗资约一千二三百元。晚上庆功，媳妇恩准我喝一瓶啤酒，却找不到开瓶器。媳妇笑道："用牙齿咬啊！"我摇摇头说："这开瓶费太贵了！"

二〇一一年四月二十日

# 男人的私房钱

据说，男人存私房钱，是现代男性争取独立的表现。传统家庭，男女不平等，存私房钱的是女人；现代家庭，说是男女平等，其实大多是母权社会，经济大权都掌握在女人手中。夫妻博弈，控制与反控制，男人存私房钱，就是这样被逼出来的。这跟单位私设"小金库"一样，上有政策，下有对策，无非是想自己手头留有活钱，这样活得才潇洒。但我自结婚后，从来没存过私房钱，不是不想存，最早是无钱可存，现在是无法可存。

我刚参加工作时，工资很低，生活拮据，捉襟见肘，最盼望的，就是发工资。那年头，大家都掰着手指头计算发工资的日子。发工资之日，就是全体人民开心之时。摸着新崭崭的人民币，那手感真爽。爽是爽，但就那么一点点工资，入不敷出，哪还能存什么私房钱呢？我就是个经手人而已。工资经过我手从单位领回家，如数上交媳妇，媳妇见钱眼开，脸都笑烂了。其实，媳妇也不当家，穷当家，谁也不想干，我的钱和她的钱都放在抽屉里，任谁取用。媳妇只是喜欢我把工资交到她手里的那种感觉。

后来，国家富裕了，我们也水涨船高，工资慢慢上调，然后在九十年代末，来了个空前猛涨，涨得人人喜笑颜开。发工资那几天，大家群情亢奋，奔走相告，财务科忙得不可开交，穷于应付，就每人发一本工行存折，把工资打进去。我的工资存折自然由媳妇统一管理，我连经手人的角色也不用扮演了，摸不到现金钞票，原来领工资的兴奋感也就逐渐消失了。

不过，近几年，除了工资，还有津贴、奖金、课时费、指导费、书报费、过节钱、年终奖、评审费、答辩费，等等，五花八门，除津贴外都是现金交易，数百元至数千元不等，回家交给媳妇，媳妇眉飞色舞，一边数钱，一边表扬我，夸我是世界上最顾家的男人，然后抽出若干张，塞到我口袋里。周末换洗衣服，媳妇搜查口袋，常常问："咋只剩下这点钱了？"好像搞审计似的。我很烦，说："谁还记得啊！"媳妇就疑神疑鬼，旁敲侧击问："是不是掉了啊？或被小偷摸了？"其实，媳妇是听信了社会上的传言"男人有钱就变坏"，我就讽刺她说："你也太小看这个社会了，就那一点点钱，能让我变多坏？"

朋友就劝我存私房钱，说有了私房钱生活才潇洒，我也动了心，计划在学院每次发钱的时候截留一定比例，连藏私房钱的地方都想好了，就夹在《资治通鉴》第五册里面。但还未付诸行动，学院就宣布，根据学校指示，今后所有的钱不发现金，全打在卡上。这个撒手锏让我的计划胎死腹中，心里很不爽，看到很多男同胞，都是夫妻很恩爱的，也怅然若失。

大概中国的幸福家庭都这样：夫妻一体化，不搞AA制，也不搞独裁制，貌似夫妻平等，但这样卡，那样卡，实际上都卡在老婆手中。后来，连我在外面兼课，在出版社出书，所有钱都打在卡上，想存私房钱操作难度太大。听说全国各单位都这样，据说是为了征税，结果却牺牲了我们男同胞在家庭中的独立地位，想潇洒也潇洒不起来。

上个月，我让媳妇去学院帮我交一张表，过了几天，我去学院开会，收发室小曾妹叫住我，说我有两张汇款单。心中窃喜，签字拿到汇款单，原来是两家报社登载我的博文寄来的稿费。小曾妹说："前几天你爱人到学院来，我都没告诉她。"我说："这是为什么？"小曾妹说："男人总得有点私房钱嘛！"把我笑惨了，我说："这区区几百元，算什么私房钱啊！"

二〇〇八年十二月一日

# 梦中情人傻大姐

我的生活圈子很小，家、菜场、学校，三点一线。人脉也不广，"短亭长亭"常邀嘉宾不是我媳妇谢钱氏，就是流浪猫家族。流浪猫没文化，瓜头瓜脑，任由我笔下生花，随便搞笑，它们也毫不介意，"喵～喵～喵"，含哺而熙，鼓腹而游，悠哉游哉。媳妇却很霸道，见流浪猫进屋，就凶神恶煞地发飙说："滚！滚！滚！"然后迁怒于我，说："都怪你引猫入室！"诅咒我下辈子投胎变猫。

我在博文中如实道来，不虚美，不隐恶，媳妇却勃然大怒，斥责我故意丑化她，说："我有这么凶神恶煞？"跟我上纲上线，问我是不是别有用心，想推翻她的领导。我笑她缺乏娱乐精神，说："不就是开开心，好大个男女关系嘛！"媳妇却下达"限娱令"，说："今后不准在博客中写我！"自我封杀。我说："你整天在网上歌厅乐不思蜀，谁相信你老人家是自我封杀啊？"媳妇哼哼道："无所谓。"我说："女主人不出场，这短亭长亭就成了和尚庙，一点也不好耍嘛！"媳妇斥道："你就知道好耍！"我半真半假威胁道："那我就另请一位嘉宾，我的梦中情人，将娱乐进行到底？"媳妇皮笑肉不笑地说："随你的便！"

随便找个情人当特邀嘉宾，这不是我的风格。影星、歌星、市花、校花都可能是你我的梦中情人，谁敢说不是？除非他有病。但我的梦中情人却不是影星、歌星，也不是市花、校花，而是个傻大姐，比我媳妇还傻。很多年前，媳妇去外地出差，我独守蜗居，精神很压抑，心情很苦闷，周末去学校舞会晃荡，但不是去跳舞，而是作壁上观，看美女如云，感受女人气场。有位长辫子女生翩翩起舞，背影酷似我媳妇。我情不自禁多看了几眼，她貌似有心灵感应，飘然来到我面前，伸出纤纤玉手，说："你请？"我赶紧说："对不起，我是舞盲。"她说没关系，她来带我扫我的盲。我被拖下水，跟她勾肩搭背，阴阳颠倒，踩不到节拍，却老是踩到她的脚，她笑嘻嘻说："你咋这么紧张啊？"我说："我不是紧张，是想精想怪，心不在焉。"她莞尔一笑，似嗔非嗔道："怪物！"

第N天黄昏，我心神不宁，如鬼缠身，她的倩影萦绕着我，无处不在，在风声里，在我的胸怀的叹息里。于是手握一卷书（这是当年校园文青约会女友的道具，有诗为证：

"我要去约会／我向她举起这本书／作为我向蓝天发出的／爱情的信号——"），漫无目的在校园晃荡，居然在图书馆前面的桂花林边跟她迎面相遇。她认出是我，微笑着抛出一句洋文："Long time no see！"我停下脚步，没话找话说："嘿，看过电视剧《秦王李世民》了吗？"她说正好有个问题想请教我，说："秦始皇与秦王李世民有什么关系？"傻得不是一般可爱，把我笑安逸了，叫她傻大姐，谁知却伤了她的自尊心，她把脸一沉，转身要走。我扬起手里的书，嬉皮笑脸地毛遂自荐道："你想不想听我讲唐诗宋词？"她指着我鼻子斥道："怪物！厚脸皮！你的脸皮比城墙倒拐还厚！"两眼却含情脉脉看着我，让我怦然心动，想入非非。想约她同登峨眉山看佛光，但心想尚未事成，媳妇却回来了，傻大姐也消失了，有诗为证："此情可待成追忆，只是当时已惘然。"这么多年，她只偶尔出现在我梦中，也有诗为证："花非花，雾非雾。夜半来，天明去。来如春梦几多时，去似朝云无觅处。"

却说五六年前，我从狮山迁居江安花园，住房面积越来越宽，但人生的路却越走越窄，就在天涯社区搭建"短亭长亭"。有一天突然有神秘人物来访，化名"谢不谦家的钱老师"，在亭上留言："海上生明月，天涯共此时。"我心有灵犀，这不是傻大姐吗？媳妇却很气愤，说："这疯婆子谁啊，竟敢冒充我！"我笑道："我的梦中情人，你的假想情敌。"媳妇以为我在宣扬儒家原教旨理想"齐人有一妻一妾",哼哼道:"你做白日梦吧?"我笑而不答,如苏联流行歌曲所唱的:"让我们的心上人儿,自己去猜想。"

我想冲出围城,将这个青春白日梦演绎为有声有色的浪漫故事,给平淡人生增添一点波澜,就在QQ上给傻大姐留言:"我最近买了一部单反相机,想不想拍飞起来的照片?"傻大姐不傻,生怕我后院起火,说:"你家领导晓得了不叫你下课?"我说:"上有政策,下有对策,为什么要让领导晓得?"盛情邀请她来四川大学江安校区一游,在湖光山色之间飞起来。傻大姐却想跟我比翼齐飞,飞往峨眉山。我说:"先来江安校区不高山试飞一下?"

上周末,阳光明媚,秋高气爽。媳妇在网上唱歌:"我要去西藏——"媳妇去西藏神游,我正好去明远湖畔不高山下幽会。挂着相机蹑手蹑脚准备出门,媳妇却横空出世,问:"这么鬼鬼祟祟的,去干吗?"我一愣,回过神来,故作生气状说:"你在暗中监视我?"媳妇斥道:"你是不是做贼心虚?"我故作潇洒地说:"我去拍几张明远湖和不高山的风景照,寻找更新博客的感觉。"媳妇挥挥手说:"快去快回。"

我如获大赦,飞跑出江安花园,穿过川大路,向明远湖畔跑去。却见傻大姐正斜倚岸柳,守株待兔。我大步流星上前,抢先抛文说:"Long time no see!"傻大姐扑哧一笑,说:"你怎么还是那么二百五?"然后挽住我胳膊,说:"人家好想你嘛!"我警惕地环顾四周,生怕被学生认出来,小声道:"嘘!这里人多眼杂,别作亲热状,否则知我者谓我浪漫风流,不知我者谓我老不正经。"轻轻推开傻大姐,光明磊落地举起相机,说:"嘿,飞一个?"傻大姐笑着嗔道:"你假道学伪君子!"很不情愿地爬上一块石头。我还未来得及按快门,傻大姐就纵身一跳,欢喜麻雀打破蛋,没能软着陆,把脚崴了。

我顾不得装假道学伪君子,赶紧蹲下来,轻轻为傻大姐按摩,她却趁势倒在我肩上,闭着眼喃喃道:"飞啊飞,飞到峨眉山——"我是久经考验的老同志,想要克制人欲,发乎情,止乎礼,但浑身剧烈反应,情不能已,快要崩溃。突然之间,想起最近网上疯传的"化学神曲",你我的喜怒哀乐,都是化学物质的神出鬼没,好大个男女关系嘛,心理障碍一扫而光,就坦然坐在岸坡上,跟傻大姐互相依偎着看湖上飞鸟,看蓝天白云。秋天的太阳照得浑身暖洋洋的,化学反应越来越强烈,如庄子所说"吾丧我",感觉人都要融化进秋光里了。

突然手机铃响,是傻大姐的,一条紧急通知:"今天下午继续排练。"我问:"排练什么?"傻大姐笑盈盈道:"排练舞蹈。"说下周学校教职工运动会,各学院都要出一个体育运动舞,还要评一二三等奖。我说:"脚都崴成这样了,还跳什么舞评什么奖嘛!"让她赶紧请病假,回家好好将息。

傻大姐却说学院领导任命她为舞蹈总指挥,她不能辜负领导的信任。我笑道:"难道离了你这个红萝卜不成席嚎?"傻大姐傻笑道:"嘿嘿!"比年轻时还傻还颤花儿。我幽默她说:"夕阳无限好,只是近黄昏?"傻大姐居然没听懂我是在讽刺她,连声道:"就是!就是!"这就是傻大姐比我媳妇可爱的地方。

上周某晚,傻大姐在QQ上告诉我说她们得了三等奖。我问:"一共多少个三等奖?"傻大姐答:"除了一等奖和二等奖都是三等奖。"把我笑安逸了。我说:"不就是个安慰奖吗?"傻大姐却说:"重在参与嘛!"然后问我:"能不能陪我去峨眉山了个愿?"

当年我曾与傻大姐有约,要手牵手登上峨眉山金顶看佛光,结果却未能如愿。但媳妇现在授权我的只是精神出轨,我敢老夫聊发少年狂去峨眉山重温青春旧梦吗?当然不敢,除非傻大姐能请科学家证明,婚外情不过是一次化学反应。

**附　记**

媳妇审读这篇博文,愤愤然吼道:"你咋又在写我嘛!"我笑道:"请你老人家别自作多情!"媳妇斥道:"你麻我没看过《红楼梦》?那傻大姐是个无知无识的痴丫头二百五,能是你的梦中情人?"我辩解道:"此傻大姐非彼傻大姐,这位傻大姐明明是我的嘛!"媳妇说:"你移花接木,东拉西扯,故弄玄虚,瓜娃子才看不出来!"一口咬定傻大姐就是影射她。我苦笑道:"你要这样对号入座,今后我这博客还怎么写啊?"

二〇一一年十一月六日

# 狮山颤花儿

成都东郊的四川师范大学,我们俗称狮山,是我的硕士母校,美女如云,更盛产颤花儿。颤花儿不是花,是以花喻人,跳颤的人,我媳妇即其人。当年蜗居在狮山危楼时,媳妇下班回家就打开组合音响,一边煮饭或洗衣服,一边唱卡拉OK,只顾自己跳颤,全然不顾左右邻居的感受。斜对面楼上也有几个颤花儿,天天歌声震天价响,此起彼伏,遥相呼应,把狮山闹喳麻了。

有一天,我下课归来,远远听见媳妇在楼上发飙,凄凄惨惨唱道:"旧社会鞭子抽我身,母亲只会泪淋淋……"明明生在新中国、长在红旗下,却冒充旧社会过来人,太矫情,太虚伪,就用楼下的公用电话打电话到家里,电话嘟嘟响了半天,媳妇才拿起话筒说:"喂?"我发挥人体特异功能,变出一个"黑旋风"李逵式的粗野嗓门,吼道:"你们这些颤花儿，整天惊抓抓叫，还要不要人活啊？"砰的一声把电话压了。楼上音乐声戛然而止。我哼着歌儿飘飞上楼，轻轻推开家门，探头一看，却见媳妇瓜兮兮坐在沙发上发愣。我故作关怀状问："谁欺负你了？"媳妇一脸委屈，却摇了摇头没说话。我提劲打靶说："谁欺负你，说出来，我去找他算账！"媳妇听后眼泪都快流出来了。我突然良心发现，赶紧笑嘻嘻说："刚才那个电话是我打的。"媳妇惊叫一声跳将起来，挥舞着拳头来打我，说："你太坏了！太坏了！把人家的心脏病都差点吓出来了！"

却说前些年迁居四川大学新校区对面的江安花园时，小区入住率很低，不到十分之一，一到晚上就黑灯瞎火，空旷幽深，像恐怖城似的。随便你怎样颤花儿，甚至大声嚎叫，除了惊动巡夜的保安，鬼都不理。媳妇鸟枪换炮，买了一套中高档组合音响，卡拉OK自带万首中外歌曲，就像在歌厅一样，可以任意点唱。但媳妇只颤花儿了几天就偃旗息鼓了，回到家不是看球赛，便是看韩剧。我很奇怪，问："你咋不唱卡拉OK了喃？"媳妇说："这荒郊野外的，唱给谁听嘛！"我笑说："你貌似多矜持，却原来是个颤花儿！"媳妇哼哼道："你站在讲台上，下面空空荡荡，只有一个学生，你能找到感觉？"貌似很有道理的样子。难怪孟夫子说"人之患在好为人师"，原来颤花儿是为人师者的职业病。

一晃五年过去，江安花园依旧冷清、没有人气，俨然

"市外桃源"。我读书、写博客、种菜、养鸡、收留流浪猫，乐在其中，不知老之已至。媳妇却心不在焉，追忆似水年华，常常感慨地说："狮山好好耍哦！"竟想走回头路，把江安花园的房子卖了，搬回狮山老宅。我笑道："你是不是有病哦？"媳妇斥道："你才有病！"说人是群居动物，离群索居，没病也要憋出病来。我就建议媳妇写博客，广交网友。媳妇试写了两篇，不仅文从字顺，还很有个性，我就为她惋惜说："你这么有写作天赋，当年为什么不学文科？"但媳妇只有三分钟热度，觉得写博客都是编起话来说，一点也不好耍。我说："现在新生活各管各，你自己去狮山耍？"媳妇就一半时间住狮山，一半时间住江安，生活比我丰富多彩。

却说前些天媳妇从狮山回来，两眼放光，好像发现了人生新大陆似的，说："嘿嘿，以后可以在网上唱歌！"我说："这网上唱歌唱给谁听啊？"媳妇说："你不懂！"命我备办家宴，说她要请一个专家帮她开通网上歌厅。我问："哪个专家啊？"媳妇笑道："就是你最喜欢的林医生！"

林医生是成都业余幽默大师陈胖娃的夫人，也是狮山靓花儿，但级别比我媳妇高，曾蝉联教职工卡拉OK大赛冠军。我之所以最喜欢林医生，不是因为她人漂亮、歌唱得好，而是因为她救过我的命。

很多年前，有一天半夜，陈胖娃驱车回家，看见我和大明兄蹲在路边喝啤酒，就把车灯直射过来。我酒气冲天斥道:"是哪个龟孙子,这等无礼!"陈胖娃从车窗探出头,笑嘻嘻说:"我说是哪路土匪,原来是你娃两个!"我就邀请陈胖娃加入,起身去旁边的小卖部拎回四瓶啤酒。一不留神,被脚下的石头绊倒,酒瓶碎成一地玻璃,我扑倒在上面,大明兄和陈胖娃急忙将我扶起。抬起手臂一看,鲜血淋漓,惨不忍睹。陈胖娃赶紧驱车送我去校医院,正好是他媳妇林医生值夜班。林医生立刻让我躺在手术台上,擦洗,消毒,没打麻药就在我血肉之臂上穿针引线,痛得我连声大叫:"林涛,我爱你,我爱你——"爱化解了我的痛苦,却让陈胖娃很尴尬。陈胖娃死死摁住我,恨恨地对大明兄说:"就要这么收拾他!"缝补包扎完毕,我坐起来,问林医生:"为什么不打麻药啊?"林医生取下口罩,笑道:"怕把你麻醉成瓜娃子嘛!"手术很成功,只留下几道疤痕,以及一段白衣天使救死扶伤的美好回忆。

却说昨天中午,林医生如约来到我家,见我炮制家常美味麻辣鸡、清蒸耗儿鱼、青椒肉丝、江瑶柱鸡汤冬瓜、西红柿烧茄子、糖醋嫩姜丝等摆满一桌,笑欢了,说:"嘿,谢博士亲自下厨,巴适!"我笑说现在人家都不叫我谢博士了,叫我谢博客,然后虚心请教林医生说:"这网上唱歌唱给谁听啊?"林医生说:"唱给网友听,也听网友唱,就像在歌厅里唱卡拉OK一样。"说她在网上唱了九年,结交了很多网友,比狮山还好耍。我不相信,说:"狮山那么多颤花儿，还不好耍？"林医生笑道："你才是颤花儿！"然后对我媳妇说："网上歌厅不时兴用真名，得起个艺名。"媳妇就让我帮她起一个，我笑道："就叫狮山颤花儿？"说外省网友不懂四川方言，望文生义，还以为花儿在山风中颤抖呢，多凄迷，多有格调。媳妇斥道："狗屁格调！"说要起个流动的艺名。我说："流浪猫，要不要得？"林医生笑惨了，说："要得个啥子哟！"我说："流氓兔，怎样？"媳妇说："呸！"然后想了一想说："感觉飘的也可以。"我说："飘荡？"媳妇讽刺我说："亏你还是什么文学博士，连个诗情画意的名字都想不出来，枉自！"就不听我插科打诨了，自去跟林医生讨论，初步决定叫小蜜蜂。我笑道："都七老八十的人了，还小蜜蜂？我看不如叫小蚂蚁。"媳妇斥道："你狗撵摩托不懂科学，蚂蚁会唱歌吗？"

下午我去小区对面的江安校区监考，回家时网上歌厅已开通了，媳妇和林医生两个人正咿咿呀呀在网上颤花儿。我说："我也要颤花儿一回，唱一首海内外绝唱！"媳妇不同意，说我是胡闹。我说："本来就是娱乐嘛，何必一本正经？"她们就让出位置，请我闪亮登场。我带上耳麦，对着电脑，先酝酿革命豪情，然后用川普很谦虚地说："女士们，先生们，我现在给大家献上一首海内外绝唱。"然后大声吼唱起来。两位女士笑翻了，说："这能叫歌吗？太难听了！"要把我赶下台。我说："别忙，别忙，看看网友怎么评论的。"很快,网友的评论出来了,就一句:"这是个什么人啊?"媳妇和林医生说:"还能是什么人,来自狮山的瓜娃子颤花儿呗!"

二〇一〇年七月十日

# 姐夫不高兴

媳妇快退休了，却不知老之已至，寒假中整天泡在网上装年轻，跟东南西北的网友赛歌，连吃饭心都是慌的，生活全乱了套，网友善意提醒她说："姐夫会不高兴吧？"媳妇居然操起京腔，用鼻子哼哼说："只要咱高兴，姐夫就高兴。"冒充大姐大，还强迫我表态说："是不是这样啊？"我故意讽刺她说："这姐夫是谁啊？"媳妇笑嘻嘻说："你啊！"我跟媳妇的网友八竿子打不着，却"被姐夫"、"被高兴"，正色道："姐夫不高兴！"

却说三十年前今月，媳妇跟我相识，然后相恋，对我知根知底，把我麻干吃尽了。所以，姐夫是真不高兴，还是假不高兴，她根本无所谓，一如既往在网上发飙至半夜还意犹未尽。我无可如何，只能认命，夫妻之道，一以贯之：只要大姐大高兴，姐夫也高兴。就收拾精神，独善其身，随手抓起一本古今中外书，沙发上一躺，不洗脸、不洗脚，不用安眠药就酣然入梦。

寒假行将结束，开学前一天，我依旧独善其身，媳妇却找上门，命我赶快洗澡换衣服，说："明天干干净净去上课！"我严词拒绝，说："姐夫不高兴！"媳妇笑着数落我说："不洗脸、不洗脚，稀脏邋遢，丢人现眼！"我回敬道："姐夫不高兴！"媳妇收起笑容，跟我上纲上线说："你都半个月没洗澡了，浑身臭烘烘的，破坏校园环境卫生！"我还是不为所动，说："姐夫不高兴！"我不是不爱惜自己的羽毛，而是故意气她，以制造二人世界的生动活泼气氛。媳妇却懂不起，出言不逊，说："丢你妈的脸！"赌气上楼。

俗话说，解铃还须系铃人，我看事情闹大了，赶紧放下身段，去洗澡更衣。然后推开歌厅也就是主卧的大门，摸着湿漉漉的头发，笑嘻嘻向媳妇汇报改过自新的成绩，说："嘿，看，我焕然一新了哈！"媳妇却戴着耳机，聚精会神，在网上发飙："我爱你，塞北的雪——"我不断"嘿嘿"，媳妇都没反应，纯属浪费表情，自讨没趣，怏怏回到书房，斜倚沙发枕头，继续读朱谦之先生的《中国哲学对欧洲的影响》，在媳妇咿咿呀呀的夜半歌声中沉沉入睡。

却说最近几天，气温陡降，感觉比冬天还冷。有词为证："乍暖还寒时候，最难将息。"我被媳妇将息惯了，衣来伸手，不知道被盖放在哪里，向媳妇诉苦说："昨天半夜好冷，都被冷醒了。"媳妇斥道："该背时！"加了一床被盖，我还是感觉冷。媳妇建议说："把暖空调打开？"我笑道："我想过低碳生活。"媳妇斥道："你有病！"又加了一床毛毯，比冬天还盖得厚实。我却在温暖的梦中被"三座大山"压得喘不过气，一阵拳打脚踢，终于推翻了"三座大山"，却突然被冷醒了。在黑暗中摸索，原来是把被盖和毛毯蹬下床了，赶紧起来将"三座大山"重新压在身上，倍感温暖，不由慨叹道："辛苦革命几十年，一下退到解放前。"

今天早上，迷迷糊糊中听见媳妇惊抓抓叫道："不谦，快起来！"我裹紧被子咕噜道："姐夫不高兴！"媳妇威胁道："快迟到了！"我这才猛然想起我不是姐夫，我是四川大学"之乎者也"教授，今天上午在望江校区有硕士生的课，赶快翻身起床，洗漱，吃早餐，分秒必争，好像打仗似的。

媳妇干了一辈子革命工作，快退休了却老当益壮，飞车送我到望江校区研究生院楼前，一看时间，距离上课还有整整五十分钟！姐夫真的不高兴了，说："我被你抛掷在这里，前不见猫咪，后不见学生，念天地之悠悠，独怆然而干吗？"媳妇嫣然一笑，说："我今天也要上课嘛，而且是第一节课，不能迟到。"说她要善始善终，站好革命工作最后一班岗，道声拜拜，绝尘而去。

二〇一二年二月二十二日

## 蜗居：距离产生美

这几天，媳妇一回家就霸占电脑，说要下载电视剧《蜗居》，然后走火入魔，看得如痴如醉。我也跟着看，看出了一点门道，然后对媳妇说："你好像那个郭海萍。"媳妇瞪着眯眯眼说："我有那么凶吗？"我们都是蜗居过来人，相视一笑，莫逆于心。这就叫距离产生美？

却说我硕士毕业后留狮山，当时还没有商品房的概念，学校分房分得筒子楼一单间。六年后，我博士毕业，改换门庭，到川大任教，原以为能分到两室一厅，从此安居乐业，但房产科却说我媳妇在狮山已有住房，我不能享受学校对博士的优惠待遇，把我气惨了。

媳妇在狮山的蜗居原是简易过渡房，两层楼的四合院耸立在山坡上，小朋友戏称为"碉堡楼"。当年能分到"碉堡楼"的两居室带一袖珍厨房，虽然不足三十平方米，我们已很知足，还有很多老大不小的夫妻挤在筒子楼呢！拿到钥匙当天，我用石灰水粉刷墙壁，然后进城去买地板胶。地板胶是当年铺地的塑料皮，很沉，裹成一捆，长约两米，斜架在自行车上，好像载着一门高射炮。蹬回狮山，路程有十四五里，把我累得瘫在地上。媳妇心疼惨了，扶我起来，嗔道："瓜娃子，咋不叫辆三轮车？"我笑道："还不是心疼钱。"铺上地板胶，感觉焕然一新。叫几个哥们儿来帮忙，把旧家具搬进新居。门一关，我和媳妇在床上地上打滚，感觉幸福惨了。

我在川大没能分到两室一厅，却听说狮山要集资建房，也是两室一厅。但我读博士把家里读穷了，拿不出一万两千元的集资款。大家都穷，向谁借呢？更不好意思向双方父母开口，只有干瞪眼。儿子刚上小学，媳妇嘱咐他说："在学校要听老师的话，好好学习。"儿子却问："学习好了有什么用呢？"媳妇说："学习好了，长大了才有出息嘛！"儿子又问："什么叫有出息？"媳妇说："有出息就是有钱，有钱就能住新房子大房子。"儿子眨巴着眼睛问："妈妈，那为什么你和爸爸小时候不晓得要好好学习呢？"媳妇竟不知如何回答，眼泪都差点流出来了。

我就跟儿子忆苦思甜，说现在总比筒子楼好嘛，媳妇却哼哼道："你还不如说比原始社会的山洞好呢！"说"碉堡楼"邻居都走了，连比我们年龄小资历浅的人都住上两室一

"碉堡楼"蜗居。我们在这里"抗战"八年,有苦有乐。

厅新房子了,她心理不平衡。其实,我心里也不是滋味:凭什么啊?但我很传统,很大男子主义,自以为是媳妇和儿子的精神支柱,不能怨天尤人,更不能崩溃,就故作潇洒状,大言不惭地提劲打靶说:"好多人还羡慕我们呢!"媳妇瞪我一眼说:"羡慕我们穷快乐?"我笑道:"难道我们不快乐?"媳妇讽刺我是阿Q精神,是狐狸吃不到葡萄的变态心理,埋怨我说:"都怪你虚荣!别人都在挣钱,你却去挣什么博士帽!越读越傻,越傻越穷。"

后来很多年轻或不太年轻的教师纷纷下海或兼职，八仙过海，各显神通。我也想下海，但既无能力，又无胆量，只有靠一支笨拙的笔，自己救自己。现在回想起来，觉得不可思议：不是用电脑，而是用钢笔，我一个字一个字地爬格子，夜以继日，爬了两三年，居然爬出了我们的希望。

每次拿到稿费，几千或上万，我人还站在门口，就来一个跳跃投掷状，把稿费豪情万丈地抛给媳妇。钱装在牛皮信封里，抛物线式落到媳妇怀中。媳妇笑嘻嘻地赶紧去存银行，连买件时装都舍不得。记得有一天逛春熙路，媳妇看上了一套打折的时装，然后跑到各条街的时装店比较价格，跑了一整天，脚都走痛了，结果还是春熙路的最便宜，就折回来，却早被别人买走了。媳妇回家就埋怨我，说我硕士师弟阿诚的媳妇看上了一件时装却舍不得买，第二天早上醒来，那件时装就放在了她的枕头边。我说："难道阿诚会变戏法嗦？"媳妇说："人家背着媳妇悄悄去买回来的！"我笑道："这阿诚也太装神弄鬼了吧？像个圣诞老人似的！"媳妇说："我就喜欢圣诞老人！"我说："难道我不会装圣诞老人？你把银行存折给我，等你早上醒来，那套时装也一样会奇迹般地出现在你的枕头边。"媳妇却说："装什么圣诞老人啊，你有这个心我就心满意足了。"阿诚现任狮山文学院院长，他的浪漫故事被狮山媳妇们广为传诵，也不知真假，就当是一种精神象征吧！

后来我们终于脱贫了，不差钱了，但狮山第二轮集资建房却遥遥无期。我跟媳妇说："我们都老大不小了，总不能等到住进新房子才享受现代生活吧？"就把钱取出来，去买新家具、新沙发，还买了一套家庭组合音响。媳妇是个颤花儿，天天回家就咿咿呀呀唱卡拉OK，不知今夕何夕似的，竟感慨地说："当年高考真不该学理科，学艺术多好啊！"我笑道："你当年若学艺术，是为人之学，为别人唱，而今是为己之学，让自己快乐，两者之间岂能同日而语？"媳妇说："是啊，艺术学院毛老师好像回家都不想唱歌。"我们虽然住蜗居，却苦中求乐，越来越快乐。谁知乐极生悲，有一天，突然发现"碉堡楼"地基下沉，墙壁倾斜，把我们吓惨了。房产科勘探后，确定为危房，就临时指定了一栋旧楼的破房给我们住。

新蜗居在顶楼，也是两居室，带袖珍厨房、微型厕所，但老鼠跳梁，四壁斑驳，比"碉堡楼"还破旧。媳妇不禁黯然，说："人家房子越住越好，我们咋越住越孬啊？这样的陋室，你不寒碜，我寒碜。"我一笑，引孔子曰："君子居之，何陋之有？"

这不是提劲打靶，而是我的自信。我们都快奔四了，四十而不惑，切身体会是幸福是自己的感觉。我和媳妇很多流传至今的浪漫故事就发生在这危楼蜗居。我当副系主任之后，在红瓦楼餐厅春节团拜，我向全系教职工祝酒说："喝酒从来不喝醉的男人,不是好男人;滴酒不沾的女人,不是好女人!"结果却被女人灌醉了。东北好汉刘大侠半夜送我回家,出租车在狮山转来转去,却找不到我家。据刘大侠说,问一小卖部孃孃,人家说:"这不是谢老师吗?他家就住楼上。"第二天早晨醒来,我睡在沙发上,却见刘大侠坐在旁边阅读《红与黑》。我说:"你怎么还在这里啊?"刘大侠说:"你不让我回去嘛!"我说:"那你怎么不睡觉呢?"刘大侠一脸坏笑,说:"你就一间卧室,媳妇和儿子睡在里面,你躺在这沙发上,让我睡哪里?"

我家两居室,卧室之外的那间大概十二三平方米,是多功能厅:客厅、餐厅、卡拉OK厅、书房。我在电脑前写作,媳妇在旁边唱卡拉OK,载歌载舞:"洪湖水呀浪呀浪打浪……"浪得我热血沸腾。

却说今年上月,媳妇去狮山上课,路遇当年邻居,人家说:"你们搬到哪里去了?好久没听到你们唱卡拉OK了。"媳妇连连道歉说:"我们当年不懂事,只图自己快乐,制造噪音,把你们折磨惨了吧?"邻居却说:"什么折磨,听你唱歌是艺术享受。"说媳妇正在引吭高歌"我爱你,塞北的雪——"却突然短路,猛地冒出一个伪童声"吹起小喇叭,哒嘀哒嘀哒——",太喜剧了,把他笑惨了,回忆至今。

创造这个喜剧的人就是我。我和媳妇结婚十五年之后,儿子都上初中了,我们才乔迁狮山三室一厅七十八平方米新居。距今四年前,我们迁居江安花园,读书教书之暇,种菜、养鸡、收留流浪猫,其间的酸甜苦辣,如鱼饮水,冷暖自知。但我很自豪,既不感恩戴德,也不怨天尤人,因为这一切都是我们自己创造的。

二〇〇九年十二月二十三日

# 我家的"足球流氓"

媳妇平时说话柔声柔气,貌似很淑女,但自从世界杯开幕,只要坐在电视前,她就完全变了个人,一会儿惊抓抓叫"太×气人了",一会儿跳起来吼"狗×的"。我实在忍受不了这种语言暴力,冲出书房吼道:"人家外国踢球,关你屁事!"媳妇却瞪着豹子眼,回敬一句:"你懂个屁!"继续看世界杯,继续发飙。

儿子一回家,媳妇就逮住儿子讨论世界杯,说她好想韩国队被踩扁。我笑道:"人家韩国队又没惹你,为什么这样咒人家?太好笑了吧!"媳妇不屑地说:"你才好笑!"幸好媳妇只在家里收看,若到现场观战,动辄就是粗话,泼妇骂街似的,绝对被人当作足球流氓。

我从来不看足球,看不出所以然,不知足球何以能颠倒乾坤。记得好多年前还住狮山的时候,亚洲杯还是世界杯不知道，只知道韩国队踢了个第一，据说是裁判偏心，故意吹黑哨，把媳妇气惨了，义愤都填到膺里去了，却对我吼道："韩国太他妈的不要脸了！"我笑说："我又不是韩国！"劝她赶紧息怒，上床睡觉，她却迁怒于我，说："你睡沙发去！"好像是我吹的黑哨，简直不可理喻。

第二天，我睡沙发起来，去学校上课，在文科楼前遇到教研室主任刘大侠，他问我说："你班上有没有韩国留学生？"我说："好像有一个。"刘大侠就以不容商议的口吻命令说："期末考试给他不及格！"我莫名其妙，说："为什么喃？"刘大侠愤愤然道："韩国太无耻了！"我笑道："这跟人家韩国留学生有什么关系嘛！"刘大侠就威胁我说："那我们从此断交！"我不可能为个足球把自己搞得内外交困，就找到韩国留学生，说明原委。现在还记得那位韩国留学生可怜兮兮地说："谢老师，你们中国有那么多世界第一，像一个巨大的存在压在我们韩国头上。我们现在好不容易得了个第一，还是踢足球，您就不能同情同情我们吗？"如实向刘大侠汇报，他貌似怒气已消，挥挥手，笑嘻嘻说："这次暂且放他一马。"

却说昨天晚上，媳妇在楼上看世界杯，我在楼下书房上网，新生活，各玩各。来了两个学生，我请她们到客厅，天南海北，说的都是很严肃的话题，学习、人生、社会，等等。学生正听我议论滔滔，楼上却突然飘来歌声，庆祝胜利的歌声，越飘越近，竟飘下楼来，学生猛吃一惊，回头去看。当然不用我介绍学生也知道哼着歌儿飘然而下的准老太太只可能是这里的女主人。媳妇为足球而狂，学生却不知道。我斥媳妇道："你也太颤花儿了！"媳妇笑道："我不晓得你们在下面嘛！"赶紧转身，哼着歌儿回楼上。学生相视一笑，赞叹道："钱老师看起来好像比照片上还年轻！"她们不知道，钱老师这几天看世界杯，得意忘形，老还小，看起来怎能不比照片上年轻？

二〇一〇年六月十四日

## 热风景冷照片

成都近段时间连日大雨,但雨过天晴后空气依然湿热,桑拿天气不想外出,就待在家里上网、看闲书、逗流浪猫,心静自然凉。汗水却不以人的意志为转移,汩汩外冒,我手挥蒲扇也挥之不去。媳妇在网上唱歌,偶尔放下身段来书房视察,见我汗流浃背,说:"咋不把空调打开嘛?"我笑说:"我想天人合一,过低碳生活,让身体自我调节,适应自然。"媳妇讽刺道:"你麻哪个哟,整天又是酒又是烟,还低碳生活?"

却说上前天,媳妇驱车进城,批发回几件雪花啤酒,抓几瓶冻在冰箱,让我晚上喝冰啤降温,还殷切地征求我意见说:"需要什么下酒菜?"一反常态,让我心生疑窦。我说:"你这样过分热情,是不是有什么艰巨任务要交给我?"媳妇赞道:"嘿嘿,你太聪明了!"说明天去对面的江安校区，让我为她拍几张"冷照片"。我说："你是不是被热昏了头啊？这炎夏酷暑，一动就冒汗，热气腾腾，能拍什么冷照片啊？"媳妇笑道："你瓜娃子！"斥责我不懂最新流行的摄影艺术，说所谓冷照片，是不笑的照片，跟季节和气候无关。我说："难道你想装哲学家，故作形而上沉思状、满脸皱纹苦瓜脸？"媳妇说："不是苦瓜脸，是面无表情。"我真不懂了，问："像我给流浪猫拍艺术照时它们却面无表情那样？"媳妇连声道："就是！就是！"

我虽然给流浪猫拍过无数张冷照片，而且扬名海外，但媳妇要东施效颦，还是让我不可思议。我说："喜怒哀乐能形于色，表情丰富，是人类几万年进化的结果，你是不是老糊涂了，想退化成流浪猫？"媳妇竟出言不逊，斥道："去你的流浪猫！"说有个歌友，看她在网上歌厅主麦的视频，点评说："你没表情的时候比有表情的时候好看。"我笑道："是不是你在网上装年轻，表情太夸张，看上去反而像个老妖怪？"结果触动了媳妇的敏感神经，媳妇翻脸不认人，瞪起眯眯眼吼道："你才是个老妖怪！"都说人不求人一般高，现在是媳妇求我，不是我求她，我就摆起谱来，说："你这样凶神恶煞，摄影师心情不舒畅，感觉不爽，别说你想拍冷照片，就是热照片也没门！"

媳妇跟我相约狮山，牵手今生，至今已快三十年，老夫老妻，互相知根知底，她就想方设法来巴结我这个摄影师，一会儿喂我冰淇淋说"蛋白质，必须吃"，一会儿喂我水果说"维生素，必须吃"。人非草木，孰能无情，终于把我这个御用摄影师感动了。

昨天近晌午，我不畏酷暑，迎着扑面而来的热浪，去江安校区为媳妇拍冷照片。不高山下，明远湖边，鸟影都无，只有我这个早已年过半百的老顽童，不知老之已至，在炎炎烈日下，上蹿下跳，寻找景点，一边擦汗，一边咔嚓。媳妇笑惨了，说："不谦，你这副汗流满面却全身心投入的瓜相，比年轻的时候还可爱！"我举起相机，气喘吁吁地说："你这样嬉皮笑脸没正形，究竟是想拍冷照片，还是热照片？"

给媳妇大约拍摄了二三十张面无表情的冷照片，有三四张媳妇比较满意，说她想上传到她的网上歌厅，作为她的徽记，问我说："能不能在电脑上把我P得年轻一点？"我断然拒绝，说："利用高科技弄虚作假，骗得了一时骗不了一世，最后还不是见光死！"

二〇一一年七月二十八日

# 男为悦己者容

我海拔不高其貌不扬，所以我与媳妇结婚后，不少朋友半真半假开玩笑说："鲜花插在牛粪上！"我一笑置之，说："矮是矮，放光彩；瘦是瘦，有肌肉！"媳妇却不能正确面对，想尽一切办法对我进行外包装，高跟皮鞋、西装领带、花花衣服等，无所不用其极，以弥补我的先天不足。结果弄巧成拙，变成个二百五，常常被教研室同人当成开心果，笑我不爱风雅爱骚雅，还要我自己在网上曝个光。媳妇却不以为然，嗤之以鼻，说："他们什么眼水啊？"我苦笑道："我这男不男女不女的样子谁喜欢嘛！"媳妇说："我喜欢！男人的衣着穿戴，不让老婆喜欢，让谁喜欢？"我说："太假了嘛，假模假样，不是我英雄本色。"媳妇讽刺我说："你还好意思英雄本色？"然后语不惊人死不休，引用教研室主任刘大侠对我的人身攻击说："谢不谦，臭狗屎！"说她要把我变成化肥，鲜花插在化肥上总比插在臭狗屎上赏心悦目。

年过半百后，我的先天优势才逐渐显现出来：一头乱鸡窝式的头发，虽然奔六，却没一根白发。媳妇貌似发现了新大陆，就在我的头发上大做文章，亲自押送我到文星镇几家美发美容店试剪后，综合比较，最后选中蒂梵尼美业，钦定一位姓鄢的年轻理发师为我的"御前行走"。小鄢每次为我理发时，媳妇都在旁边指手画脚，这里留长点，那里剪短点，搞得小鄢畏首畏尾缩手缩脚，不能尽情发挥自己的技艺。我斥媳妇道："又不是剪你的头发，你操什么心啊？"媳妇却跟我毛起，说："你的头发是剪给我看的！我不操心谁操心？"我生怕在公众场合激化夫妻矛盾，不利于和谐社会的建设，就说："好好好，男为悦己者容，你说怎么剪就怎么剪。"小鄢是个聪明人，很快就掌握了媳妇的审美观，驾轻就熟，快刀剪乱麻，剪出的发型比媳妇想象的还要有品位。

却说昨天，我一个暑假没理发，头发疯长，已完全"资产阶级自由化"，去后花园绿色蔬菜基地摘苦瓜和丝瓜时，在地里网了一头蜘蛛网，媳妇斥道："你比周克华还原生态！"最近被重庆警方围剿击毙的持枪抢劫犯周克华，据说野外生存能力极强，不住旅店，天天睡在山中的树洞里。虽然法网长期网不住他，却一定难逃蜘蛛网吧？但警方公布的周克华被击毙的照片上周克华却衣冠整齐，还没有我原生态。我吼媳妇道："你这样丑化我，是不是想让警方把我当周克华？"媳妇自觉失言，赶紧笑着说："下周就要开学了，你这头乱鸡窝怎么面对选你课的学生？"当即押送我去蒂梵尼美业，"御前行走"小鄢却休假去了。

媳妇拿起服务台上的美发专家名单，点兵点将，点到一位小王。小王却无从下手，操着四川普通话问："先生，你这个乱蓬蓬的头发修理成啥子发型？"我指着媳妇说："听这位老大娘指示吧！"媳妇却说她要去打酱油，开恩放权，还政于民，我的头发我作主。我就对小王说："我是个老师，学生最喜欢老师剪什么样的发型你就怎么剪吧！"小王说他上学的时候最喜欢的老师的发型特点是精神、整洁、干练，试探着问我说："老师，你是教初中还是教高中？"我说教大学，就是附近川大江安校区的老师。小王赶紧改口叫我"教授"，问我是不是在精神、整洁、干练外，还要显得有智慧。我不知道智慧发型是什么样子，就说："你随便剪吧，只要不剪成'红太阳光辉照全球'就行。"小王不懂我的"文革"幽默，很茫然，我笑着补充道："不剪成光头就行，免得学生把我当花和尚或罪犯。"小王笑说："教授这么说我就充满信心了。"然后一边跟我聊天，一边咔嚓咔嚓。

小王来自宜宾农村，没上完高二就退学了，说他一看数学、语文、英语书头都大，一看美发书就找到感觉迷进去了。我问:"那你是自学成才还是偷师学艺?"小王说都不是,在宜宾老家拜过师傅,师傅要他先做人然后才教他手艺。我说:"你的师傅不简单,是个高人。"问小王:"今年多大年纪?结婚没有?"小王说他二十五岁,还没有找女朋友,他要先立业后成家,让喜欢他的女朋友有吃有穿有房子住。我赞道:"你比很多大学生都有志气哩!"小王受宠若惊,说:"教授逗我耍吧?"我说:"我不是逗你耍,我说的是真心话。"问他月收入多少,他说少则两千,多则四千。我说:"你比很多文也文不得武也武不得的大学毕业生强多了嘛!"小王说他很喜欢美发这个职业,还有一个理想。我笑道:"今后为国家领导人理发?"小王说不是,是想成为明星指定的发型师。我鼓励他说:"你既然这么热爱美发,又心灵手巧,一定能实现自己的理想!"小王却很低调,说他现在只是想想而已。我笑道:"那你不妨先在我这个不是明星的大学教书匠头上找一点感觉?"小王就大刀阔斧,然后精雕细刻,一丝不苟,在我头上试着绘制他的理想蓝图。

却说媳妇打酱油回来,惊抓抓叫道:"你这理的啥子瓜娃子头啊?"小王很尴尬,垂手而立。我笑道:"别理她,这个发型只要学生喜欢就行,我是为给学生一个好印象才理这个发的。"小王忐忑地问:"他们会喜欢吗?"我说我也不知道,摸出手机,对着镜子立此存照,说:"回去挂在博客上,征求他们的意见后再反馈给你?"小王却说:"教授,这样对着镜子照有反光，效果肯定不好，我给你重新照一张？"我把手机给他，照下这一张非国家领导人非明星的喵主席谢不谦的新学期新面貌：

我现在胸怀开阔，已超越夫妻二人世界。男为悦己者容，悦己者，不仅仅是把我稀奇麻了的媳妇，也包括喜欢我的学生们，不知道大家喜不喜欢我这个发型。

二〇一二年八月二十六日

# 穿衣服的故事

人与动物的外在区别，无论古今中外，都在于人穿衣服、动物天体。中华文明上下五千年，华夏衣冠，束发右衽，胡服骑射，宽衣长袖，蓝袍头巾，乌纱帽瓜皮帽四方平定巾，等等，一部二十四史的舆服志，朝廷官场士绅社会民间勾栏瓦舍，谁能说得清？我孤陋寡闻，记得小时候，在大巴山老家茶馆或老院子，偶尔还能看见长衫圆帽或长袍瓜皮帽，"文革"时红卫兵大破"四旧"，就绝迹了。至于洋服西装领带，则只在电影里见过。

那个时候崇尚艰苦朴素，大家都不讲究穿着，也没条件讲究。布匹虽非紧俏商品，但凭票购买，所以衣服没有扔掉的，都是"新三年，旧三年，缝缝补补又三年"。同学们平时穿的衣服，或旧或补巴，色彩单一，非蓝即灰，没有个性。男生们生性逆反，喜欢学电影里的反面人物歪戴帽、斜穿衣，个性一下子就出来了。习惯成自然，新衣服也不想穿周正，觉得没男子气概。记得我妈无数次耳提面命我说："你这样邋里邋遢，长大了哪个女娃子会喜欢你？"我那时已上初中，自以为长大了，心说为啥非要女娃子喜欢。

傻人自有傻福，三十一年前，与媳妇相约狮山图书馆前桂花林，夜色朦胧，媳妇一见我衣冠不整头发瓜兮兮，就有点倾心了。媳妇是理科生，思想很单纯，认为男生心思应该放在学习上，太讲究仪表是不自信的表现，华而不实大草包。我是文科研究生，思想复杂，情商比她高，投其所好，假装爱学习，衣服乱穿。媳妇看在眼里，喜在心头：终于找到了可以托付终身的如意郎君！

那时已改革开放，服装款式和色彩已逐渐多样化，但西装革履尚未流行。公派留学生、访问学者和进修人员，国家会一次性发放八百元巨款，相当于研究生毕业参加工作的年薪。但这不是国外生活补贴，而是让置办行头：西装革履，外加一个很洋盘的行李箱。

新千年之际，我访学哈佛，但当时这个公费包装政策早已取消。临行前，收到 Harvard International Office（哈佛国际办公室）的访学须知，建议各国学者最好穿自己的民族服装。媳妇很费踌躇，说："咱中华民族的华夏衣冠是长衫头巾还是毛式中山装？"我说："我又不是国家形象大使，好大个男女关系嘛！"遂脚蹬布鞋，身着不中不西休闲装，到哈佛大学东亚语言与文明系报到。

却说在哈佛,第一次参加哈佛退休教授卞先生、卞赵如兰夫妇在家里举行的红白粥会时猜谜,一位哈佛医学院教授笑嘻嘻说:"傻和尚,打一大学名。"大家抓耳挠腮莫名其妙,我笑道:"哈佛?"这位教授握着我手说:"你四川人?我也是四川人!"哈者,傻也,瓜也。我这个不修边幅的大巴山瓜娃子,此生能到哈佛一游,哈人自有哈福。哈福,哈佛,四川话同音。然后这位教授讲了一个真实的国际笑话,说二十世纪八十年代,在波士顿,在纽约,在伦敦,在巴黎,在东京,大街小巷,只要看见西装笔挺、皮鞋擦得倍儿亮、头发梳得倍儿光、手提崭新行李箱东张西望的人,不用问,一定是来自国内的学者。大家听了都哈哈大笑。我暗自庆幸虽然衣冠不整,不中不西,却没闹这个国际笑话。

我脚蹬布鞋一身休闲装,后来下半身复古,着传统汉服松紧裤、老家乡下俗称连而盖者,出没于狮山与锦江之间,曾是校园中一道很不亮丽的风景线。现在复旦任教的校友侯博士曾在网上发文,回忆母校老师印象,形容我为"趣才",说我虽身为教授、副院长,穿着却似个老太太。这就是代沟,把我笑惨了,分享奇文给媳妇看,媳妇理科生不懂我们古典文学的幽默,竟无比悲愤,斥责我丢人现眼,把她的脸丢尽了,要我重新西装革履披挂上阵,被我拒绝说:"凭啥子嘛?"说我一西装革履就"吾丧我",找不到人生感觉了。

有一年教师节,《华西都市报》记者采访我,也以"脚蹬布鞋,不用手机,不看奥运"来报道我这个古典文学迂老夫子的另类风格。其实我不是故意标旧立异反现代,是感觉穿布鞋着松紧裤舒服自在,却浪得虚名,以为我有魏晋遗风。

却说最近收到一条手机短信:"尊敬的谢老师您好!我是二〇一二级的学生××,想邀请您担任我们准备成立的汉服社的指导老师。请问老师您什么时候有时间,能否具体商量一下?"我曾应学生各类社团之邀,说古论今聊读书,谈情说爱侃人生,但邀请我指导穿衣服,还是破天荒第一次。春风无比得意,遂用川普高声朗读,以正媳妇视听,然后说:"你一天说我邋里邋遢衣服都不会穿,可咋没人请你去指导穿衣服呢?"媳妇嗤之以鼻,严厉责问我说:"你有多少天没洗头洗澡了?"我反问她:"你说有多少天呢?"媳妇屈指细数,颠三倒四数晕了,说:"谁记得啊!"我说:"你卫生监督员都记不得,我咋能记得?"媳妇恨铁不成钢地咬牙切齿道:"遇得到你这种人哦!"四川话,遇人不淑的意思。我笑道:"遇都遇到起了,咋个办嘛?"媳妇哼哼道:"懒球得管你!"

媳妇话音还未落,又惊抓抓一唱三叹道:"你硬是气死个人哦!你猪脑子一天在想些啥子哦!你干脆回到原始社会去吧!"说原始社会真正好,人人光着屁股跑。我说:"你侮辱我人格,我爪子了嘛?"媳妇瞪着眯眯眼斥道:"你咋又把裤子反起来穿?又不是三岁娃娃,裤子前后都分不清楚嗦?"我说:"松紧裤是传统汉服,本来就可以不分前后嘛!"媳妇斥道:"狗臭屁!你这种邋遢鬼居然还去指导学生们穿什么衣服,简直没天理,简直厚颜无耻,简直误人子弟!社会风气都是被你们这些不整衣冠的'叫兽'败坏的!"

我恍然大悟,说:"嘿,硬是的哈?"正人先正己,打铁还得自身硬。自己衣冠不整,焉能正人?遂回复学生:"××同学,你们找错人了吧?我连自己的衣冠都没穿戴周正,岂能指导你们的汉服社?"一笑。

最后抄一段钱基博老先生《现代中国文学史》所记近代名士王闿运穿衣服的轶事:"至辛亥革除,士大夫争剪发,西冠西服;而闿运不改装。会八十寿辰,湖南都督谭延闿以乡后生,具大礼服往贺。闿运则红顶花翎,衣袍袭褂,拖辫发而出;延闿不得已屈膝焉。既坐,闿运谓之曰:'子毋诧,吾胡服垂辫,子西服髡首,皆外国制也,有何文野?若能优孟衣冠,乃真睹汉官威仪矣。'相与一笑。"

王闿运是人中之龙,曾入湘帅曾国藩幕,湘军攻克南京后,跟曾大帅推心置腹说:乘势北伐,直捣北京,驱逐满洲,或可光复汉家江山。曾大帅斥其狂悖,却没举报他,更没法办他。入民国后,王闿运已是八旬老翁,赴京就任国史馆馆长。过新华门（繁体作"新華門"）而叹息曰："吾老眼花。额上所题，得非'新莽门'三字乎？"众皆大惊。后来题"民国总统"之联："民犹是也，国犹是也，何分南北？总而言之，统而言之，不是东西！"横联："旁观者清。"盛传一时。

　　王闿运是今文经学大师，有为帝王师之理想，诗文亦独步一时，曾入川主持四川大学前身的尊经书院，廖季平是他的得意弟子。四川大学历史系蒙文通教授出自廖门，中文系教授也多执弟子礼。康有为震撼近代中国读书界和思想界的《孔子改制考》、《新学伪经考》等新观念新思想都剽窃自廖季平，见钱穆先生《中国近三百年学术史》。

二〇一三年十月十二日

## 抵制崇洋媚外的歪风邪气

俺媳妇谢钱氏,除了大学政治课学的马克思主义与几部老幼皆知的外国电影,对西洋文化和东洋文化一点也不了解,却在物质生活方面是个资深的崇洋媚外派。

话说很多年前,我访学美国,媳妇打越洋电话要我给她买一套美国制造的正宗洋装,好穿起在朋友和同学面前显洋盘。我那时还缺乏斗争精神,唯媳妇之命是听,从东海岸到西海岸,侦察了无数商店,凡我看得上眼的,都是中国制造。最后,在飞回国的前一天,才在洛杉矶一家服装超市找到一套勉强看得顺眼的美国制造。但媳妇穿在身上,不是洋气,而是宝气,就是很二的意思。媳妇斥责我没有审美,说:"这种妖怪衣服我能穿得出去吗?"后来媳妇鼓足勇气,穿出去妖怪了一回,然后打入衣柜压箱底。我心疼不已,三百美元啊,按当年汇率,等于人民币两千四百元,相当于我三个月的工资。

七八年前，迁居江安花园，购置家电时非洋品牌不入媳妇法眼。我稍有不同意见媳妇就瞪着眯眯眼斥道："你懂个屁！"有一天，媳妇携回一口锃亮的不锈钢炒锅，得意扬扬宣布说："德国名牌双立人！"悍然发动"厨房革命"，将国产铁锅赶下灶台，打入地下室冷宫。我笑道："难道德国锅炒出来的回锅肉能吃出德国风味？"媳妇讽刺我老土，说现在时兴装备这种进口洋锅，显得有品位。结果，洋锅不符合中国国情，没有长把柄，炒菜的时候锅耳热得发烫，无法单手端起来，差点没把回锅肉炒成煳锅肉。我气得怒冲霄汉，愤然把锅铲一扔，强烈要求还我中国锅。媳妇却阴阳怪气地说："这洋锅的身价你晓得不？"我吼道："不晓得！我只晓得洋锅中看不中用，炒不了中国菜！"媳妇讽刺我一根筋，说人是活的，锅是死的，竟让我放下身段，改变传统的炒菜方式，去适应洋锅。我斥她"洋奴哲学"，以"辞职"相威胁，这才重新恢复中国锅在我家厨房的合法地位。

却说去年年底，赴日本参加学术交流，媳妇居然想精想怪，要我买一个日本电饭煲回来。我家刚换的新电饭煲，高压全自动，虽然是国产美的牌，但煮饭、熬粥、煲汤、炖肉功能俱全，操作方便，为什么要革人家的命？媳妇说出来的理由令人难以置信："日本电饭煲煮出来的饭，米粒一颗颗都是朝上挺立的。"我坚决不相信，笑着问她："你亲眼看见的?"媳妇说:"听狮山一位朋友说的,她说她买的日本电饭煲煮出来的米饭真是这样的雄姿,既好看,又好吃。"我嘲笑道:"可能是她在水里加了伟哥,米粒才能一颗颗朝上挺立吧?"媳妇斥道:"无聊!"不由分说,命令我一定要买一个能把米粒煮得一颗颗挺立起来的日本电饭煲。

我不敢抗命,到日本翌日,去奈良参观世界文化遗产唐招提寺的路上,就向导游打听日本电饭煲。导游说日本电饭煲跟中国电饭煲加热方式不同,不是从下面加热,而是上下四周全方位加热,所以煮出来的米饭又软又香。我问:"是不是煮出来的饭,米粒一颗颗都是朝上挺立的?"大家以为我故意装疯卖傻,笑惨了。导游也想制造快乐气氛,就笑着应和道:"是啊是啊!"说最近卖得最贵的新款肯定具有这种神奇的功能。大家被好奇心驱使,在东京逛银座时都去参拜日本电饭煲。我指着最贵的一款电饭煲,单刀直入地问导购说:"这种电饭煲,是不是煮出来的饭,米粒是一颗颗朝上挺立的?"导购是哈尔滨女孩,绿眉绿眼瞪着我,好像我是初入大观园的刘姥姥。我很诚恳地说:"如果属实我们就买。"导购笑嘻了,解释说:"只要水加得合适,煮出来的饭,米粒无论是躺着的,还是站起的,的确颗是颗粒是粒。"我用四五百元的国产电饭煲早就能煮出这样颗是颗粒是粒的米饭,何必要花四五千元人民币引进一个并不能把米粒煮得颗颗挺立起来的东洋货呢?回家如实向媳妇禀报,媳妇却斥责我太实用主义，说现在有条件了，生活不是苟活，要活得有品位。我讽刺媳妇说："用国产电饭煲煮饭难道生活就没品位?"媳妇哼哼道："你就是怕花钱！"其实我不是怕花钱，而是不愿迎合她这种盲目崇洋媚外的歪风邪气。

却说日本之行，媳妇开的购物清单中还有护肤品SK-Ⅱ我也没有买。当时我站在化妆品柜台前面正照着清单按图索骥寻找目标，陪我们逛商场的早稻田大学内山教授的夫人拉姆却说她不用SK-Ⅱ，我问为什么，她说太贵了，我就犹豫了，心想："人家发达国家世界名校洋教授的夫人都舍不得用这么昂贵的化妆品，我发展中国家西部高校的一个三家村秀才土教授为什么要鼓励媳妇这种高消费呢?"顿觉思想觉悟提高了，于是决定我要男子汉一回，坚决抵制媳妇以奢侈为品位的歪风邪气。回到家，说日本教授的生活不是我们想象中那样豪华，而是很朴实，以内山夫人为例，循循善诱道："你既然崇洋媚外，为什么不崇不媚人家勤俭节约的优秀品质呢?"媳妇却庆幸道："嘿，你幸好没给我买SK-Ⅱ哦！"说她看《文摘周报》上的一篇文章说，老年人乱用化妆品，脸上的皱纹长得更快更多。我想找到那张报纸，悄悄联系上作者，请她再写一篇关于老年人不崇洋媚外才能健康长寿的文章，结果媳妇早将旧报纸当废品卖了。

二〇一三年二月十七日

# 追求平淡的人生

前些天，刘大侠打电话给我，说他和王红感觉有个别学生误读了我的种菜养猫闲云野鹤博文，失去了积极向上的人生追求，他想写一篇博文，回顾我当年艰苦奋斗的光荣事迹。我笑道："想把我塑造成青年学子的人生楷模？"说我的博文，我的人生，见仁见智，好大个男女关系嘛！

王红却发表了博文《平淡生活是不易得到的奢侈品》，好像在为我的博文"消毒"，细读三遍，感觉是严于律己、宽以待人，并现身说法，真诚、坦诚。这就是王红风格，于我心有戚戚焉。但我不擅长说道理，我只说平淡人生。

我的人生与王红不一样，因为她是女性，我是男性。男性或男人，性别决定他必须有担当。我从来不相信男女平等的观念，我认为那是推诿是托词，没有担当。我们那代山区大学生的信念是男儿当自强。

记得我和媳妇耍朋友的时候，我说只要她愿意嫁给我，我就会让她一生都很幸福。背诵些唐诗、宋词，海涅或普希金的诗歌，浪漫而又缥缈，媳妇却感觉幸福惨了。后来，媳妇对我说，她当时觉得我简直就是个"白马王子"。

但我不是"白马王子"，而是来自大巴山的穷小子，赤手空拳打天下。刚结婚还无所谓，不论物质，只说爱情，虽然不纯洁，但很浪漫。浪漫到八年后我博士毕业，儿子都上小学了，我和媳妇、儿子还住在狮山"碉堡楼"。媳妇说："当年新婚时你跟我提劲打靶说别人有的我们也会有，但别人现在都乔迁两室一厅新居了，我们还原地不动，为什么啊？"我笑着学电影《列宁在十月》中列宁的保镖瓦西里的声音说："牛奶会有的，面包会有的，房子也会有的。"媳妇却正色道："说正经事，不准嬉皮笑脸！"我这个人没正形，不嬉皮笑脸，思维就凝固了，张口结舌，不知该如何回答。

却说邻居阿强是物理系实验员，他老婆开了家杂货店，趁一九八七年物价飞涨之东风，发了一笔不小的财，是"碉堡楼"的首富。我正在跟媳妇讲庄子，讲幸福生活是夫妻相濡以沫、相呴以湿的大道理，阿强老婆来找我说她儿子有个问题想请教我。我以为是什么学习问题，就说："请讲。"阿强老婆却问："会不会得罪你？"我笑道："一个初中生的问题怎么可能得罪我！"结果，阿强儿子提出的问题没得罪我，却得罪了我媳妇。阿强老婆说："我儿子问我，这'碉堡楼'

邻居中谢叔叔学历最高，为什么最没钱呢?"我媳妇气惨了，代我回答说："他不想挣钱!"

我怎么会不想挣钱呢？我做梦都在想。那天晚上，我伫立窗前，望着窗外黑沉沉的天空，思考了很久。我崇尚学术，想追求学术人生，成名成家，但学术人生却没有钱。我能坚持学术人生，过清贫生活，但我媳妇和儿子为什么要跟着我吃苦受穷呢？我是否太自私了？我既然爱他们，为什么不能给他们常人都能拥有的幸福呢？不仅精神幸福，也要物质幸福。物质幸福三要素是吃、穿、住，我们现在不愁吃、不愁穿，缺的是房子。"碉堡楼"邻居都能住两室一厅，为什么我们不能呢？

第二天，我就去四川大学房产科申请房子。当年博士还是凤毛麟角，我去川大中文系任教前，全系只有三个博士。川大那时招博士有一个优惠条件，提供两室一厅，但我去川大报时，却因为我媳妇在狮山有房子，无法享受这个优惠条件。我气得目瞪口呆，好不容易找关系才分得一间筒子楼午休房。我问房产科工作人员："我怎样才能在川大享受博士待遇的两室一厅呢？"房产科工作人员回答说："把你狮山的房子退掉，然后搬到川大筒子楼住。"那一年，我三十六岁，但很书生气，说："筒子楼就一间房，我那么多书和研究资料放在哪里？难道堆在走廊上？"房产科工作人员却轻飘飘地说："你就是把书堆在大马路上也不关我们事!"

有个科员看我太书生气，就给我出谋划策，说可以跟老婆搞个假离婚，去街道办事处办个离婚证，就可以申请两室一厅了。我眼前一亮，觉得这个"曲线救国"的计划是最佳方案，赶紧回家向媳妇汇报。媳妇也很高兴，说不花一分钱就能住上两室一厅，好幸福啊！幸福之后，媳妇却疑神疑鬼问我说："你是不是想假戏真做？"我赌咒发誓说："我要是这么想的话天打雷劈！"媳妇说她得好好想一想。第二天，媳妇却说："不谦，我宁愿住这破房子也不假离婚！"我说："为什么啊，就不能现实主义一点？我们不花一分钱就能申请到川大两室一厅，绝对能把狮山'碉堡楼'邻居都彻底震翻。"但媳妇很固执，坚决不同意。

我不知道媳妇现在还会不会这么古板，但我当时心有不甘，就去找组织，找到系总支易书记，诉说我的难处。易书记想了一想，说："最好的办法就是照房产科说的那样，把狮山的房子退掉，搬进你的午休房。造成既定事实后，我们再慢慢为你争取。"举例说某某就是这么解决的。回家向媳妇汇报，媳妇却说："儿子能转学到川大附小吗？"去川大附小咨询，校长说可以转学，但要交三千元转学费。我和媳妇面面相觑，我们存折上刚好有三千元，但是不能动，因为这是我们的唯一存款，仅作父母病危或救急救灾用。

我跟校长谈判，说我和媳妇都是教师，父母也是教师，教师世家能否减免。校长说可以减免，但条件是必须为校办印刷厂拉来五万元以上的业务。我想继续说服校长,说:"我是北京师范大学中文系的博士,现在是川大中文系的讲师,如果你让我儿子转学,我可以来你们学校免费上一年语文课。"没想到校长轻飘飘地说:"我们不需要。"

贫贱夫妻百事哀,记得那天晚上,我和媳妇相对无言,想哭却哭不出来。媳妇吼我说:"儿子转学咋办嘛?"我也吼道:"凉拌!"把媳妇给吼哭了。现在回想我都觉得残酷。媳妇的眼泪化解了我的迂腐固执,我跟媳妇说我们都是平常人,以平常心想一想,其实很多人还不如我们呢,举例说左邻右舍虽然比我们有钱,但不是打架就是角孽,包括最近震撼中国的"飞行王子",他爸妈经常吵架,他跟我说:"谢叔叔,我好羡慕鸥弟弟哦。"

鸥弟弟是我们的儿子,当时正上小学二年级,我跟他忆苦思甜,说:"爸爸当年在大巴山自学英语,没有电视机,也没有录音机,连英语教材都没有,却在上大学后第二年,获得北京高校首届英语竞赛二等奖第一名,你现在学习条件这么好,应该超过爸爸。"儿子却不相信我当年学习条件那么差,反问我说:"爸爸,你是生活在古代的吧?"

我是生活在古代,"子曰诗云"、"之乎者也",与孔子、孟子、老子、庄子等古人为友,但我又生活在当下,与媳妇为妻,与儿子为友。却说当年,我左思右想,作出一个决定:抛弃成名成家梦想,赶紧挣钱,给媳妇和儿子世俗的幸福。

从那以后，我就下海折腾去了。后来，某报邀请我写连载小说，我就化名"儒林过来人创意商海上岸人编述"，现身说法，写我们这代书生商海浮沉的酸甜苦辣，名《书生下海现形记》，每一期出来后，朋友们都对号入座，写到第二十回时，写不下去了，成了断尾巴蜻蜓。现在引一段天涯旧文，记录我当时的心境：

却说我到川大后，闲云野鹤，飞来飞去。系主任龚老师多次找我谈话，希望我专心学术。我感觉他很书生气。当年高校青年教师的困窘是现在难以想象的。狮山集资建房，我们连一万元也凑不起。想把儿子转学到川大附小，校长开口就要三千元，相当于我两年的工资收入。我得自己救自己。记得有一天，龚老师把我叫到办公室，语重心长地说："不谦，别在外面兼职了，以免把自己给耽误了。"龚老师是过来人，深知被耽误是什么代价。

这时，张先生，中文系唯一的国家级重点学科汉语史带头人，从外面走过，龚老师就说："你看人家张先生，穿着那么朴素，却很受人尊重，他是全国人大代表，大家都说，你去参加会议，也应该买件体面一点的衣服嘛，但他却舍不得买，也买不起，他的钱都买书了。"龚老师想让我以张先生为榜样，我却笑着说："龚老师，恕我直言，我不愿意，即使我愿意，我爱人也不愿意。"龚老师说："把眼光放长远一点，别只看眼前嘛！"我说："我知道甘于清贫坐冷板凳把学术做好了，今后面包可能会有的，房子也可能会有的，但现在而今眼目下，远水救不了近火。"我目光短浅，境界很低，不足为训。

今天貌似过着平淡生活的时候，我问媳妇："为什么当年不跟我假离婚呢？"媳妇说："你瓜娃子，结个婚容易吗？"说那是女人的一辈子。女人把一辈子交给我，我能不珍惜吗？

这就是我当年放弃成名成家学术梦，追求平淡人生，平常人、平常心，下海挣钱的理由。不知道现在羡慕平淡人生的学生，懂吗？

## 附　记

媳妇审阅此文，读完都流泪了。往事历历在目，既甜蜜又辛酸。想起一首歌，歌词如下："幸福不是毛毛雨，不会自己从天上掉下来……"

二〇一〇年十月十一日

## 可笑中国妈妈心

中国父母再西化再洋盘,都是假洋鬼子假洋盘;谁能真洋鬼子真洋盘,不为儿女的终身大事操心?但中国妈妈比中国爸爸操的心更多:上中学时,生怕儿女早恋,影响学习;上大学后,又唯恐儿女不恋,年龄晃大,成为"剩男剩女"。常常是儿女不急妈妈急,可笑中国妈妈心!

却说我儿子上高中的时候,常常关上门,在自己房间里打电话,还把声音压得很低。显而易见,儿子不想让我们听见。儿子他妈,我媳妇,典型的中国妈妈,却不自觉,跟贼娃子一样,蹑手蹑脚摸到门边,把耳朵贴在门缝上偷听,然后疑神疑鬼地向我报告说:"你儿子好像是在跟女生打电话!"我讽刺她说:"你管得宽!"媳妇却瞪着眯眯眼说:"我的儿子我不管谁管!"媳妇是担心儿子早恋,分散精力,影响高考。我笑着说:"没这么恐怖吧?据西方心理学家研究,早恋是青春的萌动与觉醒，可以缓解精神压力，激发孩子的向上之心，提高学习效率。"媳妇竟骂我说："放你妈的狗屁！"严禁我在儿子面前散布此类奇谈怪论，并要求我通力合作，加强对儿子的秘密监控。我严词拒绝说："我不想当贼娃子！"

有一天，我正在书房看"之乎者也"书，媳妇推门而入，煞有介事神经兮兮地说："发现情况！"原来儿子把一封信揉成纸团扔在马桶里，却没被水冲走，被媳妇小心打捞了上来，湿漉漉摊在卫生间的地板上，媳妇让我去看是不是恋爱信。我说："你不会自己看？"媳妇说："字太小，我看不清楚。"我只好跟她去卫生间，放下身段，蹲着晃了几眼，也看不清楚。媳妇就铺上几张报纸，命令我趴在地上看。我堂堂四川大学教授，在讲台上指点江山、叱咤风云，在家里却迫于媳妇的淫威，像个虾爬虫五体投地趴在地上，把这份被媳妇截获的秘密文件仔细研究了一番，爬起来汇报说："好像是女生的字迹，但不是恋爱信，是鼓励儿子好好学习的。"媳妇晓得我是孔门信徒，主张"父为子隐，子为父隐"，生怕我谎报军情为儿子打掩护，命令我再次趴在地上，将女生写的信高声朗读给她听。我不敢抗命，只好再次当虾爬虫趴在地上，学着娇滴滴的女声，用四川普通话把信咿咿呀呀朗读了一遍。媳妇惊抓抓叫道："这么抒情，不是恋爱信是什么？"我说："你聪明一世，糊涂一时，被我的四

095

川普通话误导了！"说我还能把毛主席语录读成恋爱信呢，用四川普通话现场表演："我们～共产党人～好比～种子～"浪声娇语，媳妇的眼泪都笑出来了，这才打消了疑虑。

儿子上大四的时候，几个小学毛根儿同学都有了女朋友，他还在单飞。我无所谓，媳妇却沉不住气了，天天在我耳边念叨，生怕儿子蹉跎青春，成为"剩男"。我斥道："你这样婆婆妈妈，烦不烦人啊？"周末，儿子一回家，媳妇总要迂回作战转弯抹角，从足球明星、影视明星转到男女恋爱上来，说："你喜欢哪种类型的女娃子？热情大方的还是性格含蓄的？"儿子说："现在的女娃子都飞叉叉的，我不喜欢。"媳妇吓一跳，说："难道你想去当和尚？"我笑道："又不是你谈恋爱，儿子喜欢什么样的女娃子关你屁事！"媳妇却跟我生气，说："我是他亲妈，怎么不关我的事？"好像我是个后爸一样。我不跟她计较，说儿子年龄还小，不用这样瞎咋呼闲操心，引用大巴山老家民谚说："天下只有剩柴剩米，没有剩男剩女。"媳妇问："那现在咋这么多剩男剩女？"我笑道："还不是因为你这样闲吃萝卜淡操心的中国妈妈太多了。"

却说儿子读研究生，都研三了女朋友还是没有一点动静。我虽然不像他妈妈那样着急上心，也还是希望儿子最好能在同学中找到终身伴侣，互相了解，水到渠成。如果今后工作了，为结婚而结婚，不是托人说媒，就得花钱去打征婚广告："男，一米七八，硕士学位，家道小康，父官喵主席，母业余歌唱颤花儿。欲觅一三十岁以下，专科学历以上，勤劳、勇敢、善良、端庄的女性为伴，拒访——"将人生最美好的事变成一桩讨价还价式的买卖或互探对方底细的谈判，很不诗情画意，也不温馨浪漫。儿子却表态说他不想找说四川话的女娃子，我问为什么，他说四川女娃子太凶了。我笑着对媳妇说："都怪你这个母夜叉对我死歪万恶，破坏了广大四川女娃子温柔贤惠的光辉形象！"媳妇瞪我一眼，说："放你狗屁！"自觉失态，赶紧笑眯眯对儿子说："我骂你爸呢，都是被他气的！"建议儿子说："找个说普通话的北方同学？"儿子又说："用普通话谈恋爱，交流有障碍。"媳妇很吃惊，说："难道要找个说鸟言兽语的洋娃娃？"儿子一笑，说："更恐怖，吵架还得先翻外语词典。"媳妇无可如何，悄悄问我："儿子是不是有什么病啊？"我斥道："你才有病！"

临近研究生毕业，儿子还在找工作，有一天却突然打电话说他周末要带女朋友回家，不像是征求父母意见，倒像是下最后通牒："你们同意也得同意，不同意也得同意。"如晴天一个霹雳，把媳妇惊呆了。缓过神来，媳妇就生我的气，说："都怪你整天给儿子灌输些大男子主义，什么'自己的事情自己作主'，什么'独立之精神，自由之思想'，这么重大的事情，也不事先跟父母商量商量，万一我们不喜欢喃？"我赶紧表态说："我喜欢！"媳妇斥道："你瓜娃子！

面都没见,你怎么就喜欢?"我笑道:"儿子喜欢我就喜欢。"结果儿子带女朋友回家,媳妇比我还喜欢,笑嘻了。

儿子的女朋友是他研究生同学,贤淑端庄,勤劳善良,现在已经和儿子结婚了。媳妇未雨绸缪,早在狮山现代花园小区为小两口儿按揭了一套三室一厅的电梯公寓房。装修布置新房时,媳妇自命为顾问,跟儿子儿媳打成一片,让我留守江安花园,与流浪猫为伍。有一天,媳妇陪儿子儿媳逛宜家超市购置家具,兴高采烈而去,却闷闷不乐而归。我问她:"这么快就爆发婆媳矛盾了?"媳妇摇摇头,很委屈地说为了一件家具的样式和颜色,男女双方持不同意见,男说男有理,女说女有理,儿子居然指着她和儿媳不屑地说:"你们女人——"媳妇眼泪都要流出来了,字字血声声泪控诉道:"你儿子翅膀还没长硬就死歪万恶,把妈妈看成'你们女人',养儿好没想头啊!"一唱三叹,把我笑惨了,我问她:"难道你们不是女人是男人?"

媳妇看着儿子儿媳的新婚照片,说很遗憾我们当年没有拍这样青春飞扬、温馨浪漫的照片,遗憾之后,却得意扬扬地戏谑我道:"我儿子比你帅!"我无语。

二〇一二年九月十六日

# 可怜中国爸爸心

上篇博文《可笑中国妈妈心》，写父母对独生子女早恋和不恋的担心与关心，把很多朋友笑惨了，却把"中国妈妈"俺媳妇谢钱氏气惨了，斥道："你更可笑！"我赶紧自我批评，说自己不仅可笑，还很可怜，可怜中国爸爸心！

却说我最初做爸爸，既非传统家庭的"父为子纲"，也非西方家庭的"父子平等"，而是中国现代特色的"子为父纲"，唯儿子之命是听，比媳妇有过之而无不及。儿子叫我们学动物叫，媳妇柔声细语"喵喵喵"，我却大声武气"汪汪汪"，惟妙惟肖，被儿子誉为"狗爸爸"，好耍惨了。邻居逗儿子说："爸爸和妈妈你最喜欢哪一个？"儿子答："都喜欢！"邻居说："爸爸和妈妈只能选一个。"儿子答："爸妈！"爸爸妈妈不可分割，把我们激动惨了，争相拥抱儿子说："我们的好乖乖！"

儿子却很不乖，都上幼儿园了，吃饭吃水果还非要妈妈哄着逗着才懒心无肠地张开嘴。我笑着建议说："饿他两顿，看他吃不吃？"说我们小时候饿极了吃什么都香，兄弟姊妹多，吃东西都是抢。儿子没食欲，是因为缺乏竞争对手。媳妇眼睛一亮，说："嘿，硬是的哈？"让我扮演"假想敌"，参与到竞争中来。

有一天，媳妇喂儿子吃桃子，儿子却连连道："不乞（吃）！不乞（吃）！"媳妇哄他说："这可是西王母种的仙桃，吃了能当神仙哩！"儿子却想当解放军叔叔，不想当神仙。媳妇乜斜着眼睛发出暗示，我就跳将过去，一把抢过桃子，故作饕餮状。儿子笑嘻了，说："猪八戒——"我学猪八戒咬一口桃子，啧啧赞道："西王母种的仙桃，好甜好好吃哦！"正要咬第二口，媳妇却惊抓抓叫道："嘿，你还真吃上了？"一把将桃子夺过去给儿子，儿子却学孔融让梨，笑嘻嘻将桃子让给我说："要猪八戒乞——"

却说儿子上小学时，媳妇望子成龙，想严格要求儿子：不自私，不任性，不贪玩，遵守纪律，认真学习，团结友爱，尊敬老师，等等。总之，品学兼优，德智体美全面发展。但谁来严格执法呢？媳妇分派角色，她当慈母，我当严父，宽严结合，恩威并济，让儿子既感受到爱的温暖，也有所畏惧。我当即揭穿她的阴谋诡计，说："你想得美！你当好人，我当恶人，让儿子今后只晓得'世上只有妈妈好，有妈的孩子像个宝'？为什么不能你严母我慈父呢？"媳妇却引经据典说："据报纸上的专家说，现在很多男娃子奶里奶气，没有阳刚之气，都是严父缺位造成的。"说如果生的是女儿，她可以当严母，我可以当慈父，但谁让我们生的是儿子呢？我别无选择，只好从命，从此在儿子面前耍起"父父子子"的威风来。

儿子可能继承了我的不优秀基因，从小就是个贪玩好耍的淘气包，没考过双百分，没当过三好学生，也没当过班干部。媳妇看见别人家墙壁上贴满孩子的奖状，孩子戴着一道杠或二道杠的臂章，心里很不平衡，怨我管教不严，没尽到严父的责任。我斥道："你瓜婆娘！男娃子谁不淘气啊，我小时候也没考过双百分，没当过三好学生，白丁一个嘛！"媳妇讽刺我说："你以为你多伟大？瓜娃子一个！"说她就是喜欢儿子积极向上，当三好学生，当班干部。我问媳妇："夫妻之间，意见不统一，老这样唱对台戏，你讽我是瓜娃子，我斥你是瓜婆娘，怎么教育好儿子？"申请当慈父，让儿子从小就懂得"世上只有爸爸好，没爸的孩子像根草"。慈母却笑嘻嘻安慰我说："我是想把你骂成严父嘛！"儿子不懂慈母心，小学淘气，初中逆反，常把慈母气得直哭。没办法，最后都是严父出面弹压，还动过拳头。拳头打在儿子屁股上，却疼在慈母心坎上，媳妇斥责我说："你也太狠心了，居然下得了手！"我只好泄露天机，说："我研究过各种拳术，打的不是要害部位。我来教你两招花拳绣腿，严父不在的时候也能震慑一下儿子。"媳妇却不接招，哼哼道："我没你心狠手辣！"

记得儿子高中军训前，媳妇正在外地出差，电话下达命令说："给儿子准备好行装！"我却"矫诏"告诉儿子说："军训需要带什么东西，自己准备。"儿子找来一个塑料袋，装上洗漱用具，拎着一大瓶矿泉水，雄赳赳而去。媳妇回来后，路遇同学父母，都说："你儿子好潇洒喃！碗筷铺盖都不带，咋个吃饭睡觉呢？"媳妇臭骂我一顿后说："简直像个后爸！"要叫一辆野的，去给儿子送碗筷和铺盖。我说："儿子又不是一个人去荒无人烟的地方，有老师带队，有同学为伴，还有解放军叔叔关照，他若连吃饭睡觉问题都不能解决，今后能有什么出息？"很多家长担心军训伙食不好，去给孩子送营养品，媳妇说："我们也给儿子送点吃的东西去？"我斥道："你想把儿子给害了？"说儿子军训是去吃苦，去锻炼，不是去享福。媳妇可怜兮兮地说："儿子看见同学的爸爸妈妈送温暖，会不会以为我们太冷血不爱他？"我斥道："你这是妇人之仁！"结果，儿子借老师的碗筷（老师跟军官吃小灶），借同学的铺盖（同学有带两床铺盖者）。媳妇很得意地笑道："你还会打条哩！"问他怎样感谢同学，儿子说天天去为同学打开水。我被感动了，撕下严父面具，拍着儿子肩膀说："你做得非常好！"

却说我目睹儿子与淘气包同学的成长经历，发现自己的教育理念常跟学校抵触。作为高校教师，对教书育人多少有些了解，眼睁睁看着儿子逐渐心灵扭曲，被整成考试机器、糨糊脑袋，既不忍心，更不甘心，但又无力改变应试教育的现状，为此非常纠结。记得儿子写记叙文，我告诉他要写自己的生活、自己的感受，有情趣有趣味就行，不一定非要追求什么思想意义。曾示范一篇，写我儿时种下扁豆却收获丝瓜的趣事，儿子却不以为然说："有趣味就没意义，有意义就没趣味！"说考试不能得高分。最让我痛心疾首的是，儿子死记硬背的有些知识，不仅无用，而且有害。告诉儿子书上的话不能全信，引孟子语："尽信书，则不如无书。"媳妇却斥道："别听你爸的，听老师的！"我极其无语，却无可如何。可怜中国爸爸心！

我就这样陪淘气逆反的儿子攻书，冬去春来，终于陪到了高考。我向儿子宣布说："第一，爸爸妈妈不去接送，自己乘车前往考场；第二，中午吃饭，在考场附近餐馆自行解决；第三，无论考得好与不好，爸爸妈妈都爱你。"媳妇却说："是不是太残忍了？你不去接送，我去！"我说："不就是一场考试、一场人生游戏吗？你去或我去，都只会增加儿子的心理压力。"儿子果然潇洒而归，自己估分说能上一本线，踢了一场足球比赛才回家。谁知查询成绩时儿子当即哭了：其他各科都发挥正常，唯独语文大出意外，只得了八十五分！语文一直是儿子的长项，他伤心地哭啊哭啊，说认认真真学了这么多年的语文居然不及格，早知今日还不如不学，随便耍也耍得及格。从小到大，儿子从来没这么伤心地哭过，哭得慈母眼泪汪汪，不知所措。其实，最崩溃的是我，我还有什么脸面教学生写作啊！但既为严父，就得在儿子遭遇失败挫折的时候给予他精神力量。我在母子的痛哭声中，迅速调整好心态，抚摸着儿子头（很多年没这么慈祥地摸过了），很沉静地说："孩子，谁人生能一帆风顺呢，爸爸妈妈年轻的时候，也遭受过很多挫折，所以才内心强大。你们这代独生子女最缺的就是挫折教育。高考失利，不过是遭遇一次挫折，绝不是人生失败，咱就当是接受了一次挫折教育。"回忆往事，媳妇还把我稀奇麻了，含情脉脉地说："不谦，儿子高考失利那一刻，我才发现你是真正的慈父！"太夸张太肉麻，竟让我无地自容。

却说那年高考，儿子的同学，无论男女，语文普遍失利，都没平时考得好。有位男生，全年级文科第一，被老师们公认为是"北大种子"，也没能上一本线。据我分析绝对败在了作文上。我深知其中之弊，不是孩子们不努力，是他们运气不好，谁让他们遭遇"冷血杀手"呢？同年江苏高考，一位父亲将女儿的高考作文发表在报刊上，愤愤不平道："为什么被判为低分作文？"我让儿子看这篇作文，然后问他："你没人家写得好吧?"儿子点头。我说："她的新概念获奖作文还曾经入选高中课外阅读教材，比你强，但现在也只能上二本。"鼓励儿子、宽慰媳妇说："能上二本院校也不错嘛，往年有些教授的子女连二本院校也没考上哩！"儿子却很不情愿，貌似丢了大学教授爸爸的脸。媳妇也不甘心，说："让儿子再复读一年？"一本还是二本，至今依然让很多中国孩子和家长纠结。

这其实是个伪问题：难道不成龙，则成虫？我阅人无数，见过太多人生悲剧，坚决不同意儿子复读。我说："古今中外考试都有很大的偶然性，而且复读是炒冷饭，继续受应试教育折磨，记诵些毫无用处的知识，做些刁钻古怪的试题，把人搞成糨糊脑袋，还不如到大学自由发展。我当年还想上北大清华哩！只要自信自强，二本院校的学生一样能有出息，一样能活得快乐。为什么非一本不读呢？"正反举例，终于将母子说服。儿子却提出要求说："坚决不读中文系！"儿子很喜欢读书，也读过很多课外书，我本来想让他走我的路，子承父业，能得到严父的耳提面命，少走弯路。但我放弃了这个想法，对儿子说："爸爸尊重你的选择。今后的路，你自己去走。记住，爸爸妈妈永远爱你，你也要孝敬爸爸妈妈。"引孔子论孝道的话说："父母唯其疾之忧。今后无论世俗所谓成功与否，平常人、平常心，踏踏实实工作，快快乐乐生活，只有你生病的时候，爸爸妈妈才需要为你担忧，这就是对爸爸妈妈的孝敬。"

很多年后，儿子都研究生毕业工作了，媳妇还是耿耿于怀，很歉然地说："我们是不是亏欠儿子很多？"如小学没坚持让他学钢琴，初中没让他学奥数，高中没让他填报艺术类专业曲线上我任教的川大，高考后没让他复读，甚至我博士毕业后没留在北京发展、给儿子创造优越的学习条件，没送他出国留学，等等。一句话，没让儿子成龙，我们对儿子的教育失败了。我很不以为然，说："儿子虽然没成龙，却成了一个正常人，性格阳光，热爱生活，待人真诚，工作踏实，有爱心，有孝心，领到第一个月工资就给外婆和奶奶各寄了五百元，难道这不是我们教育成功的表现？"媳妇却旧事重提，讽刺我说："你一个文学教授，自己儿子高考，语文却不及格！让儿子从最喜欢语文变成最痛恨语文，还不失败？"把我惹毛了，我说："你懂个屁！"

却说儿子工作结婚后，很幸福，很快乐，很有上进心。我严父的戏也唱完了，想辞去严父职务，跟媳妇商量说："等我们有了孙子，你我变换一下角色，我当慈祥的爷爷，你当严厉的奶奶，以补偿我这些年假装严父的精神损失？"儿子虽然畏惧严父，甚至崇拜严父，但父子之间总感觉缺少一种温情。媳妇却非要将慈母进行到底，生命不息，母爱不止。欣赏儿子儿媳的结婚照片，媳妇得意扬扬地说："我儿子比你帅！"参观儿子儿媳的新房，也得意扬扬地说："我儿子比你有格调！"吃了儿子煎的牛排，更得意扬扬地说："我儿子比你能干！"但数落儿子缺点的时候，却指着我鼻子说"你儿子就晓得铺排我"、"你儿子大男子主义"、"你儿子头发跟乱鸡窝一样"云云。总之，一切优点归于慈母，一切缺点归于严父。我一笑置之，问她："你一会儿'我儿子'，一会儿'你儿子'，究竟是谁的儿子啊？"把媳妇的塌鼻子都气高了。媳妇瞪着眯眯眼斥责我说："你瓜娃子！不是我们的儿子是谁的儿子！"

二〇一二年九月二十四日

## 儿子生日所想到的：亲亲为大

今天是儿子生日。儿子来到这个世界上的时候，我已年过二十八岁，他妈妈谢钱氏年近二十八岁。

记得二十八年前今月昨晚，天气乍暖还寒，气温陡降，我在产房外徘徊来徘徊去，听见媳妇在产房里一会儿哼哼唧唧，一会儿又默无声息。徘徊至后半夜，护士出来说："你爱人睡着了。"我说："娃娃还在她肚子中，怎么就睡着了？"护士说："你爱人太累了，没力气了。"让我兑一杯糖水，给媳妇增加一点能量。糖水刚送进去，医生又出来说："没见过你爱人这么娇气的，可能得剖宫产了。"然后征询我意见说："手术中万一发生意外，保大人还是保娃娃？"我毫无思想准备，两眼发直，头脑一片空白，喃喃道："最好能母子双全。"医生说："我说的是万一！"递过一份合同，让我签字画押。我鼻子突然发热，热血喷涌，喷到了医生的白大褂上。医生说："你急火攻心，赶紧去冷静一下。"让护士带我到楼外露天的自来水龙头旁用冷水洗脸浇脖子，清醒冷静。

媳妇比我清醒冷静，咬牙切齿，哼哼哈哈，不愿剖宫产，要让儿子自然而然地来到这个世界上。我在寒冷中默默祈祷，终于在万籁俱寂中，突然听见产房里传来哇的一声，下意识看看手表，清晨六点过几分，媳妇已被这个牛魔王翻天覆地折磨近十二小时，把我心痛惨了。护士把裹在襁褓中的牛魔王送出来，笑盈盈道："恭贺你，是个儿子！"我看着尖头尖脑眯着小眼睛不吭气的小家伙，说不出是喜悦还是失望，总之感觉很奇怪，麻起胆子问护士说："是不是个怪胎啊？"医生刚好出来，指着我鼻子斥道："你才是怪胎！"

却说我在护士的协助下，把身体柔弱却很笨重的媳妇从产房移回病房。媳妇刚躺下，儿子仿佛有心灵感应似的，哇的一声哭起来。媳妇支撑着比林黛玉还弱不禁风的身体陡地坐起来，一把抱起儿子，搂入怀中，咿咿呀呀抒情道："鸥儿，我的鸥儿！"变腔变调，像演电影一样。我很迟钝，父性还没觉醒，不晓得这是母性的呼唤，感觉很滑稽很肉麻，忍不住扑哧一笑，说："你好麻嘎嘎哟！"媳妇有气无力地瞪我一眼，说："你才麻嘎嘎！"

儿子是在都江堰人民医院诞生的。医院在玉垒山下，现在风景无限，当年却很破很简陋。记得病房很大很杂乱，密密麻麻，大约挤了十几张病床，有产妇，有待产妇，还有

二十八年前的我们还很淳朴，很土气。儿子已经在母腹中蠢蠢欲动，我仿佛听见了新生命的呼吸，听见叫我爸爸。媳妇却考验我说："要是生个女儿呢？"我笑道："无论是儿子还是女儿，我都喜欢！"媳妇笑嘻了，在儿子诞生前十天左右，拍下这张升级为妈妈前的最后一张照片。

别的病人，加上陪护的男人，以及来探望的亲属，男女老幼，熙熙攘攘，简直像一个大杂院。我们左床是一位五十岁左右的农妇，不知得了什么病，在输液。有一天半夜，我实在太困，斜靠在床边的木椅上打盹儿，却突然被炸雷惊醒："滚下来！"原来，输液的农妇捧着输液管，坐在床边的木椅上，而她老公居然躺在病床上打呼噜！护士怒不可遏，说：

二十八年后的媳妇退出人生江湖，重拾旧好，也就是妇女四德之一的妇功，在缝纫机前重温传统妇女的功课。我阿谀奉承道："你好像一个慈祥的老祖母。"媳妇哼哼道："你以为你多年轻？"

"你他妈的像个啥子男人？滚下来！"农妇老公坐起来，揉着睡眼打着呵欠问："啊？"农妇央求护士道："让他睡一下吧，他实在太困了。"我们右床是一位年轻貌美的妈妈，从待产到产后恢复，她老公一直陪伴床前，环侍左右。她老公是县城某国营厂工人，他跟我无限感叹说："婆娘痛苦，老子辛苦。"我笑道："天地之大德曰生，我们的生命就是这样延续的，人类就是这样生生不息的。"他恍然大悟，肃然起敬，递给我一支烟说："你是教书先生吧？"有一天黄昏，突然听见他老婆惊抓抓叫道："你这个挨千刀的！"我扭头一看，笑惨了，原来他坐在椅子上跷起二郎腿打盹儿，居然把一双臭脚跷到了婴儿脸上！

我在这样一个士女杂坐、乱象迭出的病房，始终以绅士风度，细心护理媳妇，小心照顾婴儿，前后半月，不辞辛苦，有点鹤立鸡群的感觉。不为别的，只为了爱，为了生命的延续。中国人的生命意义，就植根在以血缘亲情为基础的生生不息的生命之流上。我以为，这不仅是动物传授生命基因的本能，更是人性的美好升华。用孔子的话说就是，仁者人也，亲亲为大。

很多年后，儿子长大成人了，我和媳妇也渐渐老了。有一年，我在成都金沙讲坛讲儒家伦理：仁者人也，亲亲为大，爱儿女是父母的天性，是动物本能，但为人子者，如果连自己的父母都不爱，他可能爱人民爱人类吗？儒家讲"因亲以教爱"，以亲情培养爱心，然后推己及人，老吾老以及人之老，幼吾幼以及人之幼，引《孝经》说，"不爱其亲而爱他人者，谓之悖德"，脑壳有病，"不敬其亲而敬他人者，谓之悖礼"，脑壳有包。朋友听完后很有感触，说："是啊是啊！"请我去启发他九〇后儿子的爱心。他儿子上高中，很逆反，学习也不努力，他和媳妇苦口婆心教育，儿子却无动于衷。我跟他儿子说:"生命偶然,你来到这个世界上多不容易啊,妈妈痛苦,爸爸辛苦,你应该珍惜此生,好好学习,天天向上,才能报答爸爸妈妈的养育之恩。"他却振振有词道:"又不是我想来到这个世界上的!"我一愣,难道中国人世代相传的基本伦理被现代社会颠覆了?

其实,古今中外的伦理,如儒家的孝亲、忠孝仁爱、礼义廉耻,等等,都是不能自证其成立的,必须有一个普遍认同的价值预设,如同几何学上的公理一样不容置疑,否则就会流于口号流于形式。

基督教世界的价值之源在上帝,上帝造人,被创造者必须服从创造者的律令。上帝之子耶稣说:"爱你的亲人,爱你的邻居,爱你的敌人。"理所当然,不容置疑。德国狂人尼采宣告说:"上帝死了!"死了就死了,关我们中国人什么事啊,却震撼了基督教世界。诗人艾略特曾把失去上帝信仰的西方世界喻为荒原,因为他们价值系统、道德伦理的源头在上帝。美国总统奥巴马宣誓就职时手里摸着《圣经》,美元上印着"我们信仰上帝",而在儒教中国,则没有这样全知全能拯救人类灵魂的上帝。那中国人曾经普遍认同的价值之源是什么呢?是人性本身。儒教经典《周易》说:"有天地然后有万物,有万物然后有男女,有男女然后有夫妇,有夫妇然后有父子,有父子然后有君臣。"《尚书》说:"惟天地万物父母,惟人万物之灵。"《孝经》说:"天地之性,人为贵。"《礼记》说:"人者,天地之心也。"天地最尊,父母最亲,人最宝贵,生而为人而不为禽兽,就是至乐,就是最大的幸福。所以为人子者,感天地之恩,感父母之恩,传统婚礼要一拜天地,二拜父母,三则夫妻对拜。天地父母,就是我们价值的源头。孟子说:"(君子)亲亲而仁民,仁民而爱物。"程颐说:"仁者,以天地万物为一体。"而所有人类之爱的基点是,亲亲为大。

二〇一三年三月六日

## 不是隔代亲，而是重复昨天的故事

二十九年前今月上旬，气温陡降，儿子来到了这个世界。我和媳妇都没有养儿防老的想法，更没有传宗接代的意识，平常人、平常心，不望子成龙，只希望儿子该读书的时候读书，该工作的时候工作，该结婚的时候结婚，该当父亲的时候当父亲。儿子与谁恋爱，研究生毕业选择什么工作，什么时候结婚，乃至婚礼怎样举办，什么时候让我们抱孙子，等等，都是他自己决定的。儿子希望我不要在天涯博客和新浪微博谈及他们小两口儿的生活，我也尊重他们的意见，只写我们夫妻二人，以及天天来早请示晚汇报的流浪猫霍小雅。但有一件事，我不仅固执己见，也把意志强加给了小两口儿，那就是不请月嫂。

却说春节后，儿媳预产期进入倒计时，儿子对老太太说他同学老婆坐月子期间都请了月嫂，我们是不是也请一个。老太太对儿子百依百顺，从来不说一个不字，将意见转达给我，我一口回绝，说："生他的时候，我们请月嫂了吗？不一样把他带大了？"老太太说："你死脑筋，独生子女一代，哪像我们这代人那样能吃苦受累啊！"我说："不吃苦受累共育儿女还叫什么夫妻？"儿子直接跟我沟通，说："娃娃如果闹夜，咋办？请个月嫂哄他睡觉，大家都轻松。"我说："生儿育女怎可能轻松？女人痛苦，男人辛苦，自古及今，天经地义。"儿子无语，老太太却哼哼道："你就是舍不得钱！"我说："财政大权在你手中，怎么是我舍不得钱？实话实说，我不想看见一个陌生人在家里晃来晃去！"老太太只好对儿子说："你同学家可能只有妈妈能干，爸爸不能干，你爸爸多能干啊，上得课堂，下得厨房，请个月嫂反而碍手碍脚。"

其实不是我能干，是老太太能干，吃得睡得，能文能武，不让当今"女汉子"。一个月前，儿媳分娩，住院五天，老太太天天驱车四五十公里，早出晚归，归来还要在网上歌厅神游，夜半歌声，获得很多小红花。儿媳母子回家后，老太太里里外外一把手，运筹帷幄，发号施令，我只是听用而已。我主要职责是按照小两口儿提供的全国妇联"心系好儿童"项目专家、北京协和医院营养师编写的《坐月子吃什么》食谱，结合省情，烹制具有四川特色的月子餐。插队当知青时养成的睡觉不洗脸不洗脚的不文明习惯，在非常时期显示出极大的优越性，我天天和衣而卧，连袜子也不脱。古人闻鸡起舞，我闻婴儿啼哭起床，雷厉风行，冲向厨房第一线。

大家都说隔代亲，其实不是，我们就是这样亲手把儿子带大的。今天不过是重复昨天的故事。二十九年前今月，我哼着《军港之夜》哄儿子睡觉，现在则哼着催眠孙孙："军港的夜啊静悄悄，海浪把战舰轻轻地摇，年轻的水兵头枕着波涛，睡梦中露出甜美的微笑……"虽然走了调，效果却一样好，只要孙孙一哭，老太太就喊："爷爷快来一个《军港之夜》!"孙孙胆红素一度超标，医嘱说要暂停母乳三天，喂牛奶。晚上孙孙和我们同睡，他一哭，老太太赶紧抱起来，奶声奶气咿咿呀呀："哦哦哦，我们饿了，我们饿了。"我赶紧翻身起床兑牛奶，滴在手背上试冷热，然后把奶瓶交到老太太手中，她再滴两三滴到手背上，检验合格后才把奶嘴送到嗷嗷待哺的孙孙嘴里。孙孙爸爸也是这样喝牛奶长大的。一切驾轻就熟，一切感觉相同：辛苦而快乐着。

孙孙今天满月，他比儿子幸福，各种爱集于一身，不仅能吮吸甘甜的母乳，还有爸爸的呵护，还有奶奶的钢琴伴唱，还有我这个不入流的御用摄影师随时随地拍照录音录像，记录他的成长史。

二〇一四年三月二十一日

# 乙集 都市田园

# 种菜记

入春以来少雨，奇冷后奇热，奇热后奇冷，老天爷打摆子似的。城里人突然发现市场蔬菜少而且贵，有时贵得离谱，时有怨声。乡下人也怨，不怨城里人，只怨老天爷不作美，连月春旱，地里的蔬菜蔫不溜秋无精打采。我却不为所苦，因早有"战略储备"：春节前种下的白菜、莴笋虽不茁壮，却绿得可爱，秀色可餐，正好补青黄不接之需。饭快煮熟时去后花园拔两棵莴笋，或摘一把白菜，清水冲洗一过，苍翠欲滴，下锅，上桌，吃到嘴里，前后不到十分钟。脆生生，嫩鲜鲜，满口清香。媳妇啧啧赞道："好脆好鲜哦！"上周媳妇去桂林出差，上飞机前，竟打电话下达指令说："地里的蔬菜留着，等我回来再吃！"

媳妇尝到了种蔬菜的甜头。上前年，迁居江安花园，我说要把后花园搞成蔬菜基地，媳妇还讽刺我说："你看人家的后花园，亭台水池，花草果树，多洋盘多有格调！亏你还是个文学教授，咋个一点品位都莫得？"我反唇相讥说："我没品位？大家都说你才没品位，貌似优雅，却嫁个土拉八几的男人！"媳妇很生气，说："谁说你土拉八几？"我笑道："不是你说的吗？没品位就是土拉八几嘛！"逗得媳妇也笑了，同意划拨后花园三分之一的土地归我开垦种植。插上木棍标出地界，媳妇说不能越雷池半步，现场监工。我锄头一挖过界，媳妇就嚷道："你娃咋个得寸进尺哟？"那年雨水充沛，栽下去的瓜菜棵棵生意盎然，见天疯长，挡也挡不住。暑假前篱笆上就挂满了黄瓜、苦瓜，地里满是西红柿、辣椒、茄子，煞是喜人。记得西红柿结出绿色硕果后，路人驻足赞叹说："这家人好有情趣哦！"保安建议说："快喷催红素，几天就红了。"保安是农家出身，说农村种西红柿都这样。我说我偏不这样，我要西红柿自然红。

  第一个西红柿终于熟透，媳妇说她去摘，还让我把她摘西红柿的镜头拍下来。我一边拍照一边讽刺说："春天栽种时你袖手旁观，还讽刺挖苦，现在摘取胜利果实你比我还积极！"媳妇举着西红柿得意扬扬、振振有词地说："你在后花园种地，我在厨房煮饭，男主外女主内，分工不同，我咋就不能积极摘取胜利果实？"于是，我咬一口，媳妇咬一口，口感味感妙不可言，都说找回了小时候吃西红柿的感觉。我说："凭这个西红柿，我就敢断定，现在市场上出售的所有西红柿都是催红素催红的!"媳妇赞同道:"就是!就是!"然后提议把后花园中间的草坪也改为菜地。就这样,未经我申请,桃李不言,下自成蹊,蔬菜种植面积扩大到了后花园的三分之二。

农谚曰:清明前后,种瓜点豆。今年清明前两周我就栽下了瓜豆秧苗,但天气时冷时热,加上春旱,成活率很低,不断补种,不断死亡。赶场买秧苗时,我问老乡:"我天天淋水,咋个还是栽不活哟?"老乡说:"你淋的啥子水?"我说:"当然是自来水。"老乡说:"自来水哪里比得上雨水渠水哦!"自来水加了漂白剂等化学物,不是地涌清泉,更不是天降甘霖,这个道理我能不懂?但我不可能开条水渠,把江安河引到后花园来,只好天天盼春夜喜雨。无奈连日暴热,补种的秧苗半死不活,如日薄西山,气息奄奄,命悬一线,朝不保夕。只有西红柿还有几分生意,身材虽然干筋,近日却渐渐婀娜多姿起来。

昨日半夜,正在灯下读钱穆《先秦诸子系年》,迷迷糊糊欲要睡去时,隐隐听见窗外有滴滴答答声。抖擞精神,走到厨房阳台一看,果真下雨了。雨点淅淅沥沥洒在树叶上,与墙外的蛙鸣虫吟呼应,交响成悦耳的春之声。这春之声,非施特劳斯谱写的圆舞曲,而是庄子所谓天籁,于是神为之旺,睡意顿消,斟上一杯白兰地,点燃一支香烟,坐在阳台的竹凳上,以心会心,凭直觉去感悟雨声、风声、蛙声、虫声蕴含的宇宙生命之谜,心中一片澄明。

今日一早,细雨依然迷蒙,我哼着"二月里来呀好春光,家家户户种田忙,种瓜的得瓜呀种豆的得豆……"骑车去文星镇买秧苗。归来途上,满脑子意识流,不知怎么就神游到千百年前,回忆起古人"细雨骑驴入剑门"的况味,心想:"若今日不是骑车,而是骑驴于蒙蒙细雨之中,那才爽哦!"想归想,爽归爽;浪漫归浪漫,现实归现实。趁春雨还在漫天飘洒,补种秧苗才是当务之急。蹬车赶回家,气也未歇,茶也未喝,一鼓作气,栽下秧苗。站在地头,欣赏着自己的杰作,竟油然生出一种成就感。手脚沾满泥巴,头发和衣服沾着雨水,心中却洋溢着喜悦、充满着期盼。陶诗曰:"衣沾不足惜,但使愿无违。"深得我心也。

然后回书房,躺在沙发上继续读《先秦诸子系年》,看钱先生咋个考证老子当在庄子之后。午饭有现成剩饭,摘棵莴笋,清炒,配以肥肉一碟,斟杯美酒。还未吃到嘴里,突然电话铃响,媳妇说:"我回来了!"我急忙问:"刚到机场?我开车去接你?"媳妇却说:"我已直接回狮山了。"我心中有气,说:"咃,你硬是耍得欢哟!"江安花园近在咫尺,出机场几分钟就到,媳妇竟过家门而不入,耍了桂林又去耍狮山。媳妇解释说:"我下午有课嘛,我在桂林机场给家里打电话咋没人接,你干吗去了?"我故意气她说:"新生活,各管各!我到文星镇相亲去了,你管得着吗?"媳妇一笑,说:"你去你去!"然后追问说:"后来呢?"后来,不就补种秧苗吗?我如实汇报道:"既耕亦已种,时还读我书。欢言酌春酒,摘我园中蔬。"媳妇讽刺我说:"抛什么文哟!直接回答,我没在家这几天,你是不是把地里的蔬菜吃完了?"我说:"白菜被虫子吃了,已改种辣椒。莴笋只动了一棵,现正在餐桌上。地里还有一棵莴笋,等你回来共享。"媳妇笑道:"这还差不多!"

二〇〇七年四月二十三日

# 种瓜记

春天的时候，几只生蛋老母鸡突然死亡，我判定是鸡瘟，小时候司空见惯，媳妇却认为是禽流感，下达禁令，不准我再养鸡。我不干，说："那我业余时间干吗？"媳妇指示说："可以发展种植业嘛！"我家后花园三十来平方米，种几棵瓜菜，居然叫什么种植业，把我笑惨了。

却说清明前一个雨天，我去文星镇赶场买秧苗，落实媳妇发展种植业的指示。看见一种瓜秧，一元钱八九棵，以前未曾见过，老乡说是瓠瓜。瓠瓜不是什么稀奇瓜，但我最爱吃，问："瓜藤能长多长？"老乡比画着说："就两三丈，在地上蹿，不用搭架。"心中盘算了一下后花园能利用的面积，就买了一堆，分四窝，栽在地角。

春意还未阑珊，西红柿就摇曳多姿起来，瓠瓜也伸出藤蔓，却慢条斯理、懒洋洋匍匐在杂草丛中，无意苦争春似的。媳妇说:"瓜地长这么多杂草,咋不去拔掉?"我说:"瓜地又不是菜地,长点杂草有什么关系?"媳妇哼哼道:"偷懒耍滑。"然后去拔瓜地里的杂草,貌似很热爱劳动,还尖着嗓子,咿咿呀呀唱起小时候的流行歌曲:"瓜儿连着藤,藤儿牵着瓜。藤儿越肥瓜越甜,藤儿越壮瓜越大——"

唱者无心,听者有意,突然想起枇杷树下的大雨缸沤了很多鸡粪。大雨缸是前年引进的,储存天降甘露,灌园兼养鱼。鱼儿死了,却成了鸡咯咯的公厕,飞上去,站在缸沿,环顾四周,貌似悠闲,大小便却飞泻而下。我就去把缸底日积月累化为淤泥的鸡粪一勺勺舀出来,分三次淋给了瓠瓜和西红柿。

入夏后,西红柿硕果累累,瓜藤也开始蔓延,蹿上篱笆。媳妇说:"是不是该剪掉些瓜藤?"媳妇担心瓜藤这样扩张下去,可能危及周边树木和园内的果树。我斥她瓠瓜威胁论毫无根据,引卖瓜苗的老乡话说瓜藤也就两三丈。将缠绕篱笆的瓜藤引到地上,给它们指明人间正道。但瓜藤貌似很有骨气,宁死不肯折腰,志存高远,见天疯长,不仅重新蹿上篱笆,而且攀缘上树,向空中全面发展。媳妇责怪我说:"都怪你施肥太多,营养严重过剩,它们才这样生猛霸道!"我觉得媳妇就是毛主席当年批评的赫鲁晓夫式人物,一切功劳归自己,一切错误归别人,义正词严反驳她说:"怎能怪我一个人,你当初要不把瓜地里的杂草拔得一干二净,保留一些竞争对手，瓠瓜岂能一家独大？"媳妇斥道："歪理邪说！"

暑假旅游归来，瓜藤早已铺天盖地，花儿朵朵，却不见一个瓜。媳妇说："这才叫浪费表情喃！"我笑道："虽然不结瓜，但这么繁茂的绿叶，能制造出多少新鲜氧气，天然一个氧吧，怎能叫浪费表情？"媳妇却下达命令说："将瓜藤全都连根拔了，改种别的蔬菜！"我最讨厌媳妇这种独断专制、颐指气使，说："凭什么？要拔你自己去拔！"媳妇说："没空。"我说："我也没空。"大家都撂挑子，任瓜藤疯狂扩张、花儿寂寞开放。

却说有一天我在书房看书，突然听到外面有人惊叹说："哦哟，长好多瓜啊！"我赶紧跑出去，一看果然，外面篱笆上挂着七八根瓠瓜，指头般大小。叫媳妇出来看，看得她眉开眼笑，笑完之后却说："这么多瓜，一齐长大能吃得赢？"我讽刺她说："那你赶快给它们下一道命令：瓠瓜们，不准一齐长大！"媳妇一笑，说："我没那么瓜！"

翌日周末，儿子要回来，我在厨房准备晚餐，见窗外有几个女娃子在篱笆前七嘴八舌议论这是什么瓜，我忍不住笑说："傻瓜。"媳妇刚好过来监工，以为我在讽刺她，斥道："你才是傻瓜！"我说："你怎么这样敏感呢？我是说她们。连瓠瓜都看不出来，不是傻瓜是什么瓜？"

那些天雨水充足，阳光灿烂，瓠瓜见天长。摘下最大的，按传统吃法，切成片，煮汤，现做现吃，感觉不摆了。第二天，再去摘瓜，花园清洁工郑师傅说："嫩瓜切丝炒肉更好吃。"摘根嫩瓜，切丝炒肉，鲜脆，确实别有风味。于是，今天切片煮汤，明天切丝炒肉，连吃几天，把媳妇吃毛了，说："再吃都吃成傻瓜了！"但瓜越长越多，小瓜争先恐后长大，大瓜逐渐老年化，自然规律，谁能阻挡呢？媳妇建议把大的摘下来送给邻居，我说："又不是什么纯情土鸡蛋，人人稀奇，这瓠瓜谁要啊，还以为我们转嫁经济危机哩！"媳妇竟追究我的责任，说："谁叫你一次种这么多啊？"我说："我怎么知道它们这样莽起结瓜嘛！明年不种瓠瓜了，一棵都不种，全种西红柿？"

却说开学前，媳妇要去参加同学聚会，把七八个大瓜摘下来，装在车后厢，像炮弹似的，去轰炸老同学，竟被大家一抢而光。却留下个最老最丑的，自己吃。但这么老的瓠瓜，我以前既没见过也没吃过，如何解决这个老大难呢？我去请教郑师傅，郑师傅说："去瓤炖排骨最好吃。"周末儿子回家，我就如法炮制，果然鲜美，大家都啧啧赞道："好吃！好吃！"老瓠瓜去瓤炖排骨，嫩瓠瓜切丝炒肉，地道农家风味，城里人是享受不到的。猪肉、排骨大路货，但老瓠瓜、嫩瓠瓜在市场上却是稀罕之物，反正我没见过。

前些天，媳妇在二楼阳台晾衣服，高瞻远瞩，发现篱笆外的树上密密层层的树叶中好像隐藏着两个特大瓠瓜。手舞足蹈冲下楼，拉我去树底下看，果然，一胖一瘦，好像悬挂着两颗炮弹。媳妇命令我赶快去把物业的长梯子借来，把两颗炮弹"胖子"和"瘦子"拆卸下来。长梯子搬来后，我战战兢兢爬上去，把"瘦子"拆卸下来，但"胖子"却高高在上，踮起脚尖也可望而不可即。我说："算了，万一不慎从半空中摔下来，得不偿失，那我才真是个大傻瓜。"媳妇却望着"胖子"依依不舍，说："好可惜啊！"让我找把镰刀，绑在竹竿上，用"钩镰枪"把"胖子"钩下来。我说："现在哪还能找到什么镰刀！"清洁工郑师傅走过来，自告奋勇说："我上去试一试？"嗖嗖蹬上去，骑在梯子顶端，伸直腰，抓住树枝，连拉带拽，硬是把"胖子"拆卸了下来。我连声谢谢，要把"瘦子"送给他，他笑一笑，说他家园子里有的是，挥手而去。

　　现在，瓠瓜越长越多，经我们全方位地毯式侦察，大大小小，老老少少，还有一二十个。昨天，媳妇去狮山上课，摘了两个老瓜去送给朋友。朋友很吃惊，问："这什么瓜啊？"媳妇说："炖排骨最好吃。"朋友高兴惨了。媳妇回家就向我下达来年种植计划，说："明年继续种瓠瓜！"

二〇〇九年九月四日

# 播种记

话说开学之前，摘完最后几个西红柿，把地平整出来，准备播种芫荽。

成都冬天潮湿阴冷，据说吃了羊肉火气旺盛不觉得冷，所以一到冬天，成都人就大吃羊肉，但吃的是山羊肉，非芫荽不能压其膻味，这种美名叫香菜的大众菜身价也就扶摇直上。上前年冬至，我和媳妇去文星镇买羊肉，然后问芫荽价，答曰："一元钱一两。"媳妇就嘲讽道："咄，豆腐还能卖出肉价钱？"人家说："又没哪个强迫你买。"媳妇气惨了，回敬道："你这破芫荽白送我都不要！"一把拉过我，另寻卖家。结果绕菜市游行一圈，都一个价，但货比三家，还是第一家品质最好。媳妇不好意思吃回头草，说我脸皮比她厚，怂恿我去买。

类似事件，以前发生过多次。记得有一次，我们兵分两路，媳妇买水果，我买菜，然后在武大郎烧饼店前会师。我买好菜到达会师地点，媳妇却空手站在那里。我问咋回事，媳妇说她跟人家讨价还价，谈崩了。我说："那么多家卖水果的，都谈崩了？"媳妇说："转了一大圈，还是第一家最好。"立马带我前往，指明方位后，自己远远躲在一边，让我去完成任务。这次买芫荽却不同，媳妇把人得罪时我也在现场，人谁没个自尊心啊，坚决拒绝杀这个回马枪，就随便买了一把芫荽。媳妇一边择菜，一边抱怨说："什么破芫荽啊，尽是黄叶子！"我善意批评她说："能怪谁啊，怪你自己把话说绝了，不留余地。"媳妇却跟我毛起，说："世界上哪个男人像你哟，尽是长他人志气，灭自己威风！"

　　前年秋天，我就自力更生，在后花园播种了一畦芫荽，冬天的时候一片郁郁葱葱，看上去很美。羊肉或炖或蒸，热气腾腾，去地里摘一把芫荽，冲洗一过，切碎，待羊肉出炉后撒上一把，立刻化膻气为香气，吃起来更美。翌年秋天，继续播种，市场上芫荽即使卖成肉价钱，也毫不影响我们的心情。

　　却说今年，正要播种芫荽，媳妇却找出一袋蔬菜种子，命令我播种到地里。这袋种子是儿子的外省同学听说我喜欢种菜，春季开学时特地从老家千里迢迢带来送给我的，不知为什么春天忘了播种。媳妇把种子递给我，说："这是人家娃娃的一片心意。"我也想把这片心意播种到地里，但眼前的空地就那么一小块，熊掌和鱼貌似不能兼得。媳妇压根儿不懂农业，却指手画脚发号施令说："一半种芫荽，一半种蔬菜。"我心想，幸好儿子同学只送我一袋种子，若是送个七八袋，巴掌大一块空地，按照媳妇瞎指挥，也得一半一半分割下去，播种的可能就只是密密麻麻的心意，而不是秀色可餐的蔬菜了。

　　谁知播种后，连日大雨暴雨，芫荽和蔬菜全泡汤了。天晴后，第二次播种。前些天，芫荽种子发芽长叶，我把瓜地也平整出来，播种冬寒菜、小白菜、大葱等。白天闷热，我趁夜间凉爽去翻地播种。媳妇隔着窗子，神经兮兮问："你鬼鬼祟祟在外面干吗？"我说我在翻地播种，要累死了。媳妇哈哈笑道："人家莫以为你在地里埋金子哩！"媳妇本想以幽默化解我的劳累，却一点也不幽默，太缺乏想象力。我就发挥想象说："咱真要有金子，何必埋在地里？我们都提前退休，把外面农家的地和池塘全买下来，种绿色生态蔬菜，养鸡养鸭，喂猪放羊，再养两匹马，你一匹我一匹，骑着去兜风，多爽！"媳妇纠正我说："应该养三匹，儿子也得有一匹嘛！"我笑道："这样说来，还得为你未来的儿媳妇养一匹？"媳妇却讽刺我说："尽是乱想！"把我拉回现实世界中来。

　　却说播种后第二天，猫姐姐安登逸可能发现后花园突然旧貌变新颜，很是惊奇，小心翼翼踩在松软的土地上，生怕陷下去似的。突然，安登逸发狂似的，双爪朝地下猛挖，好像我真在下面埋了金子似的，把我气惨了，第一次下达"逐猫令"："咄！走开！"安登逸很吃惊地抬起头，貌似在问："老爷爷，你今天咋这么凶巴巴呢？"我正告它说："刚刚才播种，不准随地乱挖！"安登逸"喵～喵～喵"，然后在地上打滚，来回奔跑，把绿色生态基地当成跑马场似的。

安登逸仗恃自己是后花园防卫厅厅长，竟敢明目张胆践踏我播种下去的希望，破坏农业生产，我就下达第二号"逐猫令"："咄！咄！滚回老家去！"用扫帚去驱赶。安登逸嗖地跳上后花园门柱，仰天而叹："喵！喵！喵！"貌似在说："这里就是俺的家——"

我对安登逸说："这里才是你的战斗岗位，看好后花园，别让鸟雀飞下来偷吃种子！明天共和国六十大庆，举国同欢，我也会奖励你一条大雅鱼的。"安登逸却"喵～喵～喵"，貌似在说："你批发来的死雅鱼太腥臭了，俺想吃一条你放在水槽里的活鲫鱼——"我笑道："你这是非分之想！"

二〇〇九年九月三十日

# 儒道互补：我的都市田园生活

今天上午，应邀去成都图书馆金沙讲坛演讲，题目是"儒家文化及其主要精神"，貌似很学术。但我贯通古今，现身说法，将古典学术与现实人生打成一片，听众貌似很感兴趣，演讲中笑声和掌声不断。最后有听众问我说："为什么不提道家呢？"我说："时间有限嘛，就这个儒家话题，好多地方还没能展开细说呢！"我是儒家中的道家，道家中的儒家，既做人生加法，又做人生减法。现在玩一把道家，试做人生减法，说说我最近的田园生活。

我的田园生活，也就是在巴掌大的后花园种几棵瓜豆蔬菜，很夸张吧？其实，古今文人躬耕自食的田园生活，包括陶渊明"方宅十余亩，草屋八九间"、"种豆南山下，草盛豆苗稀"、"既耕亦已种，时还读我书"云云，大都是一种心境，心远地自偏，而非写实。正如成都市种几片树林，就号称要建成田园城市、森林城市一样,是理想追求,而非现实。但我的现实是,春天种的蔬菜,长势喜人,丰收在望,没想到半路杀出程咬金,遭遇了两大害:虫害和猫害。西红柿还没红透,连日雨天,不知从哪里冒出那么多的蜗牛,捷足先登,把西红柿的精华都汲取了,剩下的糟粕媳妇拒吃,只好我吃了。茄子命运更悲惨,硕果累累,却被流浪猫抱住啃咬,貌似在为养生专家张悟本打广告:"快来生吃茄子呀!把吃出来的病吃回去呀!"却并不真吃,而是当玩具耍。

暑假开学前,清除茄子和西红柿的残根枯枝,从头收拾旧山河,把地翻过,播种香菜、油菜、青菜。小猫咪又来搞破坏,这里刨个坑,那里挖个洞,结果长出来的菜苗稀稀拉拉。小猫咪年幼无知,情有可原。但大猫咪也不懂事,公然把菜地当席梦思,趴在上面睡大觉,致使很多菜苗夭折了。媳妇说:"猫害猛于虫,长此以往,莫说人吃不上生态蔬菜,连虫吃菜的机会也没有了。"媳妇愤然说百花仙子托梦给她,菜苗经不起折腾,告诫我说:"虫作孽,犹可活;猫作孽,不可逃!"命令我必须以法治猫,乱世用重典。我受儒家传统影响,温柔建议说:"教化为主,刑罚为辅?"媳妇斥道:"江山易改,本性难移,你的教化能改变猫性?"我笑道:"不是说猫通人性吗?"说很多宠物猫,被教育得比人还听话。媳妇是"文革"中学生,亲历"批林批孔"、"评法批儒"等运动,崇尚古代法家,说人性恶,猫性也恶,必须以恶治恶。我说古代法家之法,不是法制之法,而是法西斯之法。媳妇哼哼道:"你施行仁政教化,我看看?"

但流浪猫太多,大大小小八九口,难以普及义务教育。我想先树典型,然后以点带面。我先对猫妈妈Mary动之以情,晓之以理,说:"佛说众生平等,你我都应该互相尊重吧?我尊重你们的猫格,你们也应该珍惜我的劳动,不是吗?"Mary"喵~喵~喵",貌似答应了,没想到却言行不一,正道不走走邪道,穿越菜地而过,典型假道学。小猫咪邯郸学步,却左冲右突,把菜苗踩得东倒西歪。有道是:有其母必有其子,上梁不正下梁歪。我想把这个上梁扳过来,但又不愿当恶人,就引进外援,放出一头"母老虎"吓唬它们。这头"母老虎"在我面前凶神恶煞,却在外面装淑女,咿咿呀呀道:"请你们不要破坏我们的生态种植业——"小猫咪"喵~喵~喵",貌似在回应说:"请你们不要破坏我们的自由快乐——"我只好撕破脸皮,突然大吼一声说:"滚出去!""母老虎"吓一大跳,说:"你发什么猫儿疯?"小猫咪更疯,"喵~喵~喵",貌似在提劲打靶说:"我爸爸是黑猫警长!"我冷笑道:"你爸爸是黑猫警长,我就是黑猫警长他爹,喵主席!"抓起一块泥巴,猛地掷将过去。大小猫咪条件反射,以为我像往常一样,在给它们抛掷肉骨头,争先恐后去哄抢,把菜苗踩倒一片。我恼羞成怒,抓起一把泥块,向Mary连射,准确命中其非要害部位臀部和腿部,它以为我在试射新型糖衣炮弹,简直高兴疯了,在菜地里跳起胡旋舞,又把菜苗踩倒一片。我只好使出撒手锏,动用高压自来水龙头,横扫一切牛鬼蛇神。它们这才知道喵主席翻脸不认猫,纷纷落荒而逃。

但很快它们又卷土重来了,"喵~喵~喵",貌似在喊冤叫屈:"肚儿好饿哟,饿死猫咪了!"先圣孟子云:"恻隐之心,人皆有之。"我不能见死不救,就提起一包猫食,放到后花园外很远的垃圾桶旁。一路上,大小流浪猫前呼后拥,载歌载舞。有个老太太以为我是出来遛猫的,说:"哇!你养这么多猫?"我说:"不是我养的,都是流浪猫。"老太太笑着说:"你真是个好心人。"我才不愿做这种好心人呢,放下猫食,发布"上谕":"今后未经本主席恩准,尔等猫民均不得擅入御花园,否则不给你们开饭!钦此!"

流浪猫自由成性,素质太低,哪知道世界上有什么王法?它们吃饱喝足后,照样跑来我家后花园,跟我玩游击战,继续搞破坏。我没辙,只好和媳妇轮流守候,只要看见流浪猫不走正道,祸害菜苗,就高压水龙头侍候。流浪猫形成了条件反射,只要我去动水龙头,就赶紧跳出菜地,逃之夭夭。这样,蔬菜才茁壮成长起来。

我收养流浪猫的本意是防止老鼠入侵我家,不管黑猫白猫,能逮老鼠就是好猫;现在老鼠没了,却变成我们防止流浪猫进入菜园,不管黑猫白猫,损坏菜苗都是坏猫。媳妇讽刺我养猫为患,自诒伊戚。我笑道:"人无完人,金无足赤,何况猫咪?"同是流浪猫,猫性未变,变的是时势,彼一时也,此一时也。

二〇一〇年十月二十四日

## 诗意栖居：种豆得瓜

不谦按：儿子上初中的时候，巨怕作文，作文写得干巴巴的，千篇一律，最后点题，曲终奏雅："啊！这是多么有意义的一件事啊！"我说："你和同学生活中有那么多有趣味的事情，我都记得，你为何不写呢？"儿子却振振有词说："写作文要有意义。有趣味就没意义，有意义就没趣味。"我就试写了这篇种豆得瓜的记叙文，为他作示范。儿子读后说："有趣是有趣，但有什么思想意义呢？"我就画蛇添足说："啊！这是多么有意义的一件事啊！"儿子却问："你哥哥比你聪明，为什么没考上大学？"一笑。

我家屋后有一块荒地，只有一张竹凉席大，名副其实的"一席之地"。

记得我上幼儿园的时候，饥荒年，到处都在开荒种菜。

路边地角，甚至学校的操场，都被开垦出来，种瓜豆蔬菜。粮食短缺，吃不饱，现在还记得妈妈经常挂在嘴边的话："小菜要当三分粮。"

哥哥当时上小学二年级，比我聪明。一天，哥哥吹着口哨回来，从衣袋里掏出几颗豆子，得意扬扬地在我眼前一晃，立刻又藏起来。我一把扭住他，一连声说："给我吃！给我吃！"

哥哥满脸认真地说："这是生豆子，如果你吃下去，脑袋上就要长出豆苗来！"

我当即惊呆了。

哥哥笑着说："现在还不能吃。把豆子种在地里，它就会发芽，长叶，牵藤。我们给它搭个架子，到了夏天，它就会开花，长出豆角。晚上在外面歇凉时，把豆角摘下来，盐水煮来吃，啧啧啧——"

"啧啧啧——"邻居王小三咽着口水说，"盐水豆真好吃！"

哥哥很得意地说："那还用说！比你种的丝瓜好吃！"

哥哥把豆子小心翼翼埋进屋后的荒地，又找来一个大瓦罐放在墙角，说："我们以后屙尿回来屙，给豆子制造肥料。"我说："好。"那天晚上，我梦见自己在河边捉螃蟹，突然尿急，赶紧朝家跑，没憋住，就撒在了路边荒草丛中，猛然惊醒，原来尿到了床上。

从此，放学回家后我就跑到屋后墙角，对着瓦罐"哗哗哗"尿一通。水漫金山后，趴在地上看豆苗长出来没有。盼啊盼啊，地里终于冒出了几棵绿苗。然后，绿苗开始长叶牵藤。哥哥一边搭架子，一边怀疑说："我们种的豆子咋长出来像丝瓜苗？王小三种的丝瓜倒像豆苗。"问王小三，他笑嘻嘻道："你们说豆子比丝瓜好吃，我就悄悄把你们的豆子刨出来，种在了我的地里，把我的丝瓜种子刨出来，种在了你们的地里。"哥哥斥责王小三说："你娃太无耻！"王小三学电影《抓壮丁》中的王保长结结巴巴地说："我，我悔过，悔过——"把我们笑安逸了，就将错就错，拔草、松土、浇水、施肥，培育丝瓜。

夏天暑假后我就上小学了。晚上，仰卧在门外露天的凉床上，星星眨眼，流萤点点，蛙声如鼓，虫鸣如织。爸爸一边喷云吐雾，一边讲从前的故事："从前，有一个国王……"我嚷道："我不要从前，不要从前，我现在饿了，想吃丝瓜！"哥哥倏地跳下凉床，赤着脚丫，跑到屋后，摘下两根最肥胖的丝瓜。妈妈把爸爸的火柴要过去，点燃柴火，煮了一锅丝瓜汤。

小时候饥饿了吃啥都香，吃夜食尤香。哥哥吃得稀里哗啦，啧啧赞道："好吃！"我口水滴答，也啧啧赞道："好吃！"妈妈笑着说："这就叫辛苦做来快乐吃。"

啊！种豆虽然得瓜，劳动却创造快乐，辛苦做来快乐吃，这是多么有意义的人生，多么有意义的一件事啊！

## 附　记

年过半百，与世无所争，携拙荆谢钱氏卜居江安河边，教书读书之余，上班上网之暇，在后花园发展原生态绿色农业，种瓜得瓜，种豆得豆，将儿时梦想变为现实。

上周末，喜迎党的十八大，阳光灿烂。谢钱氏笑嘻嘻摘豆角，我播种豌豆、香菜、油菜，夫妻合唱黄梅戏："树上的鸟儿成双对——"流浪猫趁机卷土重来，"喵～喵～喵"，貌似在说："我们想吃肉嘎嘎！"我指指树上叽叽喳喳的鸟儿笑道："你们自己去逮？"

突然电话铃响，王红教授打来的，说："谢老兄，你在干吗？科研还是备课？"我说我在地里参加农业劳动，播种秋天的作物。王红说："你一不小心就成了我们教研室的农业专家！"说她退休后，如果也想种瓜种菜，正好请教我。我假巴意思谦虚道："岂敢！岂敢！"然后王红告诉我正事说："高教社请我们重新修订《中国诗歌艺术》，打算再版，把学术与人生打成一片，有兴趣否？"我说："好。"

陶渊明诗云："种豆南山下，草盛豆苗稀。晨兴理荒秽，带月荷锄归。道狭草木长，夕露沾我衣。衣沾不足惜，但使愿无违。"陶渊明是东晋大将军陶侃后裔，不愿为五斗米折腰向乡里小儿,遂辞官归隐,种豆南山。我是大巴山平民子弟,一介书生瓜娃子,无官可辞,无山可隐。笔耕舌耕,锄耕刀耕,躬耕自食,既不富也不贵,如孔子云:"不义而富且贵,于我如浮云。"但耕耘收获的快乐,仰不愧于天,俯不怍于人,半夜不怕鬼敲门,有打油诗为证:"种豆后花园,倏忽秋节至。天地一瞬间,新旧相交替。老夫忙播种,扁豆乐贤妻。往来无小人,谈笑有猫咪。树上鸟儿叫:人好安登逸!"竟顾盼自雄,想起"辛苦做来快乐吃"的母训,想起荷尔德林"人诗意地栖居在大地上"的愿景,虽不能至,心向往之。但这个世界物质诱惑太多,人性枷锁太多,如何能超然物外、自得其乐,过知天命之年,仿佛依稀之中,若有所悟焉。

二〇一二年十一月一日

# 养鸡记

去年暑假，迁居江安花园。偌大一个花园，前后仅入住三十来户。晚上回家，黑咕隆咚，空空荡荡，只听见自己脚步响。前面晃过一个人影，或风吹树枝动，都让人心里猛跳。媳妇紧紧挽住我说："好像演恐怖电影哟！"我说："好久没有这种恐怖的感觉了，多刺激！"回到家里，灯光辉煌。媳妇往沙发上一躺，长长舒一口气说："这才有家的感觉哟！"我说："没有外面的恐怖感，你能体会到这家的感觉？"媳妇点头一笑，说："就是太冷清了一点。"

翌日白家逢场，我就去买了六双小鸡回来。原想买三双，卖鸡老乡说："买六双吧，六六大顺，图个吉利。"我说："好，六双就六双。"老乡问："公还是母？"我说："随便，只要鸡咯咯能健康成长快乐生活，随你搭配。"这就是坊间盛传我养了"十二金钗"的由来。媳妇见到六双小鸡后大吃一惊,说:"你买这么多小鸡干啥子?儿子都上大学了,还要继续培养他的爱心和同情心嗦?"我说:"你嫌冷清,我这不是为你制造点热闹气氛嘛!你听,叽叽喳喳的,多热闹!"媳妇嘟着嘴说:"麻烦!"我可不嫌麻烦。先把小鸡放到后花园,让它们自由活动熟悉环境,然后用装修剩下的木材为它们设计建造虽然不豪华但却明亮宽敞的卧房。我在烈日下挥汗如雨,媳妇在阳台上袖手旁观,不时还冷嘲热讽几句,说我自作自受。我挥一把汗,笑道:"说得好,自己工作自己享受。"媳妇也一笑,被我的工作热情感动,但插不上手,就一会儿为我擦汗,一会儿喂我西瓜。我就颐指气使吆喝起来,喊"钉子"她就去找钉子,喊"木板"她就去找木板。夫唱妇随,男人当家作主,感觉特爽。

夕阳西下,媳妇说:"今天你好累哟,喝点酒?白酒还是啤酒?"心中那感动、那幸福、那霸道,前所未有。媳妇起身去拿酒时突然大声说:"你看,好乖哟!"一看,原来隔着厨房纱门,毛茸茸的一群小鸡叽叽喳喳,碰呀挤呀,急着要进屋里来。我要去拿摄像机录下这一幕,媳妇说:"别搞笑了,快把它们带回鸡窝。"我后来很后悔,因媳妇这一道"懿旨",小鸡回家的场景虽永远留在我俩记忆中,但诉诸文字,却怎么也生动不起来。媳妇很有感触地说:"原来鸡咯咯也跟人一样,小时候最乖。"我附和说:"是啊,你看咱儿子,小时乖乖,长大非歪,结了媳妇,就要拜拜!"媳妇说:"呸！你以为都像你？"

一天早上，媳妇仔细观察小鸡后说:"咦？怎么只有两只公鸡？你是想试验一夫多妻制嗦？"我说:"我真比窦娥还冤，这明明是老乡搭配的，关我什么事哟！"

鸡咯咯在后花园啄食嬉戏，叽叽喳喳，逗得鸟雀也来凑热闹。媳妇高兴地说:"现在不觉得冷清了。"我说:"岂止不冷清？一举四得。第一，鸡声可制造热闹。第二，鸡粪可作肥料。第三，鸡蛋可以吃。第四，鸡肉可饱口福。"媳妇说:"自己养的鸡，敢吃？"我说:"难道我们还要给鸡咯咯养老送终？我相信命。人有人命，鸡有鸡命。鸡生一世，最后都死于非命，这是上帝安排，不是人类残忍。我们所能做的，就是让鸡咯咯生前快乐，自由生活，自由恋爱，享尽鸡生荣华富贵，最后甘愿献身，死而无憾，如流行歌曲鸡们所唱:'吃我的肉我没意见，拿我的蛋我也情愿。'皆大欢喜。再者说了，儿子吃纯情土鸡，发育绝对正常。"媳妇想了一下说:"倒也是。"从此对鸡咯咯关爱有加。

不久开学，媳妇到川师上课，晚上不能回来，打电话问我说:"鸡咯咯回来了？"我就逗她说:"鸡咯咯说它们再耍一会儿。"第二天媳妇回到家中，看我在敲击键盘写作，就主动请缨去白家场捡菜叶。梳妆打扮半天，然后脚踩高跟鞋、手提竹菜篮准备出门。我说:"媳妇，搞错没有？你是去捡菜叶子，不是去赴宴！"媳妇嫣然一笑说:"男人不懂女人的心。"想象媳妇在菜市左顾右盼,高一脚低一脚地弯腰捡菜叶子,真是一道滑稽的风景线,不由得赞道:"窈窕淑女,頡之颃之;参差荇菜,左右采之。"

媳妇赶场回来却很生气,说:"我以后不去了。"原来老乡对媳妇喊:"嘿,捡菜叶子的,买不买萝卜?嘿,捡菜叶子的,买不买莴笋?"我说:"老乡愚昧,不懂你是在搞行为艺术,而且这算什么,他们以前对我喊:'那个捡菜叶子的老大爷,买不买南瓜?'"媳妇一听更气,说:"什么?喊你老大爷?"我说:"年近半百,怎么不是老大爷?"媳妇说:"呸!人家陈舒平比你大两岁,还不承认自己是老大爷。我不准人家喊你老大爷。"

媳妇说的陈舒平是我硕士同学,现在是《成都商报》总编辑。据陈总编自述,某记者稿件写"五十来岁老大爷",他就找来记者,拍着桌子吼:"我就五十来岁,我是老大爷吗?"《成都商报》从此禁书"五十来岁老大爷",易之以"五十来岁老师傅"、"五十来岁老农民"等。我说:"我又不是陈舒平,在报社能称王称霸。我能禁人喊我老大爷吗?我有这个权力吗?"媳妇说:"反正我不喜欢。"反复磋商,达成一致:今后凡以"捡菜叶子的"或"老大爷"相呼者,一律断绝贸易往来。

网上查阅,鸡是杂食动物,吃虫、吃蚯蚓、吃苍蝇,由此类推,也吃肉。媳妇说:"它们吃虫子,怎会吃肉?"我说："难道虫子就不是肉?"翌日,媳妇参加同学会竟打包带回来一袋牛肉、鱼肉和猪肉。我说:"怎么没有鸡翅膀鸡骨头?"媳妇说:"同类相吃太残忍太变态了。欧洲疯牛病就是这样给闹出来的。"我说:"说得好,不能让疯牛悲剧在鸡咯咯身上重演。"当即把媳妇带回来的残骨剩肉剁成肉末撒在后花园里,鸡咯咯欢呼雀跃一扫而光。媳妇说:"简直像我们小时候吃香香嘴一样。"我说:"是啊,它们好像叽叽喳喳在说:'好吃好吃,就是好吃,谢谢谢谢。'"媳妇一笑,说:"你这幸福的样子,好像你变成了鸡咯咯似的。"

后来,我又买回三双小鸡。媳妇说:"你疯了?真要把咱家搞成养鸡场嗦?"我说:"鸡咯咯快长大了,总得后继有人嘛,这叫可持续发展战略。"

一天,媳妇很恐怖地说:"好像有匹老鼠在后花园里窜来窜去。"我一笑置之,说:"岂止老鼠,还有蚂蚁、蚊虫、癞蛤蟆呢,这不正说明咱们后花园生态平衡吗?"媳妇大声说:"我是说老鼠要吃鸡。"我说:"黄鼠狼给鸡拜年是要吃鸡,老鼠又不是黄鼠狼,怎会吃鸡?"当时正迷四川方言版《猫和老鼠》,觉得风车车特可爱,不料竟酿成悲剧。第二天晚上,鸡咯咯回窝,一数,果真少了一只小鸡。第二天,竟又少了两只。我说:"这几只小鸡难道是弱智,晚上找不到回家的路?"媳妇不同意我的看法,说:"可能是因为大鸡咯咯老是以大欺小,小鸡咯咯们愤而离家出走?"好像有些道理。当天我就在后花园角落布了一道全封闭式的铁丝网，把大鸡咯咯通通软禁起来。但第三天，又少了一只小鸡。我和媳妇不约而同怀疑到老鼠身上。

于是我就潜伏在阳台上侦察，果真看到草丛中蹿出一匹硕鼠，贼眉鼠眼，东张西望，爬来爬去，突然咬住一只小鸡的脖子。我猛喝一声，冲将过去，硕鼠忽地一下钻入草丛，不见了踪影。小鸡躺在地上，鲜血淋漓，奄奄一息，看来小命难保。媳妇怒目圆睁，义愤都填到膺里去了，说："我说老鼠要吃鸡咯咯，你不信，还说什么生态平衡，什么风车车特可爱，你这是善恶不分、敌我不分！"我理屈词穷，想了半天，才笑着说："都是《猫和老鼠》惹的祸！"

去年春节前，鸡咯咯愉快活过一生之后，死而无憾地作出奉献，前赴后继变成我飨客的独特风味。最后仅余三只纯情母鸡留下产蛋。

今年暑假某日，媳妇到白家赶场，居然又买回一堆小鸡。我很吃惊，说："你真想把我培养成养鸡专业户？"媳妇笑说："我这是为你身体着想。去年养鸡以来，你就不再睡懒觉，黎明即起，放鸡出窝，洒扫庭除，脸上肥肉不见了，人也精神多了。我买小鸡崽崽，还不是怕你又睡懒觉，身上尽长肥膘？"

二〇〇七年一月十五日

# 我养了一群麻雀

江安花园至今入住率很低，没有人气，但麻雀却很多，飞来飞去，不时落在我家后花园篱笆上，叽叽喳喳，叫个不停。我走出去说"鸟言兽语"Good morning、Guten Morgen、Bonjour，麻雀们却呼地飞走了。

却说今年暑假，我去文星镇赶场，买回十二只小鸡。我让它们在后花园自由活动，麻雀也飞来凑热闹，抢吃地上的米饭。小鸡却很兴奋，也跟着麻雀叽叽喳喳，像致欢迎辞似的。小鸡也许受到了麻雀的影响，竞相跳上台阶，然后展翅而下。媳妇问我说："它们在干什么？"我说："好像是在练习飞翔。"

小鸡刚开始还怯生，前几天只在后花园周围玩耍，后来胆子操练大了，就东游西逛，夕阳西下才回家。我在阳台上放了个大纸箱，权作临时鸡窝，晚上就搬进室内。某周末，我和媳妇外出回来晚了，小鸡早已在大纸箱里挤作一团，煞是可爱。点兵点将，竟少了一只。我说："可能迷路了？"就与媳妇拿着电筒，分头去寻找，却不见踪影。媳妇怀疑说："是不是被野猫子叼走了哦？"翌日早起，却见那只小公鸡一瘸一瘸地回来了，绒毛上还沾着露水，啾啾地叫，好像在说："好冷哦！"一副流离失所孤苦无依可怜相。急呼媳妇来看，媳妇连连赞叹说："好乖哦！"然后问我："它在外边露宿一夜，会不会感冒？"我笑道："又不是独生子女，哪有这般娇气？"但当天中午，它就无精打采，不吃不喝，用草叶逗它玩它也没有反应。生怕感染其他小鸡，我赶紧找了个小纸盒，让它晚上睡单间，却不想翌日早晨，这个幼小的生命就永远离开了我们。

媳妇就命我把小鸡圈养起来。前年，我在后花园角落布下铁网，空间虽然有限，但比起小户型鸡笼来，也算是广阔天地大有作为。但小鸡没有新旧社会对比的概念，扑腾着翅膀，大声抗议，像集体请愿似的，我当然不可能采纳它们的意见。某日，我和媳妇赶场回来，在邻栋一家的后花园发现了几只小鸡。媳妇说："是不是咱家小鸡哦？"急忙赶回家，后花园角落不见鸡影，却飞起来一群麻雀。仔细观察，原来铁丝网已然锈蚀，有个馒头般大的小窟窿，小鸡就从这里集体"越狱"了。补好窟窿，去捉拿"逃犯"，但"逃犯"以为我在逗它们玩，就跟我玩起了警察捉小偷的游戏。

我生怕吓着它们，就鸣金收兵。媳妇讽刺我说："一个大活人，连几只小鸡都抓不住！"我笑道："它们说再耍一会儿就来投案自首。"傍晚时分，"逃犯"果然三三两两结伴而归，兴高采烈，看见我后飞扑而来。我好生感动，就既往不咎，实行人性化管理，每天傍晚放风一小时。小鸡们也遵纪守法，不再策划什么中国版"越狱"。

却说中秋节前后，阴雨绵绵，气温陡降，我在后花园鸡窝上搭了两层防盖，还是媳妇拆下旧衣裤缝制的，非常厚实。第二天，却见两只小公鸡神情有些沮丧。再过一天，三只小母鸡也耷拉着眼皮。媳妇很紧张，说："是不是禽流感哦？"我说："什么禽流感，买鸡的时候我就问过了，都打过预防针了，不就是晚上冻的吗？小鸡没有母鸡温暖羽翼的保护，咋能抵抗晚上的寒气嘛！"唯一办法，晚上还是请君入瓮，搬入屋内。

十月下旬，狮山大明兄打电话给我，邀请我去相如故里参加个国际会议，不容商议，非去不可。但如何安置这些生命呢？江安花园晚上如同"恐怖城"，媳妇不敢独自留守。我说："把儿子叫回来住两三天？"媳妇坚决不同意，说："人家学习那么忙！"我说："总不能让我带它们去参加国际会议吧？"媳妇说："那我带它们去狮山暂住几日，下榻卫生间？"我就把小鸡们装进纸箱，放在汽车后排座位，进行战略大转移。小鸡们伸出脑袋，东张西望，不知是兴奋还是紧张，咯咯咯叫个不停。我一轰油门，小鸡们全吓成缩头乌龟，一声不吭，我对它们说："全世界的鸡，金鸡银鸡，就你们洋盘哦，能享受坐小轿车的待遇！"媳妇撇撇嘴说："还不是你娃有病！"会议期间，打电话到狮山，媳妇叫苦不迭，说鸡咯咯把卫生间弄得乌烟瘴气，坐便器上都是鸡粪，她只能主动让贤，去外边公共厕所方便。我表扬媳妇有宽容精神，鼓励她继续坚持。会议一结束，我就直杀狮山。打开卫生间，却见小公鸡、小母鸡们正以坐便器为障碍物，练习跳高跳远哩！

现在小鸡们已"长大成人"，但风雨沧桑，硕果仅存三只母鸡，咯咯咯叫时童声变女高音。媳妇说："鸡咯咯要下蛋了？"嘘寒问暖，比我还上心。见我每天捡回的都是莴笋叶，媳妇斥道："咋又是莴笋叶？让你天天吃莴笋叶，你有胃口吗？"我说现在只有莴笋叶，媳妇说："难道不可以去拔些草草，让鸡咯咯换换口味？"小区里到处都是野草，清明菜、鹅卵草等我一一试验，都是鸡咯咯喜欢吃的。读书作文之余，我就提着竹篮去采摘野草。遇物业工作人员，误以为我在维护花草，说："老师，何必劳您大驾，这些杂草我们晓得来拔。"回来说给媳妇听，媳妇哈哈大笑说："人家可能以为你是个瓜娃子！"

上周末，去文星镇赶场，买回一大袋谷子。撒在地上，三只母鸡高兴惨了，又是刨又是啄，抢着吃。媳妇说："地上太脏，应该放在碗里。"我笑道："你这就老外了！鸡咯咯以爪刨食，是它的本能，正如你用手，如果把你绑起来，用嘴去吃碗里的食物，哪怕是山珍海味，你能吃出感觉来?"媳妇怏怏地说："没听说过。"

鸡咯咯高兴，麻雀更高兴，呼朋唤友，一群群飞到后花园，啄地上的谷子。鸡咯咯竟熟视无睹，任其分享。媳妇却很心疼，说："你养的哪是什么鸡哦，养了一群麻雀！"我说："麻雀也是鸟嘛，人家花钱买鸟来养，我不花一分钱就养了一群鸟，何乐而不为呢?"就这样，我家后花园现在也成了麻雀园，人气虽然不旺，但没一点寂寞感。

二〇〇七年十二月三十日

## 鸡犬之声相闻

我家后花园墙外是一个硕大的池塘,塘岸上农家树木扶疏,竹林掩映。农家养了一大群鸭,一到早上就嘎嘎叫着扑向池塘中。我非鸭,观于阳台之上,也知鸭之乐也。夏日蒙蒙细雨中,常见三两个汉子悠闲地蹲在塘边钓鱼,青箬笠,绿蓑衣,斜风细雨不须归。若非钓鱼人头戴草帽、身披塑料雨衣,真令人有出尘之想。

晚上居然做了一个梦,梦到小时候在老家河边垂钓,雨后一道彩虹横跨天边。仿佛依稀之中,又站在自家阳台上,隔墙是农家池塘,猛一甩钓竿,钓钩在空中回旋来回旋去,风一吹,倏地钩在了媳妇嘴唇上!塘岸上头戴草帽、身披塑料雨衣者冲我拍手笑道:"你娃想钓美人鱼嗦?"把我笑醒了。

翌日早晨,阳光灿烂,去阳台上徘徊,看老乡在屋外菜园忙碌，他不认得我，我也不认得他，唯有他家狗"汪汪汪"吠，我家鸡"咯咯咯"叫，穿越时空，连成一片。做梦也没想到，上古小国寡民之景象，居然复现于今日尘寰：鸡犬之声相闻，老死不相往来。

墙外那一池涟漪，在我想象中荡漾开来，迎风暗诵古人之诗："我欲长竿数千尺，坐来东海看潮生。"我虽没古人浪漫，墙外也不是东海，却突发奇想：寻一根巨长鱼竿，不一样能在阳台上垂钓么？比墙外塘岸上头戴草帽、身披塑料雨衣者还爽，如姜太公钓鱼似的，任凭风浪起，稳坐钓鱼台。媳妇讽刺我说："脑壳长乓乓！八竿子打不着的池塘，能钓着鱼吗？"我真不能理解现代女人为何如此缺乏诗意栖居的想象，不就是玩一把行为艺术吗？姜太公钓鱼，愿者上钩嘛！

却说某日在书房，听见"汪汪汪"叫声，抗议似的，不是外面农家，却在萧墙之内。寻声而出，却是隔壁单元邻居花园中一条小狗新来乍到，不管主人家如何安慰，它都不依不饶，狂吠不止。主人家是霍巍教授，四川大学历史文化学院副院长兼四川大学博物馆馆长，我老朋友，上前年刚迁入江安花园时，我被自己反锁在楼上卧室中，想从窗户攀缘而下，却不能着陆，万分危急之中，是他见义勇为，救我出"狱"。虽说是老朋友，但他专注学术，我闲云野鹤，偶尔照面，也是他急匆匆抱着篮球去对面校园锻炼，寒暄两句就说拜拜。

上月，北京同学王季来成都，我想让他见识见识我们川大，因为北京人喜欢把外省高校叫地方院校。我参加同学会时居然有好多同学问我川大在成都还是重庆，让人哭笑不得。四川大学博物馆是川大的金字招牌，这在欧美大学并不稀罕，如我曾经访学的哈佛大学就有六座博物馆，但在中国，高校博物馆据说只此一家，北大清华也没有。我带老同学去四川大学博物馆参观，把门人却要收我们门票，一人三十元。这个脸实在丢不起，就去馆长办公室找霍巍，他却不在岗。我提劲打靶对把门人说："我是霍馆长朋友，本校教师，能否通融一下？"把门人连忙抽出一个本本，笑着说："签个字签个字。"顺利过关，让我在老同学面前也算风光了一把。

却说我家纯情母鸡，恪尽职守，天天产蛋，然后咯咯叫，果真如名作家池莉小说所云："有了快感你就喊。"同在一生物磁场之内，受其感应，我也很快乐。我这个人，平时喜读《庄子》，以"处乎材与不材之间"定位人生，既不勤奋，也不懒惰，学生都说我似魏晋间人。但我也喜读《孟子》，独乐乐，不如与人乐。这也许就叫儒道互补？遂以纯情母鸡蛋分赠朋友，广结善缘。我带老同学免费参观四川大学博物馆，虽然是拉大旗作虎皮，但把门人毕竟是看霍巍霍馆长的面子，我怎能不思回报？遂送过去四枚纯情母鸡蛋。霍巍不在家，霍巍夫人连连道谢，说："听见你家母鸡咯咯叫，我就对霍巍说，你看人家好爽哦！"我也笑道："彼此彼此，我媳妇听见你家狗汪汪叫，也对我说，你看人家好爽哦！"互相恭维鸡犬，而不是人，这也许就叫君子之交淡如水？

霍巍一回家，就打电话来致谢说："谢不谦，感谢你的蛋！"我说："我的蛋？很黄色。"霍巍笑道："你的鸡蛋，纯情母鸡蛋！"电话上神侃，一单元之隔，咫尺千里似的。我笑道："我们真个是羲皇上人，鸡犬之声相闻，老死不相往来啊！"霍巍一愣，说："老死不相往来？怎么会呢？"突然想起《老子》名言，呵呵一笑，连声道："经典！经典！"

二〇〇八年五月五日

## 养鸡心得：一夫一妻PK一夫多妻

我家后花园现有五只鸡，一公四母。天刚蒙蒙亮，公鸡就喔喔叫。古代流行歌曲唱道："女曰鸡鸣，士曰昧旦。子兴视夜，明星有烂。"这是两口子枕头上的对话。用现代白话还原现场就是，女人推醒男人说："公鸡都叫了。"男人还想睡懒觉，说："天才蒙蒙亮嘛。"女人揪着男人耳朵说："你起来去看看天色？"男人揉着睡眼说："星星都还眨着眼睛嘛。"在床上耍赖皮。这是两三千年前的情景。

却说我媳妇听见公鸡报晓，就咕噜一句："好讨厌哦！"然后蒙头大睡。公鸡继续报晓："喔——喔——喔——"母鸡们也跟着起哄："咯——咯——咯——"叫得很真切，听起来就像："我——我——饿——饿——"我晚上熬夜，很想再迷糊一会儿，就推媳妇说："鸡咯咯都饿慌了！"媳妇却说："今天还是国庆大假。"我说："鸡咯咯哪里知道什么国庆大假!"媳妇凶我一句说:"又不是我养的鸡!"人心不古啊,古代是男人耍赖皮,现在是女人耍赖皮,心中叹息:女人耍赖,男人无奈,都是一夫一妻制造成的!

我只好揉着眼睛起床,拌好糠饭,赶紧送去鸡场。母鸡们一哄而上,围着饭锅,争相啄食。公鸡愤愤不平,加塞进去。黑母鸡抬起头,猛啄它老公一口,公鸡一惊一诧,跳将出去,退居二线。过了一会儿,公鸡又理直气壮挤到一线,要行使老公的合法权益,跟老婆共进早餐。两只母鸡竟左右开弓,把公鸡啄得晕头转向,它只好退居三线,站在枇杷树下,眼巴巴地望着老婆们。直到母鸡们酒足饭饱后自去玩耍,公鸡这才像小媳妇似的踱过去,吃锅里的残羹剩饭。我连续观察数日,不仅早餐如此,午餐晚餐也如此。

我大惑不解。原以为一夫四妻是家庭最佳组合,公鸡就是大老爷们儿,男尊女卑,夫为妻纲,好霸道,好幸福,没想到公鸡却成了母鸡们的众矢之的,居常怏怏,并不快乐。任何一只母鸡,只要看它不顺眼,都去啄它一下。我就很纳闷,不是说一夫多妻制可以提高男性的家庭地位吗?最可怪的是,公鸡居然一点脾气也没有,母鸡啄它它从不还口,三十六计走为上计,只知道逃跑躲避。虽说好男不和女斗是美德,但总不能一味忍气吞声,无原则退让吧?我看它貌似帅哥,其实是个大草包,太窝囊,就像惧内的男人一样。

无巧不成书。"惧内"一词，英文叫 henpecked，被母鸡啄的，牛津词典释义为 "domineered over by one's wife"，被老婆控制的，被老婆虐待的。发明这个单词的英国约翰牛难道跟我这个中国教书匠一样，也是个业余"鸡民"？否则怎么不说"河东狮子吼"，却说母鸡啄公鸡？但约翰牛说的是一夫一妻，我家公鸡却拥有四个老婆，domineered over by its four wives，被老婆们虐待。四个老婆仿佛结成统一战线，Female 4，简称"F4"，虐待同一个老公，全不念夫妻情分，这是我万万没想到的。

却说某日，我外出游玩回家，听见我家附近喔喔叫，很阳刚很奔放，电视上民族唱法比赛的那种原生态男高音。难道是我家公鸡忍受不了家庭暴力，愤而离家出走？寻声而去，却见草坪上有一公一母两只大花鸡，不知是谁家的，公鸡很绅士，母鸡很淑女，夫唱妇随，很恩爱似的，与我家的风度气质迥然有别。我摸出相机，给它们夫妻合影，它们却以为我别有用心，扑腾着翅膀撒腿就跑，母鸡在前，公鸡殿后，还时常转过身来要跟我雄起，很男子汉似的。那母鸡跑出一段距离后发现公鸡没跟上，就停下来回头张望，等它老公追上去才继续前行。

我跟踪追击，它们竟把我当成了偷鸡贼，赶紧向安全地带撤离。远远看见它们钻进了一家后花园，仔细一看，原来是老朋友天宏的家。天宏是历史系名教授，不仅学问做得好，做其他事情也很投入，花草养得比我好，蔬菜种得比我好，果树种得也比我好。春天的时候，天宏邀请我去他家赏花喝茶，见他后花园中有两只小鸡瑟缩着互相依偎，躲在篱笆角落，煞是可怜。天宏说是刚买来的，一公一母。我笑道："你怎么把一夫一妻观念强加给鸡啊，它们能幸福吗？"天宏嘿嘿一笑，不作正面回答。暑假某日，我和媳妇路过他家后花园，想看看他们的鸡夫妻，他说跑出去耍去了，他媳妇杨老师补充道："现在长得好乖哦！"没想到鸡大十八变，越变越好看，我叹为绅士淑女的恩爱夫妻，原来就是他们家自由敞放的鸡夫妻。

我从此改变了人生观。我的心得是，一夫一妻并非不幸福，一夫多妻并不一定幸福，关键是要自由自在、心情愉快。我家的鸡闭关锁国，小小天地咋能愉快？窝里斗，公鸡就只能成为母鸡们的出气筒。同样是鸡，同样食色性也，但统治理念不同，生活环境不同，或自由开放，或封闭禁锢，生命状态竟有如此大的差异。子曰："性相近也，习相远也。"此之谓也。媳妇说："我们也把鸡敞放？"我摇摇头说："我们的鸡太多了，素质又低，都放出去那还得了？"媳妇瞪我一眼说："嘿，你跟老婆说话怎么像打官腔似的？"

二〇〇八年十月四日

## 老鹰捉小鸡

记得上幼儿园的时候，阿姨只要张开双臂，原地转圈，"咯咯咯"叫，大家就知道是要玩老鹰捉小鸡游戏了。女生们飞跑过去，站在阿姨后边，后面的拽着前面的衣服后摆，连成一长串，男生们则跑到阿姨前面，争当老鹰。阿姨笑道："这么多老鹰，游戏咋玩？"就指定一个猛男当老鹰。男生谁想当小鸡啊！但我个头瘦小，跑得也不快，只能与小鸡为伍。只有一次，阿姨看我垂头丧气，郁郁不得志，就让我当老鹰。我高兴得蹦起来，立马张开双臂，飞扑过去捉小鸡。没想到，乐极生悲，脚底打滑，失去平衡，踉跄一下扑倒在地，来了一个"狗吃屎"，把大家笑翻了。从此，我就再与老鹰无缘。

我这个人有很多缺点，但有一个优点，就是认命，从不作非分之想。我既然只有做小鸡的命，就对小鸡情有独钟。有一天，从幼儿园放学回家，路上看见几只小鸡在草地上啄食，毛茸茸的，很可爱，我就想去跟小鸡套近乎，小鸡却像见了老鹰似的，赶紧躲到母鸡背后，你推我，我挤你，不是一般可爱，把我都看呆了。回到家里，我对我妈说："我们也养几只小鸡吧？"我妈笑着说："养在哪里呢？"我家住在学校，学校有规定，不许喂养动物。我说："就养在家里嘛！"星期天，我妈真的去买了两只小鸡，我高兴惨了，一天都围着它们转，跟它们说话，把我妈都逗乐了，说："你都好像变成小鸡了喃？"第二天，我不想上幼儿园，想继续陪小鸡玩。我妈就哄我说："小鸡说它们不喜欢贪玩好耍的小朋友。"其实，上幼儿园也是玩耍，老鹰捉小鸡、丢手绢、找朋友什么的，我妈是不放心把我一个人留在家里。我只好噘着嘴，跟小鸡说再见。放学回家，却不见了小鸡的踪影，我趴到床底找也没有。我妈下班回来，我哭着说："小鸡没了。"我妈赶紧放下课本，满屋寻找，发现墙角有一个小洞，说："难道从这里钻出去了？"我就跑到屋外，屋外是学校的菜园，蝴蝶飞来飞去，就是不见小鸡的踪影。

  我养了一天的两只小鸡，就这样神秘失踪了。我说："肯定是被老鹰捉走了！"我妈笑道："咋可能啊，老鹰捉小鸡只是游戏。"我说："咋不可能啊？"指着天上给我妈看，几只老鹰就在空中盘旋。我妈笑道："城里这么多人，它们哪里敢冲下来！"安慰我说："小鸡可能找母鸡去了，它们在这里很孤单嘛，等它们长大了，会自己找回来的。"小鸡当然不可能自己找回来，只是偶尔飞回我的梦中。很多很多年后，也就是上前年，我都年近半百了，去文星镇赶场，竟然看见有卖小鸡的，毛茸茸的，你推我挤，好可爱啊，蓦然之间，觉得似曾相识。骑车回来，一路上心里空落落的。鬼使神差，都要到家门了，我突然掉转车头，骑回文星镇。原本想买两只小鸡回来，但一想儿时失去的，我要加倍补偿，就一下买了十二只。这就是我在江安花园养鸡的初因，圆我儿时的梦而已。

却说很多很多年前，我上小学后，不再玩老鹰捉小鸡游戏了。这是我人生的第一次自我超越，超越小鸡的境界，自觉为人。有一天，听东街的同学说，真有一只老鹰从空中俯冲下来，叼走了一只在院坝里啄食的母鸡，把小鸡都吓呆了。我心中震撼："天啊，什么老鹰捉小鸡，捉的是小鸡的妈妈！"大家都说这老鹰太可恶了，同仇敌忾，发誓与老鹰不共戴天。我们随身带着弹弓，衣兜里装着石头，只要看见老鹰在低空盘旋，就猛地拉开弹弓，一弹弹射向空中，像发射地对空导弹似的。虽然从未命中目标，但大家都觉得这是一种威慑，要让老鹰知道，有我们男子汉在，它就休想再为非作歹。我不知道这算不算是一种社会责任感或担当精神。

我在小学二三年级之间最具有社会责任感或担当精神。现在回想起来都觉得可笑，无非就是爱管人家动物的闲事。

看见红蚂蚁和黑蚂蚁抢夺地上的死苍蝇,我就要蹲下去,用草茎把红黑两军分开,然后刨一条小沟,算是楚河汉界。如果两军争夺的是一只死苍蝇,我不会偏袒任何一方,而是先把那只死苍蝇分配给一方,然后再去找一只死苍蝇或别的昆虫尸体,空投给另一方。我有个幼儿园毛根儿同学程咬金,那才幼稚,竟然把红蚂蚁当成真正的"红军",凡遇红黑蚂蚁交战,他不仅要帮"红军"抢夺死苍蝇,还要痛歼"黑军",被他娃踩死的黑蚂蚁不计其数,甚至掏出小鸡鸡,对着"黑军"尿尿,还要"哒哒哒"配音,好像电影里我军战士端着机枪横扫蒋匪军似的。

但我最喜欢的,是干涉公鸡打架。公鸡打架纯属自然本能,连母鸡也从不介入,连看也不会看它们一眼,只是在一边偷着乐,乐得佳配。但我那时狗撵摩托不懂科学,凡遇公鸡打架,就捡起一块泥巴投掷过去。公鸡一愣,各自退后一步,然后继续对峙,作扑击状。我就继续扔泥巴,直到把它们驱散为止。我当时不知道这种强行介入行为严重违背自然规律和科学发展观,还自鸣得意,以为是做好人好事哩。

我干涉鸡斗,自己却喜欢上了斗鸡。我这斗鸡不是赌博,长这么大,我还从没见过真正的斗鸡。真正的斗鸡据说名堂很多,如"金其距,介其羽",把鸡爪变铁爪,捣碎芥子,喷洒在羽毛上,鸡一扑腾,弥漫空中,类似施放催泪弹、烟幕弹。我说的斗鸡是一种游戏,盘起左腿,右腿独立，蹦蹦跳跳互相冲撞，单挑或混战，无须任何战略或战术设施，只要是平地，就可摆开战场。

但斗鸡没有多少技术含量，纯粹肢体碰撞，比的是块头和吨位。我个头瘦小，常常被别人撞翻在地，屡败屡战，愈战愈勇。记得有一次，在老黄桷树下，我想冒皮皮，盘起右腿，来个左腿独立，刚一迎战，就被程咬金撞了个四仰八叉，后脑勺碰在露出地面的老树根上肿出一个大包，连续几天都觉得脑瓜是木的。这些儿时往事讲给媳妇听，问她："你小时候斗不斗鸡？"媳妇不屑地说："野蛮！"

却说七八年前，我还住在狮山，有一天，突然觉得浑身发疼，弯腰系鞋带都很困难，把媳妇吓坏了，赶紧带我去华西医院检查。医生先让我去拍了片，扫描底片后医生说没什么问题，问我："插队当过知青没有？"我点头说："当过。"医生说："那可能是当年用力过猛，伤了筋动了骨。"我笑道："我插队时跟妇女一道出工，从没干过重活儿，哪会伤筋动骨呢？"医生沉吟片刻，追问说："小时候摔过跤没有？有没有很猛的？"我说："摔得太多了。"就想到了老鹰捉小鸡、斗鸡等游戏。我问医生："都四十多年了，难道现在才出现后遗症？"医生笑说："这谁说得清呢？"随手开了处方，嘱咐说："吃完再来复诊。"我试探着问："有没有生命危险啊？"医生还未回答，媳妇就笑道："没见过你这么贪生怕死的，一点小毛病，至于吗？"医生也笑道："没那么严重，注意休息就行了。"我既没吃药，也没再去复诊，照常生活，照常工作，大概两三个月之后也就自然痊愈了。

二〇〇九年三月二十日

# 我想养一只猫

上大学时，有一套很流行的原版英语教材叫 *Essential English*，图文并茂，非常好玩。记得有一课说有个大男孩叫亚当，很喜欢邻居小妹夏娃，想亲吻她一下，但夏娃怀里抱着一只猫，像个骄傲的公主似的。亚当就逮来一条鱼，悄悄放在树上。猫一闻到鱼腥，倏地跳下地，蹿上树，无论如何哄它也不肯下来，夏娃只有干瞪眼。亚当得意地说："我能爬上树去，把猫咪捉下来！"夏娃说："谢谢你，亚当。"亚当问："如何谢呢？"夏娃呢喃道："我亲你一下？"亚当高兴地说声"All right"，就嗖嗖嗖攀上树，把猫捉下树来。课文插图是美丽的夏娃仰着头，紧闭眼睛，让亚当来亲吻她。

却说我跟媳妇相识之初，花前月下约会，为了活跃气氛，我就讲了这则故事。媳妇当年很正统也很土气，缺乏幽默感，竟点评道："流氓！"我很诧异，说："这怎么是流氓啊？"媳妇突然冒出一句："我最讨厌猫！"说她小时候看见几个男生从厕所里逮出一只死老鼠，悬挂在树上示众，邻居的花猫嗖地蹿上树，拽下死老鼠，却放在她家门前，恶心死了，从此就很讨厌猫。我说："这怎能怪猫啊，人家本来就不吃死动物嘛！"媳妇问："那亚当放在树上的鱼难道是活鱼？"我笑道："这本来就是编的故事嘛！"媳妇说："反正我最讨厌猫！"为了建立共同的感情基础，我毅然宣布，我其实也并不是很喜欢猫。原来是假不喜欢，后来变成了真不喜欢。

我和媳妇住在狮山"碉堡楼"的时候，某年春节前，我买了一尾两斤重的鱼，养在澡盆里，放在门外屋檐下。媳妇很担心，说："晚上会不会被猫叼走哦？"我说："这么大的鱼，活蹦乱跳，猫能叼得走？"翌日早起，澡盆里却不见了鱼，我怀疑是小偷拎走的，媳妇说："什么小偷？肯定是被猫叼走的！"我将信将疑，说："真邪门了！"当天后半夜，我出门上厕所，月色朦胧中，见几只猫影在院子里徘徊。猫本来是不怕人的，但那几只猫一见我，扭头就跑。就凭这一点，我就敢断言，这几只猫百分之百是嫌疑犯。俗话说，做贼心虚，它们没偷我家的鱼，跑什么跑？我从此对猫失去好感。

却说那年头儿高校很穷，各系创收花样百出。中文系办函授，物理系开汽修厂，生物系养蘑菇，媳妇所在的化学系居然喂养了一群长毛兔！据说兔毛很俏，能卖好价钱。有一天，媳妇兴高采烈，怀抱两只小白兔回来，说是系里的长毛兔生的，太可爱了，就偷了两只，据说是一雄一雌，给儿子喂着玩。这两只幼兔，是我至今见过的最乖的兔子。乖在哪里呢？不是白绒绒的兔毛，而是眼睛，一只是红眼睛，一只是蓝眼睛，我见犹怜，儿子刚上幼儿园，更是喜欢惨了，给它们起名叫红精灵和蓝精灵。媳妇像立了特等功似的，双手叉腰，颐指气使，命我去钉个框架结构的木笼，晚上当红精灵和蓝精灵的下榻之地。我跑到学校维修科木工房，趁人不备，往返若干次，偷来一大堆长长短短的木条，自己设计自己施工，忙活半天，终于做好木笼，放在门外屋檐下。媳妇验收时指着栅栏问："间隔这么宽，猫钻进去咋办？"看来为了那条过年鱼，今生今世媳妇都要把猫当成阶级敌人了。我笑道："我都试验过了，连小白兔都钻不出来，猫那么大，怎么可能钻得进去？再说了，猫吃鱼，没听说过猫吃兔子。"

天黑后，我把小白兔捉起来，安放在门外的木笼中。媳妇很浪漫地对儿子说："乖乖，快跟小精灵飞吻一个，说明天见！"儿子却说他要让红精灵和蓝精灵睡在床前。媳妇立即从浪漫主义回到现实主义，说："那怎么行啊，小白兔晚上到处尿尿，会把地上弄得很臭的！"儿子这才很不情愿地把小手放在嘴上，飞吻道："Good night！"没想到，这竟成了儿子跟红精灵和蓝精灵的永诀。

翌日一大早,儿子一骨碌翻下床,唱着"小兔子乖乖,把门儿开开",屁颠屁颠去看他的小精灵。不到半分钟,就听见儿子在门外哭嚷道:"小白兔没了!"我和媳妇赶紧冲出去,只见木笼中空空荡荡,小白兔真的不见了。左右观察,发现栅栏空隙间有若干白色绒毛,心里纳闷,难道它们自己钻了出来?再仔细勘察,发现栅栏上竟有几点红印,很像血迹。媳妇说:"肯定是遭哪家的猫抓出来吃了!"我说:"没那么恐怖吧?"低头一看,发现地上也有几点血迹。这时候,一匹肥硕的大黑猫在不远处望着我们"喵喵喵"地叫,就像恐怖分子制造血案后还要宣称自己对此事负责似的。儿子捡起一根木条,口中呐喊道:"打死你!打死你!"冲杀过去,黑猫竟岿然不动。我怒从心头起,恶从胆边生,捡起一小块石头猛掷过去,正中猫头,黑猫惨叫一声,夺路而逃。我抓起笤帚,要去穷追猛打,媳妇一把拦住我,喝道:"你要干吗?那是人家吴婆婆的猫!"

我站在木笼前,在想象中还原血案现场:夜深人静,我们都已进入梦乡,黑猫踅到我家门外,发现了木笼中的小白兔,钻不进栅栏,就把魔爪伸进去试探。半夜惊梦,雄兔脚扑朔,雌兔眼迷离,黑暗中本能地向角落撤退,却正好落入黑猫的魔爪,被生拉活扯拽出栅栏。真是太血腥太残忍了!媳妇埋怨我说:"都怪你,怎么不把栅栏钉密一点嘛!"这就叫费力不讨好。还是儿子是非分明,说:"猫猫都是大坏蛋!"从此,见猫必打,比他妈妈还记仇。我虽然胸怀比较宽广,但面对血淋淋的现实,也难以释怀。

却说上前年,我和媳妇迁居城郊江安花园,有道是:空气无限好,只是老鼠多。我采取严打政策,无所不用其极,却收效甚微。今年大地震前,活动在我家周围的老鼠突然销声匿迹。暑假中,我在书房上网读书,夜不闭户(窗户的户),也不开空调,虫鸣蛙声之中,清风徐来,入我胸怀。开学前一周,媳妇却发现老鼠又卷土重来,书房的纱窗被咬了个大洞。于是一到晚上,照旧坚壁清野,关门闭户,拒老鼠于家门之外。某日半夜,我正在书房上网,隐约感觉情况有点异常,斜眼一瞥,见墙壁上方走空调线的小洞缝隙(夜间我家与外界的唯一通道)探出一个贼眉鼠眼的尖脑袋。我倏地站起来,咄咄有声,喝退尖脑袋,出门去捡来两块小石头,堵住洞隙。

翌日一早,我就去文星镇买来一种新鼠药,叫猫人。把鼠药浸泡过的米撒在屋外各个角落,但老鼠却碰也不碰,一到半夜就在空调线洞中咔嚓咔嚓啃咬,好像也懂得锲而不舍金石可镂似的。老鼠长的不是铁齿铜牙,没把石头啃动,却把空调线咬破了皮,结果电线短路,电表跳闸,电器瘫痪,严重干扰了我家的正常生活。但我除了连夜坐镇书房,睡在沙发上,枕戈待旦,严防死守,真个是一筹莫展。

我这才想起猫才是老鼠的天敌,就跟媳妇商量说:"我们是不是养一只猫?"媳妇不容商量,当即一票否决,说:"现在的猫哪里还会捉老鼠啊!"我说:"那能怪谁?怪人自己!不仅自己异化了,把猫也异化了,都把猫当宠物,好吃好喝,还要为它洗脸洗脚,养尊处优,大少爷大小姐似的,谁还愿意去捉老鼠?现在人都说尊重科学尊重自然规律,实际上处处反其道而行之,弄得猫失其职,老鼠横行,这叫什么尊重?"媳妇说不过我,又旧事重提,什么过年鱼啊小白兔啊,总之猫是凶神恶煞,最讨厌。我已懂得做男人的道理,不再像当年那样无原则讨好媳妇,驳斥道:"那还不是怪我们自己疏忽大意。人都会钻银行取款机的漏洞,得不义之财,更何况猫?"

却说前些日,媳妇外出,我一人留守家中。凌晨五点左右,天还未亮,我在迷糊中听见窗外有响动,而且声音很大,不像是老鼠,我心里咯噔一下:莫非是想入室行窃的强盗?不免有些紧张。隔着玻璃向外张望,一片朦胧,不见异常。我刚躺下,又听见扑通一声,像什么物体落在了窗外的空调主机上。我麻起胆子向外一望,吓我一大跳:隔着玻璃,对面是一个狰狞的猫头,嘴里还衔着一匹老鼠!猫两眼凶光,警惕地注视着我,我赶紧露出笑容,表明我们是同一个战壕的战友。猫的眼光变得温柔起来,一转身,消失在夜色中。

天亮后,那只捉老鼠的猫,不知是家猫还是流浪猫,反正不是出身高贵的宠物猫,又旋回来,跳上后花园的藤架。我这时觉得,猫才是世界上最可爱的动物。我想挽留它,但又不懂猫语,只能用各种面部表情和肢体语言表达我的挽留之情。但猫好像并不领情,"喵~喵~喵",然后跳下藤架,扬长而去。

但从那天至今,晚上再也没听见老鼠在空调线洞中打攻坚战的啃咬声。我说:"看来,收拾老鼠,所有高科技都不敌一只猫。"事实胜于雄辩,媳妇这才终于初步同意我养猫的建议,但又嫌猫脏,说:"不能让它进屋!"我笑道:"人家本来就喜欢在户外草丛中活动,谁稀罕赖在又硬又滑的地板上!"

我给逮鼠英雄拍照,它却摇头晃脑,拒绝合作。我说:"太感谢了!"猫咪说:"不用谢,抓老鼠是俺们的天职嘛!"

二〇〇八年九月二十日

# 猫　缘

我家聘的流浪猫是临时钟点工,我没把它当宠物,它却把我当宠物。见我居常怏怏,忧穷叹老,就跳上窗外的花架,表演各种节目,俯卧撑、单腿倒立、猫洗脸,等等,直到把我逗笑。我坐在阳台上看报纸,它就踅过来,静静地依偎在我脚旁。我一伸手抚摸它,它就仰起头来,轻轻吻我的手,比我媳妇还温柔。

媳妇却嫌弃它,理由很可笑:猫咪不漂亮。我讽刺她说:"你漂亮,那后花园的麻雀见了你,为什么避之唯恐不及,倏地飞走?"媳妇不屑地说:"这哪儿跟哪儿啊,人又不是麻雀!"我就给她上哲学课,说:"人家庄子早就说过,漂亮不漂亮是相对的,比如越国色情间谍西施,古代的亚洲小姐,吴王见了都发晕,把国都给亡了。这个大美人在河边一站,鱼儿就吓得沉入水底,抬头朝天上一看,大雁就吓得落下来，这就叫沉鱼落雁。为什么？因为在鱼儿和大雁眼中，西施就是个面目狰狞的妖怪。都说狗眼看人低，猫眼看人丑，你在猫咪眼中可能就是个老妖怪哩！"媳妇一听老妖怪就很生气，反唇相讥说："你以为你多年轻？"我无意中犯了媳妇的忌讳，很紧张，赶紧声明说："我哪里年轻啊，人家学生都叫我谢老头哩！"没想到媳妇更生气，说："敢叫你谢老头？给他不及格！"我立即附和说："对，谁敢叫我谢老头，就给他不及格！"心想这都是网上匿名留言，谁知道谁啊！

却说有一天，猫咪趴在阳台的凳子上晒太阳，一见媳妇，就像老鼠见到猫一样，倏地跳上花架。那天媳妇买了一件打折的时装，被我一阵表扬，心情很好，就笑着对猫咪说："我又不吃你，跑什么跑？"猫咪就蹲在花架上，原地不动。却说花架与我书房外的窗台之间悬空，大概有一米之遥，媳妇说："跳啊，跳过去！"猫咪真的转过身，一弓腰就跳上了窗台。媳妇心花都怒放了，冲进书房，眉飞色舞向我汇报说："猫咪好乖哦，它居然听得懂我的话！"我心想："猫咪能懂人话，怪事，分明是被你吓得跳窗台的！"但不敢点穿，怕破坏媳妇对猫咪的好感，就说："猫本来就通人性嘛，你敬它一尺，它还你一丈。"媳妇很感动，说："那咱们是不是应该给猫咪起个名字？"大家都知道，给猫咪起名字，就说明猫咪享受宠物待遇了。我没有一点思想准备。媳妇想了一会儿，说："叫小黄？"我说："它都要当妈妈了，还小黄？"媳妇赌气说："那你想啊！"我就闭上眼睛，念念有词说："老黄？大黄？阿黄？黄毛？黄豆？黄瓜？黄鼠狼？"黄来黄去，还是觉得小黄叫起来顺口。

当天晚上，猫咪准时来上班，我很亲切地叫它"小黄"，猫咪却警惕地盯着我，以为我居心叵测，慢慢后退。我再叫一声"小黄"，它扭头就跑。看来，猫咪根本就不同意我们给它乱起名字，我只好呼唤说："喵——喵——喵——"猫咪这才停下来，回应道："喵——喵——喵——"这才对上话。我继续千呼万唤，至少持续了两三分钟，猫咪才愉快地上岗。这样操练下来，我得了强迫症，一天不呼唤几次喉咙就痒痒。大清早起来，我站在阳台上吐故纳新，引吭高歌"喵——喵——喵——"才觉得血脉通畅，把媳妇眼泪都笑出来了，说我学的猫叫很原生态，几可乱真，绝对吓退老鼠，讽刺我说："你下辈子莫真要投胎变成一只猫咪哦？"

但我好像命中注定与猫有缘。我乳名"小毛"，上小学时，同学朗诵课文《小猫钓鱼》，故意把"小猫"念成"小毛"：小毛跟老猫一块去钓鱼。一会儿，蜻蜓飞来了，小毛就放下鱼竿，去捉蜻蜓。一会儿，蝴蝶飞来了，小毛就放下鱼竿，去捉蝴蝶……三心二意，东一榔头西一棒槌，结果一事无成，就是我现在人生的写照。媳妇乳名"毛毛"，她说小时候同学叫她"猫猫"，把她气哭了。二十七年前，我从北京到狮山，初见媳妇，不知是"猫"眼看人，还是人眼看

"猫",第一眼就怦然心动。媳妇说她也是,觉得有什么事情要发生,浑身都在起化学反应。茫茫人海,大千世界,却是"猫"与"猫"相遇,你说奇怪不奇怪?这就是缘分。

却说上周有一天猫咪没来上班,整天都不见它踪影。媳妇觉得很反常,问我猫咪是不是生病了。那几天天气乍暖还寒,气温猛降,我们都穿上了冬衣。我说:"说不定是它生小猫咪了?"记得二十四年前今月上旬,天气也是这么冷,我们的儿子在母腹中折腾了一夜才呱呱坠地。我从护士手中接过襁褓中的婴儿,长脑袋,眯眯眼,吓我一跳,小心翼翼问:"是不是个怪胎啊?"医生刚好出来,指着我鼻子说:"你才是怪胎!"我和媳妇都不懂照顾婴儿,就裹着襁褓放在床头。那时没有空调,也没有暖气,差点把儿子给冻死,幸亏医生来巡房,发现及时,她赶紧脱去儿子的襁褓,又对媳妇说:"把衣服脱光,用母体温暖!"那个大病房有近二十个床位,男女夹杂,媳妇毫不犹豫脱去所有衣服,把儿子紧紧贴在胸脯上,平躺下去。我赶紧把棉被搭上。儿子慢慢缓过气,哇地哭了一声,终于活过来了,媳妇这才热泪盈眶,呜呜痛哭,怨我道:"都怪你,都怪你——"我无言以对,对母性,对最质朴最本能的人性,也有了深切的感悟。

所以,我们很为猫咪担忧。天气这么冷,它住在哪里呢?是不是生小猫咪了?它先生会不会守候在身旁?有没有亲朋好友照顾?谁知道呢,它原是一只浪迹天涯的流浪猫。

第二天早晨，我在阳台上呼唤："喵——喵——喵——"猫咪突然出现在窗台上，回应道："喵——喵——喵——"不像过去那种介于羊羔"咩咩咩"和婴儿啼哭之间的娇声娇气，而是充满母性的呼唤。这声音，好像从二十四年前那个三月飘来，穿越时空，好熟悉啊！一瞧它的肚皮，瘪了，肯定当妈妈了。我赶紧打开冰箱，把我们吃的精肉送上。猫咪狼吞虎咽，一扫而光，抬起头来，"喵～喵～喵"，很抒情，好像是在感谢我。我想去登门拜访，以示慰问，问猫咪："你住哪里啊？"它一连声"喵～喵～喵"，不知所云，然后跳上花架，再跳上窗台，消失不见了。我想帮助它都不知道如何帮。

接下来两天，猫咪吃完饭就撤漂，晚上也不来值班。我嗔怪说："这猫咪好像变了？"媳妇却有了"了解之同情"，说："人家猫咪要去奶孩子。"悠悠万事，唯此为大。我毕竟是过来人，一点即醒，对猫咪倍加呵护，特意骑车去文星镇买来鸡肝鸭肝，也顺便捡些鱼肝鱼肚，尽我所能为它增加营养，也算我们此生猫缘一场。

前天，我在书房看书，隐约听见窗外吱吱叫，心中一惊："难道老鼠卷土重来了？"寻声而去，却看见窗外空调架上猫妈妈和儿女相拥而卧的动人景象。我见犹怜，何况我媳妇乎？

二〇〇九年三月十三日

# 猪流感恐慌中的猫事物语

前些日，太平洋彼岸才发现猪流感，据说有全球蔓延的可能，距太平洋彼岸十万八千里的我媳妇听见风就是雨，迅速亮起红色警报，一连发布两道命令：第一，禁买猪肉；第二，断绝跟流浪猫全家的一切往来。我笑道："又不是猫流感，怕什么怕啊？"媳妇斥道："你这个科盲，真是不见棺材不落泪！"我说："像你这样神经过敏反应过度，没病都要吓出病！"猫妈妈在门外"喵～喵～喵"，媳妇冲过去吼道："请你离我家远点！"猫妈妈不走，媳妇就去踢人家。猫妈妈莫名其妙，这个观音娘娘咋一夜之间就变成了个母夜叉呢，可怜兮兮地望着我，"喵～喵～喵"，像是求援。我就警告媳妇说："你再敢踢人家，我就踢你！"媳妇喝道："你硬是老还小，活转去了嗦？"使劲儿踢我一脚，却把她自己踢痛了，叫声"哎哟"，蹲在地上。我赶紧扶她起来，笑道:"都怪你中学物理没学好,忘了作用力与反作用力成正比。"媳妇就伸出指爪来掐我,威胁兼恐吓道:"不许你再收养流浪猫!"我据理力争说:"现在是民主社会,国家的事情都不是一个人说了算,何况家庭?"

却说周末儿子回家,刚进门,媳妇就迫不及待地宣布召开家庭第十七届第二百五十次全会,说要通过民主程序来决定流浪猫的去留问题。我说:"开什么会啊,反正是一言堂!"我家名义上实行"两党制","父党"与"母党",但实际上是"一党专制",因为我家唯一议政而不参政的"在野党",即"儿子党",永远紧跟"母党"。"母党"一抛出什么议案,"儿子党"就发表声明:一千个拥护,一万个赞成!我孤家寡人,还能有什么戏唱呢?

我只好动之以情说:"你们一个周末才回家,一个大半时间不在家,就我一个人在家里唱空城计,茕茕孑立,形影相吊,我不找猫咪耍,找谁耍?"媳妇却冷嘲热讽道:"你不就是为写博客寻找题材吗?人为制造些阿狗阿猫的故事,好显示你多么慈悲多么有爱心,其实是个玩物丧志的二百五!"我斥道:"你这是以小人之心度君子之腹!"媳妇说:"伪君子!"媳妇这下把我惹毛了,我吼道:"老子就是伪君子,爱谁谁啦!"媳妇轻飘飘说:"没见过你这么蛮横不讲理的!""父党"和"母党"相持不下,"儿子党"就表态了,举了若干道听途说的事例,禽流感、狂犬病、疯牛病、手足口病之类，试图说服我。我反驳道："你这是危言耸听，江安花园自然生态环境这么好，怎么可能滋生这些怪病？"儿子说："万一呢？这样病那样病，我们其实都不懂，万一传染上了呢？你不对自己负责，也得对妈妈负责嘛！"最后一句话把媳妇感动惨了。媳妇很肉麻地表扬了儿子几句，然后对我说："你貌似读了很多圣贤书，还不及儿子深明大义！"我其实也若有所动，望着窗外无忧无虑的猫咪，心说："猫咪啊，你我虽然是朋友，但亲情与友情之间孰轻孰重，你比我更清楚，将心比心，理解万岁？"去冰箱里取出最后几条小鱼，给猫咪全家送去最后的晚餐，抚摸着猫妈妈说："都怪猪流感，从今往后，你们一家只能自己去寻找食物了，请多保重吧！"

第二天，却看见报纸上登载世界卫生组织的声明，说猪流感不是猪的毛病，是人的毛病传染给猪的，将猪流感"swine flu"更名为"H1N1"，很像化学分子式。我扬起报纸，叫媳妇赶快来认真学习世界卫生组织的文件。媳妇扫描一过，说："既然人能传染给猪，为什么不能传染给猫？"我说："我们又没得H1N1，谁传染给它们啊？"媳妇却搬出儿子的话说："这样病那样病，我们其实都不懂，万一传染上了呢？"我就搬出世界卫生组织的文件说："你是相信儿子呢，还是相信世界卫生组织？"媳妇讽刺我说："瞧你那得意劲儿！"然后起身去文星镇买菜，临出门时回头问我："给不给猫咪买吃的哦?"我说:"你看着办吧!"就去邻居家的后花园,隔着篱笆向猫咪全家郑重宣布,重结睦邻友好关系,祝愿人猫友谊万古长青。

猫妈妈带着小猫咪活蹦乱跳,载歌载舞,来到我家后花园,"喵～喵～喵",好像在向我致谢似的。我心说:"感谢我干吗,应该感谢世界卫生组织。"

二〇〇九年五月七日

# 猫 变

春天的时候,我聘请的钟点工流浪猫生下了四只小猫咪。原本以为猫妈妈养不活它们,结果它们不仅活下来了,而且活得很快乐。这快乐传染了很多人。前些天开会,遇访学归来的王小盾教授,他说他在日本经常看我的博客,小猫咪们给他带来好多快乐,但他不知道这一切已成过眼云烟。

却说上月初,猫妈妈对小猫咪们越来越冷淡,因为它肚子里又怀上了新的小猫咪。媳妇很担忧,说:"如果再生四只怎么得了啊!"我笑道:"你这是杞人忧天。"不用我操心,猫妈妈自己就作了安排。在我们外出旅游前,小猫咪们就悄悄离开了我家后花园。难道猫妈妈送它们各奔前程去了?我问猫妈妈:"你娃娃呢?"媳妇却讽刺我说:"关你屁事!"是不关我事,但与小猫咪们朝夕相处这么多日子,一旦离开,还真有点不习惯。

旅游归来,拜访我们的第一位老朋友就是猫妈妈,我第一眼就看出它肚子瘪了。我急切地问:"你把小猫咪生在哪里了?"猫妈妈"喵～喵～喵",好像饿慌了,我赶紧把媳妇不远千里带回来的海鱼偷拿出来两条喂它。两只小猫咪,老二和老三,不知从什么地方冒出来,要与妈妈共进晚餐。万万没想到,猫妈妈却发出一种很低沉的声音,既不是"喵～喵～喵",也不是"嗷～嗷～嗷",而是类似虎啸的"呜～呜～呜"。老二退后一步,老三却伸出爪子去抓鱼,猫妈妈一扭头,猛地扑过去咬老三。对儿子之凶狠,与先前的慈母形象相比,简直判若两猫。

我看小猫咪们可怜兮兮,就返回厨房,再去给它们偷鱼,却被媳妇发现了,惊风扯火咆哮道:"你疯了?"因为这海鱼餐厅加工好了,是媳妇特地带回来给儿子的。儿子早就长大成人了,媳妇却永远舐犊情深似的,这大约就是人与猫的区别?

第二天一大早,我赶去望江校区参加一个学术会议,晚上回来,看海鱼放在橱柜上,问:"儿子不喜欢吃?"媳妇愤愤然道:"猫吃过,人还能吃?"原来,小猫咪老三是个"易胆大",竟悄悄把厨房的纱窗刨开跳将进来。等媳妇发现敌情时,小猫咪正蹲在橱柜上偷嘴。媳妇有洁癖,但凡猫咪碰过的东西,她都避之唯恐不及,何况猫爪刨过的鱼?我说:"微波炉里一转,什么病菌都杀死了,人怎么不能吃哺?"媳妇斥道:"你不要命了?"强迫我将鱼倒去喂猫咪。猫妈妈高兴惨了,吃不了兜着走,叼起一条跑了,去喂嗷嗷待哺的小猫咪。

　　猫妈妈把新家安在了何处呢?我不知道。昨天下午,猫妈妈跳上窗台,"喵～喵～喵",我喂给它一块鸭肝,它咬一口,貌似舍不得吃,叼起来又跑了。我跟踪追击,却被猫妈妈发现了,它就原地不动。我大感不解,对猫妈妈说:"我对你们全家这么好,你还防备我?"猫妈妈却扭过头去,不理我。莫非猫妈妈生小猫咪时来寻求帮助,却总是扑空,失望而归,从此记恨我?我对猫妈妈解释说:"咱家媳妇命我陪她出去潇洒走一回,我敢抗命吗?人与猫不同,谁叫人只有一个老婆嘛!"猫妈妈不听,我也不想僵持下去,怏怏而回。我才转身,猫妈妈就像箭一般似的射进草丛,不见了。

　　只有小猫咪老三,好像很念旧情,常常回来探望我。我一站在它面前,它就扭动着身体来蹭我,吻我的脚趾,还直立起来吻我的手指,比它妈妈柔情似水多了。我看它貌似有些孤独,就对它说:"把你的兄弟姐妹都叫回来,就像过去那样,大家一起玩,多好玩嘛!"小猫咪"喵～喵～喵",摇头摆尾,跟我亲热,突然看见猫妈妈,小猫咪就一溜烟跑了,直到现在也没露过面。

二〇〇九年八月九日

# 猫移民

教师节前夕，学校召开优秀教师表彰大会，学院党办秘书阿莹打电话给我，说我也在被表彰之列，必须前往参加并上台领奖。但我刚好有课，而且是硕士新生第一堂课，就请阿莹代我去领奖。阿莹领奖回来，说李副校长把奖状颁发给她，郑重其事地握着她的手说："祝贺你！"阿莹感觉好尴尬，赶紧声明说："不是我——"把我笑惨了。我诚恳地对阿莹说："谢谢你！"

却说教师节那天，阳光灿烂，大小猫咪齐聚后花园外，貌似在向我贺喜说："节日快乐！"我笑着拱手道："谢谢你们，同乐同乐！"突然想起上小学时的"比学赶帮"活动，老师曾说："一人红不算红，大家红才算红。"也就是孔子所谓"己欲立而立人，己欲达而达人"的意思，成己成物，共同进步。我就想搞个模拟表彰大会，以激发流浪猫改恶向善、重新做猫的上进之心。通知全体猫咪参加,却锣齐鼓不齐。本来决定授予猫妈妈Mary特等奖鲫鱼一条,以表彰它培养小猫咪的杰出贡献,它却懒洋洋地躺在地上晒太阳,貌似淡泊名利宠辱不惊的样子。猫舅舅David,学前班优秀班主任,奖励鲫鱼半条,它却把头扭向一边,貌似在说:"谁稀罕!"小猫咪们自由散漫惯了,没有遵守纪律的概念,在会场随意打跳,"喵～喵～喵",貌似在赋诗言志:"我们都是流浪猫,会爬树来会打洞!"竟跑到后花园菜地里刨坑,把我刚种下的大蒜刨了出来!我气惨了,就当机立断,把表彰大会临时改成整风大会,当场发布中华人民共和国四川省成都市双流县文星镇江安花园喵主席二〇一〇年第一号令:"谁再捣蛋,搞自由化,驱逐出境!"

下午,去望江校区参加学院大会。中国现当代文学姜飞老弟找到我,说有件事求我。我笑道:"请讲。"姜飞老弟说他女儿想收养一只小猫咪。我正想把害群之猫驱逐出境,以儆效尤,就爽快地说:"好!"约好周一下午,姜飞老弟和我去江安校区上课、古今文化互相碰撞时,在南门正式交接。

却说周日下午,为了交接仪式顺利进行,不冤枉一只好猫,也不放过一只坏猫,我亲自去后花园踏勘,考察各位小猫咪的思想政治表现。小猫咪们可能发现我眼光异常,或者是心灵感应,知道风云突变,见了我就飞叉叉跑,跑进邻居后花园躲猫猫。我笑道:"天网恢恢,疏而不漏。你们躲得过初一,躲不过十五。"发挥人体特异功能,模仿猫妈妈Mary的发声,通俗唱法,几可乱真,"喵～喵～喵",但小猫咪们警惕性很高,千呼万唤始出来,犹抱篱笆半遮面。说时迟那时快,我以迅雷不及掩耳盗铃之势,逮住最有思想的一只,关在前阳台废弃的花台里,准备第二天移交姜飞老弟,把它培养成思想家。

## 附　记

今天晚饭后,我这个自封的喵主席,用三叉戟纸袋,运载两只小猫咪,江安花园"二乔",乘东风去四川大学江安校区南门,跟姜飞老弟举行隆重的交接仪式。不是"叛国投敌",而是追求幸福美好生活。我对姜飞老弟说:"你要一只小猫咪,我却带来了两只,理由如下:第一,孤掌难鸣,好事成双,人都怕孤独,两只猫咪才好耍;第二,如果它们谁表现不好,或者你女儿不喜欢,掷还我也;第三——"还没说完,姜飞老弟就赶紧表态说:"喜欢!喜欢!"交接仪式还没结束,天上却纷纷扬扬飘下雨点,我们只好作鸟兽散。姜飞老弟带回他女儿的梦想,我去跟学生讲"儒学与中国文化"。刚走进教室,突然想起一件很重要的事情,差点忘了,赶紧摸出手机,发出一条非常具有史料价值的短信:小猫咪生于七月二十四日。雷鸣电闪暴风雨夜,它们来到了世界。

二〇一〇年九月十五日

# 丙集 故乡云雨

# 程老师和他的"黄埔一期"

一九七一年,上"戴帽初中"。开学后不久,班主任换了个新老师:黑衣黑裤黑布鞋,声音雄浑,目光炯炯,气宇轩昂。隐隐觉得似曾相识。下课后,大家都私下嘀咕说:"新老师好面熟哟!"李尾巴眨着眼睛说:"有点像李军长?"大家齐声道:"对,对,就是李军长!"电影《打击侵略者》中志愿军军长叫李国栋。这个印象至今是"文革"那几届宣中学生的集体记忆。

新老师姓程,毕业于西南师范学院外语系,我们是他带的第一个班。十五年后,程老师荣升宣中校长。因宣中高考升学率连年居于达州前茅,程老师身价倍增,无限风光。但见到"文革"老学生,程老师依然平易近人、和蔼可亲。记得某年寒假,我回宣汉,班长刘同学邀同学们小聚,也请程老师光临。同学们混得都不怎么样,饮酒怀旧之际,大家叫程老师"程校长"。程老师笑着说:"你们是我的黄埔一期,还是叫程老师吧,听起来亲切。"大家很感动,都说程老师还是当年本色。此后凡遇宣中后生校友,同学们果真多以"程校长的黄埔一期"自居说:"咱们那时候跟程校长是哥们儿关系!"前年同学会,追忆往昔,大家不胜感慨地说:"现在哪里还有这种哥们儿般的师生关系啊!"开火锅店发了财的小麻雀说上初二时程老师就跟他称兄道弟,初见师母,程老师竟然让他喊"嫂子"。向军说有次撞到程老师在寝室与朋友喝酒,竟把酒杯给他,让他舔一口。

程老师二十四五岁之间,书生意气,风华正茂。当时的老师大都是中师生,大学生凤毛麟角。记得某次电影院放映日本军国主义影片《啊,海军》和《山本五十六》,上级规定,内部售票对象为行政二十四级以上国家干部。大学毕业即二十四级,程老师能去,校长却不够资格,我们就觉得程老师比校长还港火。校长给我们上政治课,说珍宝岛之战时苏修红军士兵穿麻布衣吃黑面包,我们解放军战士穿皮大衣吃油炸花生。我们哈哈大笑,后排小麻雀嘀咕说:"啥时吃油炸花生哟,老子口水都流出来嗦!"

程老师一个人教全校所有初中班英语。大家对英语感觉很神秘,对程老师感觉更神秘,都觉得教英语的程老师与其他所有老师迥然不同。各科老师都喜欢自吹,说自己学科是天下第一,含沙射影贬低别人学科。数学洛老师是中师生，课堂上竟宣称"学好数理化，走遍天下都不怕"。那时不设理化，代以工基和农基。工基即工业基础知识，学生戏称"公鸡"，介绍车床、拖拉机、抽水机等。农基即农业基础知识，学生戏称"母鸡"，介绍毛主席亲自制定的农业"八字宪法"：土、肥、水、种、密、保、管、工。前年同学会，回忆少年往事，大家惊讶地说："谢不谦，这些陈芝麻烂谷子你都还记得？难怪全年级就出你一个博士！"我还记得洛老师说马恩列斯都是数学家，连毛主席小时候都曾想当数学家哩！记得某次测验，金狗儿零分，洛老师抽出他的试卷，吐口唾沫，贴在黑板上，用红笔在试卷上画一个大圆，点上鼻子、眼睛、嘴巴，再点上几滴眼泪，活像金狗儿。大家都笑，洛老师也嘿嘿一笑，撕下试卷，走到金狗儿面前，说："这幅画送你做纪念。"金狗儿家靠打布壳（供做布鞋鞋面）为生，全班最穷，也最憨厚，他一把抓过试卷，呜呜哭了起来。大家觉得洛老师太过分了，向程老师汇报。程老师找到金狗儿安慰和鼓励他，期末考试时平时科科不及格的金狗儿英语居然考了六十五分，比小麻雀还高三分。程老师不自夸，也不贬人，桃李不言，下自成蹊。大家至今都认为，与其说喜欢英语，不如说是喜欢程老师这个人。老师们学科不同，道不相同，我们小小年纪懂什么呢，而今已过知天命之年，终于懂了，孔子说"人能弘道，非道弘人"，此之谓也。

程老师名校文凭，李军长风貌，能看内部电影，比校长还港火，但在我们面前却很随和很平易近人，课堂上从不发脾气，也不讽刺挖苦学生，总是带着微笑，以李军长特有的富有磁性的男中音，循循善诱，娓娓而谈。"文革"时的英语大都是些硬邦邦的革命口号，但出自程老师之口就别有一种韵味。记得初二时"戴帽初中"撤销，我们转到宣汉中学，改由东北某外语学院毕业的申淑兰老师任课，全班同学都说她读音怪声怪调，轰她下台，气得申老师直哭，说："我是伦敦音，程老师是美国音。"大家不听，什么伦敦音美国音，程老师才是标准音。后改由川外毕业的袁晓梅老师来教，发音与申老师相同。大家无话可说，但对英语就渐渐丧失了兴趣。后来上高中，我自学英语，偷听美国之音何丽达女士主持播讲的《英语九百句》，感觉程老师的美国英语并不怎么纯正，但至今不敢向同学们说，因为在"黄埔一期"心中，程老师的语音具有永远的魅力。初一上学期所学的课文，从第一课"Long live Chairman Mao"到最后一课，我至今仍能倒背如流。

程老师在课外会教大家日常用语，同学们多用汉字注音：Thank you very much，小麻雀注音"三颗药喂你妈吃"；Not at all，李尾巴注音"那太土"。笑话多多，但同学们热情很高。周末，程老师带我们到二十里外的野猪山"捉特务"，先教大家军事用语：Hands up！ Don't move！

Lay down your arms！ Get out or I'll shoot！我们活学活用，哈罗哈罗，满山满坡响彻"鸟言兽语"。当地老农问程老师："这帮学生娃叽里呱啦干啥子哟？"程老师笑说："逮美国空降特务！"老农吓了一跳，说："美国特务？"逗得我们哈哈大笑。其他班同学很忌妒，说程老师偏心，我们就更得意。

记得某日课堂上，李尾巴问程老师"天"的英语怎么写，然后在作业本上造句，很得意，请程老师看。程老师看罢哈哈大笑，笑得李尾巴满脸通红莫名其妙。李尾巴这句流传至今的妙语是"Good good study, day day up"。程老师随即在黑板上写出这句最高指示的英语，教我们朗读，很多同学至今能诵：Study hard and make progress every day！李尾巴很聪明也很能干，虽未能考上大学，但走南闯北，浪荡江湖，混得还不错，同学会上摸出名片，头衔吓死人：美国前总统克林顿深圳之行现场指挥总监，人民大会堂国酒命名仪式总策划，云云。我讽刺他当年的搞笑英语，他却不笑，颇有感慨地说："程老师说我有英语天赋，可惜生不逢时啊！"

春忙支农，我们班被派到河对岸的东南公社某生产队，白天分散到社员家吃饭，晚上集体睡大仓库，中间好像是隔一排竹筐，男左女右。队长说可以分散到社员家睡，但大家都说集体睡大仓库最好。程老师也赞同，说同学住一起好管理。晚上仓库前的晒场上满天星斗、满耳蛙声,全班同学盘着腿,席地围坐在程老师周围,听他讲述《格林童话》和《一千零一夜》,浑厚的男中音在朦胧夜色中更觉神秘。

三十多年转瞬即逝,如今我们都快老了,那些日渐遥远的夜晚却记忆如昨。后来身居校长高位的程老师,在将一批批宣中学子送往北大、清华、复旦、浙大等名校之际,在灯红酒绿、觥筹交错庆祝辉煌之际,不知是否还会想起他二十五六岁之间在乡下讲述《格林童话》和《一千零一夜》的日子,想起他聪明活泼却被时代耽误的"黄埔一期"。记得离开乡下前最后一晚,蛙声如织,流萤点点,天上星星也格外明亮,程老师突然对大家说:"唱支英国儿歌,好不好?"大家齐声道:"好!"蛙声虫声伴奏着浑厚的男中音至今荡漾耳边:

Twinkle, twinkle, little star,
How I wonder what you are.
Up above the world so high,
Like a diamond in the sky.

翌日上午,我们一路踏歌而回,轰动全城。然后"天天读"前唱,开会前也唱,竟唱成了班歌。某日"天天读"前,程老师向我们先拱拱手,然后双手一摊,说:"Girls and boys, I'm very sorry……"程老师说校长问他为何不唱样板戏不唱革命歌曲,却唱什么"铜壳儿铜壳儿",是不是有意对抗革命文艺,大家默然,为了程老师,从此不唱这支班歌。三十多年后同学会,在县城北门河对岸的天乙山庄缅怀程老师,女生居然齐声唱:Twinkle, twinkle, little star……

程老师生活朴实,为人豪爽,师母在外地,他住一单间,除了学校配备的一床一桌一椅外,别无长物,换洗衣服堆在床头,几本旧书词典放在桌上,真个是家徒四壁,门也不锁。女生们常趁程老师外出,偷偷在他桌上放些桃子李子杏子什么的。女生们前脚一走,我们男生后脚即入,见什么吃什么。女生们在窗外看见,很气愤,怒斥我们偷吃程老师的东西。我们就当着女生面问程老师:"程老师,你桌上哪来那么多水果哟?"程老师莫名其妙,说:"没有哇!如果有,我一定拿出来共享!"我们笑嘻嘻说:"我们帮你吃了!"程老师连声说:"吃得好!吃得好!"女生们不好意思说破,对我们恨恨道:"不要脸!"中秋月夜,男生女生陪程老师坐在他寝室外的槐树下,记得程老师说:"唉,我现在掏出五块钱,要是能买来白酒卤肉月下同享,该多美好啊!"今日后生可能很难想象这么朴实渺小的愿望当年竟是奢望。

程老师于二○○○年病逝,享年五十四岁,距他离任校长刚一年,盖棺也不能定论。有些老师对程校长有意见,甚至有怨言。前年同学会,大家商量请哪些老师,意见不统一,唯一统一的就是请程老师。但程老师不在了,最后竟一位老师也没请。女生不准男生说程老师长短是非,谁说跟谁急。冉同学说:"别人怎样说程老师我不管,但他永远是我心中最好的老师!"众女生都说:"就是!就是!"程老师当我们班主任教我们英语,前后也就一年半。

程老师病逝时,我正在美国访学。据说追悼会很隆重,去了很多学生,"文革"那几届学生最落魄,却去的最多。

二〇〇七年一月十二日

# 山旮旯的智者

记得高中第一堂数学课,向老师给我的印象是"三家村秀才",他人虽瘦小,头却特别大,同学们送他一绰号,"向大脑壳"。写到这里突感忐忑,这可是对恩师不恭。转念一想,古人有例在先,曰临文不讳,也就释然了。向老师声音亦大,我坐在后排也有震耳欲聋之感,但隐隐觉得他底气不足,甚至有些自卑。听说向老师是刚从下面调上来的,且非名校出身,心里就有些瞧不起他,上课也不认真听讲。"文革"时数学课很简单,我就先自己看书、做题,然后埋头读小说,下课铃一响,就把作业本扔给向老师。

开学后不久,向老师上全校公开课,记得是讲对数应用,如何计算银行利息。教室后面坐满了人,工宣队王师傅,校长,副校长,还有各科老师。向老师神情凝重,晃着大脑壳东拉西扯,竟扯到新中国成立前地主放高利贷,说:

"同学们啊，万恶的旧社会就是这样利滚利，把千百万劳动人民逼得家破人亡、妻离子散……"声泪俱下，哽咽着说不出话来。我埋头偷笑，这也太夸张了吧？工宣队王师傅却站起来鼓掌，说："讲得好！讲出了阶级感情！希望各科老师推广，把学校办成阶级教育的主阵地！"我真是服了，讲数学居然还能讲出什么阶级感情！忆苦思甜阶级教育，连我们学生都觉得滑稽可笑，向老师居然还能表演得煞有介事栩栩如生，就觉得向老师这个人太投机，心里更瞧不起他。

　　向老师天天按时来上课，下课即走，没有多余的话，他住在校门外的街上，却没有同学去。同教高一数学的李中芳老师，名校毕业，英俊潇洒，人气最旺，门庭若市，我也去他家凑过热闹，听他忆往昔峥嵘岁月稠，侃红卫兵全国大串联，侃在天安门广场见到了毛主席，亲手摸到了毛主席乘坐的吉普车。大家都为李老师惋惜，说："李老师，你川大毕业，毛主席都见过，咋个到山旮旯来哟！"李老师一笑，然后学老人家挥巨手的姿势，说："宣汉人民最需要你，我的孩子，去吧！"大家笑得上气不接下气。向老师却不苟言笑，高中两年，只记得向老师在课堂上说过一次笑，还是很认真的样子，问："大象反义词是什么？"我们答："小象！"又问："大葱反义词呢？"我们答："小葱！"再问："大蒜反义词呢？"我们答："小蒜！"向老师晃着大脑壳，嘿嘿一笑，说："这就错了。人说满嘴大蒜味，不说满嘴小蒜味。"我们也笑了，笑向老师摇头晃脑滑稽样。比起李老师指点江山激扬文字，向老师的笑话实在太小儿科。

高一支农劳动，向老师跟着我们班前往马家公社某生产队。一路上同学们嘻嘻哈哈，向老师和班主任桂老师默默压阵。翌日一早，副校长徐宗保来了，说他参加我们班支农，生产队长安排他跟我和班长刘同学同住一家。徐校长是我妈中师同学，人很固执，我上初三时他路遇我读《青春之歌》，说是黄色小说，竟给我没收了，还说是为我好。我们想赶走徐校长，就悄悄跟房东儿子说徐校长特会唱歌，吃饭时要先请他唱《红色娘子军》。晚饭时，房东儿子竟真的说："校长，给我们唱支歌吧？"徐校长绿眉绿眼，说："我？唱歌？"房东儿子说："就是你最拿手的那个，什么娘子军……"徐校长尴尬一笑，用筷子指着我说："谢不谦，是你出的馊主意吧？"翌日中午，烈日当空，爆热，我一边擦汗一边说："热死个人！"徐校长说："你小资产阶级思想！咋个贫下中农不说热？"我很不服气，说："热是客观存在，贫下中农咋个不热？我看他们个个光着膀子，只能说他们不怕热。"徐校长回头问向老师："热不热？"向老师擦着汗，支支吾吾说："不是很热。"问桂老师，桂老师气喘吁吁说："今天不算最热。"我说："向老师桂老师不是贫下中农，我们去问贫下中农。"正好看到生产队长拿着草帽扇着风，满头大汗走过来，我一步抢上前说："队长，你说今天热不热?"队长喘着气说:"热死人!热死人!"同学们哄地一笑,向老师和桂老师也跟着笑。徐校长声色俱厉喝道:"谢不谦,我断定你今后要成为修正主义分子!"向老师眨眼做手势,意即休战,但我豁出去了,轻飘飘说:"我要好好改造思想,让你的预言彻底破产!"徐校长竟然吼道:"你一辈子也改造不好!"气冲冲走了。队长埋怨我说:"你咋个不早点说清楚哟,我随便表个态,就把校长得罪了。"向老师说:"还是你们贫下中农敢说真话。徐校长太主观,天这么热,他偏说不热。"我就对向老师有了些好感。

　　回到房东家,徐校长黑着脸不理我,我也不理他。吃饭时,徐校长竟给我拈菜。后来听我妈说,徐校长告诉她,他其实很喜欢我,所以严格要求我,没收黄色小说,批评我说天热,都是为我好。徐校长去世时,我在北京读博。我妈说徐校长死得好凄凉,一个校长,床上睡的竟是笆笮。我说就凭这一点,他就是个好校长,而我少不更事,竟当众出他的丑。徐校长,您若地下有知,能原谅我这个毛头小子吗?

　　支农回来路上,我陪向老师说话,天南海北,东拉西扯,突然,向老师站住,神情严肃地对我说:"不谦,我有句话始终想跟你说,你很聪明,但还要踏实。我的课你可以不听,但数学万万不能不学啊,假设以后考大学,我是说假设,你咋个办?"我说:"前年说要考,结果辽宁出个张铁生,交白卷反成英雄。人都说现在是学不学、上大学。"向老师一把把我拉到路边，等其他同学都走远，才说听说前些年杨振宁回国，参观中国科学院后，说："科学院试验室的仪器，美国中学都有，照此下去，不出二十年，就会亡党亡国！"周总理说："不，只用五年！"我目瞪口呆。报上登的、电台播的、课堂讲的，皆曰中国科技日新月异，外国有的我们有，外国没有的我们也有。向老师叮嘱我说："千万别外传，我跟你说这些是想让你明白中国迟早要发生变化，你还年轻，要懂得努力！"在假话空话满天飞的年代，在我懵懂不更事的年岁，向老师竟然敢将这些传出去可能判刑入狱的真心话推心置腹说给我听，令我感动莫名。默默面对夕照下的崇山峻岭，仿佛依稀之中，闻见空谷足音。

之后我对向老师印象完全改变了。向老师的大脑壳深处隐藏着什么我还不知道，但我觉得一定充满了不寻常的智慧。上课认真听讲，才发现经向老师深入浅出、生动形象的讲解，干巴巴的数学变得趣味无穷了，很后悔以前自恃聪明，漏听了向老师那么多精彩的课。向老师发现我专注听讲，会心一笑，我就暗自下定决心，一定要把向老师的数学学好。可是已经晚了。高二上学期，学校决定，根据上级"教育革命"精神，数学停上，改教珠算。这是上小学以来第三次学珠算。大家都没兴趣，随便说笑，课堂一片混乱。向老师也不管，把大算盘朝黑板前一挂，就只顾自己滔滔不绝。突然有人模仿向老师声音："烈日当头照，肚皮咕咕叫!"是支农劳动时向老师跟桂老师对的打油诗。全班哄堂大笑,齐声说:"肚皮咕咕叫!"向老师愣住,满脸涨红,嗫嚅着说不出话。突然,向老师转身取下大算盘,砰的一声甩在地上,冲出门去。全班震惊,一片哑然。片刻后,向老师又回到教室,走上讲台,很诚恳地说:"同学们,我刚才情绪激动,很失态,对不起!"弯下腰,连鞠三躬。我默默垂下头,对向老师肃然起敬。

记得是毕业前夕某日上学,走到校门口,见街上聚满了男男女女老老幼幼。挤进去一看,一个女人指着向老师鼻子大骂:"狗日资本家,胆敢搞阶级报复!"向老师沙哑着声音,向围观人申述说:"她娃娃以大欺小,用竹竿打我娃娃,差点把眼睛刺伤。我好心教育她娃娃,她竟说我搞阶级报复,大家评评理——"女人竟跳将起来,啪地给向老师一记耳光。向老师捂着脸,动也不动,眼泪夺眶而出。至今我还记得向老师满脸屈辱哀号:"大家看啊,这就是我们成分人哪!"成分人即地主资本家子女也。我当即热血沸腾,怒不可遏,冲向那个泼妇,说:"日你妈!竟敢打我们老师!"围观的同学们也群情激愤,冲过去为向老师鸣不平。向老师含着感激的泪光,阻拦我们说:"算了算了,我们惹不起她。"那一刻,我终于理解向老师了,理解他为何把数学课讲成忆苦思甜阶级教育课,理解他为何不能书生意气挥斥方遒,都是他自我保护以求生存不得已而为之啊!如今回忆,那其实是一种黑暗时代的生存智慧。

高中毕业那一天，向老师找到我，说："不谦，我想送你两本书。"一本是方志敏《可爱的中国》原稿影印版，另一本是《海涅散文选》。向老师说他读中学时，也是文学青年，还是达州《通川日报》通讯员，本想报考中文系，因出身不好，学文科没前途，报工科又受出身限制，就报考了数学专业，其实数学既非他所好，也非他所长。至今我还记得向老师的话："送你《可爱的中国》，希望你能像革命前辈一样热爱祖国；送你《海涅散文选》，希望你能懂得什么是真正的文学。"我很激动，连声说谢谢，心里默默念道："向老师您的话，我终生铭记！"

后来，我下乡插队，向老师又介绍我去普光找敬老师借书，开阔了我的阅读视野与人生世界。记得丙辰清明之后回宣汉，风声正紧，向老师却说："不谦，好好读书，黑暗时代将要结束，用不了多久，中国人民将会像纪念'五四'一样来纪念'四五'！"又很自信地说："我敢肯定，我的儿子今后是不会上山下乡的！"向老师两个儿子都才上小学，"今后"还早哩，他却说黑暗时代很快将"人亡政息"。说到"人亡政息"，向老师神秘一笑，我会心一笑。半年之后，果真如向老师所预言，泰山既倒，神州巨变，报纸电台皆曰中国人民获得"第二次解放"。翌年恢复高考，我是幸运儿，考入北京钢铁学院。晚睡前常与同宿舍京津同学谈论

"文革"政治，谈论我的觉醒，他们惊叹不已，说："谢不谦，听你谈吐，哪里像山旮旯出来的人哟！"他们哪里知道，在大巴山山旮旯，在最愚昧、最疯狂的年代，有一个冷眼向洋看世界的智者启迪了我。

二〇〇七年一月十一日

# 我的冬妮娅

幼儿园毛根儿同学阿薇,爸爸是南下干部,任县武装部政委,妈妈是县医院护士,但很早就病退在家。这样的家庭,在三四十年前,在远离成都的大巴山区县城,自然不一样。"红二代"同学们天生优越,大家一起玩耍,他们常常炫耀:"我爸太行山打过游击","我爸参加过淮海战役"。最牛的是高一年级的王同学,口头禅是"我爸长征那会儿吃草根啃树皮",让小伙伴们羡慕而景仰。

小学二三年级时,渐渐懂事,才知道我与这些"红二代"同学们生来就不是一类人。我爸是"伪职员",新中国成立前在县法院当过书记员,家庭出身是"小量"。"小量"意思是有小量土地出租,也就是小地主,按照当时的阶级路线,算不上是阶级敌人,但也非"依靠对象"。我学习全班第一,但却是最后一批戴上红领巾的。初一的时候申请加入红卫兵，也被拒之门外。笼罩我心灵的阴影很久挥之不去。

很多年后，我应邀去美国哈佛访学。新千年元旦，在中学校友燕波新泽西州家中，酒酣耳热之后，回首当年往事，还唏嘘不已。燕波说读书时最害怕的是开学报名与政审填表。我说我也是。报名要报家庭出身，填表要填社会关系，那是朝我们心中的伤口撒盐。大三时，受"伤痕文学"影响，我写过一篇散文《孩儿泪》，抒写少年时代的这种"贱民"感受，发表在校报上，感动过很多同学。

所以，阿薇虽然跟我是幼儿园同学，小学也是同班，但直到初中，我对她始终有一种距离感与神秘感，还有一种自卑感。阿薇从小就是班干部，小学时任少先队长，初一时任红卫兵排长，后来共青团恢复后，阿薇任团支部书记。

但阿薇跟很多"红二代"同学不同，她从不炫耀。阿薇性格开朗，为人随和，特别富有同情心。男女同学都喜欢她。阿薇妈妈因病赋闲，常到学校来，没有贵夫人颐指气使的架子，待人热情，很快就与我们班的男女生熟络起来。三十多年后，即去年，阿薇爸爸病逝，二十多位初中老同学从宣汉、达州、温江等地，赶来成都参加老人家的追悼会，阿薇妈妈几乎能叫出所有人的名字。大家都叫她何姨，叫得很亲热。

记得第一次带媳妇去看望何姨，媳妇还讽刺我说："你们宣汉人民好洋盘哟！那么一个山旮旯，土里土气，叫同学的妈居然叫姨不叫孃。"我解释说我们称呼其他同学的妈妈也叫孃,不叫姨,唯有阿薇妈,大家都叫何姨,是很特殊的尊称,积淀着特定历史年代宣汉人民的文化心理。我提醒她说:"媳妇,你不懂我们大巴山的历史就别乱说哟!"

大巴山的何姨热情好客,在宣汉是出了名的。阿薇是独生女,家里很冷清,同学们一去,叽叽喳喳,热热闹闹。何姨很开心,阿薇就常邀请同学们去她家,后来没受到邀请的同学们也去。阿薇家就成了大家常聚之地。先是女生三五结伴去玩,后来男生也相约而去。我自觉低人一等,虽然对阿薇印象很好,却始终保持着距离,没去过她家。

记得初二时有一天何姨到学校来,我正要躲开,她就笑着喊道:"我又不吃人,你躲我干吗?"我只好站住,垂下头,脸涨得通红。何姨说:"阿薇回家常说到你,说你作文好英语好数学好,除了体育,什么都好。不谦啊,你可不要自私,也要帮帮妹妹哟!"我心头一热,但表情却很狼狈。阿薇"咯咯咯"地笑,说:"妈,不谦是个羞猫,莫逗人家了,看他脸红的!"那声音竟如美妙的音乐,在我心中久久回旋,萦绕至今。

初三下学期,即将升高中。虽有升学考试,但以推荐为主,成绩仅作参考。那时,大多数同学都入团了,而我因为我爸的历史问题,还是"长翅膀的团员",飞(非)团员,连申请书都没写。班主任王老师很喜欢我,说一定要帮助我尽快解决组织问题，就安排团支书阿薇来找我谈话。我很犹豫，问："我能入团吗?"阿薇鼓励我说："不谦，别担心，我来做你的介绍人?"我就写了入团申请书。

新团员讨论会上，我读完申请书后，阿薇以团支书兼介绍人的身份，高度评价了我的学习、表现与思想，大家都说："谢不谦这样品学兼优的同学不入团谁入团？"正要举手表决，分管团委工作的赵校长来了，说他要作补充发言，措辞非常严厉，说我不老实，隐瞒父亲的历史问题，说新中国成立前有个地下党员被捕，交付县法院审判，而我父亲当时是书记员。至今我还记得赵校长的原话："你父亲现在虽然是国家干部，但新中国成立前手上曾沾满人民鲜血！你要作出深刻反省，与他划清界限！"我闻所未闻，一点思想准备也没有，当即目瞪口呆。同学们都以诧异的眼光看着我，我能读懂他们的眼神，意思是："哟，你还有这么反动的爸爸！"

这件事我一直瞒着没有跟我爸妈说。二十年后，我都入党了，寒假回家，话说当年，回忆往事，才跟我妈提到当年入团的事。我妈听完竟然哭了，说："小毛，没想到你因爸爸承受了这么多打击，可怜你那时还小啊，十几岁吧？怎么就独自闷在心头不说啊，说出来，让妈妈安慰一下也好嘛！"

却说当年，赵校长说完就走，表决也就暂停。我慢慢垂下头，捂着双眼，想哭却哭不出来，但泪水怎么也忍不住。眼睛流泪，心在流血！我不知道现在的孩子们会怎样面对这种人生挫折，只记得当年我呆坐在那里，也不知何时散会如何散会的，只听见阿薇在背后说："不谦，振作起来，赵校长叫你写一份认识，你就写，深刻一点，争取加入共青团！"我头也不回，赌气说："我永远不入这个团！我爸那么好一个人，大家都知道，我为什么要跟他划清界限？"阿薇无语。我站起来要走，阿薇说："小毛哇，你不入团，能上高中吗？你学习好，但要又红又专。你连团员都不是，怎么证明你红的一面呢？"我一震，尤其是那一声亲切的小毛，叫得我心中发热。小毛是我上幼儿园时的乳名，上小学后再未听过女生这样叫我。

从那以后，我在十六七岁的青春朦胧中，对阿薇产生了超乎男女同学的微妙感觉，渴望听见她的声音，闻到她的气息。读苏联小说《钢铁是怎样炼成的》，我迷上了冬妮娅，那个热情活泼、富有同情心的俄罗斯少女。我梦中的冬妮娅是阿薇。但阿薇与我，中间隔着一道深深的鸿沟，可望而不可即。后来每读《诗经》中"所谓伊人，在水一方。溯洄从之，道阻且长"就常想起少年时代的这段心境。我也不知道这叫不叫初恋。

高中毕业，上山下乡前夕，我到阿薇家去。何姨对我关怀备至，鼓励我说："不谦，不要背思想包袱。出身不由人选择，重在个人表现。这是党的政策。只要你真心实意跟党走，好好改造思想，以后是会有出路的。"阿薇给我削苹果，说："这是我爸到北京开会带回来的。"我拿在手上，闻出苹果上沾着阿薇特有的温馨味，但不敢吃。何姨催促道："吃呀吃呀！"还没吃，阿薇爸爸回来了。我还是第一次近距离目睹这位在宣汉鼎鼎有名的大人物。我惊慌失措，站也不是，坐也不是。阿薇笑着指着我说："爸，他就是谢不谦。"阿薇爸爸连声说："好！好！好！今天终于见到我女儿崇拜的偶像了。"我心底立刻漾起一阵涟漪，但我不敢向阿薇倾吐。

上前年，阿薇爸爸八十华诞，我和媳妇去参加老人家的寿宴，我带上摄像机拍摄了全过程，回来后精心编辑剪裁，配上老人家喜欢的革命歌曲。老人家看完我拍摄刻录的光碟，红光满面，激动不已，连声说："好！好！好！"阿薇说："爸，大教授的作品，能不好？您享受的祝寿规格可不低哟！"阿薇哪里知道，这光碟不仅寄寓着我对老人家的敬重和感激，也交织着我少年时代的初恋情结啊！

却说当年，高中毕业后，阿薇因是独生女，留城，半年后就进了当时还设在宣汉普光的国防军工厂，宣汉人民最羡慕最向往的单位。而我，毕业后第二天，就背起铺盖卷，徒步六十里山路，到王家公社高家岩插队去了。

我和阿薇之间的鸿沟越来越深。我很苦恼。我爱阿薇，但不敢表白，哪怕是一点点暗示。我怕是我自作多情，人家根本就没朝那方面想。阿薇对我热情，对别的男生也热情，她喜欢甚至崇拜我，那是因为我学习好，对我的关心，也是因我怀才不遇而产生的怜悯同情。这些苦恼我都写在日记里，还引海涅诗："一棵松树在北方，孤单单生长在枯山上……"我妈偷看了我的日记，问我说："小毛，你是不是喜欢上阿薇了？"我急忙掩饰，说："不可能。她能看得上咱吗？"我妈说："你就死了这份心吧，人家那样的家庭和个人条件，我们高攀不上。"说她听说阿薇已经在单位耍了一个男朋友。那天晚上，我彻夜未眠，撕掉了那几页日记，也将这一段初恋单相思深深珍藏在心底。

一九七七年，恢复高考，我是全班唯一幸运儿。大年三十黄昏，天上纷纷扬扬飘起雪花，很冷，但我的心却很热：录取通知书来了！这是第一份飞到宣汉来的大学录取通知书。我初一就去向阿薇报喜，阿薇高兴得跳了起来，好像是她自己中了状元似的。何姨笑着说："不谦，何姨没说错吧，何姨早就断定你会有大出息的！"阿薇爸爸不善言辞，平时见到我也就点头打个招呼而已，那天却多说了几句表扬我，最后说："不谦，留下来吃顿饭吧，我和何姨为'文革'后宣中第一个大学生庆功。"

我大学毕业后，到狮山读研究生，与媳妇相识相恋，回首往事，说到的第一个人就是阿薇。我告诉媳妇阿薇是如何善良如何富有同情心，她一定喜欢，媳妇却幽默我说："哟，你心中的女神？"我说："不是女神，是我心中的冬妮娅。"媳妇居然很吃醋，说："那我在你心中是什么位置？"我笑道："人生的历史是不能割断的，你懂吗？"

但人生的联系有时却很容易中断。我都有儿子了，才知道阿薇已在山沟里结婚。婚后，阿薇也有了儿子，才考上电子科技大学读干修班。我邀请阿薇来狮山我家，媳妇笑着说："你的冬妮娅来了，我是否应该回避呢？"我质问媳妇说："你什么意思？"媳妇阴阳怪气笑道："我这不是给你们创造机会吗？"我说："媳妇，你这是亵渎我们大巴山同学之间的纯洁友谊。再说了，我对阿薇是暗恋，是单相思，人家对我根本没有那个意思！"媳妇说："那还不是怪你自己自卑胆小。你当年不敢问，现在脸皮这么厚心气这么高，你问她呀！"我呸她说："你这是以小人之心度君子之腹！我只愿这永远成为我心中的美好回忆，说破了还美好吗？"媳妇讽刺我道："哟哟哟！你这个瓜娃子，有时候还蛮深沉的嘛！"

后来，阿薇随单位搬迁至成都郊区龙泉航天城，她家又成为宣汉老同学的常聚之地。阿薇官为航天医院书记，先生西安交通大学毕业，也是航天基地的中层干部，在我们那届同学中算是最风光的了。但对家乡老同学，无论发达还是落魄，只要到龙泉航天城，阿薇依然亲热，依然和蔼，对我依然崇拜。我写的书，阿薇其实看不懂，但她都要一本，每逢客人来，无论对我知与不知，她都要拿出来炫耀说："这是我老同学写的，从小就是才子，现在是博士，川大教授！"

记得我刚出任学院副院长时，学院春节团拜，我举杯祝酒说："喝酒从来不喝醉的男人，不是好男人；滴酒不沾的女人，不是好女人！"结果把自己喝得大醉，打电话给阿薇全家拜年说："新年快乐！"最后喊道："阿薇，你是我们的冬妮娅！"电话那边传来一阵笑声，阿薇对何姨说："妈妈，不谦说我是他们的冬妮娅，好搞笑哟！"我很尴尬，急忙挂电话，后悔酒后失言，心里久久不能平静。

去年，高中毕业三十年后第一次同学会，我们都垂垂老矣。我和阿薇从成都同车回宣汉，半夜在哐当哐当声中，回忆起同学少年风华正茂的峥嵘岁月，说到男女同学对阿薇一家的敬重。听到我用"敬重"二字，阿薇笑着说："同学之间，我哪里承受得起哟！"我说："难道你没发现，直到今日，只要有你在场，女同学说话都要文雅得多，男同学开玩笑都要文明得多？这就是敬重！"现在男女同学之间开玩笑，绝对都是少儿不宜，此处隐去不书。三十多年前，班上暗恋阿薇的男生非我一人，这在今天已非秘密，大家都知道，但却没人拿出来开玩笑，连最幽默最搞笑的程咬金在阿薇面前都规规矩矩，好像还是中学时代面对团支书似的。这不是出于敬重是什么？阿薇沉默无语，但很激动。

火车即将到站的时候，阿薇突然站起来，很动情地说：

"不谦,你那天在电话中说我是你们的冬妮娅,我其实很感动,真的很感动。谢谢你!"

## 附 记

去年,我去参加阿薇爸爸的追悼会,媳妇说:"我也去。"我很惊讶,问:"怎么突然想去了?"媳妇说:"这么多年,难得见到你们这种同学关系,我都感动了。"追悼会上,媳妇见同学们争先恐后亲热地叫何姨,何姨"嗳嗳"答应着,激动得流下了眼泪。媳妇感叹说:"阿薇真有一个好妈妈啊!"回来后媳妇认真地说:"不谦,我真的理解你这个人了。"

我和媳妇给阿薇爸爸送花圈,挽联落款:侄儿不谦偕侄媳一鸣泣挽。因为阿薇与我同姓,她爸生前对别人总这样介绍我:"这是我侄儿,也姓谢,跟阿薇是老同学。"

二〇〇六年十二月十一日

# 学农往事

我老家大巴山区县城是典型的农村城镇，几乎家家都有农村亲戚，却又瞧不起农村人，把农民谑称为"农花儿"，原因很简单：农村落后，农民贫穷。比如我的小学老师和中学老师大多是从农村奋斗出来的中师生或大学生，父母兄弟都是农民，却以成为城里人为荣。后来，即一九六六年五月七日，毛主席在总后勤部呈送的关于军队搞好农副业生产的报告上作出批示，要求学工、学农、学军："学生也是这样，以学为主，兼学别样，即不但学文，也要学工、学农、学军，也要批判资产阶级。"

我们这些山区中学生，对农村和农民太熟悉了，但为了贯彻"五七"指示，每年一到农忙季节，我们就要去学农，短则七八天，长则十天半月，跟贫下中农同吃同住同劳动。说是向贫下中农学习、改造思想，其实是在广阔天地玩耍，没有父母拘管，耍得自在又开心。现在老同学聚会还经常拿当年学农的种种趣事互相逗乐哩！

不好耍的是，回来要写作文，《记一次有意义的劳动》或《学农体会》。老师说，要联系实际，发挥想象，写出贫下中农的革命精神和高贵品质，写出我们的思想转变。大家绞尽脑汁，写出来的学农劳动大同小异，万变不离其宗，不是怕苦怕累，就是怕脏怕臭，但最后都在贫下中农的革命精神和高贵品质的感召下提高觉悟、终成正果。

高一上学期，深秋时节，去三河公社某生产队学农。背着铺盖卷到达目的地后，天已黄昏，暮色苍茫中，老队长带着我们高一脚低一脚地来到半山坡上一栋新土墙茅草屋前，吼道："嘿，老二，你这里住两个学生！"一个头裹白帕子的大伯，比罗中立名画《父亲》中那位大巴山老农还要沧桑，从茅草屋中走出来，咕噜道："我这个塔塔啥都没有，咋能住人嘛！"老队长不听大伯唠叨，说："这么多学生，每家都要安排几个才行！"转头对我和高潮说："你们两个就住这里。"然后去安排别的同学。

我和高潮跟着大伯进屋，屋子里外两间，外间灶房角落有一张小床，大伯说是他儿子睡的，里间有一张大床，大伯说是他老两口睡的。蹲在火塘前煮饭的大娘站起来说前年"失水"，家当都没了，房子是去年刚修起来的，条件很差，请我们不要嫌弃。我和高潮觉得很奇怪，问："这半山坡怎会遭水淹呢?"大伯说:"是遭火灾,乡下人避讳才说'失水'。"

然后大伯对大娘说:"去把大床腾出来,让学生睡。"我说:"那你们睡哪儿呢?"大伯指着火塘前的空地说:"就在这里打一个地铺。"我和高潮过意不去,说:"那怎么行?"说我们既然是来锻炼的,就不怕吃苦,睡地铺就行。大伯说:"泥巴地湿气重,你们城里娃娃咋习惯?"执意让我和高潮睡里间大床。

晚饭是红苕稀饭,然后各自睡觉。半夜下起雨来,滴滴答答,我起床小解,手电筒一照,见老两口睡在谷草上,盖着破棉絮,棉絮上面铺一件蓑衣,屋顶漏雨正好落在蓑衣上。我低声说:"大伯大娘,还是我们睡外厢吧?"大伯打着呼噜,没反应,大娘抬起身来说:"你们城里头娃娃好金贵,白天劳动,晚上淋雨,爹妈好心痛嘛!"叫我别啰唆,赶快去睡。我躺在床上,听外面风雨潇潇,心中有一种莫名的感动。

我那时随身带着巴金的"爱情三部曲"《雾》、《雨》、《电》,睡觉前躺在床上读几页。晚上,大娘进来给煤油灯加油,我赶紧把书收起,大娘说:"看吧看吧,识字读书才有出息嘛!"第二天,大伯摘了大半背篼柑子,叫儿子背进城去卖,说卖了柑子买些煤油回来。我心想,这种土生土长的柑子,味道苦涩,白送我都不吃,能卖几个钱呢?儿子晚上回来，果然没卖完，还剩下几个。大伯说："你这个哈儿，都吃十四年的饭了，脑壳还打不了转？没卖脱的就甩了嘛，还背回来干吗？"儿子无语，从背篼取出油瓶，里面装满了煤油，再摸出几枚硬币，交给大伯。高潮低声对我说："这家贫下中农太穷了。"

住在附近农家的两个女生说晚上不好耍，要来找我们玩扑克。我们在学校时都假装正经，男女授受不亲，貌似很纯洁，却在贫下中农的土墙茅草屋中，围坐在一张床上，玩"争上游"，输了要在脸上贴纸条。大伯的儿子进来给煤油灯加油，我们请他一起玩，他咧嘴笑说不会，只想看我们玩。我们就请他坐到床上来，委以重任，给输家脸上贴纸条。给女生脸上贴纸条的时候，他比我们还高兴，我就逗他说："今后娶个婆娘，也给她脸上贴纸条？"大家笑，他也笑，大娘却在外边喊道："你笑个啥？还不快出来睡觉！"他瓮声瓮气地说："我不困嘛！"第二天，大伯大娘都说："这小子从来没有这么高兴过。"然后煮腊肉给我们吃。就这样，我们跟贫下中农打成了一片。

学农结束，我和高潮先按照学校规定的数额，每人每天三毛钱、一斤粮票付给大伯，然后每人再多给五毛钱，感谢他们的照顾。大伯搓着手说："这哪里成啊？"我和高潮很诚恳地说："打扰这么多天，晚上烧这么多煤油，我们实在过意不去。"把钱塞给大娘，大娘笑着说："你们都是好心人，今后会有大出息的。"

回学校后，照例要写学农作文，我就把自己的真实感受写了下来，比如他们的贫穷、他们的善良，也写了挖红苕、大家嘻哈打跳、磨洋工、听贫下中农说怪话等，还写了一个故事，男生听了哈哈大笑，女生却害羞得脸都红了。说有个年轻社员逗房东儿子说："想不想结婆娘？"房东儿子傻笑，他却扯起喉咙，杀猪似的吼唱道："马桑树儿马桑丫，莫得婆娘好受掐。马桑树儿马桑叶，莫得婆娘好造孽——"大家笑欢了，田野上充满了快乐的笑声云云。

作文被大家传看，都说："谢不谦，你这是作文吗？想说明什么呢？"我很得意，却笑而不答，心想："这叫文学散文，你们懂吗？"两周后，作文发下来，却没有分数。我很纳闷，难道老师漏看了？

原来老师不仅没有漏看，还请全教研室的语文老师都看了，大家一致认为作文的思想倾向有问题。老师找我单独谈话，说："不谦，你的作文虽然有乡土气息，有一定的文学性，但却是自然主义，最关键的是，没写出学农的思想收获。"然后沉吟道："你说该怎么判分呢？"也就是说，我的得意之作被枪毙了。

老师是"文革"前南开大学中文系毕业的，很喜欢我，让我对照毛主席的教导，联系思想实际，重写一篇。我已记不起我是怎样重写这篇作文的，总之，一九七七年恢复高考，文科本来是我所爱、我所长，但我却扬短避长，毅然决然报考了理科。

二〇一〇年十一月二十九日

# 我的普光

一九七五年三月,高中最后一学期,学校派我们到普光公社参加"三分之一"运动,帮助贫下中农"割资本主义尾巴"。普光公社距县城一百余里,山深林茂,现已迁至成都龙泉的航天军工厂当时就藏在普光深山洞里。普光公社时属宣汉县清溪镇,小学教师王维舟先生就是在那里首举革命义旗,率领山民组建川东游击军,后并入红四方面军,创建川陕革命根据地。我曾对大学同学说:"宣汉山深林茂,是个出英雄和土匪的地方。"出英雄的地方就是指清溪、普光一带。出土匪的地方在宣汉另一角,我爸的老家南坝一带。北洋军阀吴佩孚战败时,带残部遁入达州,曾躲在那一方丛林中苟延残喘。后来,出了个国军中将军长陈远湘,抗日名将,淮海战役时被俘,囚在战犯监狱,"文革"后才获赦还乡。

我们在普光前后待了两个月，两人一组分散到各生产队蹲点，蹉跎岁月，一无所获。听说老山上有个姓陈的奇人，留洋学生，哈佛硕士，精通几国语言，曾在复旦大学任教，一不小心被划为右派，想到老家山上与世隔绝、民风淳朴，可做陶渊明，竟辞职回乡。民兵队长要他写交代材料，他竟以英文书写，被狠揍一顿后，感慨地说："我这才尝到无产阶级专政的滋味！"从此夹起尾巴老实做人。后来竟不让儿女读中学，说："我一个留洋学生，回来捡狗屎，读书有个屁用！"我正自学英语，问题多多，就想拜见这个隐居山中的哈佛奇人。

某日早起，寻路而去。黄昏赶到老山上，先找到在那里蹲点的同学，说明来意，同学吓了一跳，说："谢不谦，你胆子太大了！今晚你去找他，明天就会有人来找你，还要连累我！"我说我只是向他请教英语，同学说："你信我信，别人信吗？"死拽我到他房东家里，吃饭后在火坑前东拉西扯，晚上抵足而眠。翌日一早，即送我下山。我怏怏而归。记得路上吟成四句："山中高人隔云端，欲往从之恐牵连。偶闻孤鸿空中鸣，山路寂寞形影单。"时值初夏，何来空中孤鸿，稼轩词所谓为赋新词强说愁而已。"文革"后，陈高人"摘帽"，复旦请他回去重执教鞭，但他的子女却没个去处，新建的达县师范专科学校答应安排他的子女当校工，他就去了达县师专。达县师专这才有了一个真资格的教授。

不久，运动即告一段落。全班同学齐聚普光公社的院坝，开总结大会。带队的曾老师说："明天上午学校即派大卡车来，接我们回县城。"我突然心血来潮，对大家说："咱们学习红军长征精神，徒步走回去？"大家都笑，说："文弱书生一个，提啥子虚劲哟！"我自幼体弱，不喜锻炼，体育老师怜我态度诚恳，网开一面，我体育才勉强及格。去年见到高中体育蒋老师，蒋老师拍拍我肩膀说："嘿，谢不谦，想不到少年迂夫子现在竟这样精神饱满红头花色！"记得两年后高考体检，我身高一米六五，体重四十六公斤，所以全班同学当时都以为我是冒皮皮出风头。

我就跟班长刘同学和姚同学商量说："咱仨来个百里夜行军，如何？"刘同学犹豫了一下，说："太远了。"姚同学说："走夜路，不怕？"我说："我们又不相信鬼，怕什么怕？"姚同学说："万一路上遇到劫匪呢？"我一笑，说："那就把破铺盖卷送他！"说来说去，他们不愿意跟我同往，也不相信我一个人敢独自夜行百里。我笑着挥手说："明天下午宣中门口见！"回到生产队，打好铺盖卷，立刻出发。没有钟表，房东看看夕阳，说："大概六点左右吧。"然后我就背着铺盖卷，一个人雄赳赳气昂昂，沿着盘山公路，踏上征程。

半路上同学们来拦截我或挽留我，颇有点十送红军的味道，我一一坚拒，奋然前行。一路上不时有狗候地扑过来；树影迷离，晃荡，像是鬼影。我不怕鬼，但怕狗，两手紧攥着石头，口中唱着"东风吹，战鼓擂，现在世界上究竟谁怕谁"，心里其实很虚。不知走了多久，脚底隐隐疼痛，双腿渐渐发酸，但创造奇迹的冲动愈来愈强烈。我咬着牙瘸着腿迤逦而行，大概是下半夜时登上了一个陡坡，然后瘫软在地上。歇了一会儿，爬起来继续前行，才迈出几步，眼底突然闪出一片朦胧的灯光，我大喊："宣汉！宣汉！"那喜悦，那成功，至今记忆犹新。经过一夜跋涉，终于到达距县城仅十余里的尖山子，也不知是从哪里迸发出的冲刺力，我背起铺盖卷，一路飞也似的跑下山。敲开家门，我妈盯着我问："小毛吗？这么早，咋是你？"我说："我一个人徒步走回来的！"这才觉得脚底疼痛难忍，脱下布鞋一看：鞋底穿孔，脚底磨泡，泡全磨破，露出鲜红鲜红的肉！但很自豪创造了奇迹，一夜没吃没喝，独自步行百余里，从普光走回宣汉，全班就我一个人，而且是个师生公认的迂夫子文弱书生。

当日下午三点整，我瘸着腿走到学校，站在校门口，英雄般地迎接全体同学。同学们都啧啧叹道："了不起！了不起！"后来上大学，我与在北京当兵的姚同学在天安门广场的人民英雄纪念碑下相见，姚同学说："不谦，我不比你笨，就是没有你执着。"我一笑，说："什么执着，我只是想证明我不是你们想象中的文弱书生而已。"此后，老师和同学们果真对我刮目相看。

很快高中毕业插队,临行前学校推荐我去县广播站,代表全年级向党表决心。我的宣汉普通话,第一次通过喇叭,传遍大街小巷:"在七月阳光照耀的早晨,我们将开始新的长征……"典型学生腔,标语口号式政治抒情诗。记得曾抄出来张贴在校门口墙上,竟引来很多人传抄。

然而下乡之后,目睹现实,却很有些悲观绝望。身体劳累,精神空虚。国庆回城,某日到县文化馆图书室闲逛,知青没资格办借书证,我就跟管理员说:"我不借书,就在书架前转转,饱饱眼福,可不可以?"管理员绷着脸不表态。我就软磨硬泡,她迟疑一下,点点头说:"快去快出。"我就蹚进书库,书架上除马恩列斯毛鲁外,全是"文革"新书,《金光大道》、《虹南作战史》、《沸腾的群山》、《牛田洋》等,都读过,都没有意思,很失望。突然瞥见角落有几架尘封的旧书,大步抢过去,正要细览,却听见管理员在外边大喊:"嘿,书库中那个小崽儿,快出来!馆长要来了!"就顺手抽下一本,贴身藏在背后,急急走出,故意问管理员:"咋个没见'文革'前的老书哦?"若无其事地跟管理员闲聊几句,就大摇大摆逃离作案现场。

到僻静处摸出书一看,大失所望,原以为是一本外国名著或古典小说什么的,结果却是一本《孟子正义》,繁体竖排,大字中间夹小字,密密麻麻一片,天书一般。这种书还担个偷书的臭名，真是羊肉未吃到空惹一身膻！想偷偷还回去，再去文化馆，结果管理员死活不再放我进去，说馆长刚才看见我从书库中出来，狠批了她一顿，可怜兮兮地说："你不能让我再犯错误嘛！"不给我纠正错误的机会，我就只好揣着这本书回到了乡下。

乡下实在无书可读，万般无聊之际，只好拾起这本书，随便翻到一页，浏览大字，竟能粗通大意，心中若有所动："故天将降大任于是人也，必先苦其心志，劳其筋骨，饿其体肤，空乏其身，行拂乱其所为，所以动心忍性，曾益其所不能。"字字句句，皆于我心有戚戚焉。当时正值"评法批儒"高潮，孔子、孟子等儒家先哲皆被妖魔化，而我竟在乡下孤苦的夜读中，从心底对儒家先哲生出一片敬意。至今我讲"儒家文化与现代中国"，讲到孔子、孟子，仍满怀这种敬意。我对儒家先哲"了解之同情"，不是来自某种理论或主义，而是我在人生困境中自己体验出来的。我从孟子书中获得的精神资源，非三言两语所能道尽，总之，支撑着我没有堕落，坚守着自己的精神家园。

深秋农闲，回城偶遇高中数学向老师，他说："不谦，莫在乡下荒废了哟，好好读书，未来总是有希望的！"我说："关键是无书可读。"向老师说："我以前在普光小学教书，有一同事，外地人，姓敬名晓星，他有很多藏书，你可以去找他，就说是我介绍的。"回家跟我妈说我想去普光找一位敬老师借书。我妈说:"素不相识,咋去找人家?"我说:"读书人从来是一家。"我妈说:"万一人家不理你,前不巴村后不着店的,咋办哟?"我说:"如果他是这样的人,我也不想结交,我就跟去普光参加运动一样,连夜走回来!"我妈点点头,给我五元钱和二斤粮票。翌日凌晨,我乘班车再去普光。

记得到普光小学时,雾还未散去,问一学生:"学校是不是有个敬老师?"学生点头,把我带到敬老师家门口。犹豫片刻,敲门,敬老师很诧异地问:"你是?"我说我是宣中向老师的学生,名叫谢不谦,来找他借书。敬老师"哦"了一声,就请我进去坐下,然后说他要上课,请我稍候,自由阅览。三个大书柜,全是中外名著,很多是闻所未闻、见所未见。敬老师下课回来,居然端着两笼水煮包子,普光唯一名吃。晚上又在煤油炉上煮了一块老腊肉,从床底摸出半瓶泸州老窖,盛情款待我。晚上抵足而眠,作长夜谈。二十九岁的敬老师与十九岁的我,就这样素昧平生、一见如故。我觉得敬老师是我所见过的最博学、最有思想的人,虽然只是达县师范学校中专生,但论学识,远超很多大学毕业的中学老师。敬老师虽然身在老山区小学,但谈吐气质非同流俗之辈,感觉他出身高贵,后来得知敬老师父亲大学毕业后,在平昌县开了第一家医院,新中国成立后任平昌县人民医院院长,是当地社会贤达。

翌日早晨，我选好要借的书，《静静的顿河》、《约翰·克利斯朵夫》、《巴黎圣母院》、《当代英雄》等一大摞，说："我一定好借好还！"敬老师微微一笑，送我上车。我摸着口袋里的钱和粮票，想给敬老师，又觉得很俗气，有点亵渎圣贤的感觉，终于没有摸出来。后来还书借书，隔两个月去次普光，把敬老师的藏书读完一半之后，才感觉此前的我是何等孤陋何等肤浅。

很多年后，跟敬老师话说当年，问他："你我素不相识，就凭我说我是向老师的学生，你就敢把我一个人留在寝室，然后还将那么多的名著借给我，就不怕我是个骗子？"敬老师说："见你第一眼，觉得你愣头愣脑，土气中带有一种质朴，傻气中透出一种自信。我阅人无数，直觉告诉我，面前这个陌生小子，可能是个不知天高地厚的毛头小子，但绝不是个骗子。"不知现在而今眼目下，陌生书生之间，初相见能否有这种信任感。

但我今日不再叫他敬老师，而是随媳妇改叫二哥。我生长于巴山之东，媳妇生长于蜀水之西，素昧平生，却能在狮山相识相恋，只因为我们有一个共同的朋友：我的敬老师，媳妇的堂哥。敬老师父亲与我媳妇父亲是堂兄弟，媳妇父亲当逃兵脱离红四方面军后，媳妇上中学和大学都得到过敬老师父亲资助。

因我与普光有这样的人生因缘，媳妇很早也对普光耳熟能详。但绝没想到,老山区普光今日竟天下扬名:先是发现了最大的古巴人文化遗址,吸引了考古界的眼球,后是发现了全国最大的整装海相气田,吸引了全世界投资者的眼球,最近井喷,半月不止,惊动国务院,调集了包括三名院士在内的专家赶赴现场。报纸头版连连报道,天天有新闻,媳妇取回报纸就说:"快来看,又有你的普光!"

我的普光!至今觉得,我的人生之路,是在三十多年前那个春夏之交的黄昏,从老山区普光公社迈出第一步的。

二〇〇七年一月九日

# 此生唯一刻在石头上的文字

上中学时，有次学农，下田插秧，大家都说小腿痒痒，爬上田坎一看，泥腿上竟叮着蚂蟥！揪住向外扯，蚂蟥更往皮肤里钻。女生吓得飞叉叉叫，农民社员就喊："使劲儿拍打，蚂蟥就会掉下去！"我们就猛拍腿部，蚂蟥果然一缩，掉了下去。之后有两个女生再也不敢下田，就蹲在田坎上插秧，行为艺术似的，传为佳话，却被校长猛批一顿。

却说生物老师段如山鼓捣出一种草药"稻田护肤膏"，涂抹在腿上，蚂蟥就不敢叮咬，既能为师生排忧解难，也能支援广大贫下中农社员，现场表演，百试不爽。校长就很重视，拨给段老师一间破瓦房，供他熬制草药，名曰"五七药厂"。所谓"五七"，得名于《"五七"指示》，即一九六六年五月七日，毛主席在总后勤部呈送的关于军队搞好农副业生产的报告上的批示，涉及各行各业，包打天下。说到学校，老人家说："学生也是这样，以学为主，兼学别样，即不但学文，也要学工、学农、学军，也要批判资产阶级。"段老师的药厂，不仅包含学工，也兼顾学农，被上级认定为我校贯彻执行《"五七"指示》的标志性成果。

药厂的原料是各种稀奇古怪的花花草草，却要全校学生去采集。我那时已上高中，记得某日，我与班长刘同学等四五个男生，背着花儿拿着镰刀去采药，然而县城附近的早已被采光了。遇到团支书阿薇等三四个女生，也是背着空背篼，说完不成任务。咋办呢？突然大家心有灵犀似的，不约而同沿山路向大山深处寻去。

男女同学平时都很拘谨，授受不亲，一上山都变了个人似的，有说有笑，好不快活，不知不觉来到一座古砦脚下。刘同学说："上去看看？"大家沿着陡峭的山路往上爬。爬到半山腰时，阿薇突然喊："嘿，拉我一把？"我犹豫片刻，伸出手，阿薇一把抓住，刹那间，一股电流通向全身。这是我记忆中第一次与异性亲密接触。心怦怦跳，恍兮惚兮，不知不觉就爬上了古砦。

古砦早已成了废墟，不知建于何朝毁于何代，只留下几堵长满青苔的石墙，让人追怀很久很久以前的故事。但除了"崇石砦"这个名字，古砦没留下任何故事。那天阳光灿烂，老鹰在空中盘旋，我们登上砦顶，脚下就是万丈深渊。极目远望，云遮雾掩，看不见宣汉县城。有诗为证：

"总为浮云能蔽日,长安不见使人愁。"男女生却很兴奋,凌空长啸:"啊——啊——噢——噢——我们登上——崇石砦了——"山谷回声:"啊——啊——噢——噢——"刘同学提议说:"留个记号?"我就用镰刀一笔一画在青苔石墙上刻下记号:谢不谦等好汉曾到此一游。

女同学却不同意,说:"我们不是男生,怎能叫好汉?"我说:"《水浒传》中的母夜叉孙二娘,不也是梁山好汉?"女同学齐嚷嚷:"谁是母夜叉啊?"我笑道:"不就是个比方嘛!"去年老同学重聚,在百里峡漂流,风餐露宿。在露营地,女同学说:"好奇怪哟,我们同学耍得那么好,咋没有结为夫妻的呢?"刘同学悄悄对我说:"幸好没找她们做婆娘哟,都是母夜叉,吓死人!"我把这一评价公之于众,男同学笑惨了,女同学却义愤填膺,同仇敌忾斥责刘同学说:"你婆娘才是母夜叉!"刘同学举手投降,大义灭亲说:"回答正确,我婆娘是母夜叉!"男同学笑嘻嘻,齐声唤:"我们婆娘是母夜叉!"相逢一笑泯恩仇。然后男女同学手拉手,围着篝火唱啊跳啊,半百老人,都要升格为爷爷奶奶了,却依然"恰同学少年,风华正茂"。

却说三十多年前,在崇石砦,大家也唱啊跳啊,唱完了样板戏《智取威虎山》,又唱抗日老歌《游击队歌》:"我们都是神枪手,每一颗子弹消灭一个敌人。我们都是飞行军,哪怕那山高水又深……"唱到太阳西斜,山雾袭来,冷风阵阵，才依依不舍下山。回首望去，暮色苍茫之中，崇石砦被山雾席卷而去，偶尔露出一角，古朴、雄浑、苍凉。

高中毕业后，下乡插队，来回必经崇石砦脚下，却是一条岔路口：向右走是明月公社，向左走是我插队的王家公社。一到此地，我就神思恍惚，心不在焉。仰望长满青苔的石墙，想到学生时代不再、同学天各一方，心里就怅然若失。耳边回响《游击队歌》："在高高的山岗上，有我们无数的好兄弟……"竟迷失方向，走错三次。很多次都想爬上古砦看看，我镰刀刻下的那一行青春印记是否已被雨打风吹去，但茕茕孑立，形影相吊，日暮途穷，前程渺茫，提不起精神，也就匆匆擦肩而过。

考上大学后，回公社办户口迁移手续，最后一次路过崇石砦，也只驻足片刻，凭吊云遮雾掩的青苔石墙，高山仰止，景行行止，挥手而去。但青苔石墙上那一行镰刀刻下的字迹，同学少年峥嵘岁月的见证，却永远铭刻在我心中。

却说去年某日，狮山朋友聚会，席间有位老名士书法好、文章好、口才更好，人称"铁嘴"，不亚于易中天，在成都电视台频频亮相，号"国学家"，很有名气。老名士却患了"不治之症"自恋，见面没聊上三句半，就说他这辈子至少有四五十篇辞赋或碑铭勒石，如去九寨沟路上川主寺镇元宝山上的红军长征纪念碑文就出自他的手笔，摇头晃脑背诵一番，然后自我点评说："摔在地上都砰砰响，有金石声!"大家齐声喝彩。老名士更得意扬扬,踌躇满志、循循善诱地继续开导我们说:"文化要适应变化,知识要转化为资本。"说他为西岭雪山温泉写的一篇千字文《花水湾赋》刻在石头上,为他换来一套豪宅,把大家说得绿眉绿眼,齐赞道:"一字千金啊!"

我在飘飘然中自叹弗如,说:"我这辈子,狗屁文章也发表了四五十篇,但刻在石头上的,却只有一句。"大家很好奇,问:"就一句?"我饮口酒,朗声而诵:"谢不谦等好汉曾到此一游!"大家齐声喝彩:"绝妙!"不想却惹恼了老名士,老名士悻悻然道:"谢不谦,莫以为我听不出你娃的话外之音!若论讽刺挖苦人的本事,你老弟还嫩了点!"我赶紧声明说:"我说的是实情,不是讽刺!"无论怎样解释,老名士也难以释怀,我心一横:得罪就得罪,好大个男女关系嘛!举杯畅饮,大醉而归。

二〇〇七年十一月十四日

# 青春阅读

本学期在四川大学江安校区开设选修课《中国诗歌艺术》，一门面向全校各专业学生的文化素质课。这本来是一门"豆芽课"，却被我的同事王红教授讲成了国家精品课程，四川大学第一门获此殊荣的文科课程。我前些年加盟，希望能让更多非中文专业的学生领略到诗歌艺术之美与人文智慧之光，也把我当年青春阅读所获得的人生感悟与今日后生分享。

我上初中时功课很简单，课外作业很少，就找小说来读。"文革"新书本来就少，好看的更少，现在还有印象的只有《沸腾的群山》、《金光大道》、《较量》等几部而已。"文革"前的老书除浩然《艳阳天》等极少数外，几乎全被列为禁书。同学之间偷偷传阅《青春之歌》、《林海雪原》、《红岩》、《红日》、《烈火金刚》等今日所谓红色经典，若被校长发现，图书一律被没收，本人还要写检讨书。我就写过两三次检讨书。

我最早读的两本老书是《钢铁巨人》与《前驱》，我幺叔借给我的。幺叔大我五六岁，高小毕业，因家庭出身未能上初中就参加工作，在农具厂当打铁匠，却是个资深文青，吹拉弹唱、绘画、书法无一不会。幺叔说我是谢家的读书种子，凡他能借到的书，必让我一读。

《前驱》是我所读到的第一部最精彩的小说，写北伐战争的，当主人公独立团连长万先廷在前线高歌猛进时，他的恋人却在湖南老家乡下被土豪劣绅关押在黑牢里，作者随文感慨说："生活带给人们的遭遇，有时是多么不平啊！"我觉得好深刻，就把它当格言抄在笔记本上。这类小说中的格言警句我抄录了很多，最经典的还转录在日记本扉页，如柳青《创业史》："人生的道路虽然漫长，但紧要处常常只有几步，特别是当人年轻的时候。"某日与教研室刘大侠回忆青春阅读，刘大侠说他当年也有同好，也曾把小说中的格言警句恭录在日记本扉页。

初三时，我迷上了诗歌。无论是报纸上的还是书上的，一见到好诗，我就抄在笔记本上。《林海雪原》中少剑波写在日记本上被白茹偷看的情诗"万马军中一小丫，颜似露润月季花"和《青春之歌》中余永泽在海边向林道静背诵的海涅情诗"暮色朦胧地走近，潮水变得更狂暴"都被我抄在笔记本上，至今能诵。那一年，贺敬之《放歌集》再版发行，据说是周总理想解放一批诗人作家，借此投石问路。上大学后，我将中学时代所购文学书籍除鲁迅外全当废纸卖了，唯有这本《放歌集》保存至今，因为这是我平生拥有的第一本正式出版的诗集。现在偶尔从书架上取下来翻翻，都会唤起我当年闻到书页墨香的那种妙不可言的感觉。

　　却说贺敬之《放歌集》解禁后，新华书店把封存多年的"文革"前老书如《边疆晓歌》、《铜墙铁壁》、《绿竹村风云》、《雁飞塞北》、《青春似火》、《跃马扬鞭》以及很多科普小丛书都摆上了书架。外国革命文学如高尔基《母亲》、《童年》，法捷耶夫《毁灭》，绥拉菲摩维奇《铁流》，小林多喜二《沼尾村》等，也陆续发行。逛书店时翻阅一本本或旧或新的图书，闻到书页散发的墨香，我油然而生占有欲，非常强烈，无法克制，回家对我妈说我不添置衣服，每月给我两元买书钱就行。我家经济并不宽裕，但我妈痛快地答应了，当即给我当月的买书钱。钱还是不够，我就哄我妈说我中午想在学校看书，就在学校食堂吃饭，每顿一毛钱。中午同学吃饭，我就在教室里抄格言抄诗歌，熬到下午放学，见家里有剩饭就一扫而光。我妈觉得很奇怪，问我同学，才知道我中午根本没去食堂。某日放学回家，见桌上热饭热菜，我妈说："小毛，快吃吧，我知道你为了省钱买书中午都不吃饭。以后中午回家吃饭吧，每月给你五元买书钱。"五元钱在当年什么概念呢？鲁迅《呐喊》、《彷徨》、《野草》、《朝花夕拾》以及所有杂文集，每本均价也就两三毛，不到两个月我几乎全买齐了。我妹妹当时上小学三年级，想换一双新凉鞋我妈都舍不得买，她就说我妈偏心。我工作后，接我妹妹来成都治病，让媳妇陪她去逛商场，叮嘱媳妇妹妹想要什么都买，以补偿当年。

上高一时，国庆作文我写了一首长诗，有二十多页纸："晨，太阳初升，大地从甜蜜的梦中苏醒。白云轻轻飘，天边抹上红晕；鸟儿婉转唱歌，空气里氤氲着浓郁的芳馨……"被同学们传诵一时。语文桂老师毕业于南开大学中文系，专长是文学理论，说我的诗歌清新可喜，但缺乏深度，就悄悄把他的藏书借给我看，《文艺学引论》、《西方文论选》、《西方美学史》之类，很深奥，我看不懂。我至今觉得美学、文艺学很恐怖，可能就是当年落下的后遗症。

同年级语文老师曹福刚，毕业于云南大学，刚从外地调来，瘦高个，一说话脑袋就颤抖，很像柬埔寨的宾努亲王。某日放学后，我在教室抄《朗诵诗选》，"文革"前出版的老书。曹老师走进教室，看我正在抄郭小川的《向困难进军》，笑眯眯问："你叫什么名字？"又问："你喜欢诗歌？"我点点头。曹老师说："你有空来我家一趟？"我去曹老师家，他打开一个大木箱，全是古今中外诗集。曹老师拣出泰戈尔《飞鸟集》与冯至译《海涅诗选》递给我，说："借你，看完再来换?"那天晚上,我在潮湿而狭窄的家中,默诵着东方诗哲与"夜莺诗人"的诗篇,终于知道了什么叫诗,那是诗人对生命的感悟与咏叹。三十多年前,在遥远的大巴山县城,在我精神最饥渴的年月,那些真正从心灵深处流淌出来的诗句,让我懂得了高贵、自由与光明,让我在黑暗的年代坚守着精神家园而没有堕落。

高中两年,我把曹老师的藏书读完了,也手抄了厚厚两大本,珍藏至今。每次还书,我都要找来画报纸,把书包上封皮。曹老师笑道:"不谦,书是拿来读的,不是拿来供奉的。"然后跟我讲,诗人都是儿童,以单纯、诚挚、质朴的童心去感受人生,然后感动世界。

高中毕业插队后第一个中秋节前夕,生产队分我糯谷,打成米,国庆节回城,我装了一包去曹老师家。曹老师问:"这是为何?"我说:"曹老师,您对我的好学生无以回报,略表心意而已。"曹老师很感动。

前年秋天,曹老师夫妇来成都,我邀请他们来江安花园做客。契阔谈宴之后,我从书架上取下高等教育出版社版《中国诗歌艺术》,也就是王红与我编写的教材,在扉页上恭恭敬敬题署:"恩师曹老师惠存——学生谢不谦敬赠。"曹老师说:"不谦,你说我是你的恩师,我岂敢当?"我很诚恳地说:"曹老师,虽然您从未在课堂上教过我,但我从您那里学到的远远超过课堂!我永远是您的学生!"

当年同学中有几个文青，高我一年级的贾同学先我插队，我给他写信时抄录雪莱《西风颂》勉励他，舍不得花钱买邮票，就请他妈妈陈姨托进城赶场的老乡转交给他。陈姨拆开信封，看不懂，以为是什么反动文章，来我家说服我说："此信千万不能发出去！"我插队后，也收到过一封沉甸甸的信，是高中同学向贵东写给我的，拆开一看，是手抄的艾青长诗《向太阳》。向贵东插队的天生公社距我插队的王家公社有百里之遥。那天晚上，我借着摇曳的烛光，读完了这首抗战中最伟大的民族诗篇。今日在课堂上，我激情背诵《向太阳》片段："在太平洋，在印度洋，在红海，在地中海……我都曾看着美丽的日出，但此刻……我看见日出，比所有的日出更美丽。"全场鼓掌。学生们哪能想到，这是我在黑暗年代心中的一线曙光啊！

上高一时，班里流传手抄本《少女之心》。《少女之心》是公安局严厉查禁的黄色小说。高我一年级的徐文兵笑嘻嘻说："你娃喜欢看书，我让你看一本奇书。"把他手抄的《少女之心》丢在我面前。我翻看几页，掷还给徐文兵。徐文兵很吃惊，说："哟，你娃咋没一点反应？"我说："这不是书！"不是我正统，非礼勿视，而是因为我读了泰戈尔、海涅、雪莱、拜伦后，向往高雅高贵的精神，不屑与他这种混混同流合污。前些年，某公司要将这部手抄书改编为电视剧，以唤醒一代人的青春记忆。我倒很想看看，结果电视剧被枪毙了。《成都商报》报道说,"少女之心"停止跳动。我至今未看过《少女之心》,但心里说:"活该!"

二〇〇七年十二月十三日

# 羽毛球，在我心中的天空划出一道道弧线

三十七年前，我上初二，有一天放学回家，路过学校操场，见很多同学在围观，不时大声喝彩。我跑过去看热闹，原来是两位我不认识的女老师在打羽毛球。一打听，才知道一位姓唐，一位姓袁，都是从大城市分配来的大学生。两人身穿白色运动服，手挥球拍，左右开弓，你来我往，轻盈矫健，羽毛球"嗖嗖嗖"在空中划出一道道白线，把我看呆了。现在还仿佛依稀记得白色运动服白色球鞋在蓝色的天空下带给我的感觉：圣洁。

三十七年前，我老家宣汉城还是一座古镇，古城墙，瓦房，石板街，临河是吊脚楼，河水清澈。满街女人身上的衣服不是蓝色就是灰色或黑色。学校女老师的穿着更严肃。我记忆中上初中那阵儿好像穿花花裙子的女生都很少见，如果有，男生肯定会叫她花姑娘。花姑娘是一句日本鬼子的中

国话，从电影《地雷战》中学来的。

白色运动服，白色球鞋，轻灵活泼的身影，青春洋溢的气息，在三十七年前，对于我这个从未见过大世面的大巴山娃娃来说，是一种什么样的震撼，说不清，只觉得很神秘。

上高一时，打羽毛球的袁老师教我们英语。袁老师是重庆人，毕业于四川外语学院。现在恐怕再没有川外毕业生到我老家那样的山区县城去当中学教师了吧？却说当年我想自学英语，找不到教材，就去书店买了本《袖珍英汉词典》，随便翻开一页，看哪个单词有趣、好玩，就记哪个单词。但音标不熟练，很多单词读不出来，我就抄在一张纸条上，上课时袁老师走过我的座位，我就故作漫不经心状，问："袁老师，这个单词什么意思，怎么读啊？"袁老师就教我读这个单词，然后不断举例。有一天，我向袁老师请教一个单词的拼读后，她都走过去了，又突然回转身来，走到我面前，问："谢不谦，你是不是在自学英语？"我那时很面浅，做贼心虚似的，竟不敢承认，说："我只是念着玩的。"袁老师却说："你放学后到教研室来一趟，我借你一本书。"

放学后，我去外语教研室，袁老师正在等我，她从抽屉里找出一本很袖珍的小书，递给我说："暑假前我听你给我讲书中的故事，看不懂就来问我。"我受宠若惊，连声谢谢都没说，就拿着书跑出去了。翻开书一看，天啊，除了汉字注释，几乎一个字都认不得。同学功兴过来问："嘿，谢不谦，什么好看的书啊？"一把抢过去，先看封面，然后看我，说："你娃能看懂这种天书？"我苦笑着说："我跟你一样，哪里看得懂啊！"功兴讽刺道："那你不是充行？"充行，是宣汉土话，不懂装懂还要冒皮皮，提劲打靶的意思。

这话让我很受刺激。很快就到了期末，整整一个寒假，我哪里也不去，就在家里钻研这本天书。书后附有词汇表，我先猛背单词，然后参考汉语注释，连蒙带猜，居然把天书破译了。寒假后，开学第一天，遇到功兴，我很得意地说："我来给你讲书中的故事？"功兴吓了一跳，说："谢不谦，你娃硬是有点神喃！"其实，这并不是什么神秘的天书，而是一本"文革"前的高一英语课外读物，*Tales for Children*，一本很小儿科的读物，第一个故事是"Beauty and the Beast"，美女与野兽。除了这本教材，袁老师把书递给我的那个美丽的动作我也记忆犹新。

袁老师把我猛表扬了一通，又借我一本，也是"文革"前高一英语课外读物，《格林童话》。但我还未读完，袁老师就调离了宣汉。高一下学期时，河南出了个"马振扶公社中学事件"，一个初中女生因英语考试不及格，被老师训斥后，留下绝命书"我是中国人，何必学外文？不学ABC，也能当接班人。接好革命班，埋葬帝修反！"，然后自杀了。学校传达中央文件，说这是修正主义教育路线回潮。记得传达中央文件后的第二天，袁老师来上课，刚走上讲台，很多同学就大声叫嚷说："我是中国人，何必学外文……"袁老师愣在那里，不知所措，眼泪涌出来，她赶紧侧过脸去，说："我去请示学校——"袁老师这一去，就再没登上讲台。学校决定，暂时取消英语课，等候上级通知。某天下午放学，我看见袁老师和唐老师在操场打羽毛球，没有人围观喝彩。我远远地观看，觉得两位老师打得很沉重，不像过去那样挥洒自如。过了几天我才发现，袁老师的身影好像彻底消失了似的，我去问唐老师，才知道袁老师调到重庆某大型化工厂当翻译去了。我这才隐隐觉得，那一场打得很沉重的羽毛球，就是她俩的告别赛。袁老师在宣中任教四五年，就这样悄悄地离开了，这个山区古镇的学生在她心中可能一点念想也没有留下。袁老师借我的《格林童话》至今我还没还她。

再说打羽毛球的唐老师。唐老师是湖南长沙人，毕业于北京师范大学。唐老师教我们初三物理，唯一印象是她上课说普通话柔声柔气，板书也很秀丽，跟操场上打羽毛球的那个挥洒自如英姿飒爽的唐老师判若两人。但唐老师身上透出的大气和名校风采，至今还让我老家同学怀念不已。每次同学聚会回想当年，大家都感慨地说："现在我们的孩子上宣中，哪里还能遇到唐老师这样好的老师啊，都怪我们当年不懂事啊！"

我高中毕业后插队当知青，然后回母校代英语课。当时单身老师吃饭都喜欢蹲在食堂外的槐树下，边吃饭边交流小道消息。唐老师爱人在上海工作，她也常常端着饭盒在槐树下吃，偶尔发表一两句点评就不同凡响。还有一位年轻男老师向老师，也是北京师范大学毕业，唐老师同系不同年级的同学，重庆人，说话更生猛。记得党报刚刚发布恢复高考的消息时，大家在槐树下吃饭，都说我肯定能考上，某副校长刚好路过，说："未必。就是邓小平，也不敢搞'智育第一'，还得讲阶级路线。"因我家庭出身不好，放在"文革"前，考得上也未必能被录取。向老师轻飘飘地说："什么阶级路线，不就是查祖宗三代吗？干脆查他个几十代几百代，大家都是猿人猴子，没有阶级，不就扯平了？"

高考前夕，很多老师，包括唐老师，都建议我报考文科，最好选外语专业，发挥我所长。我当时觉得，文科都与政治脱离不了关系，我想远离政治，就报考了理科，也不知为什么，第一、第二、第三志愿全都填的物理专业。结果考得不好，未能如愿，被北京钢铁学院录取，学了工科。

那一年，我不是老家考得最好的，却是老家唯一到北京上大学的人。临行前，唐老师来找我，说她有个最要好的大学同学在宣汉工作过两年，曾在宣汉师范学校任教，后来调回北京，现在北京师范大学附中任教，多年不见，请我到北京后代为看望，托我捎去一封信，并给我若干钱与粮票，好像是两元钱和一斤全国粮票,嘱咐我到北京后去副食品商店买一盒高级糕点,代她送给老同学。现在都难以想象,我这个人当年有多瓜,不知钱与粮票和礼物的意义完全不同,关键是我压根儿不知道什么叫高级糕点。去北京师范大学见到唐老师老同学后,竟直接把钱与粮票,连同唐老师的信,一起交给她,说这是唐老师送给她的,弄得她莫名其妙,拆开信封一看,哈哈大笑说:"果然如此啊!"原来,唐老师在信中告诉她老同学,说我是本届唯一一个考到北京的宣汉学生,从未出过远门,很聪明也很憨,希望老同学多多关照。唐老师老同学对我说:"你以后有什么事,需要我帮助的,尽管来找我。"一股暖流涌上我心头。我虽然再没去找过她,但我至今记得信封上写着的她的名字:彭望禄。

不久,收到唐老师一封信,说她当年第一次离开父母,从长沙到北京上学,北京气候干燥,风沙很大,开始很不习惯,很想家,猜想我也是,所以写这封信,告诉我如何应付如何排遣。读到这封信,心里既感动又愧疚,因为我还没想到唐老师,还没来得及给她写信,唐老师却先想到了我。

大二寒假时,我才第一次回老家。那时唐老师早已离开宣汉,调回老家湖南长沙去了。从那以后,我再也没有见过唐老师,也不知道她现在的消息。

我从来不看奥运,前些天女子羽毛球赛,心中若有所动,就坐下来看电视直播,却老是走神。恍惚依稀之间,唐老师和袁老师，白色运动服，白色球鞋，手挥球拍，左右开弓，你来我往，轻盈矫健，羽毛球"嗖嗖嗖"在我心中的天空划出一道道白色的直线或弧线……

唐老师名伏秋，袁老师名晓梅，屈指一算，三十七年前，她们也就二十五六岁吧，那可是她们青春最可宝贵的岁月，不知她们今天是否还能想起、还能记得当年教过的大巴山娃娃。

二〇〇八年八月十七日

# 插队轶事：文艺汇演

三十五年前，高中毕业，上山下乡时落户在王家公社，在高家岩插队。原想好好挣表现，发挥我所长，写写画画，把高家岩的"政治夜校"搞起来，结果却大失所望。正彷徨无地，老队长却带一个美女来找我。美女姓苟，是大队民兵连长，也是宣汉知青，我哥的小学同学，我叫她苟姐。

苟姐说她来找我是要代表组织交给我一项严肃的政治任务。我当即受宠若惊，感觉人生有了新希望，赶紧说："请指示！"苟姐说"八一"建军节将到，公社要举行拥军优属文艺汇演，各大队民兵连都必须出个节目，请我下午去大队小学参加演出排练。我吓一大跳，说："登台表演？这个差使我完成不了。"苟姐正色道："这是政治任务，是上级命令，你必须无条件服从！"完全是官腔，让人感觉很不爽。我哼哼道："我刚插队才几天，怎么就成了民兵？谁通知我的？"苟姐说："我现在就代表大队民兵连正式通知你，全民皆兵，你就是民兵！"强行入伍抓壮丁似的。我笑道："我从小就没文艺细胞，你让我去跳舞唱歌不是赶鸭子上架强人所难吗？"老队长却在一旁劝我说："去吧去吧，就当是去耍，工分还给你照记。"既然是挣耍耍工分，不劳而获，当然是美差，何乐而不为呢？我一笑，对苟姐说："我从来没登台表演过，要是演砸了你可别怪我。"

却说当天下午，去大队小学报到。除了苟姐和我，来参加排练的都是大城市"洋知青"。听说我是刚插队的本县"土知青"，言语之间就露出几分居高临下的优越感，有个崽儿很没礼貌，居然伸手摸我口袋，问："宣汉崽儿，带烟没有？"我那时血气方刚，要在这些大城市"洋知青"面前表明宣汉"土知青"并不土，就向苟姐建议说："既然是建军节，最好来一个歌颂子弟兵的诗朗诵？"苟姐却很为难，说："时间紧迫，哪能找到合适的诗歌嘛！"我就用川普朗声而诵：

骑马挂枪走天下，
祖国到处都是家。
我曾在大巴山上挖泥巴，
我曾风雨推船下山峡。
蜀山蜀水把我养大，

蜀山蜀水是我的家。

为求解放把仗打，

毛主席引我们到长白山下。

这首朗诵诗，是军旅诗人张永枚"文革"前的作品，我曾抄录在笔记本上。张永枚在中越西沙海战之后，奉命创作《西沙之战》（炮声隆，战云飞，南海在咆哮。全世界，齐注目，英雄的西沙群岛……），发表在《人民日报》上，轰动全国。

却说我的川普即兴诗朗诵还没结束，几个重庆崽儿就啧啧赞道："嘿嘿，看不出来，这崽儿还真有几刷子喃！"当即对我肃然起敬，说："你好像跟别的宣汉崽儿不同，很有学问的样子。"我笑道："有什么不同？我只是比他们跳颤。"

苟姐却说这个诗朗诵好是好，但好像太高雅了一点，怕贫下中农听不懂，说她已经编好了一个表演唱，通俗易懂，名叫《毛泽东思想"五大员"》。大家都不知道这"五大员"是哪"五大金刚"，很好奇，赶紧拿过唱本看，原来"五大金刚"是警卫员、通信员、卫生员、炊事员、饲养员，都忍不住大笑。苟姐却很认真地说："现在不是革命战争年代，我们要歌颂那些战斗在平凡岗位上的普通战士，不是吗？"大家都点头说："对！对！对！"

苟姐既是编剧又是导演，分配角色派我演炊事员，第一句唱词是"我是毛泽东思想的炊事员",配以洗菜、做饭等舞蹈动作。我笨手笨脚地表演,演员和围观的小孩当即笑闭气,连不苟言笑的苟姐也忍不住笑说:"你手脚动作咋这么不协调呢?"改派我演饲养员,第一句唱词是"我是毛泽东思想的饲养员"。苟姐特地简化了一些动作,我自己也貌似找到了感觉。但只要我手舞足蹈,大家依然笑成一团,都说:"你娃太好耍了!"苟姐却给我打气说:"有进步!有进步!"

我被折磨了两天,大家也笑了两天。却说第三天,我因有急事去公社,未去参加排练,大家怀疑苟姐把我开除了,嚷道:"谢不谦不来,一点不好耍,还排练什么哟!"第四天,大家一看见我,就欢呼雀跃,催苟姐道:"赶紧开始排练?"都想看我出洋相,现瓜相。我就很诚恳地请求苟姐说:"我是朽木不可雕也,比猪还笨,你这么好一个节目,不能砸在我手里吧?最好换个人来?"苟姐默然,想了一下说:"我试试看。你先回去,等候命令。"

我就回到了高家岩干体力活儿,身累,但心不累。没想到建军节那天傍晚,我刚收工回家,正要生火煮饭,苟姐却风风火火冲进来说前天抓来替换我的"饲养员"刚刚崴了脚,站都站不稳,要我立刻跟她去公社参加演出。用现在的专业术语说叫救场。苟姐说:"你那个诗朗诵还记得不?也一齐上。"不容我拒绝,一把拉着我就朝公社飞跑。

高家岩距公社所在地有十四五里，等我们气喘吁吁赶到时，文艺汇演早已在紧锣密鼓声中开场。苟姐把我拉到一间屋子，说给我化妆，先用手绢擦干我脸上的汗，然后涂脂抹粉。这是我生平第一次化妆，任人打扮，感觉很异样。没有镜子照，也不知化成了什么模样。现在想起来，感觉好遗憾，当年若用照相机拍下来，绝对空前绝后、光彩照人，因为我那时十八九岁之间，正是书生意气、眉清目秀、青春飞扬。青春都是最美丽的，何况还化了妆呢？

刚化好妆，就轮到我们连登台献艺。苟姐报幕说："第一个节目，诗朗诵《骑马挂枪走天下》，表演者，高家岩民兵谢不谦。"然后跑过来，命令我说："朗诵时要加几个动作！"我却有自知之明，知道自己不动则已，一动吓人，全场绝对笑翻，就将在外君令有所不受，规规矩矩作军人立正状，双手下垂，昂首挺胸，激情朗诵。朗诵至最后一段"祖国到处有妈妈的爱，到处有家乡的山水家乡的花"时我都澎湃了，全场却没一点反应，如听天书似的。灰溜溜跑下台，苟姐埋怨道："你咋不听命令嘛？在台上一动不动，简直就像个胎神！"我就很受伤，觉得浪费表情。

紧接着第二个节目《毛泽东思想"五大员"》闪亮登场。我惊魂未定，心慌意乱，刚自报家门"我是毛泽东思想的饲养员"脑海中就一片空白，嘴怎样唱、手怎样舞、腿怎样迈全不记得了，只记得台下笑成一片。下得台来，苟姐指着我鼻子说:"看把你吓的,汗流满面,弄成一张花猫脸,咋不逗人笑嘛!"

苟姐苦心经营的节目被我不幸言中砸锅了,没能评上奖。苟姐没有责备我,因为我们一个民兵连出了两个节目,一个诗朗诵,一个表演唱,效果虽不好,精神却可嘉,那年那月,上级需要的就是这种精神。第二年,苟姐被推荐去读中专。据说苟姐后来在县城小学任教,我相信她一定是位好老师,学生人见人爱,但不知道她还记不记得,三十五年前那个夏天,她把我这个小弟弟折磨惨了。

## 附　记

因青春飞扬时有这么一段人生经历,我落下了后遗症:恐舞症。无论什么舞,包括交谊舞,都不敢跳,怕出洋相,贻笑大方。媳妇斥责我说:"笨猪!"我自甘堕落,笑道:"我比猪还笨!"

记得六七年前,我还在副院长任上,跟书记、系主任、辅导员一起,带基地班学生去桃坪羌寨文化考察。晚上,吃烤羊肉,喝米酒。师生在羌族美女带领下,围着篝火,载歌载舞,跳锅庄。我已有七八分醉,酒壮英雄胆,也站起来插入舞队,手舞足蹈。羌族美女最先笑弯了腰,捧着肚皮说:"好笑人哦,肚子都笑痛了!"队形顿时大乱,全体师生笑得人仰马翻。我只好自我放逐,退居二线,继续喝酒,看大家疯狂,不知今夕何夕。

二〇一〇年一月十三日

## 插队轶事：最难忘的中秋

三十二年前夏天，下乡插队，某日去公社赶场，路遇"土匪"，一个操重庆口音、知青模样的"瘦猴子"一把拦住我，说："嘿，崽儿，刚下来的知青？"我点点头。重庆知青就伸手来掏我的口袋，我以为是抢钱，本能地退后一步，作英勇自卫状。重庆知青却笑道："别误会，我是摸你口袋里有烟没有？"我也报以微笑，说："我不抽烟。"重庆知青用命令式的口吻说："嘿，崽儿记住，以后带上。"然后拱拱手，扬长而去。

且说我下乡插队的时候，正值青黄不接，亲眼看见老乡生活之苦，隔壁娃娃啃糠粑粑，大人喝野菜糊糊。田里谷子渐渐成熟，由绿变黄，男女老少个个面带喜色，至今还记得临院杰巴同志的名言："白米干饭好香啊！不要菜，也能连哈他三大碗！""哈"是方言，饕餮的意思。

收获前几天,却有人连续几个晚上偷割田里的谷穗。不是成亩成片地割,而是东一镰西一镰,鬼剃头似的,晃眼一看还看不出来。生产队长说是阶级敌人搞破坏,紧急集合基干民兵,连夜巡逻。我刚高中毕业,满脑子阶级斗争观念,一听说有阶级敌人,热血沸腾,摩拳擦掌,主动请缨。但其他民兵却百般推托,把婆娘、娃娃拖出来做挡箭牌。队长说:"嘿,杰巴,你没结婚,没婆娘、娃娃拖累,你去跟谢知青当搭档!"杰巴大我半岁,高小毕业,文化不高,人却很机灵。队长点他的将,他没理由拒绝,只是嘟囔道:"那得给我记全劳的工分。"队长挥手说:"好!好!好!"全劳工分是一天十分,当年年底结算,折合人民币三角八分。

却说基干民兵一般都配有老套筒步枪,但平时锁在大队民兵部,开批斗大会时才发给执行任务的民兵,去押解被管制的地富分子。枪膛里没子弹,纯粹是道具,不过借以制造会场的战斗气氛而已。但即使这样的银样镴枪头,生产队也无权支配,我就找根青杠木当武器,去与杰巴会合,却见杰巴手里摇着把大蒲扇,活神仙似的。我问杰巴说:"你就这样去抓阶级敌人?"杰巴却说:"我是来挣耍耍工分的,现在有啥子阶级敌人哦,我敢说就是咱队里某些贫下中农。"我吓一跳,说:"贫下中农?不可能吧?"杰巴说:"不仅是贫下中农,还是雇农,他家揭不开锅,不去偷才怪。"然后补充说:"常言说得好,饥寒起盗心嘛!"我就觉得现实跟课堂上学的阶级斗争理论根本就对不上号。

那天晚上,月亮很大很圆。我们高一脚低一脚地绕生产队巡逻一周,然后登上山顶,没有发现任何敌情。正坐在田埂上闲聊,却随风飘过来一股烟熏味。猫着腰摸过去,却见山顶晒坝边垒着个石灶,燃着柴火,火上架着个大铁罐子,不远处围坐着四个人,好像在争吵什么。朦胧之中,又听见鸭子嘎嘎叫,杰巴挺直身子说:"放鸭子的。"我们走过去跟放鸭人打招呼。有个瘦子忽地站起来,冲到我们面前,却惊喜地说:"呀,是你崽儿?"竟是前几天在路上打过照面的重庆知青。杰巴问:"你们认识?"重庆知青却问他说:"你也是知青?"杰巴说:"我啥子知青哦,土农花。"重庆知青就不搭理他,却递给我一支烟。我说:"我不会抽。"重庆知青讪笑道:"不会抽烟?你娃是不是假知青哟?"我说:"我是本县的土知青。"那边坐着的胖子招呼道:"嘿,管他土还是洋,天下知青是一家,过来一起耍哈哈儿。"我就拉着杰巴过去坐下来。

原来,两个重庆知青正在软硬兼施,连哄带吓,要放鸭人杀只鸭来吃。两个放鸭人,一老一少,一看就是老实本分人,哀求道:"知青兄弟,可怜可怜我们嘛!"胖知青笑嘻嘻说:"那谁可怜我们?两个月没尝到肉味,涝肠寡肚啊!"瘦知青口气却很强硬,说:"你们要再不干,我就去把鸭群一轰而散,黑灯瞎火,看你俩到哪里去找!"杰巴忍不住插话说:"知青兄弟,做人厚道点嘛!"瘦知青跳将起来,吼道:"关你娃屁事!"摆开架势,就要出拳。杰巴一把夺过我手中的青杠木,喝道:"你来!你娃搞清楚,这是谁的地面!"胖知青也站起来,挽起袖子说:"咂,要打架嗦?"我赶紧把胖知青拉住,好言相劝:"你我都是知青,好汉不吃眼前亏,周围民兵多得很,都是出来巡夜的。"两个重庆知青怏怏坐下,咕噜道:"你凶你凶,老子今天不跟你娃计较。"却问放鸭人说:"嘿,罐子里煮的啥子东西?"放鸭人说:"南瓜。"重庆知青就喝令道:"整三碗南瓜来!"我赶紧声明说:"我不吃。"放鸭人盛来两碗南瓜,两个重庆知青狼吞虎咽,我就拉着杰巴走开了。杰巴对我说:"谢知青,你不像是坏人,千万莫跟他们裹在一起。"

没过几天,两个重庆知青却裹上门来。我远远看见,惹不起还躲得起,赶紧藏到隔壁高爷爷家。二人就坐在门外守候。我请高爷爷出去哄他们说:"我们这旮旯的知青去年就调回城里去了。"重庆知青哼哼两声,这才撤离。警报解除,我回家开门,钥匙却插不进去,一看,锁孔塞满了纸团,无奈只好砸锁开门。后来,他们再没来找过我,听说招工回重庆去了。十六年之后到川大中文系,初识重庆崽儿黎风和毛迅,言谈举止之间似曾相识。我还未指认,他们就赶紧矢口否认说:"哪个狗日的在你们宣汉插过队!"

不久就是收获季节。收割、脱粒、晒干,也就七八天工夫，然后各家按人头分粮。全队社员背着背筐麻袋，齐聚山顶晒坝，个个喜气洋洋。队长叫我监秤，说我是局外人，公平。按照政策规定，知青插队第一年，口粮由国家定量供应，不参加生产队分配。杰巴向队长建议说："还是跟谢知青分点谷子，让人家也尝尝新嘛！"其他社员也说："人家晚上巡逻，白天收割，还是出了力流了汗的嘛！"队长当场拍板，分我三十斤饭谷、三十斤酒谷（糯米谷子）。城里人都说农民最自私，现在回想，最自私的人哪里是农民兄弟啊！

翌日一早，杰巴即带我去山上邻队米坊打新米。米糠本来可以卖钱，但我全送给了杰巴。杰巴当即许愿说："中秋节送你糍粑。"我打米回来，迫不及待煮了一罐新米饭。柴火烹熟的新米罐子饭，颗是颗，粒是粒，油亮，清香，连米汤都是淡绿色的。米饭有一斤左右，本来是想分两顿吃，我却在不知不觉之间，以豆瓣下饭，以米汤当饮料，一扫而光，创造了我谢不谦吃饭史上空前绝后的纪录，至今未被刷新。杰巴所言"白米干饭好香啊！不要菜，也能连哈他三大碗！"果然不假。

接下来就到中秋节了。"文革"破"四旧"，"四旧"之一就是清明、端午、中秋这些旧风俗。农村比城里保守，山高皇帝远，依旧按照祖祖辈辈传下来的习俗过这些传统节日。但中秋节吃月饼，即使在县城，也是个很遥远的概念了。记得插队前，家里的中秋美食是农家做的糍粑，或蒸或煎，蘸上黄糖或白糖吃，但无论什么糖，当年都是紧缺之物，所以多是糍粑上撒点盐。即使是盐巴，当年也是凭票供应。四川有个自贡，号称"盐都"，但曾几何时，四川人却吃不上自贡井盐，国家配给的是海盐，冰糖似的一坨一坨，须碾碎，煮沸熬化，冷却后用纱布过滤才能食用，颜色不是雪白，而是淡黑。媳妇生在沈阳，长在成都郊县，小时候也吃过这种海盐，落下"文革"后遗症，记得二十世纪八十年代末席卷成都的抢购潮中，她竟然抢购了一二十袋食盐！

还是说今生最难忘的那个中秋。中秋不是家人团圆，而是庆祝丰收。节前好几天，家家都忙着做糍粑，先把酒米蒸熟，然后放在石碓里用大头木使劲儿舂，舂成泥状，然后摊成一张张很大的圆饼，切割成扑克牌大小的方块状，就成司空见惯的糍粑了。每年只有中秋能吃一回，所以无比珍贵，吃就吃个够。我一个插队知青，单家独户，不可能自己做糍粑，但杰巴与各家各户老乡送我的，让我足足吃了三天，吃得我肚皮发胀、铭心刻骨，至今不愿再吃。

记得三十二年前乡下那个中秋之夜，月亮特别大，特别圆，月光下能依稀看清书上的字。大家吃完糍粑，出来坐在院坝里，看月亮，聊闲天，脸上洋溢着丰收的喜悦。春天种下秧苗，然后拔草、灌水、施肥、杀虫，而后结出谷穗，而后收割脱粒，最后变为盘中餐，辛苦做来快乐吃，那种直接享受劳动果实的喜悦，让我怀念至今。

今日午后,骑车去文星镇,备办我的中秋美餐。居然看见有兜售糍粑者,但不是小方块,而是小圆块,售价一元。问:"是新酒米做的吗?"问得很愚蠢,答案也不言而喻:"当然是嘛,不是不要钱。"请我品尝,被我谢绝,豪情万丈地一掷千金,摸出两张最小的"伟人头"请回两块,油煎,蘸白糖,很香,细嚼比月饼滋味悠长,但却吃不出三十二年前的感觉来了。

二〇〇七年九月二十五日

## 插队轶事：杀猪记

三十多年前，也就是史无前例的"文革"时代，猪肉奇缺，城镇人口凭票供应，每人每月一市斤。大家都喜欢吃肥肉，说吃肥肉才过瘾。直到今天，我还是喜欢吃肥肉，粉蒸、红烧、回锅，皆我所爱。媳妇威胁我说："再吃，你的血都要变成猪油了！"我笑道："你麻我狗撵摩托不懂科学？那你只吃瘦肉就不怕长一身瘦猪肉？"

却说插队后，生活更苦。此前，福建山区教师李庆霖，传说他有位学生在八三四一部队服役，他就通过这位学生，上书毛主席，把自己孩子插队时的艰难生活一一笔之于书，信末说："我在呼天不应，叫地不灵的困难窘境中，只好大胆地冒昧地写信来北京'告御状'了，真是不该之至！"我当时还在上高中，学校传达中央文件，我听到这句话时吓了一跳，这可是污蔑社会主义的反动话啊，若是落在地方行政长官手中，就凭这句话，他就得蹲监狱，但毛主席回信说："寄上三百元，聊补无米之炊。全国此类事甚多，容当统筹解决。"托李庆霖之福，我插队的时候政策是国家统筹，第一年，粮油肉仍按城镇人口标准定量供应。但我领到肉票后公社肉店却常常无肉可卖。

当年政策规定，农民杀猪，必须卖一半给国家，保证城镇供应。但那时没有饲料，养猪得喂粮食，人都吃不饱，哪来粮食喂猪呢？毛主席就号召"以粮为纲，全面发展"，后来又制定"三项指示"，即要学习理论反修防修、要安定团结、要把国民经济搞上去。但当时莫说国民经济，就是粮食生产也上不去。邓小平东山再起后，提出以毛主席"三项指示"为纲，还说今后农民杀猪不用再上交国家，猪肉敞开供应。农民不向国家上交猪肉，猪肉还要敞开供应，岂非痴人说梦？后来，邓小平主政，改革开放搞活，果真猪肉敞开供应。所以，现在我一听到反对改革开放的言论，我就想反问："你娃饿过肚皮没有？现在是不是天天吃肉？"

却说当年，城镇人口肉再少，但毕竟还是有肉吃。农民最可怜，自家不养猪就无肉可吃。所以，再穷的人家也得养一头，但大都是养架子猪。所谓架子猪，就是半大猪，买回来喂红苕和苞谷，三四个月就催肥。记得我插队的时候，同院子的高中生，其实是初小生，听说百里外的清溪公社架子猪最便宜，就找临近的道班，即养路队，借来一架平板车，邀约几家人前往清溪公社买猪。赶到目的地后，将平板车寄放在农家院子里，然后去猪市。院子里的一帮大娃娃把平板车当战车，炮轰美帝国主义，推来推去，哐当一声，竟把其中一家的屋门给撞垮了，倒扣下去，差点把屋里竹床上的婴儿砸死。那家男人勃然大怒，发疯般猛挥斧头，运斤成风，把车架劈成了八大块。高中生一行人无可奈何，只能自认倒霉，扛着车轱辘，背着架子猪，连夜赶回。回家路上经过明月公社，发现路边的院子里正好也有架平板车，与道班的那架差不多。第二天，高中生就约隔壁的高书生，在月黑雁飞高之夜，摸回那家院子，偷偷把人家的车架取了下来。二人猫着腰，刚把车架抬到路边，就看到那家院子出来个男人，男人问："嘿，你们车上拉的啥子？"高中生答："架子猪。"那男人走近一瞧，没看见架子猪，却发现车没轱辘，说："你们这是？"高书生年轻，沉不住气，拔腿就跑。男人抢上前，扭住高中生就喊："有人偷车！"高书生藏在草丛里，看见一群大汉冲出院子，揪住高中生就拳打脚踢。高中生大声吼道："我也是贫下中农啊，贫下中农不打贫下中农嘛，不信你们明天去我们公社调查！"大汉们嚷道："先把他捆起来，明天送县公安局。"高书生赶紧跑回来通风报信。

中午放工后，高中生媳妇来找我说："谢知青，你县里有人，能不能去说个情啊？"我笑道："就偷个车架子，还没偷成，应该没事吧？"高中生媳妇竟抽抽搭搭哭起来说：

"万一判刑，我这拖儿带女的咋活哦？"我急忙说我有个同学的爸爸是检察院检查长，答应她立马回城一趟。正要动身，高中生却气喘吁吁回来了，一屁股坐在门前石头上，瘫了似的。原来一大早三条壮汉就让高中生肩扛车架上路，他没吃饭，有气无力，扛起车架就打偏偏，哀求一番，才同意让他把车架装在轱辘上拖着上路。上一斜坡时，三条壮汉跟在后面嘀咕说："送县公安局还是公社革委会？"高中生朝前猛冲一段，然后突然松手，车顺着坡势下滑，三条壮汉乱作一团，赶紧去挡车。高中生就跳下路坎，钻进树林，这才脱身而回。后来几家人凑钱，请邻队王木匠做了副新车架，送还道班，这才了结一段公案。

年底，家家猪儿都长肥了，院坝里摆开杀场。我是第一次看杀猪，那场面之血腥之恐怖，现在回想起来还觉得惊心动魄。但农村的大人和娃娃，眼角眉梢都挂着喜庆，好像过盛大节日一般。一条长凳就是行刑台，两三条壮汉把猪儿丢翻，死死压住，猪儿没命地挣扎哀号。我老家有句俗话叫杀猪也似的嚎，亲耳听到猪儿临刑前的绝嚎，才体会到这句俗话栩栩如生。却说刽子手一尖刀直捅进猪喉，白刀子进去红刀子出来，刹那间，一股热血喷涌而出，猪儿就呜呼哀哉伏维尚飨了。然后一大锅滚烫的水倒入大黄桶，反正死猪不怕开水烫，刮毛，剖腹，一分为二，一半交国家，一半留自家。杀完猪，自然要美餐一顿。农民吃鲜猪肉，一年就这一顿。余下的，分割成块，盐腌烟熏，制成老腊肉，就是全年的肉食。

刚杀的鲜猪肉农民叫泡汤肉，也不知为何这样叫。那年，高中生请我去吃泡汤肉，桌子就摆在院坝，还有一土碗苕酒，大家你一口，我一口，其乐也融融。却说那泡汤肉，切成巴掌大的片，爆炒，唯一调料是盐巴，但之鲜嫩之肥美我至今怀念。第一口咬下去，幸福得人都要晕过去，第二口就被打闷，第三口肚子里就开始往外冒油，吃得我铭心刻骨终生难忘。

高书生家杀猪时他把屠刀递给我，说："谢知青，你来？"我笑道："我不杀生，免得来世投胎变成猪。"高书生也笑，说："那你想不想吃泡汤肉？"那年头，肥猪肉的诱惑，比裸体美色还难以抵挡。两千多年前，孔子未见好德如好色者；两千多年后，正值孔夫子被批得体无完肤时，他的铁杆粉丝我却未见好色如好肉者。我挽起衣袖，说："我打下手？"帮忙去按住猪腿。这就是我此生杀猪的唯一一次经历。若以后下地狱，阎王爷追问，我最多也就是胁从，应该不至于让我来世变成大肥猪吧？

二〇〇七年十一月二十八日

## 插队轶事：种好自己的菜园子

我下乡插队的时候，农村叫人民公社，田地、树林是集体的，耕牛、犁头、风车等农具也是集体的，劳动也是集体作战。但社员保留有自家的菜园子，当时叫自留地。集体的庄稼普遍没有自留地的庄稼长得好，张春桥却说："宁要社会主义的草，不要资本主义的苗！"当时报纸连篇累牍宣传人民公社的社会主义优越性，曰"一大二公"，说农村社员的自留地是"资本主义尾巴"。

我是公社一员，自然也有一条"资本主义尾巴"，不过却长在山坡上，距离我住的院子有一二里地。我那时很革命，不想长这条"资本主义尾巴"，但老队长说："你不吃菜？"然后嘱咐我说："种好自己的菜园子！"

却说我插队之初，夏七月，烈日炎炎，不宜栽种。同院子老乡或送我半个南瓜，或送我两棵青菜，凑合而已，我就遵照老辈人的教诲"看菜吃饭",然而却常常无菜可看。不是老乡吝啬,而是他们无菜可送。虽然当时报纸吹嘘"年年丰收",但我亲眼所见却是农村普遍缺粮,填不饱肚皮。社员的自留地,大块地种红苕、洋芋等粮食作物,小块地种蔬菜,自家都不够吃,怎能常常送我呢?我就用豆瓣和咸菜下饭,也一样吃得津津有味。

秋收后,天气渐凉,老队长说:"可以种菜了。"放工后,我就扛起锄头去挖自留地。挖地不是技术活,而是力气活,但我缺少的恰恰就是力气。挖集体的地可以磨洋工,但挖自留地,磨谁的洋工呢?都说农民是小生产者,自私,其实这是人皆有之的本性。我一到自留地,就挥舞锄头,高高举起,狠狠落下。挖了一会儿,大汗淋漓,浑身感觉要散架。影星刘晓庆当年在我老家宣汉插队,后来她在回忆录《我的路》中说,当时挖地挖得她悲痛欲绝,如果那时有一个人去帮她挖,她愿意嫁给他。宣汉人民却懂不起,刘晓庆只好咬着牙,继续挖。刘晓庆挖的那块地在县城河对岸张家坝,现在正在搞商业开发,我觉得宣汉政府太缺乏想象力,如果在那块风水宝地上建一个碑,题曰"影后刘晓庆挖地处",说不定还能成为旅游景点呢!

我当年挖自留地,却没有刘晓庆这般感慨。一屁股坐在地头,又累又饿,我想的是要是能回县城当个工人,按时上下班,按时吃饭,晚上读小说、看电影,每月有二三十元工资拿，那该多好啊！媳妇高中毕业后也曾下乡插队，她说她把自留地交给隔壁老乡种，收获平分。去公社赶场时，媳妇看见公社食堂的服务员悠闲地坐在那里织毛衣，她好生羡慕。我和媳妇的人生起点都很低，所以后来至今，哪怕是最艰难的筒子楼岁月，我们也很知足，至少比当年插队时好太多了。

却说当年，我正坐在地头喘气，幻想美好人生，隔壁院子叫杰巴的社员，比我大两三岁，挑着空粪桶路过，笑道："谢知青，你这狗刨梢的地，长得出庄稼？"远远看见有个人扛着锄头，杰巴就双手罩嘴，作喇叭状，喊道："廉儿——"那个叫廉儿的社员跑过来，问："干吗？"杰巴说："我们帮谢知青把地挖了？"廉儿说："好。"就挥起锄头挖起来。我很感动，说："太谢谢你们了，我请你们吃饭！"

赶紧跑回家生火煮饭，却没有蔬菜。去隔壁扬生家要了几个洋芋和两棵小葱，洋芋切片烧汤，然后放上葱花、几滴菜油，居然有鸡汤味道。我现在还经常炮制葱花洋芋汤，媳妇也说好喝，誉为"心灵鸡汤"。却说那天晚上，我说："没什么菜，饭要吃饱。"杰巴和廉儿说："白米饭不要菜吃起来也香。"一罐子白米饭顷刻间被一扫而光。须知那年那月，按照最高指示，忙时吃干，闲时半干半稀，杂以番薯、萝卜和其他杂粮，能敞开肚皮吃一顿白米饭，已经很奢侈了。那奢侈的一顿吃掉了我两天的口粮，我正盘算着怎样弥补亏空，杰巴建议说："你那块地最好一半种蔬菜，一半种红苕洋芋。"廉儿说："红苕洋芋也顶饱。"我和媳妇虽然在县城长大，但也是饿过饭的，知道蔬菜维生素虽多，却不如淀粉类的红苕和洋芋能充饥。这个记忆一直延续到今天，我若吃菜不吃饭，媳妇就恐吓我说："不吃淀粉类食物就没力气！"

高家岩的贫下中农社员杰巴和廉儿从此成了我的好朋友，我也懂得了人与人之间礼尚往来、互惠互利，每次回城，我都给他们带回一份珍贵的礼物，一块肥皂。肥皂当年是紧缺商品，城镇人口凭票供应，我妈都舍不得用，留给我带到高家岩，感谢帮助过我的贫下中农。杰巴和廉儿也很感动，尽心尽力教我怎样种蔬菜，怎样种红苕和洋芋，怎样耘草施肥，说最好的肥料是清尿和大粪，其中人粪第一、猪粪次之、牛粪最差。

前任知青留下的一个旧桶就成了我的贮尿器。清尿兑上水，浇在地里，庄稼就唰唰猛长，但一个人的制肥能力有限，我就想办法另辟肥源。却说同院子的小学生娃娃有六七个，饭前饭后喜欢聚在我屋里听我讲故事，我就跟他们谈条件，说："你们在我桶里屙一泡尿，我讲一个故事，好不好？"他们不干，说大人说肥水不流外人田，尿要憋着回家屙。我也不勉强他们，就开始讲故事："从前，有一个美丽的公主……"讲到紧要处，停下来，他们很着急，问："后来喃?"我笑道:"要知后事如何,请去屙尿。"他们就争先恐后去屙尿,涓涓细流很快汇集成桶。自给有余,我就跟同院子的老乡以尿易粪。粪水灌园,我的"资本主义尾巴"就开始茁壮起来。

跟媳妇回忆这些插队往事,说我种的蔬菜吃都吃不完,回家过春节时还背了好多莴笋回家,媳妇却嚷道:"什么尿啊粪啊,好臭好恶心啊!"我笑引高家岩贫下中农杰巴同志的名言"资本主义批起来臭,吃起来香",问她:"你当年是怎么接受贫下中农再教育的?"

好多年后,我在狮山读研究生,同寝室大明兄周末跟我一边喝酒一边回首往事,说他插队时创作过一个独幕话剧,名叫《一桶尿》,讲的是有一家贫下中农社员尿满一桶后,老爹要担去浇自留地的蔬菜,女儿却要挑去浇集体的庄稼,戏剧冲突由此展开。贫农老爷爷上场,忆苦思甜,用烟杆指着儿子鼻子,一跺脚,说:"咳,你忘本了!"然后老支书上场,宣讲社会主义人民公社的优越性,要提高觉悟,统一思想。最后父女俩就抬着那一桶尿,唱道:"人民公社是金桥……"兴高采烈去浇集体的庄稼。我笑道:"你这是编的故事?"大明兄也笑,说:"文学创作不是编的,难道还是真的?"说他们到公社参加汇演,找了个真尿桶当道具,一股尿骚气,把大家熏惨了。我笑着点评说:"你的剧本是革命的浪漫主义,表演却是革命的现实主义。"大明兄总结道:

"当年文艺创作都这模式嘛！"

很多年后，我任教川大，看某生毕业论文《论陶渊明田园诗的文化精神》，题记却引法国启蒙思想家伏尔泰名言"种自己的园地"，想起当年插队老队长嘱咐我"种好自己的菜园子"，不禁莞尔。

二〇一〇年一月二十二日

## 插队轶事：我的小芳

去年初夏，去狮山母校主持博士生论文答辩。酒酣耳热之后，在青松苑唱卡拉OK。有位老知青硕士师兄点唱的流行歌曲《小芳》（村里有个姑娘叫小芳／长得好看又善良／一双美丽的大眼睛／辫子粗又长……）引起了大家强烈共鸣。我本来只会唱几句红歌与样板戏，对流行歌曲一窍不通，那天却乘着酒兴，抓过师兄的话筒继续吼唱："谢谢你给我的爱／今生今世我不忘怀／谢谢你给我的温柔／伴我度过那个年代——"唱跑了调，跑到了跑马溜溜的山上人才溜溜的好哟，大家却猛拍巴掌，说我唱得之忘情之投入，把插队知青的苦涩与无奈都唱出来了，笑嘻嘻问我说："你当年插队的时候是不是也有个小芳啊？"

却说我当年插队，很不走运，没有遇到歌曲中那样大眼睛、长辫子、善解人意的美丽姑娘，即或遇到，她可以扰我,我却不敢骚她。我是外乡异姓人,势单力薄,既无贼心,更无贼胆。更何况我志存高远,胸怀祖国,放眼世界,还想去解放全人类呢,怎么可能跟一个村里的姑娘始乱终弃?歌曲中的小芳,在我想象中,仅仅只是一个象征符号而已。如果非要对号入座,我还真有这样一位小芳。

我插队高家岩的第一个冬天,理想破灭,彷徨无地,感觉整个人生都失去了意义。想去堕落,但我却没勇气。那年是农历丙辰,是个死人年,第一个去世的是周恩来总理。回城过春节,表面热热闹闹,内心寂寞空虚。有一天晚上,记得是大年初一或初二,睡不着觉,披衣起彷徨,独自出去闲逛,居然在灯光球场外的老皂角树下,与一位女同学,也就是我的小芳,不期相遇。

我与小芳从初中到高中都同班,但男女有别,几乎没有交往。插队后,各自落户的公社相距很远,一东一西,也没有联系。但那天晚上,在昏暗的街灯下,我却突然发现,小芳左右流盼的目光,唱歌似的声音,好像有一种魔力,吸引着我,抚慰着我孤寂的心灵。我不想遽然离去,就没话找话说,小芳好像也不愿走开,也无话找话,我们二人就站在老皂角树下,隔着一米距离,东拉西扯了很久。

回到高家岩,小芳占据了我空荡荡的心。朝思暮想,情不能已,我就在摇曳的煤油灯下,给小芳写了一封很长的信,诉说我的孤寂、我的苦闷,说我自从那天晚上见到她后就失魂落魄、心不在焉，说她莺声燕语、唱歌般的声音萦绕耳际云云，最后引德国"夜莺诗人"海涅的《罗累莱》："我知道，最后波浪／吞没了船夫和小船；／罗累莱用她的歌唱／造下了这场灾难。"这是我人生中发出的第一封情书，跑了十四五里地，投交公社邮政所那一刻，心里还是犹豫不决，怀疑自己是不是一厢情愿、自作多情。半个月后，收到小芳回信，附赠照片一张，约我"五一"回城见面。

虽然是黑白照片，小芳却光彩照人，照亮了我黑暗的人生。我为之神旺，人家投之以桃，我当报之以李，但我除了几张她也有的初中、高中毕业全班合影，就只有两张瓜兮兮的单人头像标准照，眉头紧锁，神情凝重，一副苦大仇深的样子，怎能寄给她自损光辉形象呢，就回信说："想你！五一面谈。"又跑了十四五里地，投交公社邮政所。

却说小芳在学校的时候，特长是女子体操表演，作文是她的弱项，我被她的黑白照片照亮，反复读她文字笨拙的回信，既不浪漫，也不激情，却感觉到一种充实：茫茫人海，大千世界，有一个美丽而温柔的女孩子在很遥远的地方想着我，我也在孤寂落寞中想着她，就这么想着，互相思念着，也很幸福。

但幸福之后，我隐隐有一种异样的感觉：难道这就是恋爱？高中的时候，我曾与高我一年级的文青阿诚谈文学、谈理想，相互勉励三十岁前不谈恋爱、三十五岁前不结婚，青春飞扬,如雪莱《西风颂》所咏叹的,"因为呵,那时候,要想追你上云霄,似乎并非梦幻"。万万没想到的是,刚过十九岁,人生刚刚开始,我就自食其言,理想是多么不堪一击,人生是多么变化无常啊!

我心有不甘,不断问自己,难道真的就从此认命,跟父辈、祖辈一样,困死大巴山?我从未出过远门,没有走出过县城方圆百里之外,山外之山天外之天一片渺茫,但从初中开始阅读的古今中外文学书让我头脑里装满各种奇思异想,想冲出大巴山去远游,去看山那边的世界,冲动之强烈,如一位英国诗人所咏叹的:"东方之东有日出,西方之西有海洋;日出,海洋,远游的渴望再也不能阻挡!它逼得我发疯,逼得我说再见,还有那声声啼鸟……"这是很多大城市同学不能理解的。

却说刚过清明节,距"五一"还有很多天,我收到了小芳的第二封回信:"爱你!盼五一见!"我回信说:"也盼那一天见面!"心中有了盼头,感觉不再孤独,不再寂寞。晚上收工回来,一边生火煮饭,一边打开半导体收音机,收听到的却是震惊中外的消息:丙辰清明节这一天,天安门广场聚集了百万以上群众,悼念周恩来总理。"四人帮"十分惊恐,利用毛主席病重,操纵中央政治局会议通过决定,把悼念活动定为"反革命性质"的事件,即"天安门事件"。

天啊,一声春雷,石破天惊!不断转换短波频道,综合中外信息，我突然有一种绝处逢生的感觉：黑暗时代就要结束，曙光就在前面？我冲出破旧潮湿的土屋，冲出院子，一个人伫立在田坎上，仰望遥远的夜空，心潮激荡，临风而诵："风啊，如果冬天来了，春天还会远吗？"我在心底狂喊：我要上大学，走出高家岩，走出大巴山，走向外面的世界！

后来，我梦想成真，走出大巴山，走到了北京。恢复高考后，全班同学就我一个人考上了本科大学，不是因为我最聪明，而是因为我最早投入复习。"文革"期间的高中生都是要毕业的，说是复习，其实是重新学习。同学们都感慨地说："谢不谦，你怎么这样敏感，晓得会这么快恢复高考？"我说："不是我敏感，而是我思想比你们'反动'。"此系后话。

却说"五一"那天我如约回到县城，小芳春风满面充满期待而来，我却很冷静地说："我们现在还年轻，暂时不谈恋爱了吧？"小芳大吃一惊，问："为什么呀？"我说："我想上大学。"小芳说："你想上大学，我坚决支持你呀！"这个话题太复杂，于是我顾左右而言他："我不可能在大巴山待一辈子。"小芳默默无语，飘然而去。我的第一次恋爱就这样结束了，跟小芳连手都没拉一下。

我们那级大学生同学中很多人的故事比我曲折得多，精彩得多，插队或支边甚至回城当工人的时候，都有自己的小芳，但不是所有小芳都默默无语，飘然而去。记得大一大二的时候，时不时就有一个小芳从外地跑到学校来，张贴某个陈世美的大字报，字字血、声声泪，控诉陈世美的忘恩负义，说她在陈世美最落魄最潦倒的时候，如何给他以精神上和物质上的支持，甚至以身相许，拯救了陈世美孤独的灵魂，但陈世美刚上大学，未阔脸就变，他还有良心吗？他还是个人吗？很多同学路见不平，拔出钢笔或铅笔，在大字报空白处跟帖：流氓！畜生！衣冠禽兽！开除他学籍！开除他党籍！

我从没在这些大字报上跟过帖。我同情小芳，也理解陈世美。这是情变，不是婚变。人生最不稳定、最容易产生化学变化的，就是这个情，而不是婚。这些跟小芳们始乱终弃的校园陈世美们都比我年长好多岁，有些甚至已过而立之年，当时叫"大年龄青年"，现在叫"剩男"。男大可以不婚，女大可以不嫁，但男女之性如干柴烈火一触即燃，这是天理，也是人情，何况在那风雨如晦的时代，男女相濡以沫、相呴以湿，可能是唯一的温暖、唯一的慰藉，人非圣贤，孰能无过？

我很庆幸跟小芳仅有两三封书信往来，纯属精神恋爱，连手都没碰一下。我之所以没有成为被同学们唾骂的校园陈世美，不是因为我品质多纯洁、道德多高尚、意志多坚定，而是时代成全了我。如果没有丙辰清明节这天的"天安门事件"重新点燃我的理想之光,如果"文革"再多持续几年,我完全有可能在我插队的高家岩,或在小芳插队的张家沟,甚至在广阔天地的荒山野岭,突破青春男女的最后一道界线,谁知道呢?又或许上大学后大起大落,然后发生情变,谁知道呢?

记得大三寒假时回大巴山老家,参加同学聚会,小芳跟我单独面谈,很生气地问我:"有人说你插队的时候给我写求爱信不是出于爱情,而是精神空虚想找个精神寄托,是不是这样?"我坦诚地说:"我那时是精神空虚,想找个精神寄托,难道这不是爱情的理由吗?爱情这个现代人创造的概念太复杂也太矫情了,抽象的爱情,超越现实人生的爱情,都是小说和电影编造的,但我会永远记住这一段情、这一段爱。"小芳淡淡一笑说:"你和我没缘分。"

所以去年初夏,在狮山青松苑唱卡拉OK的时候,我虽然年过半百,酒酣耳热之后,激情吼唱"谢谢你给我的爱/今生今世我不忘怀/谢谢你给我的温柔/伴我度过那个年代——",虽然跑调,却是对那个年代发自内心的咏叹,难怪大家说我唱出了插队知青的苦涩与无奈。

二〇一一年七月二十九日

# 高考记

三十年前，十二月上旬，高考之日渐渐逼近。那是一个雾冬，很冷很冷，早起时大雾迷漫，中午都还死死裹住太阳不肯散去。夜读，哈气成雾，虽十指僵硬也不敢懈怠。我虽称好学，无非是迷文学，多读了几本"文革"禁书、中外文学名著，与高考了无关系。面对神秘陌生的高考，既亢奋又心虚。高考废绝十年，说考就考，既无指定教材，又无复习大纲，考什么，怎样考，连宣中老师也心中无数，遑论我们这些"被耽误的一代"。

我们上下几届的学生，从小学到中学，都是鬼混过来的。高中两年，最后一年学"朝农经验"，语数外理化生史地诸科通通取消，改为政治文艺、农业技术、农业机械与红色医疗等专业，操练些银样镴枪头的小儿科技艺，学业完全荒废。要想在一年半载之内，把初中和高中的数理化重新学过，而且是自学，谈何容易，但要改变命运，跳出"农门"，舍此别无他途。好不容易找来"文革"前中学的数理化教科书，夜以继日苦读，其实是浮光掠影，囫囵吞枣。虽然是仓促上阵，乡谚所谓"刨急火苞谷"，但我很有自信：我若名落孙山，宣中"文革"中学生绝对全军覆没。

尽管如此，我却也没有今日后生非名校不读的雄心，唯一念头是脱知青之籍，走出宣汉。记得当年插队即遇收割水稻，烈日炎炎，饥肠辘辘，当时最强烈的愿望是回城当个车工或电工，不遭日晒雨淋，能按时上下班，能按时吃饭，能按时发工资，业余时间读点书搞点文艺创作，即使不能发表，也自得其乐。后来当了教授，上课时夸夸其谈，向学生说起知青理想，学生不解，问："是不是哟？"是，但也不是。我中学时代的人生理想很宏大，可谓志存高远，但插队之后立即缩水。

却说当年高考，盛况空前，积压十年的人才，一朝决战，个个跃跃欲试、摩拳擦掌，那气氛真悲壮。考前得到县招办通知，知青须回插队所在地参加考试，考场在当地中学。我虽暂借宣中代课，但尚未脱知青之籍。向学校请假两日，临考前一日上完课，就怀揣钢笔、钱币和粮票，打甩手，徒步三十余里，翻山越岭赶到我插队的君塘。若干年后回忆高考，媳妇诧异地说："你打甩手赶考，洗漱用具也没带？"我笑道："这是上战场，又不是赴约会，谁还有心思梳妆打扮洗脸刷牙哦!"习惯成自然,直到现在,我还经常忘记洗脸刷牙。媳妇晓之以科学,威胁道:"你就不怕牙齿烂掉?"我却不敢苟同,说:"老虎不刷牙,牙齿为何那么锋利?"媳妇斥道:"胡搅蛮缠!人是老虎吗?"我虽然不是老虎,但年过半百却牙齿锋利,能咬开啤酒瓶盖。这不是提虚劲儿,我的学生是见证人。

且说当年赶到君塘,径直去找熟人庞老师,我妈的老同事,不久前才调到君塘中学任教。庞老师看着我长大,很喜欢我,得知我要回君塘参加高考,拍着胸膛说:"小毛,届时来找我,我保证为你在学生宿舍找个床位。"没想到的是,一见到庞老师,庞老师就很抱歉地说:"昨天得到紧急通知,说学校是考场重地,任何考生不准留宿校内。咋个办?"庞老师是个迂夫子,初来乍到,谁也不认识,急得直搓手,连连说:"都怪我!都怪我!"事出突然,我心中惶惶,嘴上却说:"庞老师,怎能怪你呢?怪也怪我事先没想到这一层。"拱手告别,对庞老师说:"我这就去另找窝子。"

来到街上,独自彷徨,眼看夕阳西下、暮云四合,山间雾气扑将下来,阴而且冷,不禁打了个寒战。难道人生大决战前夕,漫漫冬夜,我竟要露宿街头?一种悲壮感油然而生。

二十年后,宣达公路直穿君塘而过,每当车过君塘,我都要凭窗默默行注目礼,追怀高考前夕踟蹰街头的况味。

那可不是诗人撑着油纸伞,独自彷徨雨巷寻找丁香的小资情调,而是古人所谓英雄失路托足无门之悲。去年暑假,带儿子回宣汉老家,车过君塘,我指着窗外,忆苦思甜道:"当年高考,老爸差点露宿街头。"儿子却说:"你就不知道找家旅店?"我摇摇头,心中苦笑,说:"这穷乡僻壤就一条街,别说什么旅店,连鸡毛店也没有啊!"儿子茫然,不知我说的当年是个什么概念。

且说那天灯火已黄昏,走投无路之际,竟迎面撞见同学高潮。高潮气喘吁吁说他也刚到。得知我尚未寻到落脚的窝子,高潮说他老爸转弯抹角,好不容易找到个关系,是卫生院的护士,让我跟他一起去。我说:"你都是转弯抹角,人家认不认你老爸这个关系还未可知,再捎搭个我,能行?"高潮说:"去了再说。如果有一张床,我们就挤一挤,不就两个晚上?"我说:"床不床无所谓,有个凳子让我靠墙坐一晚也行。我只是怕外面雾气大,太冷,容易冻感冒。"高潮催促我说:"走吧,车到山前必有路。"我们就去找卫生院,却发现原来卫生院就在君塘中学后边的山坡上,一栋两层灰砖楼房。一问值班护士,正好是要找的人。对上关系后,护士很热情,二话不说就带我们到楼上住院部,其实也就是个大房间,指着角落靠窗的两张病床说:"就这里,能行?"抬头一望,房间里全是熟面孔:上下届同学,插队知青或回乡知青。一问,都是通过关系找来的,君塘卫生院住院部俨然成了知青会馆,好不热闹。护士说:"你们大老远跑来赶考,也不容易,明天就要考试,好好休息。"说完,飘然而去。我转头对高潮说:"今天幸好遇到了你。"高潮笑一笑说:"先去解决肚皮问题?"

街上有两三家面馆,家家人头攒动,全是赶考的知青。胡子拉碴的老三届,稚气未脱的愣头青,或坐或蹲或站,端着土巴碗或土巴钵狼吞虎咽,一片唏哩呼噜声。蹲在街沿等了半天,终于等到我们的面条,没有油荤,一大钵,顷刻间被我们秋风扫落叶席卷入肚,但饥肠还在辘辘。想到明早就是人生大决战,心一横,掏出钱和粮票,吼道:"再跟老子来半斤!"高潮也喊说:"我再来二两!"过了好一会儿,店内才回应说:"面没了!"没了就没了。黑灯瞎火摸回卫生院。躺在散发着药味的病床上,裹着湿润的棉被,和衣而睡,梦也没有一个。鸡鸣三声,人声鼎沸,醒来时天麻麻亮,外面又是一片浓雾。

上午考政治,下午考语文。感觉很好。当年理科不考外语,我想冒个皮皮。语文试卷要求默写《蝶恋花》(我失骄杨君失柳),写完后,我突发奇想,在空白处书以英文"I have lost my proud Poplar and you your Willow, Poplar and Willow soar to the Ninth Heaven..."。当年我自学英文,能背诵毛主席诗词英文版。后来得知,差点弄巧成拙。当年分地区阅卷,阅卷官看不懂英文,怀疑说:"这是不是作弊的暗号?"交给大家传阅。另一阅卷官却说:"人家题答得这么好,为什么要作弊?这英文是毛主席诗词,人家无非就是希望能加分嘛!"讨论来讨论去,最后决定既不扣分也不加分。去年参加高中班主任唐老师七十寿筵,唐老师还赞叹说:"当年高考,你语文试卷的英文翻译惊动全场啊!"

一九七七年的高考,分省考试,可能是新中国成立后迄今最简单的高考。吃午饭时,大家互相对政治答案,解释"剩余价值"。高潮问我:"剩余价值?就是剩菜剩饭,还能吃的。对不对?"回乡知青梁军却说:"啥子剩菜剩饭,是我们农民口粮之外,交给国家的余粮!难道不是?"我笑道:"这是政治经济学名词,是马克思发现的——"大家嚷嚷说:"别对了,别对了,越对越灰心,还考得下去吗?"吃晚饭时,大家忍不住又对语文答案。文言文翻译第一题是:"学不可以已。"高潮皱着眉头说:"啥子意思哦?"同学龚某抢着说:"学也可以,不学也可以。学不学,上大学!"我笑道:"你以为还是以往推荐工农兵学员,学不学都上大学?"

翌日上午考数学,照样大雾迷漫。交上试卷后,监考老师热情地拍着我肩膀说:"嘿,谢知青,整个考场可就看你了!"我很春风得意,哼着歌到街上面馆,与七八个同学围坐一桌。那天,面馆居然隆重推出粉蒸肥肉和红苕酒,而且不要肉票和酒票。这可是难遇的盛宴。据说是领导为慰劳考生特批的肉和酒。大家各要一碗肥肉,我却多要了三两红苕酒，热情邀请大家说："一碗酒，一人一口，增加点热量，压压寒气？"我那时没喝酒的习惯，只是感觉前三科考得还算顺利，难免得意忘形。而且，那天特冷，冷得出奇，手脚僵硬，很想喝几口酒暖暖身子。大家却连连摆手说："下午还要考理化，哪个敢喝酒哦！"我笑道："一口酒，就能把人醉翻？"晓之以理，动之以情，也无人接招。酒可不是水，实在不忍心浪费，就端起土巴碗，豪情万丈，把三两红苕酒咕嘟咕嘟灌下肚去，浑身发热，寒气是祛除了，但走出面馆就头重脚轻飘飘然。飘来飘去，飘进考场，坐下来，面对理化试题，似曾相识又不相识，全是模模糊糊双影。用指甲猛掐太阳穴，盯着试卷，努力回忆，奋笔疾书，晃眼一看，一个个字都醉汉似的，偏偏倒倒，歪歪斜斜。我最后交卷，竟少了一张卷纸，监考老师不让我走。我回到座位搜寻半天，也不见踪影，隐隐觉得问题有些严重。监考老师嗔道："谢知青啊谢知青，你咋个这么糊涂啊，现在还满口酒气！"

走出考场，还有些飘飘然。夕阳尚滞留山间，我就和高潮等一行人，连夜赶回县城。翻山越岭，冷风一吹，酒全醒了。理化试卷，历历如在目前，回忆答案，竟题题皆错，连最简单的方程式计算过程写对答案却错了。细算分数，可能连及格都难，心中叫苦不迭："酒误我也！"高潮铁青着脸，唉声叹气说："数理化考得还行，就是前两科一塌糊涂，不知能不能上线。"突然，猛听得身后哈哈大笑说："老子理化交的一张白卷，满篇皆写：战无不胜的毛泽东思想万岁！伟大光荣正确的中国共产党万岁！"不用回头看，听那怪声怪调，就知道是同学龚某。

二〇〇七年五月十日

# 我爸我妈

我乳名小毛,一直被叫到上小学报名前夕。我妈说:"该给小毛起个学名吧?"我爸说:"就叫谢谦吧!"我妈不同意,说:"这不是你用过的笔名吗?父子同名同姓,让人笑话。"我爸说:"谁晓得这个笔名啊!"

我爸上中学时,读新文艺小说,梦想当作家,曾以谢谦为笔名,向重庆、成都等地的报刊投稿,结果都是浪费表情,唯一一次收到的回信还是退稿信。我爸将他的笔名作为我的学名,是我在校报发表处女作《母爱》后,我妈告诉我的。我妈读了这篇还未脱中学生文艺腔的散文后,感动得热泪盈眶。我爸戴着老花眼镜,边读边赞叹说:"写得好!母爱最伟大,妈妈最了不起!你感谢你妈,我也感谢你妈!"我妈笑道:"你要感谢儿子,他圆了你这个'谢谦'的作家梦。"我这才知道我姓谢名谦的由来。

我爸是县中学教务处排课刻蜡纸的职员。职员地位很低，但直到去世，我爸都是县中学知名度最高、最受尊敬的人之一，只因他写得一手好字。据我爸回忆，编辑当年回信，说他字迹潦草，要好好习帖。于是，我爸发愤练字，一不小心倒成了老家颇有名气的书法家，登门讨字的人络绎不绝，他来者不拒，笑脸相迎，笑脸相送。每逢春节，节前几天我妈忙里忙外准备过年饭，我爸却忙着给别人写春联，有时连饭都顾不上吃。我妈嘲笑我爸说他热情过分，我爸却笑嘻嘻说人家请他写字是瞧得起他，不能马虎对待。我爸加入过"三青团"（三民主义青年团），曾在县法院当书记员，新中国成立后划分阶级成分时被划为"伪职员"，用当年政审术语说就是历史清楚而不清白。但新中国成立后历次政治运动包括"文革"，我爸从未受到过冲击，更从未吃过皮肉之苦，因为他是"好好先生"，与人为善，与世无争。大家都叫我爸"阿弥陀佛"，我却误听成"啊！米豆腐"，为我爸感到屈辱。

我爸比我妈大十岁，曾在县城小学是同事，同教一个年级：我妈教甲班语文兼班主任，我爸教乙班语文兼班主任。我爸已过而立之年却立不起来，镇不住堂子，课堂秩序之乱严重影响到隔壁教室。我妈实在忍无可忍，过来弹压，竟反客为主，连我爸一起训斥，说："你教的什么神仙书啊？简直像放羊！"我爸嘿嘿一笑。教务主任魏伯伯跟我爸开玩笑说："你这辈子离不开小邓，我来当个月老，怎样？"我爸说："人家条件那么好，瞧不起我吧？"后来，每逢家人团聚话说当年，我妈都要指着我爸鼻子说："我就是瞧不起你！"我爸却笑嘻嘻说："但我瞧得起你嘛！"我就觉得我爸我妈是世界上最幸福美满的夫妻。记得上中学的时候，魏伯伯还笑呵呵逗我说："没有我这个魏伯伯乱点鸳鸯谱，今天可就没有你哟！"魏伯伯也常在人面前得意地说："谢不谦的爸爸妈妈是我这辈子做得最成功的媒！"

原来，据我妈回忆，有一天，魏伯伯骗我爸我妈说校长临时召集班主任开会。我爸我妈前后脚赶到，办公室却空无一人。孤男寡女独处一室，都很尴尬，不知说什么好。这个时候，砰的一声，门从外面被反锁上了。我妈跟我爸急，说："你们想搞啥鬼名堂？"我爸丈二金刚摸不着头脑，急出一身汗。门外却挤了一大群男女老师，齐声唤："请吃喜糖！请吃喜糖！"魏伯伯这个玩笑开得太大，把我爸吓惨了，赶紧推开窗户，想越窗而逃，我妈却大义凛然道："吃喜糖就吃喜糖！跑什么跑？"这些个青春时代的故事，我妈讲了几十年，听得我耳朵都起茧了。

其实，我爸早就暗恋我妈了，但他不自信，不敢表白，这些单相思都写在日记里，厚厚两本，藏在一个皮箱中。我上小学四五年级时学校停课，无所事事，整天跟同学们打胶圈战，即弹弓绷上胶圈，夹上纸弹，互相对射。我从皮箱中偷出日记本，一页页撕下来，叠成纸弹。记得有一次，一弹射中程咬金，他却不投降。过了一会儿，程咬金挥舞着拆开的纸弹，大声喊："大家快来看啊，小毛他爸谈恋爱哟！"把我羞得无地自容，差点没跟他决斗。有一天，我爸在皮箱里东翻西找，自言自语说："咦，日记本喃？"然后问我妈说："我的日记本你藏在哪儿了？"我妈说："你那些陈芝麻烂账，我稀罕去藏？"我爸绝想不到他书写的青春爱情篇章早被我叠成一颗颗纸弹射向远方射向世界了。

我爸会写不会说，我也儿女情短，父子之间很少交流。记得上大学时，每次离开老家，亲朋好友送我到车站，他都远远站在一边，让大家跟我话别。我考上研究生后，亲朋好友到车站送别，他依然一个人默默站在人群外。我妈提醒我说："去跟爸爸打个招呼？"我过去跟我爸告别，说："爸——"我爸竟张皇失措，词不达意，连声说："好！好！好！"我第一次带女朋友回大巴山老家，女朋友也就是现在的媳妇谢钱氏，年轻不懂事，正月初一那天跟我怄气，我比她更不懂事，吼她说："滚回你的成都去！"谢钱氏伤心地哭着，提起行李冲出门，被我爸拦住，一句话就把她劝住了。暴风雨过后，我问什么话这么有感召力，谢钱氏笑道："你爸爸太好耍了！"学我爸急得结结巴巴的样子说："你……你……你……吃了午饭……再走嘛！"

我硕士毕业后留校第二年，我爸去西安参加书法家什么会，顺便来成都看我们。我们那时很清贫，但媳妇为了表现，赶紧骑车进城，买回一瓶泸州老窖、一盒中华烟。我爸却一反常态，酒也不喝，烟也不抽，抱着孙子逗来逗去。我说："爸，今晚我们喝个痛快，明天陪你到城里逛逛，品尝成都小吃？"我爸说："我跟你妈说好的，明天就回去。等你们以后条件好了我们再来。"但没有以后了，直到我爸病逝，他也没再来成都。媳妇不无自责说："爸连成都是什么样子都没看见……"我爸弥留之际，我刚拿到博士证书，连夜赶回老家医院时，我爸已在昏迷中，听见我叫他，他慢慢回过神，睁开浑浊的老眼，恍然看见我为他打开的博士证书，眼中闪过一丝亮光，嘴里咕噜道："小毛——谦儿——"又昏迷过去，再也没醒来。老家习俗，大人过世，儿子要跪在床前烧纸。我将博士证书复印了十几张，跪在地上，一张张点燃，冥冥之中感觉有一道魂在袅袅轻烟中脱离我爸的肉身，飘然而去。

我爸除了写字，别无他长，吃的是万事不管的饭，家里的主心骨是我妈。记忆中，节假日甚至春节，我妈永远在洗洗缝缝，洗我们的脏衣服，缝我们的破衣服，连我上大学穿的毛衣毛裤也是我妈亲手编织的，每诵唐人诗"慈母手中线，游子身上衣。临行密密缝，意恐迟迟归"，心常戚戚，泪眼迷离。记得小时候，有个贵州表姐来我家，看我穿一身补巴衣，悄悄问我妈说："他是不是保姆的娃娃？"我妈斥责表姐道："你富贵眼啊？这是小毛弟弟！衣服虽然补巴，但干净整洁，不低人一等！"记得我妈口头禅是"穷得硬扎，饿得新鲜"，大概是古圣贤孟子"贫贱不能移"的大巴山方言版。

记得读小学一二年级时是我家最艰难的时候，最深的印象是饥饿。有一天，路过一家卤肉店，禁不住肉香的诱惑，纯粹是本能，我抓起一块卤肉拔腿就跑，结果被逮个现行，站在店门口示众。我妈闻讯赶来，不打也不骂，紧紧搂着我，半天才抬起头来，让我看着她的眼睛，爱恨交织，然后轻言细语说："小毛啊，妈妈是个老师，你要是不学好不争气，妈妈咋有脸去教育那些大哥哥大姐姐呢？"我妈很看重很珍惜教书育人的荣誉。后来我插队当知青，每当人生迷茫想去堕落干坏事的时候，一想起我妈爱恨交织的眼神，我就有一种心理障碍。

却说我有一大舅，大巴山江湖名人，供我妈读小学、读师范。我妈说遇到地痞流氓，只要说"我是邓某人的妹妹"，谁也不敢欺负她。新中国成立后，大舅被定性为"历史反革命"，因无民愤，也无血债，戴上"帽子"交街道监督劳动。为了不影响我们的前途，我妈狠心断绝了兄妹来往。大舅是"文革"中病逝的，据说他临终前都在念叨满姑娘。满姑娘即我妈，直到大舅病逝她也没敢前去探望，但对我爸却无怨无悔，忠贞不渝。我哥插队后，跟他一同下去的同学或参军，或招工，或升学，都先后离开农村了，他却一去不回。遇到几次推荐机会，都因我爸家庭出身小地主、个人成分"伪职员"，政审过不了关。我哥赌气说："还不如当个坏知青，耍得自由自在！"我妈近乎哀求地说："妈妈是个老师啊，你要是去当坏知青，妈妈在学生面前怎么说得起硬话？"我哥气冲冲说："死要面子活受罪！"质问我妈说："谁叫你找个小地主伪职员？"我妈倏地站起来，啪地一巴掌打在我哥脸上。这是我记忆中我妈第一次丧失理智。我妈流着泪，指着我哥鼻子，歇斯底里吼道："滚！你滚！"写到这里，我已老泪纵横：那年那月，我妈承受了多少精神折磨啊！

　　我妈个性很强，刀子嘴豆腐心，我爸经常挨她的骂，但却从不生气。我爸去世后，我妈很不习惯，因为再也找不到心甘情愿被她骂的对象了。记得我上中学的时候，我妈如果骂我，我就跟她的歪风邪气作斗争，绝不当受气包，她只好将火力集中在我爸身上，斥责我爸不能干，我爸笑嘻嘻说："但你能干呀！"我妈数落我爸"老实人死吃亏"，我爸也不反驳，笑嘻嘻手书条幅"吃亏是福"张贴壁上。我妈骂我爸老糊涂，我爸也不反驳，笑嘻嘻手书条幅"难得糊涂"也张贴壁上。我妈气得直哭，我爸就逗她说："前天碰到过去一位学生的家长，她叫我邓老师，刚才回来路上，碰到现在一位学生的家长，她也叫我邓老师，咋搞的哟？人人都知有邓老师而不知有谢老师,连谢老师都变成了邓老师!"我妈就破涕为笑了。我妈至今引以为豪的是,无论是过去还是现在,所有调皮捣蛋的学生和他们的家长都记得她。记得我爸的追悼会来了很多学生,我爸我妈结婚那年同教的那个年级去的最多,都是婆婆爷爷级别的老大哥老大姐了。我妈很感动,跟我说:"老师最值得骄傲的就是,你爱学生,学生也永远记得你。"我妈的成就感就这么简单。我妈今年七十七岁,头上居然没有一根白发!

大学第一个寒假我没有回家。北京到处洋溢着辞旧迎新的喜庆气氛,我独自枯坐在宿舍,望着窗外飞舞的雪花,想起大巴山的我爸我妈,夜不能寐,就趴在床前书桌上挥洒写就了一篇散文,题名《母爱》,投寄校刊"八十年代第一春"征文比赛。"谢谦"两个字第一次以印刷体见诸报端,圆了我爸的作家梦。现将这篇处女作的结尾移来结束本篇博客:

去年,当春风吹绿门前的杨槐时,我要和生我爱我的母亲远别了。母亲默默为我准备着行装,她的心情很矛盾:既为我高兴,又舍不得我远走高飞。那天晚上,我们相依在门前的杨槐下,谈了很多,谈了很久。母亲教我努力、诚挚、互亲、互爱,她又谈起了她的学生。早晨,母亲送我上车后,还站在那里久久不忍离去。她举起纤细的手臂,晨风吹起飘散的头发,朝霞在她身后构成庄严的背景。母亲的身姿是那么微弱纤小,一股悲凉的感觉袭上心头:母亲已衰老了……

母亲啊,我愿你的心永远年轻!

## 附　记

二十三年前,我带媳妇第一次回宣汉,见我爸我妈。媳妇后来说,她终于决心嫁给我,也是见了我爸我妈之后。媳妇用我妈给她的见面礼一百元钱,买了《资治通鉴》和《后汉书》送给我。

二〇〇六年十二月二十三日

# 丁集 校园故事

## 高考圆我北京梦

在我们这代人心中，北京是圣地，天安门是圣殿。记得上幼儿园的时候，常常玩开火车的游戏，大家争当火车头，后面的小朋友抓住前面小朋友衣服的后摆，排成一长队，然后大声唱"轰隆隆，轰隆隆，开火车，开到北京去，见见毛主席"，甚至以为毛主席就住在北京的天安门城楼上。后来，到北京上大学，第一个夏天暴热，我很不解，问："北京咋这么热啊？"北京同学王季笑嘻嘻回答说："红太阳升起的地方，咋能不热嘛！"然后引吭高歌："火红的太阳，升起在金色的北京……"

却说我小时候，北京是遥远而神秘的地方。玩赌博游戏时战利品是糖纸，以糖果产地远近定大小。我爸我妈是山区普通教师，从未出过远门，我所拥有的不是宣汉水果糖纸，就是达县玻璃糖纸，类似今日"垃圾股"。但同学中，程咬金持有重庆糖纸，向军持有上海糖纸，刘娃持有北京糖纸，都是"绩优股"。大家公认"北京股"最优，我心中就有个北京梦，挥之不去。初一暑假，我快满十四岁，我妈为我在榨油厂找到份零工，把空油桶从河边推上坡，干了七八天，双手都是血泡，挣了两元多，整数交给我妈，零头留下。偷偷跑到东门口的大众像馆，以墙上画的天安门城楼为背景，照了一张全身像。这是我记忆中第一张单人照。几天后，悄悄取回照片，傻眼了：我被照成了瞎子！这才想起镁光灯咔嚓那一瞬，我好像眨巴了一下眼睛。我怕丢人现眼，就把照片撕得粉碎，心中隐隐觉得自己此生或与北京天安门无缘了。

上初三时，申请加入共青团，政审表上家庭出身、社会关系一片黑，我的北京梦就彻底破灭了。即使在"文革"前，我这样家庭出身的人，学习再好，要上大学，而且到北京上大学，也是白日做梦。母校宣中有个民办老师杨怀东，曾教我们初二物理，那才是人中之龙。唐伏秋老师，北京师范大学毕业，教我们初三物理，高考复习时，我在宣中代外语课，某日她即兴出了一道力学思考题，把我难住了。杨老师恰好在场，不假思索就说出答案。唐老师说杨怀东是上清华北大的料。但在"文革"前的一九六四年，杨老师高中毕业，全年级第一，却因出身连报考的资格都没有。若非"文革"动乱，教师奇缺，杨老师可能连民办教师的饭碗也端不上。在我的印象中，杨老师在名校毕业生云集的宣中没文凭，没地位，待遇最低，但最有骨气。我以为那是一种遗传气质，即虽身处困境，也不卑不亢，自尊自信。

却说三十年前今日开场的高考，圆了我的北京梦。那天早晨，距我二十一岁生日还有十四天，比现在冷，呵气成雾，手脚僵冻。我很自信，一脚踏入被关闭了十年的考场，与比我大五六岁、七八岁，甚至十一二岁的"老童生"，济济一堂，决一死战，蔚为中国高考史上空前悲壮的奇观。记得我所在的公社有个回乡知青，宣中六六级毕业，第二天上午数学考试出场后，他自豪地宣布："绝对一百分！"然后仰天长叹说："我即使考上大学，拖儿带女，咋个去读啊？"原来他已有三个娃娃，要靠他下地挣工分养活。我上大学后，听说他被西北工业大学录取，后来如何就不知道了。

却说那年，依然讲阶级路线，但根据邓小平指示，执行政策却放宽了：除非直系亲属有"关管杀"者，重在个人表现。我老家有个"文革"前下放的重庆老知青，叫周邦，绝顶聪明，考分比我高，却被政审刷掉了，因为他老爸是宪兵团长，新中国成立后被人民政府镇压。周邦偷听敌台美国之音自学英语，"四人帮"粉碎后，在公社中学代课。西南师大外语系江家俊教授被派去我老家培训英语教师，周邦是培训班学员中最年长者，他评价周邦的英语说已经超过英语专业大三的水平了。周邦后来继续参加高考，一直考到阶级路线被彻底否定的一九七九年才好梦成真,考入华西英语师资班。我硕士同学老田,当年成都文科状元,老爸因历史冤案被关押在监狱,也名落孙山,后来解决高分遗留问题,才被成都师范高师班录取。老田是我们那届硕士生中最优秀者,毕业后导师推荐他去中国社科院读博,他无限感慨地说:"我都快四十岁了,读什么博啊!"

三十年前除夕,上午,校工李师傅找到我,说我有一封挂号信,好像是北京钢铁学院的。我没有填这个学校,我的梦想是北大,但因考得不好,降格以求,第一志愿是南开物理系,第二志愿是川大物理系,第三志愿是西师物理系,都是理科而非工科。去收发室,却发现真的是北京钢铁学院的录取通知书。我那时还弄不懂学院与大学的区别,失望之后也很高兴,觉得冥冥之中上帝要圆我的北京梦。母校赵校长对我说:"不谦,你要感谢华主席,感谢党中央,你这样的家庭出身,不仅'文革'中,就是'文革'前,别说去北京上重点大学,就是上个中专也不容易哟!"

却说我这个大巴山娃娃,上大学前从未出过远门,走得最远最大的码头,也就是地区首府达县,现恢复古名达州,而且还是我下乡插队时去买《马克思恩格斯选集》和《列宁选集》走山路去的。买到书,放进背篼,去书店对面馆子吃了两碗素面,看看天色已晚,便匆匆而回,对达州全无概念。

我老家宣汉，至今还是交通闭塞的贫困山区，出远门时必先到达川。高我一级的毛根儿朋友贾同学，当时正在地区财贸学校读书，找同班同学杨同学代我预订北上的火车票。杨同学杨姐后来成了贾同学的妻子。好多年后，杨姐说起我们初相见，还忍不住笑说："不谦，你当年那个土气哟！"我问如何土，杨姐说："背个铺盖卷，憨头憨脑，在棉裤兜里摸索半天，才摸出一块黑布紧裹的人民币，小心翼翼，一张张数车票钱，啥子大学生哟，活脱脱进城赶场的乡巴佬！"当晚，我与贾同学在学生宿舍挤一床，抵足而眠。翌日，列车呼啸而去，我开天辟地第一回走出大巴山区。

第一次乘火车，第一次到重庆，第一次住旅馆。觉得重庆人好古怪，明明是旅馆，却叫什么山城饭店。晚上，凭窗远眺，第一次目睹山城灯火，心里那所谓文化震撼，比二十年后我第一次走出国门，在纽约时代广场目睹新千年灯火还要强烈。

翌日早起，在山城饭店外地摊上喝两碗稀饭，然后去售票厅，签转北上的T9次列车，但晚上八点才发车。想到市内转转开开眼界，乘缆车出站，先往左走出百来米，觉得心里没底，折回，再往右走出百来米，觉得幽深莫测，生怕迷路，赶紧原路折回。在火车站磨皮擦痒，实在难熬，又乘缆车上去，向左向右，来来回回，总之不出两百米之外，再原路折回。整整一个白天，就这样折腾来折腾去，好不容易磨到检票入站。

重庆至北京，两天三夜，我像个小学生乖娃娃，规规矩矩坐在座位上，除上厕所外没挪动一步，中途大站停车时都未敢下车去透透气，活动活动筋骨。现在说来都难以置信，我没手表，不知怎样把握时间，生怕火车把我甩了。到北京站时已近半夜，回头看北京站钟楼，心里涌起一股自豪感：我终于来到了祖国的心脏！乘校车到学校的路上路过天安门，没来得及细看就一晃而过。办完手续，找到宿舍，上床休息，脱裤子时却感觉两腿很笨重，一看，两腿都坐肿了！

翌日早晨，吃罢大学第一餐玉米粥、馒头和臭豆腐，然后去看天安门。走到一个十字路口，不辨东西，问路人，路人很热情，说坐331路到平安里，然后换乘22路，即可到前门。我说："我不去前门，我去天安门。"把路人逗笑了，说："你是刚到北京的大学新生吧？"说前门下车就是天安门。我这才发现，枉读那么多古今中外文学名著，梦游北京、伦敦、巴黎、纽约、莫斯科，身在北京，自己依然是个土老帽儿。

第一次乘坐公共汽车，没有买票的概念，直到下车也没人叫我买票。我老家宣汉距电影院不远有一座全县唯一的公共厕所，也不收钱，我心里自然就把北京公共汽车与老家公共厕所联系起来：首都毕竟是首都啊，坐车都不要钱！直到换乘22路去前门，售票员喊"买票啊买票"，我才如梦初醒，空欢喜一场。

　　还未看到天安门，我心里就激动万分，小声哼唱："我爱北京天安门，天安门上太阳升……"在画报上早已见过天安门，雄伟壮阔，巍峨磅礴，但当我身临其境时，却大失所望。后来考到北京上学的同乡，第一天也是去看天安门，感觉也与我一样：城楼咋这么矮啊？广场咋这么窄啊？

　　下面这张照片是我第一次在天安门留影，时间是一九七八年三月十日，时年二十一岁零七十一天。I love Peking's Tian'an Men, the sun rises over Tian'an Men，心中那个自豪：北京，我来了！毛主席，我看望您老人家来了！

二〇〇七年十二月九日

# 心中的阳光：怀念符荣叔叔

前些天，几位大学同学在北京聚会，酒酣耳热之后，轮流打电话给我，让我猜古希腊斯芬克斯之谜："Who am I?"结果我瓜娃子，一个都没猜出来，他们只好自报家门：袁江、陆洁、高晓康、邢伟民等。不同系不同专业，却都是当年校园里的风云人物。晓康乐呵呵说："不谦，我到成都请你喝酒？"以酒会友最浪漫，我说："好。"

却说昨天，晓康和袁江，当年校学生会的正、副主席，现在的成功人士，果然飞临成都，请我去锦水苑喝酒叙旧。好多年未见，话说当年，说到一位革命老前辈，北京科技大学原党委书记符荣。晓康堂堂男子汉，经过大风雨，见过大世面，说起符荣书记，竟情不能已，热泪盈眶，哽咽着说："不谦，你跟符书记都是宣汉人吧？"晓康与符书记的故事，既寻常又不寻常，让我感叹不已，但因系个人隐私，未经授权不能披露，我只说老人家对我的好。

一九七八年春天我到北京上大学，第一次离家出远门，既土又瓜。时任宣汉师范学校校长的冉叔叔看着我长大，看着我在逆境中努力向上而没堕落，就主动跟我说他有一位几十年没见面的老同学，也是宣汉人，就在我要去的大学工作，听说"文革"前是学校政治部主任，不知现在在干嘛，让我带上他的亲笔信，说："遇到困难去找符荣叔叔，他是个古道热肠的好人，一定会帮助你。"

却说到校后第二天，我果然遇到困难：体检复查，查出我是色盲，不适合所学专业。我在老家医院体检时，医生曾是我妈妈的学生，她查出了我眼睛有问题，出于好意，她没写进体检表，怕影响我被录取。我当年不懂科学，如果早知道理工专业对眼睛有特殊要求，可能就改考文科了。但事已至此，悔之晚也。问医生："怎么办？"医生冷冷地说："听候处理。"言外之意，我可能被退回原籍。我差点没急出眼泪，走投无路，就怀揣冉叔叔的信去找符荣叔叔。东问西问，终于在学校锅炉房找到了符荣叔叔。现在我还记得，符荣叔叔当时身穿蓝色工装，浑身灰尘，用不太纯正的宣汉老家话问道："你是？"我却心里一凉，心说："这哪里像政治部主任？不就是学校的一个锅炉工嘛！"

我昨晚才知道，晓康告诉我的，符荣叔叔十七八岁投奔延安前，曾因参加达县地下革命活动被捕入狱，写悔过书才出的狱。这个问题，在延安审查时就有了结论：无关宏旨。但"文革"时红卫兵居然找到了符荣叔叔十七八岁时写的悔过书原件，白纸黑字，铁证如山，立即被定为"大叛徒"，发配锅炉房劳动改造。我在锅炉房外见到符荣叔叔时他已年过半百，政治上还没获得解放。我将冉叔叔的信交给符荣叔叔，没指望他能帮我。符荣叔叔拆开信一看，就笑眯眯地说："晚上来我家吃个便饭？"问了我的宿舍号码，符荣叔叔就挥手道别，回锅炉房劳动去了。

晚饭前，果然有个初中生模样的小孩来宿舍找我，说他叫符清，是符荣的小儿子，他奶奶请我去吃饭。我身在异乡，举目无亲，一股暖流立刻涌上心头。符荣叔叔的母亲时已年过八旬，身体硬朗，我跟着符清喊她奶奶。奶奶听说我是"文革"后第一个考到北京的宣汉学生，连声说："争气！争气！太争气！"不断给我碗里夹菜，让我今后有空常来玩。符荣叔叔的爱人，我叫她龙阿姨，也非常热情，问我是否习惯北京的生活，说北京气候干燥，要多吃蔬菜和水果。吃罢饭，符荣叔叔问我宣汉老家现状，问他老同学冉叔叔一家可好，说冉叔叔才华横溢，被困在宣汉可惜了，然后问我现在有什么困难。我犹豫再三，还是将体检查出色盲一事告诉了他，说现在听候处理，还没办入学手续，忐忑地问："不会把我退回原籍吧？"符荣叔叔说："好不容易考上大学，怎能被轻易退回呢？"让我别着急，说他去找有关部门商量解决，转一个适合我眼睛的专业。两天后，符清特地来告诉我说："转专业事情已妥，爸爸让你努力为'四化'学习。"

此后，每逢节日，符清奶奶都要让符清来请我去他家吃饭，说老家土话，聊老家的人与事。快乐是快乐，却让我感觉很不好意思。符荣叔叔二儿子符滨小我一岁，正在自学"灵格风英语"，准备高考，跟我有共同语言，很聊得来。符清奶奶说："老二，你看人家从宣汉考出来多不容易，你得多向人家学习！"符滨笑道："奶奶，我这不是正虚心向他学习吗？"其实我们是在分析中国未来的形势走向。符滨说他不想学理工，想报考经济管理类专业。我很吃惊，问："当会计出纳？"符滨笑道："不是，中国最缺的不是工程师，而是管理型人才。"我一头雾水，问："管理什么？"符滨笑道："你真不懂，还是假不懂？"我真不懂，后来懂了，以至上大三的时候我还想报考人大的工业管理研究生哩。

却说上大二的时候，符荣叔叔才被解放出来，官任学校党委副书记。我在校刊上发表散文《童心》："童心如朝露如白雪如天上的星星，童年如朝霞如彩虹如地上的花朵……"被校学生会评为一等奖。校领导符荣叔叔颁奖，握着我的手说："祝贺！祝贺！"然后笑道："不谦，没想到你还是文学才子！"暑假中，符荣叔叔亲自到我宿舍来，说想请我帮个忙。我受宠若惊，赶紧表态说："没问题！"符荣叔叔说他妹妹和妹夫，还带了一个宣汉老乡，一起来北京看望符清奶奶，家里住不下，问我能否在学生宿舍找两张空床，安排他妹夫和老乡住几天。我说："现在宿舍就我一人，空床多的是，让他们晚上来吧！"符荣叔叔问："同学会不会有意见？"我说："我跟同学都是哥们儿，大家互相帮助，不会有意见。"

却说符荣叔叔这位妹夫很有意思，好像是清溪乡供销社会计，带他一铁哥们儿进京，让他见识在北京当官的舅老倌如何风光，舅老倌却让他们来睡学生宿舍，妹夫觉得很没脸面。晚上请我喝啤酒，难免口出怨言，说这位舅老倌好假。我笑道："你以为大学的党委书记是县里的土皇帝，要风得风要雨得雨？"说符荣叔叔心地善良，待人真诚，然后现身说法，说："我跟符荣叔叔一不沾亲二不带故，就凭几十年未见面的老同学的一封信，就待我如亲人，何况你还是他亲妹夫，他能假吗？"说得他口服心服，连连点头说："都怪我老土，以为大学的书记是北京的高级干部，好洋盘哩！"

有一天晚上，符荣叔叔妹夫和他哥们儿向我道谢告辞，说明天他们就要回宣汉了。翌日上午，符清到我宿舍来，取下两张床上的毯子和被单，说拿回家洗净晒干后再送回来，结果晚上二人又杀回来了，原来他们前脚刚走，老奶奶就去世了，他们是被符滨从火车站追回来的。我赶紧去符荣叔叔家吊唁，向慈祥善良的老奶奶告别。据符滨说，老奶奶见到多年未见的小女儿，了却了一桩心愿，就安详地走了，没有任何痛苦，像躺在床上睡着了似的。我问符荣叔叔："奶奶的丧事需要我帮忙吗？"符荣叔叔赶紧说："不需要，不需要。"让我别耽误宝贵的时间，安心去读书学习。

却说上大三时，躬逢"文革"后第一次人民代表选举。当时我是热血青年，大胆站出来，以普通学生的身份参加竞选，张贴宣言，发表演说。有一天晚上，符清气喘吁吁跑来找我，说他爸爸有要事相告，让我赶紧去他家一趟。我预感是竞选的事，准备慷慨陈词，把我的想法和盘托出。符荣叔叔见到我后让我坐下，然后语重心长地说："年轻人经经风雨见见世面，我看没有什么不对，很对，我很赞赏你！但须知中国政治太复杂了！"说得入情入理，我被符荣叔叔的诚恳打动，竞选活动也就戛然而止。

后来，我弃工学文，到狮山读研究生，写信感谢符荣叔叔对我的照顾和帮助。不久收到老人家亲笔回信，嘱咐我努力学习，不要辜负党和人民的期望，也不要辜负宣汉父老乡亲爸爸妈妈的期望。六年后，符荣叔叔已升任母校党委书记，我重回北京读博，专程去母校看望他，他却出国考察去了，家中也无人。再后来，我去北京公干，每次都是来去匆匆，抽不出时间去母校。上前年，回母校参加七七级入学三十周年纪念活动，准备去看望符荣叔叔，没想到老人家已于一个月前病逝，享年八十二岁。上网搜索到官方讣告，全是官话:"革命的一生,战斗的一生,光明磊落的一生,无私奉献的一生……"但最后一段是:"他心地善良,爱护青年,特别注重培养青年人才和青年干部,深受群众的拥护和爱戴……"于我心有戚戚焉,于晓康的心也有戚戚焉。

符荣叔叔,您不可能如讣告所说"永垂不朽",但在我心中,您就是永垂不朽的。想起您的音容笑貌,想起您不纯正的老家宣汉话,还有老奶奶、龙阿姨、符滨、符清,我心中就一片阳光,我要将这片阳光,送给宣汉父老乡亲,送给我的学生,送给所有看我博客的朋友们。

我这一生,无论是在大巴山老家,还是在北京或成都,遇到了很多像冉叔叔、符荣叔叔这样的好人,让我时时感受到人情的温暖、人性的善良,所以年过半百,历经沧桑,我还是相信人性本善,也乐意与人为善。我常对学生说,别以官场的钩心斗角、商场的尔虞我诈、学界的弄虚作假来证明中国人性之恶,那都是被异化、被扭曲了的人性,要是人与人之间互相为恶,你看我是坏人,我看你是坏人,这个世界还有什么意思呢?

二〇一一年八月十七日

# 见证人性：我读《金瓶梅》

上大二的时候，一九七九年初春，文艺刚刚解冻。有一天晚自习后，我正在盥洗间洗漱，遇到了同系不同专业的同学王季，他很神秘地说他借到一部内部发行的全本《十日谈》。《十日谈》是十四世纪意大利作家薄伽丘的短篇小说集，讽刺教会和贵族的虚伪与堕落，据说里面有很多色情故事，但我只在《外国文学作品选》上读过不色情的片段，未能获睹全书。经我再三恳求，王季答应借我一阅，时间限定一晚，翌日上午必须还他。

去王季寝室拿到书，疾步跑回宿舍，钻进被窝，倚枕而读。室友王晓涛笑道："嘿，谢不谦，看什么书啊，这么鬼鬼祟祟的？"一把抢过书，翻开封面一看，正色道："你这个革命青年，马列的书不看，却偷偷摸摸看黄书？"大家一听是"黄书"，都来了情绪，要求我大声朗读，奇文共欣赏。我很为难，说："这么厚一本书，从哪里开始朗读嘛！"晓涛笑道："先读'把魔鬼打入地狱'那一段？"说是第×个故事。我找到这个故事，刚开始朗读，熄灯铃响，一片黑暗。上铺老宋赶紧跳下床，用手电筒照亮书页，让我继续朗读。室友五人，年龄相差十岁，却都屏住呼吸，全神贯注听我朗读魔鬼怎样被打入地狱。我的四川普通话乡音很重，咬文不准，嚼字不清，把大家的听力折磨惨了，纷纷要求换将，于是我打手电筒，老宋朗读。老宋是个忠厚朴实、不苟言笑的北方汉子，咬文虽准，嚼字虽清，却不带感情色彩，平铺直叙，没有抑扬顿挫、波澜起伏，好像是在朗读《人民日报》社论。大家更有意见，说："还不如谢不谦怪声怪调有味道！"鼓励我发扬优点，纠正缺点，继续朗读。现在回想大学时代大家对性的好奇，忍不住想笑。

却说第二天晚上，大家要我继续朗读《十日谈》，我说书被王季收回了。大家都说好遗憾，晓涛就自告奋勇说："我来讲《金瓶梅》？"说《金瓶梅》是三朝禁书，比《十日谈》还黄。这部神秘的古代小说，我听说过，知其名，却无缘得见，据说"文革"前曾内部影印出版，限省军级以上官员批判阅读。北京同学晓涛有怎样的家庭背景，怎样获读此书，晓涛始终三缄其口，我们也不好刨根问底，只知道他父亲是新华社的官员，国门刚打开时就率团访美，带回一个稀罕物电子计算器，在全班同学还在使用计算尺的时候，这个袖珍计算器让晓涛无限风光，但晓涛却很豪爽，谁想用就给谁。三十年后同学会，全班同学三十人，就晓涛不知去向，人间蒸发了似的。我怀疑他是王小波的弟弟，问北京同学，高级工程师们不关心文学，笑着反问我："王小波是谁啊？"

还是来说《金瓶梅》。晓涛温文尔雅、绅士风度、浑身书香，却不擅长绘声绘色说市井书，慢条斯理好不容易说到紧要处，大家竖起耳朵，要听他详细分解，他却戛然而止，笑说："自己去想象？"我躺在床上，在黑暗中驰骋想象，越想象越神秘，悠哉悠哉，辗转反侧。

却说我大学毕业后，弃工习文，考上狮山古代文学研究生。室友纷纷羡慕道："你终于能读《金瓶梅》了！"老大哥津生郑重其事地说："不谦，你若能从学校借到《金瓶梅》，可否寄给我一阅？"结果我到狮山后才发现事与愿违，找遍图书馆藏书也不见《金瓶梅》踪影。我很失望，感叹说："这算什么大学图书馆啊，连《金瓶梅》都没有！"二年级马师姐却说："怎么没有？"说收藏在善本书室，一般人看不到，但她却看过，还是线装书。言外之意，她不是一般人。

我年轻气盛，不甘做一般人，就去善本书室寻找，结果找遍书架也没找到。问管理员熊克老先生："《金瓶梅》放在哪里？"老先生打量我半天，冷冷地回答说："《金瓶梅》是国家禁书，学校规定，学生不能借阅。"我赶紧声明说：

"我不是学生,是研究生。"那个时候,狮山研究生还是珍稀动物,类似研究员,很提劲打靶。老先生还是岿然不动,说:"研究生也不能借阅。"我使出撒手锏说:"我专门研究明清小说,为什么不能借阅?"熊老先生说:"那请你的导师开具证明来。"当年的导师都是很有派头的老先生,师道尊严,令我等后生心存敬畏,不敢造次。我左思右想,也想不出万全之策,只好硬着头皮去找导师屈先生,吞吞吐吐说明事由,屈先生却沉着脸,一句话把我顶了回来,说:"图书馆那么多好书你不读,偏偏要读什么《金瓶梅》?"好像我读研的动机不纯洁似的,搞得我灰头土脸,铩羽而归。

室友大明兄讽刺我说:"你这是自讨没趣,自取其辱!"说狮山古代文学的传统是研究正统诗文,视小说、戏曲为小儿科,何况不登大雅之堂的黄色小说《金瓶梅》?我却心有不甘,想偷吃禁果,竟冒出一个大胆的想法,为之怦然心动。心动不如行动,就偷偷模仿屈先生笔迹,草就一纸证明:谢不谦同学是一年级研究生,共青团员,思想进步,有志研究明清小说,同意该生借阅《金瓶梅》,供批判阅读云云。再去善本书室,故作光明磊落状,将假证明交熊老先生验看,心里却七上八下。幸好屈先生家没电话,否则一个电话我立马穿帮,后果难以设想。熊老先生接过纸飞飞,晃眼一看,压根儿没想到我这个貌似淳朴的革命青年会造假,摸出钥匙,打开秘密书库,请出一叠书,轻轻放在桌子上,正是《金瓶梅》，说："就在这里读，不能带出室外。"

我抑制住内心的激动，正襟危坐，神情严肃，故作学术研究状翻开书页，一页页翻过去，翻完第二册也不见"黄"。后来才知道，那是郑振铎先生整理删节的洁本《金瓶梅》。我问熊老先生："听说学校还藏有线装书的原版？"熊老先生却说："你听谁说的？"我说二年级研究生马师姐告诉我的。熊老先生说："那你去找她借嘛！"找马师姐核实，马师姐却笑着讽刺我说："谢不谦，你才读几本古籍，就想看没标点的线装书？"

没标点的线装书绝对是原版，越发刺激我阅读的欲望。研二的时候，有一天下午，我又去善本书室周旋，管理员换成了一位中年女士，她看我在书架前转悠来转悠去，很热情地问我："找什么书啊？"我说随便看看。中年女士整天枯坐一室，可能太寂寞，见人就想聊几句，我就坐下来跟她神侃，说图书馆就需要她这样年轻美丽热情开朗的人，像熊老先生那样不苟言笑的老古板把读书的气氛都破坏了。女士却谦虚道："我年轻什么啊，女儿都快上中学了。"我笑道："逗我吧？看上去你最多才三十出头嘛！"女士高兴欢了，我这才迂回到主题，说："能不能把《金瓶梅》请出来？"女士二话不说，摸出钥匙，打开秘密书库，将洁本搬出来。我笑道："这个我早就读过了，我说的是线装本。"然后很诚恳地说："我正在写一篇关于明清小说的论文，导师说引文要注意版本，最好是线装本。"女士这才去搬出一摞线装书，封面赫然印着《金瓶梅词话》。

我坐下来一翻，果然如晚明先锋作家袁宏道所云"云霞满纸"，看得我魂飞魄动、心驰神荡，不知不觉到了闭馆时间。女士说："明天再来？"我却欲罢不能，笑道："我有个不情之请，万望成全小子则个？"女士微笑着说："你说。"我恳求道："能否让我借回宿舍阅读一晚，明早一定完璧归赵？"女士一听，连连摇头道："不行不行，坚决不行，万一泄密我是要受处分的。"我赌咒发誓说："好不容易遇到您这么古道热肠的好人，怎么可能让您无辜受连累呢？"女士想了想，找来几张报纸，把书严严实实包裹起来，嘱咐道："从图书馆后门出去。"我千恩万谢，裹胁着书，觑前后左右无人，赶紧从后门溜了出去。

时值冬季，习习寒风中，天上纷纷扬扬飘下雪花来。一回到寝室，我就很激动地对大明兄和舒平兄说："《金瓶梅》我借回来了！"他俩眼睛发亮，说："真的？"赶紧去食堂草草吃罢饭，然后回到宿舍。外面雪越下越大，我反锁上寝室门，说："任谁敲门也不开！"大家说："好！"随便抓起一本，或从中间往后看，或从最后往前看。看什么？大家相视而笑，心照不宣。古人云：雪夜闭门读禁书，是人生一乐。乐什么？新鲜刺激，提心吊胆。大明兄现为狮山博导，舒平兄现为《成都商报》总编辑，回首当年，都笑说："不谦,你人小鬼大,思想复杂!"

却说狮山雪夜大家正埋头阅读时却有人敲门,砰砰砰,大家抬起头,我以姿势语示意别出声,但门越敲越响、越敲越急,好像不敲开门不罢休似的。我忍不住喝道:"谁啊?"门外却是普通话官腔,说:"开门就知道了!"大家慌了神,赶紧把书收起来藏好,然后各自拾起一本《诗经》或《楚辞》,作阅读讨论状。我打开门一看,却是意气飞扬的马师姐。我怨道:"你贵州毛驴学什么马叫嘛,变风变雅,把我们吓惨了。"说天不怕地不怕,就怕四川人说普通话。马师姐却笑道:"你们三个人关在屋里,鬼鬼祟祟,是不是在商量什么反革命勾当?"说笑一阵,马师姐告辞,我们关上门继续读《金瓶梅》,读到翌日拂晓,终于读完了。大明兄和舒平兄都是已婚革命青年,曾经沧海难为水,一个失望地说:"什么乌七八糟的狗男女,一点美感都没有!"另一个笑嘻嘻说:"此书应由人民卫生出版社出版。"我说:"《金瓶梅》解禁之日,就是中国人民思想解放之时!"二人批评我说:"狗屁!"

却说我研究生毕业后,成都晚报有个吴记者想钱想疯了,竟铤而走险,以"中国《金瓶梅》学会"的名义,私自盗印《金瓶梅》高价出售,据说钱像雪片一样飞来,结果事发,锒铛入狱,判刑十年。这位吴记者,其父亲是狮山中文系老教授,我和大明兄都认识他,感慨不值。

没过多久,一九八五年,人民文学出版社出版戴鸿森整理的《金瓶梅词话》,自然是洁本,删去一万九千零六十一字,床笫之欢,最被人津津乐道的看点被删得一干二净,而且限内部发行,教授才有资格购买。狮山古代文学专业教授都收到了一张购书卡,教授们却不感兴趣。我问大明兄能否将他导师汤先生炳正的购书卡送给我,大明兄去问汤先生,汤先生说:"好,给谢不谦吧!"我就以汤先生的名义,购得这部神秘的禁书。耐着性子通读,感觉如法国作家左拉式的自然主义,描写妻妾争风吃醋,解剖人体性生理,描写人的动物性,家长里短,市井风俗,人情世故,以及官商勾结,等等,淋漓尽致,不能说不真实,但不美,文字琐碎,叙述拖沓,我不喜欢。

不是我伪道学,也不是我假充正神,而是我觉得男女之间有比肌肤之亲更美好的向往,向往心心相印、相濡以沫,而不是见钱眼开、随意苟合。后来,大概是在二〇〇〇年前后,风气渐开,比起黄片、黄网洪水猛兽般的视觉艺术,《金瓶梅》啰哩啰唆的文字描写已是小巫见大巫,该书也就无形中被解禁了。先是齐鲁书社出版《金瓶梅》和《金瓶梅续书三种》,然后中华书局出版《金瓶梅:会评会校本》,都是公开发行,书店有售,我买来束之高阁,没有再阅读的兴趣。

最近报载,《金瓶梅》被北京当代芭蕾舞团改编成芭蕾舞,要来成都上演。据编导王媛媛女士说,这次改编主要是表演人性,而不是性。上网看了几张剧照,我有一种滑稽甚至恶心的感觉。小说中的西门庆是清河县市井土老肥,有钱能使鬼推磨、商而优则官的典型,奸诈、贪婪、心狠、手辣,除了自家妻妾外,朋友妻、仆人妻、丫头、妓女,心血来潮,性之所至,见一个收一个,这当然也是人性,但用芭蕾舞来表演,能给人美的精神享受吗?如果抽象成人性的符号,那他还是那个有血有肉的土老肥暴发户西门大官人吗?不过据说改编的芭蕾舞演出盛况空前,一票难求。我以小人之心,度君子之腹,编导看上的卖点和票房号召力不过"金瓶梅"三字而已吧?

二〇一一年九月二十一日

# 我的大明兄弟

四川师范大学现任学报主编李大明教授是我研究生时代的室友,三年同住一屋,我先他一天到校,打扫室内卫生。翌日上午,大明到校,见他的床、桌也被擦洗得干干净净,很感动,说:"今晚我们来喝酒?"我那时并不喝酒,但出于礼节同意了。晚饭时,大明果真拎回一瓶葡萄酒,又到食堂买了半斤卤肉。没有酒杯,我和大明就用各自的漱口盅斟上酒,碰杯对饮。万万没想到的是,这一喝却把我喝成了个臭名远扬的"高阳酒徒"。记得那天晚上,我和大明喝完一瓶葡萄酒,都觉得未尽兴,就打半斤老白干,兑上葡萄酒,美其名曰鸡尾酒。那时,我刚过二十五岁,大明也才三十岁出头。酒酣耳热之后,我和大明推心置腹,无所不谈,包括各自的奋斗史和恋爱史,遂成知己。

大明是个"瘾君子",烟瘾比酒瘾还大,他说是插队当知青时跟贫下中农学会的,还抽过叶子烟。大明抽烟时也丢给我一支,我嗅一嗅,拿在手里玩。见大明喷云吐雾活神仙似的,飘过来的烟味香气有点袭人,我就也点燃,猛吸一口,却差点被呛闭气。大明就教我吞吐之术,我不是笨人,一学即会。不好意思老蹭大明的烟,我就自己去买。我抽烟时也给大明一支,大明吃了一惊,说:"不谦,这么快就上瘾了?"从此,你来我往,烟酒不分家,情同兄弟。我们看书熬夜,如仅剩一根烟,也是有福同享,你抽一口我抽一口。那情景,至今历历如在目前。

我跟媳妇相识相恋之初,媳妇问我:"抽烟不?"我说:"不。"又问:"喝酒不?"我也说:"不。"媳妇后来大呼上当受骗。我说:"我原来的确是个烟酒不沾的好青年,大明可以作证嘛!"大明媳妇唐姐也最痛恨烟酒,颇有感慨地说:"不谦,你要是不喝酒不抽烟,是个多好的男人哟!"我笑道:"还不是大明把我教坏的!"大明在唐姐威逼利诱之下也曾戒烟,长达数日之久,我请他抽烟,他接过烟闻闻,又还给我。我说:"嘿,你把我教坏了,却想自己当好人?不行,必须抽,要坏一起坏!"大明故作无可奈何状,问唐姐:"咋办?就为一支烟,得罪不谦兄弟?"唐姐只好说:"就这一支。"结果星星之火又成燎原之势。

大明是南充营山县人,比共和国早诞生一天,生在旧社会却长在红旗下,是"文革"前老三届。七七年高考,大明是营山县文科探花，却因他老爸历史问题而名落孙山。大明老爸的历史问题今日说来好笑，就因毕业于中央大学，当时校长是蒋委员长，"文革"中竟被扣上个"历史反革命"帽子。此前，大明已被推荐读邻县师范，毕业后分回营山，到村小教书。大明是当地才子，曾在《四川文艺》上发表过两篇小说，长得也很帅气。虽然政治上落难，大明情场却风光无限，据不完全统计，暗恋猛追他的美女至少有一个加强班。婚后多年，唐姐好像还有危机感。县医院有位漂亮护士，当年属于暗恋一族，大明说："唐四妹好笑人哟，我感冒去医院打针她都要跟着我，说是陪我，其实是监视我，但实际上当年我跟护士最多就是个单相思，话都没说过一句。"唐姐却驳斥道："呸！她心中没鬼给你打针时手为啥一直在颤抖？"我笑道："大明最后不还是被你追到手了嘛！"唐姐撇嘴道："说啥子哟，他一个村小老师，我追他？是他追我！"指着大明鼻子，喝道："当年是哪个追哪个，你老实说！"大明笑嘻嘻说："是我追你，我追你。"说某年国庆后，从县城回村小，唐姐十里相送，分手地名叫锁口桥。大明紧握唐姐手，站在桥头，赋诗一首："锁口能锁心，心锁美人处。锁心焉能锁我口，尽把衷心吐！"这段诗朗诵，至今是我们相聚饮酒时大明的保留节目。我只要提到这首定情诗，大明就猛喝口酒，站起来拍拍巴掌，说："嘿，大家听好！"然后左臂挽唐姐，右臂空中挥舞，激情朗诵。朗诵完毕，先自我赞美一番,然后问我们:"如何?"大家都说:"好!"这时的唐姐笑得最灿烂。

记得第二学期,也是国庆节,唐姐来狮山探亲。对门物理系研究生万克宁见是唐姐,就故作惊讶状说:"哟,大明,这是你老婆?咋跟上次来找你那个女人一点也不像?"唐姐喝道:"啥子?"大明急忙解释说:"他是在开玩笑!"万克宁一本正经地说:"哪个在开玩笑?"唐姐怒不可遏,逼视大明。大明可怜兮兮地说:"万克宁,求求你,唐四妹要当真了!"万克宁话中留话道:"嘿嘿,千万千万莫当真!"唐姐更信以为真,竟然呜呜地哭起来,说:"你当年落难教村小时,我是咋个对你的?你一考上研究生,就想把我甩了?"直到我出面叙述大明同志如何思念她和儿子,甚至经常辗转反侧夜不能寐,唐姐才破涕为笑。哪知翌日晚上,看坝坝电影回来路上,万克宁躲在树后,捏着嗓门学娇滴滴的女声叫:"大明——"唐姐急转过身,正好一个高个女生走过来,唐姐疑神疑鬼,目不转睛盯着女生,吓得女生连连摆手说:"不是我!不是我!"仓皇而逃。后来大明如何澄清真相,因系个人隐私,不得而知。总之,不出意外的话,唐姐一定又要痛说革命家史,大明也一定又要赔笑脸赌咒发誓,最后激情朗诵锁口桥定情诗。万克宁后来去了美国,博士毕业后在一所很有名气的高校任教,之后竟辞去教职,先是开餐馆,后来开了家电脑公司。我到伊利诺伊州他的乡间别墅饮酒话说狮山往事时，石克宁追怀不已，说："我们那时好年轻好好耍哦！"说美国一点也不好耍："再干两年就退休，回成都去泡妞！"前年果真回狮山，当然不是为了泡妞，而是跟当年旧友相聚，然后去上海办公司。

　　我和大明留校后，同住筒子楼，玩拱猪时把媳妇们也都拖下了水。后来我迁居四合院，大明迁居新五舍，娱乐风气渐变，我们也与时俱进改玩麻将，比拱猪更好耍、更刺激。唐姐牌瘾大，像中了邪似的，若无人约她玩麻将，她心里就空落落的，惶惶不可终日，天天战至深夜意犹未酣，有时竟鏖战通宵。我讽刺唐姐患了"麻癌"，不可救药。大明那时四十二三岁，志在功业，但老是独守空房，很是生气，就破天荒下达第一号禁赌令。结果唐姐更生气，绝食、罢厨、罢工。那时我们都未装电话，邮电所唐姐同事郑大姐把电话打到我隔壁邻居家，说："谢不谦，帮忙去问一下，唐四妹咋个不来上班哦，要扣奖金的哟！"我就去新五舍大明家问，大明黑着脸说："唐四妹还在床上赌气呢！"我说："赌气归赌气，班还得去上。"最后他们夫妻达成妥协，大明收回禁赌令，唐姐继续玩牌，但不能超过半夜十二点。从此以后，每晚十二点，大明就准时出现接唐姐回家，牌局也就到此结束。大家给大明取了个绰号，叫"停电宝"。大明傻笑，不置一词。我媳妇就说："你看人家李老师态度多好，哪像你，死歪万恶！"

我那时还不大懂事,常跟媳妇争麻将。媳妇谨小慎微,以守为战,宁愿不割牌也要把炮牌捏在手里。我却是攻击型神炮手,点炮率很高,大家都喜欢我上,但连连点炮心里也很不是滋味,媳妇还要冷言冷语,说我是瓜娃子。我急火攻心,血往上涌,就猛吼媳妇,甚至以拳头震慑。媳妇竟步唐姐后尘,绝食两天,以示抗议。最后大明夫妇出面调停,我和媳妇才结束冷战。唐姐批评我说:"不谦,你啥子都好,就是脾气不好。"大明现身说法,说:"好男不和女斗嘛!"唐姐立刻呵斥大明说:"说啥子哦,你瞧不起女人,咋个不去当和尚?"大明笑嘻嘻说:"我不是那个意思,我是劝不谦要让着媳妇。"媳妇指着我鼻子说:"你要是赶上李老师一半我就知足了。"但大明经不起表扬,不甘心永做"停电宝",有一天半夜来接唐姐时说:"我来玩两圈?"竟一发而不可收。从此,夫妻出双入对,比翼齐飞,被誉为狮山最佳麻将夫妻。

当年狮山古代文学专业研究生同年级八人中大明学历最低,但入学考试时排名第二。考第一的老田七七年高考时是成都文科状元,却因父亲历史问题被刷下,后来解决高分遗留问题,老田才被成都师范大专高师班录取。我是最后一名,稀里糊涂撞上的。我原来学的是工科,听说中文系主要是看电影、读小说,心向往之,才在考研前夕临阵磨枪仓促上阵。记得古代汉语考试第一题是秦皇泰山石刻,天书般的篆文，要写成现代楷书并加标点，把我给整蒙了。之后释守温三十六字母、古今音变释例等，我更是不知所云。记得我和大明相识第一天，晚上喝酒，大明掏出一大摞笔记本，眉飞色舞给我讲解，我当时就觉得，他才是最具资格的研究生，当我的老师都绰绰有余。不久，汤炳正先生点大明的将，招他为学术助手。汤先生是山东人，太炎先生晚年高足，著名楚辞学专家，名校教授包括北大、复旦、浙大同行在狮山汤先生面前都甘拜下风。因有这种导师背景，大明毕业后留校无疑。当年还是国家统一分配，除了大明，我们都有可能被分出成都。分配前夕，大明说："不谦，有一件事我考虑了很久，我想去跟汤先生说让他把你留在狮山，我回南充去。"我问："为什么？"大明诚恳地说："你是达县人，媳妇在都江堰，你的去向无非两地，不是都江堰教育学院，就是达县师专，把你埋没了。营山属于南充地区，南充毕竟还有个本科师范学院。"我内心的感动真是难以言表。后来，四川师范大学学报看上了我，我才留在了狮山。但大明为我着想的兄弟情分，我终生难忘。

我当年报考博士，学报主编不同意，我说我保证学习工作两不误。主编说："你人在北京，怎么可能两不误？"我说我可以请大明帮我审稿，主编这才同意我报名。考上博士后，我乘车赴京上学，在成都火车北站遭遇不幸，所有证件和钱物都被洗白，损失惨重。我孑然一身，慷慨北上。媳妇盼到的第一封北京来信，竟是不幸消息。大明听说后，立刻汇给我四十元，信中安慰说："钱不多，多买几份肉吃。"随后，硕士师妹张莉莉也给我寄来三十元，也说让我多买几份肉吃。当年的三四十元可不是个小数目，食堂一份荤菜也就五毛钱，由此可知当年人民币的含金量。

大明帮我在学报审稿，后来就留在学报，升任主编，硬是把学报办成了CSSCI来源期刊。我相信这绝对不是金钱关系勾兑来的。记得前些年，我和王红教授撰文，是总结古代文学教学经验的，请大明帮忙发表在学报上。大明审读后很诚恳地说："不谦，你重新给我一篇吧，这种经验总结类的文章学术含量太少，狮山人投稿我都是通通枪毙的，我若把你们的文章发表出来，以后就不好拒绝别人，你体谅一下我的处境？"说给王红听，王红听后颇有感慨地说："我理解大明老师的为人了，佩服！"

大明不仅人好，学问也好。我常说我是野狐禅，大明才是狮山学术之真传，他的学术功底与学术造诣我望尘莫及。除了家务活儿外，大明做任何事都一丝不苟。记得当年狮山学位论文全靠手抄，我字如其人，歪七歪八，答辩时绝对会被痛批一顿。下届师弟勾承益于心不忍，自告奋勇为我誊抄，三万余字的论文工工整整誊抄了三天，仅喝了我几杯白开水。送给导师审阅，导师不说论文好坏，却赞那一笔字赏心悦目。大明不屑让人代抄，坚持自己誊写。论文寄出后,大明继续校读,发现仍有若干错字,赶紧写出勘误表。因大明的论文学术水准最高,导师为他请的答辩主席是来自北京的著名学者王利器先生。大明去航空港接机,见到老先生,恭恭敬敬捧上勘误表说:"王先生,真对不起您,我寄您的论文有若干错字。"老先生哈哈一笑说:"大明老弟,我更对不起你,你的论文我忘记带来了。"晚饭后,我跟大明去陪老先生散步。大明给老先生戴高帽子,说:"王先生,您老是海内外著名的国学大师,后学久仰啊!"王先生却说:"海外的评价比这还要高!"我们就不知道该给老先生戴什么样的高帽子了。记得大明抛文曰:"蜀之鄙蜀之鄙。"其实王老先生也是蜀人,三四十年代川大老系友。

大明虽善饮,一个人时却从不沾酒。我一去大明家就要酒喝,常喝至半夜不归。大明事业心很重,但我一去他就放下手中工作陪我喝酒。某夜去大明家,他说正在赶一篇稿子,不能陪我。我说:"不陪就不陪!"扭头而去。唐姐斥责大明说:"一篇破稿子有啥了不得?你把人家不谦得罪了!"翌日,大明上门找我喝酒,说昨晚我气冲冲走后,他心里难受了半天。我笑道:"这么严重?"相视而笑,莫逆于心。记得某次同学聚会,大家都不善饮,回到狮山,我要大明到我家继续喝。大明说:"天太晚了,你媳妇不骂你?"我说:"就在外面喝。"拉大明到我危楼蜗居下面的小卖部,买了几瓶啤酒,蹲在路边台阶上喝了起来。突然驶来一辆奥迪A6,

车灯直射过来,我酒气冲天斥道:"是哪个龟孙子,这等无礼!"车窗里探出个平头,笑嘻嘻说:"我说是哪路土匪,原来是你娃两个!"却是狮山下海弄潮儿陈胖娃,就叫他下车来一起喝,起身去小卖部拎回四瓶啤酒。一不留神,被脚下的石头绊倒,酒瓶碎成一地玻璃,我扑倒在上面。大明和陈胖娃急忙扶我起来,只见右臂皮肉开花,鲜血淋漓,我自己都不忍心细看。陈胖娃驱车送我去校医院,正好是他媳妇林医生值夜班。林医生立刻让我躺在手术台上,擦洗,消毒,没打麻药就在我血肉之臂上穿针引线,痛得我大叫。大明和陈胖娃死死摁住我才做完手术。包扎完毕,我酒已全醒,说:"回家咋个解释呢?"大明说:"老实交代,请求宽大处理。"大明和陈胖娃送我回家,媳妇却沉着个脸,不理不睬。我正要老实交代,陈胖娃急中生智,说:"我在校门口遇到持刀抢劫的,不谦见义勇为,跟歹徒搏斗——"大明跟着敲边鼓说:"就是!就是!"媳妇说:"蒙哪个哟,你们在楼下喝酒,我听得一清二楚,还见义勇为?"陈胖娃说:"哟,这样狠心?明明晓得不谦身负重伤,也不来医院看望?"媳妇却说:"深更半夜把儿子一个人丢在家里我不放心。"陈胖娃说:"那你就放心不谦?"媳妇说:"有李老师在,我有什么不放心?"大明憨厚地笑着不说话。

  大明原来不修边幅,邋里邋遢,跟我有一比,但过知天命之年后,却越活越年轻,很注意自己的形象,天天出门都是西装革履，头发倍儿亮。去年元旦，媳妇回来很神秘地说："我觉得李老师好怪哟，冬天还戴副太阳镜！"怀疑大明是不是患了红眼病。我笑道："现在哪来什么红眼病，各自审美观念不同嘛，他可能觉得西装革履配太阳镜好酷哦！"写到这里，想象大明西装革履，戴着太阳镜，神出鬼没于万科花园与狮山之间，不禁哑然失笑。大明兄弟，祝你猪年好运，青春永在！

二〇〇七年三月四日

# 祝福先生

前记：今日报载，北京大学教授季羡林先生病榻上力辞"国学大师"、"学界泰斗"、"国宝"三大桂冠。崇仰之情油然而生。忽记业师启功先生前年六月三十日去世，成都各报记者纷纷电话采访，问我心情、感想等。曾拜读这些记者报道蜀中某大师泰斗的"生花妙笔"，心里很为这位学术前辈汗颜。我就嘱咐记者文稿发表须经我审阅。半夜，文稿传来，简直惨不忍睹，形容我"哽咽着说"、"哭泣着说"、"泣不成声"云云，尤其是对启功先生的评价，完全是当今学界弟子胡吹导师借以自重的恶俗。沉思片刻，敲击键盘，写了如下悼念文字，翌日见诸报端。

昨日凌晨，启功先生溘然长逝，我在人间永远失去了一位可亲可敬的长者。我的同门师弟、清华大学中文系刘石教授打电话告诉我这个消息时，我俩都沉默无语。暴雨如注，我们在心中悼念。

也许媒体报道这一消息时，会在先生的姓名前冠以"泰斗"、"大师"之类的字眼，如果是这样，我想先生的在天之灵肯定会感到不安的。记得十七年前，弟子吹捧老师虽然没有现在这么夸张，但也渐成时尚，我未能免俗，初见先生便说："启功先生，您是享誉海内外的国学大师，能做您老的博士生，小子真是三生有幸！"先生哈哈一笑，说："我算哪门子大师，陈校长才是真正的大师。现在是山中无老虎，猴子称霸王！"我当即狼狈万状，从此再也不敢胡乱吹捧任何人。

先生的学问很大，成就很高，我辈不肖弟子难以望其项背。首先是天资不如先生，其次是先生的艺术、学术与人生是打成一片的，以自由的心境遨游于中国文化之中，出神入化，即孔子所谓"游于艺"。我问学三年，随时都能从先生身上感受到中国文化的魅力，一种大彻大悟的人生智慧，而不仅仅是渊博的书本知识，更不是时下已蔚然成风的以艰深文浅陋、人格分裂的伪学术。在先生那里，读书作文、写字绘画、吟诗填词，甚至鉴定文物，都洋溢着生命气息，是一种诗意的生存方式，而非如我辈为了评职称、评博导，甚至是为了完成所谓量化的科研任务，不得已而为之的工作。先生留下的吉光片羽，中华书局汇集为《启功丛稿》三卷，属于学术性质的有两卷，读集中论文，娓娓道来，如睹其人。但我对中国文化的一往情深，非读书而来，而是来自先生的人格魅力。先生就是中国文化的见证人。我曾对研究生说，中国文化之魅力，不在书，而在人。先生即其人。

先生生前曾拥有很多头衔，随便一个小头衔，都可能会令儒林中人飘飘然自命不凡。全国政协常委、中央文史研究馆副馆长（后为馆长）、中国书法家协会主席，等等，官品皆副部级以上。先生却一笑置之，说："副部级？等于零！"先生淡泊名利是发自内心，而非故作矫情。先生虽系皇族爱新觉罗氏，但少年丧父，初中肄业，完全靠自学成才，后因先生曾祖父川籍门生傅增湘（曾任北洋政府教育总长）引荐，得遇辅仁大学校长陈垣先生，陈先生即以"诗书画三绝"许之，聘为辅仁中学教员。后辅仁中学整顿，教员须有大学文凭，将解雇先生。陈垣先生说："你不能教中学，到大学来教书吧！"即聘先生为辅仁大学国文教员。后来历经风风雨雨，先生直到六十多岁时才"浪得虚名"（先生语）。先生访问香港时，一位老前辈说："小启呀，你要是不把什么都看得很狗屁，成就肯定比现在大。"先生一笑，说："我要是不把什么都看得很狗屁，就活不到现在。"初版《启功丛稿》书前有《沁园春》一首，先生自题其集云：

　　检点平生，往日全非，百事无聊。计幼时孤露，中年坎坷，如今渐老，幻想俱抛。半世生涯，教书卖画，不过闲吹乞食箫。谁似我，真有名无实，饭桶脓包。　偶然弄些蹊跷。像博学多闻见解超。笑左翻右找，东拼西凑，繁繁琐琐，絮絮叨叨。这样文章，人人会作，惭愧篇篇稿费高。从此后，定收摊歇业，再不胡抄。

这就是先生的自我写照。记得先生曾问我说："如何？不赖吧？"竟摇头晃脑地吟诵起来，然后乐呵呵地批道："自己骂自己，真是岂有此理！"此情此景，历历如在目前。

记得一九九一年一月十七日，美国向伊拉克宣战，那天我博士论文答辩。答辩席上坐着北京大学和中国社科院的名流，空气紧张。启功先生第一个向我提问："打起来没有？"我答："打起来了！"全场哄笑，气氛活跃，我也为之神旺，对答如流，顺利过关。先生这也许叫玩世，但我理解先生，先生把这些都视如仪式，在先生内心深处，有真正的严肃在。母校曾组织先生书画在香港义卖，建立启功奖学金，资助贫困学生。先生闭门谢客一年，挥毫泼墨，筹得巨资，但要求以恩师陈垣先生即陈校长名义设立励耘奖学金。励耘者，陈垣先生之书斋名也。

先生夫妻相濡以沫，患难情深，而当先生"浪得虚名"时，师母早已魂归道山。先生无后，孑然一身，晚年所写悼亡诗堪称绝唱。其中《赌赢歌》一首，考其时间，正是先生病重住进北大医院、我陪侍在旁的时候。我见先生换下袜子，便拿去洗，先生从病床上爬起，一把夺过袜子，不让我洗。我说："启功先生，我是您的弟子，就等于是您的孩子，就让我尽一份心吧！"先生说："不，我不能让你洗我的袜子。"我不解，问："为什么？"先生执着地说："不为什么，就是不能让你为我洗袜子。"当时先生已是八十老翁，孤身一人，一想到此，我怎能不热泪盈眶？

先生高兴地去了，去追寻曾经相依为命、相濡以沫的师母，去完成三十年来梦魂牵绕的山盟海誓。这是人生的难解之缘。前年见到先生，问到起居，先生一笑，说："浑身的零件都坏了。"还是那样旷达、那样诙谐。先生告别这个世界，我不悲哀，因为先生早已将生与死看得很淡，唯有默默祝福先生在天堂早日与朝思暮想的爱妻相见。

二〇〇五年六月三十日夜为《成都商报》撰稿

# 追怀启功先生：我的博士论文答辩

当年读博没有今日这些荒唐无聊的要求，全副精力就集中在学位论文上，我提前完成论文初稿后，交给导师启功先生审阅。半个月后，启功先生见到我笑眯眯点评说："论文写得很有趣（不谦按：不说很有开拓性或颇具创新性），作些修改（毛笔圈点），补充些材料（举证），即可定稿。"我唯唯。启功先生又说："你的字可写得不怎么样啊，有些字太潦草，我都认不出来。"指点若干处，我自己也辨认不出来，最后先生叮嘱我说："不谦啊，你得好好练一练字！"我唯唯。然后日夜奋战，两个月后交出定稿，一笔一画，一丝不苟，虽然笨拙，但小学生都认得。启功先生笑眯眯问："你想申请提前毕业？"我点头说："启功先生，您看我都老大不小了，想早日回成都，与妻儿团聚。"启功先生扳着指头想想，商量似的说："那就定在明年元月中旬？"然后在我的答辩申请表上签字画押。中文系与研究生院审查我的学位课程等也"一路绿灯"。然后我就去打印论文，寄送校外专家评审。因我系提前毕业事出非常，启功先生担心评审表不能及时返回，延误我答辩，就亲书短柬一封，让我复印若干份，随论文寄出。信写得很恳切也很直白，信末曰"所附评审表，请于某月某日前掷还"云云。记得启功先生握笔沉吟片刻，才写下"掷还"二字。我想"掷还"也许比"寄回"更有感召力，因为京内外评审表皆提前回笼。

收齐评审表，去见副导师聂石樵先生。聂先生说："不谦，你的论文不是论文学，偏重历史文化，请谁来主持答辩，得请启功先生定夺。"我很忐忑，见到启功先生后就说："启功先生，我心里好紧张啊！"启功先生还是笑眯眯，说："紧张什么？"我说："我的论文是考史，听说史学专家都忒严肃，喜欢提怪问题，我咋能不紧张？"启功先生"哦"一声后，讲起一件往事：前些年，北师大历史系教授赵光贤先生让启功先生出面，请中华书局编审杨伯峻来主持他的研究生答辩。杨老先生连珠炮似的一个问题接一个问题，问得该生张口结舌、狼狈万状。赵先生忍无可忍，拍案而起，冲杨老先生吹胡子瞪眼说："你以为就你有学问，干脆问我得了！"杨老先生一愣，回过神，也吹胡子瞪眼说："明明是你自己请我来主持答辩的，你这是什么态度？"提起拐杖猛敲桌子，说："我是答辩委员会主席，我不通过！"说完，挂着拐杖，愤然退场。可怜该生竟未能如期获得学位。赵先生后来找到启功先生诉苦说："启功啊启功，你怎么给我请个书呆子来啊？"启功先生狡黠一笑，说："他不是斥人家杨伯峻是书呆子吗？我这回有个好主意，就请他来做你的答辩主席。如何？"然后竟摇头晃脑，哈哈大笑，说："嘿，看他赵光贤是不是书呆子！"

赵先生是著名秦汉史专家，二十世纪四十年代辅仁大学研究生，师从陈垣先生，当然不可能是书呆子。当日晚上，我怀揣论文，去拜见赵先生。赵先生面孔清癯，胡须飘飘，正襟危坐，不苟言笑，与启功先生性格迥异。我的博士论文《中国古代宗教与礼乐文化》在这位大专家眼中绝对是野狐禅。心中惴惴呈上论文，向赵先生请教。赵先生随便翻翻目录，抬起头说："咦？中文系博士生研究秦汉史，有意思，有意思。"不带感情色彩，也不知是褒扬还是批评。随后去城里某街某号拜见张政烺先生。张先生在考古学界大名鼎鼎，虽已垂垂老矣，行走都须搀扶，但却谈笑风生，见我面就问："听说启功现在写一幅字就是上千上万？还捐了一百万？"我说我不知道，小心翼翼问："先生能否参加我的答辩？"张先生爽朗地说："没问题！"又去北大朗润园拜见陈贻焮先生，陈先生把我论文放在茶几上，连声说："好！好！又能跟元白先生一起饮酒论诗了！"三位先生现在皆已作古，但音容笑貌历历如在目前。

答辩日前请系办公室联系校车，接送校外专家。办公室王主任说："何必我们出面，就说是启功先生用车，他们保证随叫随到。"我就去校车队找到队长，以第三人称，说是启功先生博士弟子答辩须用车。果如王主任所言，队长不仅爽快答应，还主动问需要多少辆。我说两辆足矣，队长就说他亲自出马，再另外安排一位老司机。答辩当日，师弟刘石和同系高丙中兵分两路，接送张、陈二先生。回来后刘石告诉我启功先生封了两个红包，每人二十元，让他上车前送给车队师傅，嘱咐说："这是咱私事，不能让人家白辛苦。"后来得知，按学校规定，以启功先生副部级以上官品，校车可随意调遣；但即使是参加全国政协常委会会议，只要用车，启功先生必给师傅小费。刘石颇有感慨地说："别看启功先生表面马大哈，其实他内心很懂人情世故啊！"

答辩前夕，成都幽默大师陈永宁来北京邀请狮山老友共聚北京师范大学"实习餐厅"。陈永宁是个颤花儿，见到美眉就精神亢奋，听说我翌日答辩，就说他要搞破坏。大家都惊讶地问："博士论文答辩，又不是舞会，咋个搞破坏？"陈永宁笑道："老子动员一拨漂亮女生去旁听，绝对激发老先生们的表现欲，抢着提问，某本书读过没有啊，某问题学术界是怎么看啊，一个问题接一个问题，绝对把你娃问得瓜不兮兮。"大家都说好主意。我笑道："你以为天底下都是你这样好色的颤花儿？"陈永宁说："人同此心，心同此理。"

要跟我打赌花千元巨款看能不能请到百名美眉。那时人人见钱眼开,我不敢赌,就猛灌他二锅头,灌得他昏天黑地不知今夕何夕。翌日我答辩完毕,送走答辩专家,去北师大招待所找陈永宁时,他娃还躺在床上,说是浓睡不消残酒。

且说答辩当日,一九九一年一月十七日,我奔赴答辩战场前,美国已在凌晨抢先向伊拉克宣战。老布什虔诚地说:"希望美国公民暂停工作五分钟,向上帝祈祷……"两场战争同日打响,不知是不是上帝的安排。全世界都在关注海湾战争,但我关注的是我的博士论文答辩。上午八点半,校内外答辩专家陆续赶到,一个个神情凝重,端坐答辩席上,空气紧张。副导师聂石樵先生走过来,关心地问:"不谦,准备好了吧?"我尴尬地点点头。九点差一刻,启功先生来了,看也不看我,只是双手抱拳,向校外专家致意,然后坐在答辩席最靠边的椅子上。当年没有回避制度,所以导师、副导师皆来扎场子,给我壮胆。答辩开始前,启功先生笑眯眯问我:"打起来没有?"我发愣,刘石赶紧提醒我说:"美国打伊拉克。"我兴高采烈朗声回答:"打起来了!"全场哄笑,答辩委员也个个忍俊不禁,然后收敛笑容,开始提问,折磨我近三个小时。当年博士还是稀有动物,论文答辩非同寻常。校报特派记者前来,不断闪光拍照,一周后,校报即登出我提前答辩的消息,并配发现场照片。且说我答辩时词不达意,破绽百出,一会儿京腔,一会儿川话,双语交替，狼狈不堪。聂先生眉头紧锁，生怕我不能过关；启功先生却笑容可掬，东张西望，像学前班顽皮的娃娃。时过十二点，答辩主席赵先生还滔滔不绝侃侃而谈，对我儒教是一种宗教的观点大加质疑，我反复陈述，引经据典，却不敢强辩。启功先生始终笑眯眯地看着我，看我理屈词穷大汗淋漓，就回头对赵先生说："儒教是不是宗教，下面交流？"赵先生一笑，好像在问："我是书呆子？"赵先生绝非书呆子，他的质疑启发了我很多思想。三年后，我撰写《儒教：中国历代王朝的国家宗教》一文，载中华书局《传统文化与现代化》一九九六年第六期，后被任继愈主编的论文集《儒教问题争论集》收录，学界至今引用，皆得赵先生之赐也。

答辩完毕刚好是午餐时间，吃不吃饭呢？这在当年却是个前沿课题。系上说不请专家吃饭，都是答辩完毕即走人。当然，绝不可能让学生掏腰包，那就有说不清道不明的关系了。聂先生说："咋办？"启功先生说："中国人哪有请客不吃饭的道理！"答辩前夕，启功先生就让师弟刘石去安排，说是"菜要好，价不必论"。答辩投票后，刘石前面开路，启功先生、聂先生与校内外专家尾随其后，当然还有我，步行到北师大门外北太平庄某餐厅，饕餮一顿。记得那天，启功先生微醉，畅论诗书画与文物，校外专家兴趣盎然，我一句也没听懂。最后，启功先生摸出一沓钞票，笑眯眯买单。

十六年过去了，至今唯一的记忆是：博士论文答辩，我未花一分钱。

二〇〇七年五月二十六日

# 传世之作：谢不谦汤

博士师弟刘石，现任清华大学中文系主任，小我七岁，我却叫他石兄，用的是《红楼梦》的典。石兄也是四川人，大邑刘氏后裔，如今大邑打造的安仁古镇有条街以前就是他爷爷名下的。我笑道："如果不是闹革命，你娃一辈子吃不完用不完，读什么博士当什么教授啊！"石兄笑道："土地主而已。"

却说二十多年前，业师聂教授石樵先生来成都为启功先生物色博士生人选，经过面试，选中了石兄和我。石兄任教川大，我们虽同处一城，同一专业，却并不认识，甚至没听说过对方的名字。去北京参加博士生入学考试，笔试结束后，启功先生召见，我们才第一次见面，都是皮笑肉不笑，礼貌性质的应酬——

"啊啊，你就是刘石？"

"啊啊，你就是谢不谦？"

石兄年方二十五，革命未婚青年，在我这个有妻小的"老童生"看来，貌似还有几分孩子气。石兄比我热爱学术，还喜欢书法篆刻，在启功先生门下如鱼得水。我只在两方面胜过他，一是拱猪，二是烹调。石兄和同届学弟现北大高教授丙中、人大马教授克锋、原供职中科院后被老婆挟持回三峡大学的萧教授平、美国留学生Jay等，都是我的拱猪徒弟。我和马教授克锋配合，曾荣获北京师范大学研究生拱猪冠军，颇引以为豪。石兄讽刺道："又不是亚运会奥运会冠军，得意什么啊！"马教授克锋斥他忌妒，是狐狸吃不上葡萄的心理，说："拱猪冠军虽不比亚运会奥运会冠军有含金量，但大小也是一种荣誉嘛！"把大家笑惨了。

再说烹调。第一学期临近元旦时，石兄在外贸部工作的表弟送来一大堆慰问品，有海虾、鱿鱼、青蛙、牛肉等。石兄愁眉苦脸道："这个表弟太不懂事！不送巧克力、花生豆、牛肉干，却送这些生猛海鲜，怎么吃得下去啊，只有扔进垃圾桶。"我说："你去借个煤油炉，我来化腐朽为神奇？"

然后我因陋就简，在煤油熏烤中，炮制了一桌美味佳肴：清炖牛肉、盐水虾、干煸青蛙、鱿鱼三鲜等。请"猪友"学弟都来同乐，把大家吃欢了，说："不谦，你读古代文学博士纯属浪费人才！要是改读烹调学，岂止博士，绝对国际一流大师！"我笑道："什么狗屁大师，你们都是饥不择食的猪,我只是养猪场饲养员而已。"一年后,石兄室友张思留学东京大学,元旦前给各位"猪友"寄来明信片,寄我者云:"小弟来东京半年,结识很多新朋友,但能畅论古今大事,又能烹调美味佳肴如君者,无有也!"我拿给石兄看,说:"把你娃比下去了吧?"石兄笑道:"张思有成见,我有一次半夜在床上吃巧克力没给他吃。"

却说第一学期还没结束,石兄和我已成莫逆,讽刺我说:"你好像不是合格的中共党员?"我笑道:"难道我是合格的国民党员?"第二学期,遇春夏之交的政治风波,我和石兄一起离开北京,飞回成都。惊魂甫定,请石兄来狮山"碉堡楼"做客,有一道菜是番茄黄瓜汤,竟让他赞不绝口、仔细研究,说:"不谦,这汤太好吃了,是怎么做的?"我笑道:"保密。"

过了几天,石兄请我去他家做客,也有一道菜是番茄黄瓜汤,石兄姐姐说:"弟弟不让我动手,非要等你来原汁原味表演,说你做的这道菜最好吃。"我笑道:"你弟弟年轻幼稚,还有一种盲目的英雄崇拜情结。"把她笑惨了。

博士毕业后,石兄留北京发展,我打道回成都府。六年之后,我官拜副系主任,跟毛书记去北京出差,石兄在清华园设家宴,媳妇刘氏掌勺。开吃前,刘氏发表声明说:"不谦,我做的菜肯定没你做的好吃。"毛书记是美食家,不屑地说:"谢不谦,之乎者也迂夫子,他会做什么菜?"石兄说:"他能把最普通的家常菜做得有盐有味。"

却说前年暑假,石兄携妻儿回成都探亲。中文系老主任龚教授夫人和石兄父亲是大学同学,在川大西门外科华餐厅请他们一家吃饭,邀我叨陪末座。石兄父亲刘叔叔是西南民大中文系老系主任,二十年没见,依然精神矍铄,笑着对我说:"我们家现在还保留着一道传统菜,叫谢不谦汤。"我笑道:"不是汤我吧?"刘叔叔说:"番茄黄瓜汤。"我的论著大多是文字垃圾,无人问津,没想到这道二十年前的私家菜,竟成了我的传世之作。

前些日,媳妇去后花园摘下一根貌似比她还老的黄瓜,问我说:"生吃还是熟吃?"想起刘叔叔命名的谢不谦汤,我为之神旺,大蒜切片,黄瓜、番茄切块,清水煮熟,盛在碗里,放少许盐、味精,然后加一匙大巴山特产山胡椒油,既开胃,更开心。

二〇一一年九月七日

# 我在四川大学最敬重的学者

项楚老师是四川大学文科目前唯一享受院士级待遇的杰出教授。本来还有一位，宗教学的卿希泰教授，但据说去了厦门大学。我虽然不是项门弟子，但我很敬重项老师，敬重他的学问，更敬重他的为人。

据说好多年前，项老师从西北中学借调到川大中文系，仙风道骨的老系主任"杨大胡子"杨明照老先生，也是项老师的老师，摸着美髯，对项夫人何老师说："项楚是要做大学问的，别拿家务事烦他！"项老师后来果真把学问做得很大。多大呢？如果文科设院士，项老师绝对百分之百入选。

且说二十世纪八十年代，敦煌学已成为国际汉学界的显学，日本汉学界扬言"敦煌在中国，敦煌学在日本"，拟召开一个国际敦煌学研讨会，弘扬这一主题。北大季羡林先生获知川大有个青年学者也在搞敦煌学，就请这位青年学者将自己的研究成果速寄日本。这位青年学者的研究成果当时尚未出版，就将手稿复制一份，寄往日本。日本汉学界研读这份手稿后，发现半路上突然杀出个程咬金，那次提劲打靶的国际会议就不了了之了。

这位青年学者就是项楚老师，当时连副教授都不是。这个故事是项老师硕士生开门弟子、我的博士生同门师弟刘石眉飞色舞讲给我听的。记得当年博士生笔试之后，当天就面试，启功先生与杨老先生是四十年代北京旧相识，问刘石说："你的硕士导师是杨大胡子？"刘石说是项楚。启功先生哈哈一笑，竖起大拇指说："项楚是真正的学者啊！"启功先生如此盛赞项老师，其实只为一篇论文，《〈五灯会元〉点校献疑三百例》。《五灯会元》是南宋沙门普济编撰的禅宗语录，由华东师范大学著名佛学专家苏渊雷教授点校，中华书局出版。记得启功先生说："苏渊雷偷懒，让学生去标点，不错才怪！该挨骂！"我找来项老师的论文与中华书局版《五灯会元》对读，感慨项老师佛学造诣之精深，仅仅一个标点不同，佛义全变。《五灯会元》因此而挖版重印。刘石后来入中华书局，他说这在中华书局史上还是第一次。

我到川大时，项老师已过知天命之年，早就誉满海内外学界。后来，项老师又被推选为国务院学科评议组成员，全国学术界位高权重的"大脑壳"。操到这个份上的大学者，在本校本系本教研室，可能多少都有点傲气甚至霸气，但项老师没有，甚至从未听过他高谈阔论，在教研室也不多言多语，恂恂如也。隔周一次的政治学习，大家聚集一堂，我等五〇后小字辈就互相搞笑，有时也把项老师扯进来。项老师默默坐在一角，只是微笑，偶尔点评一句便是妙语。记得某次，大家都说我是好色之徒，我就引孔子"吾未见好德如好色者"为据，问："教研室谁不好色？"项老师笑道："但我们是好色而不淫。"把大家都逗笑了，从此都自诩为"好色而不淫"，以与我这个大坏蛋划清界限。我对刘大侠感叹说："项老师这个人太好了，他可是院士级的大人物啊，我们这样没大没小，胡说八道，要是换一个人，敢吗？"刘大侠一想，也连连感叹说："还真是啊！"记得某年，项老师在台湾讲学，我当时在副院长任上，学院筹备某国际学术会议，我就去信征询他的意见，项老师亲笔复函："不谦老弟：……"信的内容全忘了，但这句"不谦老弟"让我感念至今。

前几年，项老师挂帅，建立四川大学中国俗文化研究所，是教育部人文社会科学重点研究基地，我等小字辈的教授、副教授、讲师多被延揽为专职研究员。某次，讨论研究课题，梦蝶居士说导师手上课题太多，忙不过来，问可不可以让博士生来完成，结题后合署上导师的名字。长东博士那时还是初生牛犊，当场表示反对，说："这怎么行啊，我完成的论文凭什么要署上项老师的名字哦！"长东的导师项老师就坐在对面。我心想,长东说话也太口无遮拦了!但项老师却微微一笑,没事儿一样。会后我对长东说:"当着项老师的面,你娃竟敢口出狂言,你凶!"长东却辩解道:"我说的是实话啊!"我至今很佩服长东这种实话实说的精神,但我更敬重项老师,换一个导师,学生即使心里一千个不情愿,敢在大庭广众之下面对导师这样直言不讳说出来吗?

说到项老师,自然要说到项老师夫人何老师。何老师是四川音乐学院教授,性格与项老师正好相反,热情、泼辣、干练。项老师夫妇在我心中的印象是何老师口若悬河、谈笑风生,项老师沉默无语、洗耳恭听。我笑道:"在家里肯定是何老师指东项老师绝不敢向西?"何老师说:"哪里有那么严重哦!"记得何老师装修新居,邀请我和媳妇去参观,很自豪地说:"里里外外,全是我一个人拿主意,项楚笨得很!"我说:"做那么大的学问,还笨?何老师要求也太高了!"参观到浴室,发现浴缸很袖珍,我就怀疑项老师是否能躺得下去。何老师说:"我都躺得下去,他恐怕也没问题吧!"我不知道何老师是怎么想的,项老师比她高得多,咋能没问题呢?媳妇悄悄扯我衣襟,我就没有再继续质疑。过了几天,估计是何老师叫项老师来江安新居试验了一回,她一见我面就说:"谢不谦,我们家的浴缸是小了一些。"不知道后来换成大浴缸没有,即使没换,以项老师的性格,恐怕也不会提出什么异议,只能勉为其难去泡那口很袖珍的浴缸吧？记得去年研究所组织游剑门关，餐桌上我故作痛苦状说："现在的男人好受压抑哦！"项老师笑着回应说："深有同感。"大家齐笑。何老师也笑，指着项老师鼻子说："你一天就晓得做你的学问，什么也不管，你还受压抑？"其实，项门弟子都很羡慕项老师，说项老师好幸福。能专心致志做学问，而不被家务事烦扰，对于醉心学术的人来说，当然是莫大的幸福。

去年某日，媳妇从狮山驱车回家，说她遇到何老师在江安花园门口等校车回望江校区。校车始发站在江安花园对面校区内，路过江安花园时常常没有座位。我说："你咋不开车去送何老师回望江？"媳妇说："我说了，但何老师说算了，说项老师已到校车上占座位去了。"那可得走很长一段距离。我感慨地说："项老师的为人，远非很多学者所能及，这样的大学者，这样大的年龄，还要自己走老远去为老伴儿到校车上占座位。"媳妇就问我说："你做得到吗？"后来，我在王红的长亭短亭上看见一篇博文，介绍项老师的学术，是长东教授写的，我就把这件事跟了个帖。某日，何老师见我就问："谢不谦，听说你在博客上写项楚？"我说："没有啊，我只是跟了个帖，说项老师去为你占座位的事。"何老师笑着说："你还不晓得后来吧？校车开到江安花园门口，我连连招手，校车却不停，我一边追一边喊，校车才停下来，司机却说没座位了。我上车问项楚：'你给我占的座位呢？'项楚却说：'人家要来坐，我咋能不让人家坐啊？'你说项楚笨不笨？"项老师真是太笨，连男学生都能名正言顺为自己的女友占个座位，而这位川大文科唯一的院士级杰出教授，却不好意思说"同学，这是我为老伴儿占的座位"，我就觉得项老师性格中有一种很了不起很难得的东西：不争。

项老师不争，但却获得了很多很高的荣誉。从在校车上为老伴儿占座位这件事，你完全可以相信，项老师所有这些荣誉，都不可能是靠不择手段的恶性竞争而获取的，如时下学界已蔚然成风的那样。我由此对项老师充满敬意，不是因为他的学问，而是因为他这个人。

二〇〇七年九月十七日

# 川大有个毛书记

我身高一米六五,媳妇经常打击我,说我是"全残废"。我自信心因此严重受损,人前自觉低三分。官拜副院长后,学院党委毛书记找我谈话,就站在文科楼前的坝坝上,我突然找回失落已久的自信:毛书记竟然比我还"残废"!毛书记海拔多少我不晓得,反正比我矮半个头。毛书记说他年轻时想参军,大家说他只能当铁道兵,钻隧洞都不用弯腰低头。至今我最佩服毛书记的就是,无论人家如何讽刺打击,他也从不自卑,还自豪地说:"高是高,大草包;矮是矮,放光彩。"

毛书记上小学五年级时就放过一次光彩。时值"大跃进",人有多大胆地有多大产,到处放卫星。郭沫若与周扬,中国文坛两个"大脑壳",挂名编纂《红旗歌谣》,仿古代采风之义,广泛采集各地伪民歌,以展现中国人民战天斗地超英赶美的精神风貌。记得有首咏高产稻田的民歌云："稻子长得密又浓，铺天盖地不透风。就是卫星掉下来，也要弹回半空中。"毛书记很得意地说他也写过一首民歌咏高产棉花，朗声而诵："两朵棉花扎个包，压得板车两头翘。翘一翘呀翘一翘，好像一门高射炮。"我赞道："还真有点'大跃进'民歌味道，也上了《红旗歌谣》？"毛书记谦虚地说："我哪里够水平，就发表在九眼桥街道黑板报上。"我笑道："小学生上街道黑板报，那也不简单哟！"从此到处传播毛书记的处女作。

毛书记是土生土长的成都人，一口地道成都腔，但为了展示中国名校研究型学院之风貌，每次全院开会时毛书记都操一口椒盐普通话，比如"寒假通知就耙在外头墙壁子上，会后请老师各人自己去看看哈"，"今年团拜吃散伙饭，在南门外一相逢，那个塌塌味道要比红瓦楼巴适得多"，等等。我忍不住笑，毛书记就改用四川话损我说："笑啥子笑，总比你娃说得标准，亏你还在北京待那么多年，枉自！"我普通话是很糟糕，这一点我绝不否认。记得初到北京时，我分不清卷舌、不卷舌、前鼻音、后鼻音，就一律卷舌、后鼻音。到照相馆加洗照片，人家问洗多少张，我说四张。再问价钱，我吃了一惊，说："怎么这样贵？"拿过发票一看，十张，急忙伸出四根指头说："四张！不是十张！"上大三时，北京同学邀请我去他家里做客，同学姐姐问我是哪里人，我说:"大巴山的。我们山里人说话,你们北京人肯定听不懂。"同学姐姐不解,问:"你说话我怎么听得懂?"我有些不好意思,说:"我跟你讲的是普通话。"同学姐姐笑了半天才说:"不谦,我可不是讽刺你,我刚才真的以为你说的是大巴山家乡话。"尽管如此,毕竟前后耳濡目染浸润七载,怎么也不可能比毛书记差吧,就去找副书记肖薇评判。肖薇是四川大学普通话水平测试中心主任,一言九鼎,听我们各自朗诵一段后,竟点评道:"各有千秋,难分高下。"

毛书记最具个性的特点是睡觉打呼噜,时而舒缓,时而悠扬,时而高亢,时而低昂,时而婉约,时而豪放,时而叙事,时而抒情,张弛相间,错落有致,达到了怨而不怒、乐而不淫的境界。某周末,院系干部加辅导员二十余人到桃坪羌寨游玩。午饭后,大家聚在坝子闲聊,毛书记说他找个地儿去打个盹。片刻工夫,鼾声竟如疾风骤雨般铺天盖地而来。众男士皆大惊失色,说:"晚上哪个敢跟老毛同睡一个房间哟!"分配房间时,都拒绝跟毛书记搭伴。毛书记就点我的将说:"不谦,我们两个人睡一个房间?"我苦笑道:"看来也只有我这个瓜娃子肯舍命陪君子哟!"天黑下来后,大家围着篝火吃烤羊、喝米酒、醉跳锅庄,闹到大半夜才各自回屋睡觉。毛书记拿起当天报纸,说:"不谦,你先睡,我后睡,免得我打呼噜吵得你睡不着。"我说:"好。"倒头就进入梦乡。翌日早晨醒来,毛书记揉着眼睛,呵欠连天，恨恨道："好你个谢不谦，我怕打呼噜吵着你，让你先睡，哪知你一倒头，呼噜声就震天动地，吵得我一夜没睡着！"我笑说："我从不打呼噜，真的，是不是因为我潜意识中提防着你的呼噜声，就迸发出你魔高一尺我就道高一丈的本能反应哦？"后来凡遇集体外出，大家都把我和毛书记安排在一个房间，说是让我们"互相折磨"。

毛书记为人随和，虽是上级，却像老大哥似的。我开玩笑叫他"毛主席"，他却笑道："这不是老弟你的发明，学校王书记早就叫我'毛主席'了，还说工会换届让我去干校工会主席，弄个名正言顺的真'毛主席'出来。"遗憾的是，工会尚未换届，教育部就派来卢铁城教授出任党委书记兼校长。王书记的愿望最终未能实现。

前某年，学院一行人访台。记得从台南到台中时，已经是晚上十点左右。中正大学郑阿才教授夫妇驱车来接我们去他家喝酒。郑教授家住乡间，小半条街上比邻而居七八家，皆郑教授同事或朋友。每家三层楼，朦胧夜色中，隐隐看见周围都是农田，流萤点点，蛙语虫鸣，真有点稼轩词"明月别枝惊鹊，清风半夜鸣蝉"的意境。到郑教授家，两个年轻后生迎我们入饭厅，桌上已摆满美味佳肴。郑教授指着年轻人说："他们是研究生，因我不会喝酒，特请他们前来陪你们。"又说："不谦，我去年到成都参加俗文化研究所主办的学术会议，就知道你是英雄海量，今晚请尽兴。"我很感动,觉得海峡两岸中国人心心相通。邻居们听说大陆来了客人,也纷纷前来。有位历史系退休教授,也姓毛,竟跟毛书记攀起家门,他满脸通红,说刚喝过酒,但见到大陆朋友,很高兴,陪我们再喝两杯。又说他最崇拜毛泽东,邀请我们去他家中,欣赏客厅墙壁镜框中毛泽东龙飞凤舞手书的《沁园春》。再回到郑教授家中,继续喝酒聊天,大陆台湾,过去现在,百无禁忌。我说:"阿才教授,我好羡慕你们的生活啊!"

回到宾馆,毛书记就批评我说:"谢老弟,今后说话,不要忘记身份,要注意影响!"我很吃惊,问:"影响?我说什么反动话了?"毛书记很严肃地说:"你说好羡慕他们,这是不是有失身份?说严重点,就是有损国格、人格。"我笑着说:"好大个男女关系哟,竟上纲上线到国格、人格?你看人家那住房、那环境,你不羡慕?再说了,台湾又不是外国,咋个就有损国格?即使到外国,吹捧主人家几句,也是礼貌嘛,咋个就有损人格?"然后问黎风说:"你来评判下我和毛书记谁是谁非。"黎风笑嘻嘻说:"毛书记批评的是,你娃今天喝高了,说话是有些出格。"毛书记得意一笑,说:"如何?"我急了,说:"黎风,你咋个没点是非观念哟!"毛书记走后,黎风笑道:"不谦,你没看到毛书记脸红筋胀的样子吗?我要说你是,不把他高血压急出来才怪,做人要厚道些嘛!"我说:"毛书记心是好的,就是过分谨慎了些。"

毛书记专业是民间文学与民俗学，我开玩笑说："原生态民间文学、民俗民风都是阿哥阿妹，离不开男女二字，你研究的属于黄色文化。"毛书记反驳道："啥子黄色文化？我们研究饮食文化，开学术会议吃饭时成都各家风味餐厅都争着请我们去！"我说："这叫饮食文化？明明是骗吃骗喝文化！"也申请加入民俗学会，但因攻击民间文学、民俗学是研究黄色文化的，至今被拒之门外。

我北京师范大学的美国同学Jay Daugcher，即我的拱猪徒弟老丁，宾州大学助理教授，申请到美国卫生局课题，研究中国酒文化，暑假到成都找我，我说："我虽然喝酒，但不懂酒文化。我给你介绍一位民俗学专家，既喝酒又懂酒文化，对你肯定大有帮助。"我就找到毛书记，毛书记犹豫不决，说："我不会说鸟言兽语。"我说："老丁虽是洋人，官话比你我都说得好。"毛书记还是心虚，说："我就懂点田野调查、风土人情，又不懂什么洋理论。"我笑说："你这才是中国真正的民俗学。洋理论都是中国学者杜撰出来蒙中国人的。"我就跟毛书记，还有脚踩民俗学与古代文学两只船的刘大侠，在城里寻一家冷淡杯，与老丁见面，然后请老板把桌凳摆在店外。中国学者与美国学者，边喝啤酒边啃兔脑壳，开始了国际学术交流，后来又在不同场合交流多次。老丁离开成都前，我问他说："如何？"老丁竖起大拇指说："毛书记顶呱呱！"

学院班子中，我跟毛书记最谈得来，我们道不同但幸福观念却相同：知足常乐。直到去年，毛书记还住在六十来平方米的老房子，也就是研究生宿舍旁边那幢红砖楼，前不久才拆迁，但他老人家照旧活得有滋有味，树上养鹦鹉，地上养狗儿。一说起他的狗儿，毛书记就眉飞色舞、滔滔不绝，竟自谓"狗爸爸"，老婆李姐也甘当"狗妈妈"，给狗儿洗脚、洗脸、剪毛、梳头，照顾得无微不至。唯一令我不解的是，毛书记竟然像旧式专制家长似的，不准狗儿自由恋爱自主择偶。毛书记的理由是："我的狗儿是德国纯种，血统高贵，咋能随便跟那些来路不明的杂种狗儿耍朋友呢！"我笑道："毛书记，看你平时人很开明开通，原来是假装的！连狗儿耍个朋友，都要讲门第论血统？还要搞父母之命媒妁之言包办婚姻嚓？"毛书记很认真地说："这个你娃不懂。"

毛书记喜欢饮酒，每天必饮，家里泡了十多种药酒，酒瓶陈列书房，简直像开酒店的。某日，毛书记邀请我去他家品酒，每种饮小半杯，果真醇浓好喝。桌上菜肴，也是毛书记亲手烹制，样样色香味俱全。我请教泡酒秘方和烹调艺术，毛书记顿时来了兴致，唾沫横飞，令我馋涎欲滴，不禁赞叹道："毛书记，你太会享受生活了！"正在神侃，李姐引进来个陌生中年人，乡下人模样，我以为是他家什么穷亲戚。毛书记站起来，热情招呼说："快坐下，一起吃。"斟上酒,然后介绍说是他下乡插队时的老邻居,又介绍我说:"这是我现在学院的小老弟。"老邻居坐下说:"毛哥,我来找你是想跟你说,我实在手头紧,钱今年还不了你了。"毛书记笑道:"我早说了,有钱再还嘛,我现在也不急等这钱用。"原来,老邻居去年盖新房找毛书记借了三千元。屈指一算,那可是三十多年前的老邻居!我也下过乡插过队,但跟当年邻居早就没来往了,何况借钱?毛书记说:"当年在江油插队,我们是第一批成都知青,老乡待我们太好了,我一辈子都要记住这个情,能帮的忙尽量帮。"酒酣耳热之际,毛书记说他生平唯一一次大醉,是前些年五十岁生日那次。那次江油乡下老邻居特地来接他回村,为他办五十大寿。走进村口,各家鞭炮齐响。毛书记说:"我太感动了!太感动了!"一路上频频挥手致意。寿筵是坝坝宴,全村父老都来了,向这位三十多年前的成都老知青敬酒。毛书记说:"这种场合,不醉可能吗?"老邻居说:"那天毛哥醉得不省人事,真把我们吓惨了!"我醉眼蒙眬之中,望着毛书记喝得红光满面的脸,心里感慨地说:"这个时代还有人如此记情重情,太难能可贵了!"

前年,毛书记任期到点,愉快回到群众队伍中,照样乐呵呵,没有一点失落感。后来,四川大学锦城学院聘毛书记当文传系主任,毛书记请我去上课,我推辞再三,毛书记说:"哟,我一下台就不买账了嗦?"我说:"我有那么势利眼？我是个黄司机，又是路盲，咋个去哦？"毛书记笑道："一回生二回熟嘛，反正得给我扎起！"我只好从命。回来途中下三环路时拐错一道口，东绕西绕回到家中已是晚上十点。电话铃响，是毛书记打来的："我打了好多次，咋个没人接电话？"我说媳妇不在家，我刚到家。毛书记哈哈大笑，说："你娃太好耍了！下次派专车接送？"我说："算了算了，看在您老人家面上，我就当是跑公里练技术了。"毛书记说："够哥们儿！"

二〇〇七年一月二十四日

# 刘大侠二三事

学院今日公布了本学年教研室排行榜。打从盘古开天地，三皇五帝到如今，古代文学教研室第一次荣登榜首！这意味着，刘大侠领导的教研室，已经从一个吊儿郎当的教研室，升格为本学年全学院最优秀教研室。但梦蝶居士不同意我的看法，愤然道："谁说我们是吊儿郎当教研室？"我笑道："沈老师说的。"谁知沈伯俊老师就在我背后，听我说是出自他之口，急忙解释说："我可不是这样说的哟，我只是说刘大侠有些吊儿郎当。"我说："刘大侠是教研室主任，他吊儿郎当，我们就是吊儿郎当教研室嘛，是不是这个道理？"大家齐笑，心情很好，都说："喝茶去！喝茶去！"

周五政治学习后教研室同人相约喝茶，是刘大侠采纳王红建议而作出的创建和谐教研室的英明决策。地点在校工会娱乐园，收费合理，一杯一元，可能是全中国最低价。所以，每次喝茶，全体同人，不分男女老少，人人抢着买单。刘大侠笑嘻嘻赞道："一个人收入有高低，但只要有这点精神，就是一个高尚的人，一个纯粹的人，一个有道德的人，一个脱离了低级趣味的人，一个有益于人民的人。"但刘大侠自己却从来不争当这样高尚的人。某日到校工会娱乐园喝茶，刘大侠说："这儿茶叶太次，喝了对身体不好。"大家就说："不要茶叶，就喝白开水。"刘大侠又说："白开水？喝不下去。"借口自己没有零钱，竟向王红索要十元钱，去附近小卖部买来一袋花茶，每个杯子里放几片，余下大半袋竟要带回家，笑嘻嘻说留作春节期间给客人泡茶用。

刘大侠不仅吝啬，而且贪婪，但大家还是衷心拥戴他，因为我们古代文学教研室能有今天，从吊儿郎当一变而为全院最优，都是刘大侠呕心沥血、不辞辛劳、经常深入教学第一线听课的功劳。为了不让师生认出，从而了解课堂教学真实情况，刘大侠竟戴着墨镜，鬼鬼祟祟，躲在教室门外偷听，手里还拿着本子做记录。虽然这有点像电影里特务的做派，但他的踏实工作确实为我们古代文学教研室创优赢得了高分。

大家都说刘大侠是古代文学教研室创优的元勋，刘大侠却谦虚地说："元勋是我儿子嘟嘟。"刘大侠说是他儿子改变了他的人生信念，他原来是很自私、很悲观的人，常感慨说："人生的路是越走越窄啊！"今日竟对青年教师李瑄说：

"当你有了小孩,你的观念就会发生巨变,你就不再是为自己而活,你不仅有了幸福感,更有了责任感,你会开始关心社会,希望社会越变越好,因为那将是你孩子的世界。"刘大侠绝不是唱高调。刘大侠中年得子,说起"我们嘟嘟",一片慈父痴情溢于言表。记得前些年,刘大侠经常半夜打电话骚扰我说:"不谦,我幸福惨了!"我笑道:"又是你们嘟嘟?"刘大侠乐呵呵说:"我瞅着他睡熟的乖样,真是幸福惨了!"竟不让嘟嘟叫他爸,直呼曰"老刘"。嘟嘟今年上初一,有事求刘大侠则喊"老爸",否则照旧呼曰"老刘",典型的"子为父纲"。

刘大侠关心社会也绝非假话。前年某晚打电话问我说:"不谦,你是同情戴安娜王妃还是卡米拉?"原来,英国查尔斯王子家事引发了刘大侠的家庭战争。刘大侠媳妇同情戴安娜王妃,刘大侠说卡米拉也不容易,夫妻俩为此展开激烈争论,最后不欢而散,冷战三天,互不理睬。我知道刘大侠是想争取我对他的支持和同情,但我却对着电话笑道:"关你屁事!"啪的一声,刘大侠把电话压了。媳妇责备我说:"你咋这样跟人说话?把刘大侠给得罪了,看你怎么解释?"我说:"不用解释。"片刻后,刘大侠又打电话过来说:"不谦,明天到教研室来,讨论研究生培养计划。"我放下电话,笑着对媳妇说:"这不,又和好了。"

刘大侠喝酒也曾是条好汉,东北人本色,不吃菜,光喝酒，敬酒时你不喝他就自己喝。某次与研究生同学聚饮，刘大侠醉得一塌糊涂，送回家时他媳妇一摸脉搏都没有了，急忙送往医院。医生说："晚来十分钟命就没了。"刘大侠媳妇斥道："你都当爸爸的人了，只顾自己痛快，如果醉死了，嘟嘟咋办？"从此戒酒。记得某年，学院在红瓦楼吃团拜饭，我忝列副院长，举杯致辞说："喝酒从来不喝醉的男人，不是好男人；滴酒不沾的女人，不是好女人！"大家齐说好。办公室主任杜蓉端着酒杯来挑战，要我收回最后一句，否则要与我拼酒。我说："一言既出，驷马难追。"就与之拼酒，最后只记得飘飘然之中王红说："我背一首关于酒的唐诗，你喝一杯？"我还比较清醒，说："唐诗篇篇皆酒，不干！"毛书记说："我跳一个少数民族酒舞，你喝一杯？"毛书记舞蹈跟我普通话水平差不多，我就说："好！"毛书记在我眼中翩翩起舞，先是双影，然后渐渐地天地灿烂浑然一片。醒过来时已是翌日凌晨，我躺在家中沙发上，刘大侠坐在旁边。我揉揉眼睛，问："刘大侠，这么早你怎么在这里？"刘大侠苦笑着说："我在这里坐了一夜冷了一夜啊！"原来刘大侠打的送我回家，我浑身麻醉不省人事，找不到家门，出租车在狮山东西南北绕了很久，然后停在一家小卖部门口。小卖部刘大姐说："这不是谢老师吗？"刘大侠这才把我扶回家。媳妇很生气，自去睡了。我死死拽住刘大侠不让他走，要跟他畅谈人生，旋即呼噜声连天。夜已很深，没车，刘大侠不能回川大了。那是我危楼蜗居时代，一室一厅一过道，刘大侠就坐在我昏睡的沙发边，却不慎碰翻红外电热炉，自动断电，鼓捣半天也无济于事，只好这样坐着冻了一夜。长夜难熬，刘大侠从书架上取下《红与黑》，我醒过来时他刚读完最后一页。我很过意不去，刘大侠却说："冷坐一夜，读了部世界名著，还是值得的嘛！"

前年春节正月初三，梦蝶居士夫妇、刘大侠夫妇驱车到幸福梅林，电话相邀一起吃饭。中午吃饭时，梦蝶居士和刘大侠竟忘乎所以，把他们的快乐建筑在我的痛苦之上，当着我媳妇面说我在学院新年团拜聚餐时醉酒之后入卫生间，出来时皮带不系裤扣不扣，把女士们吓得作鸟兽散。回来路上，媳妇沉着脸不理我。我赔笑逗她，媳妇才愤然道："人家拿你当瓜娃子，你还有脸笑？我都恨不得钻到地下去！"于是冷战开始。我打电话给刘大侠说："你娃明知我媳妇死要面子，咋个这样损我？"刘大侠笑嘻嘻说："那你也损我？就说我吸毒嫖妓什么的，怎么恶毒怎么说，为了你的幸福，我豁出去了。"我就跟媳妇说："你别看刘大侠貌似忠厚，其实他是一个坏人，醉酒之后我是回家，他醉酒之后是去夜总会找三陪小姐。"媳妇说："不可能。"我说："怎么不可能？他自己说的，有梦蝶居士为证。"媳妇半信半疑，说："怎么看不出来？"因有这样的坏人垫底，媳妇认为我勉强还算是个好人，就原谅了我，说："那以后不许你跟刘大侠这样的坏人鬼混。"刘大侠说:"不谦,我够哥们儿吧,为了你的幸福,不惜自毁清誉,这样的自我牺牲精神,你有吗?"

我当然没有。所以,我们才衷心拥戴刘大侠为王,才齐心协力把古代文学教研室创建成了优秀教研室。今天在校工会娱乐园,刘大侠很得意地说:"争取明年继续创优,拿到奖金后全教研室去度假村潇洒两天?"大家都说:"算了算了,何必为区区三千元奖金活得太累。"最后结账,梦蝶居士买单:十元。然后大家拱手告别,各自回家。

二〇〇七年一月十九日

# 老辣椒粉眼中的红姐

解题：王红男女粉丝甚多，皆自谓红粉。我说："男粉丝叫红粉，好搞笑哟！"一红粉答曰："红粉若分男女，男可名辣椒粉，女可名胭脂。"那我也算个辣椒粉。

记得刘大侠官拜古代文学教研室主任前，教研室工作语言是四川话。刘大侠和王红，一北一南两个外省人，是操京腔的另类，贬四川话为土话，绝不入乡随俗。王红说："成都人跟你说话，总要莫名其妙问你晓得不，真可笑！"刘大侠随即附和道："漂亮女孩一口土里土气的四川话，真是煞风景！"我求学京师浸润多年，勉强能操双语，见人说人话，见鬼说鬼话，但语感很差，怪声怪调，常被他们讥讽，就干脆单操四川"人话"，与"鬼话"抗衡。后来，刘大侠行使教研室主任"话语霸权"，强力推广京腔。教研室同人相聚，但凡刘大侠和王红在场，皆一律"贵州毛驴学马叫"。行之既久，蔚成风气，即或没有二人在场，但凡教研活动、研究生答辩甚至闲聊神侃，大家也皆操京腔。某次在校工会娱乐园喝茶，刘大侠因故缺席，王红因事早退，座中清一色川人，却依旧京腔。梦蝶居士偶尔冒一句四川话，我以京腔回应，觉得滑稽，旋即改说四川话，梦蝶居士又重操京腔，我也只好以京腔敷衍，这样你来我往，时而京腔，时而四川话，南腔北调，殊觉有趣。总结起来说就是，自刘大侠"执政"以来，古代文学教研室最大的变化是工作语言京腔、日常语言双语。

刘大侠与王红因有共同语言，相知最早。前刘大侠时代，教研室开会或外出郊游，二人就常作亲切交谈状。我初到川大，因语言障碍，与二人点头之交而已。后来，偶然一个机会，与刘大侠同为台湾普罗文化出版公司翻译外国音乐家传记，刘汉盛老总请我们喝酒，天南海北大陆台湾神侃，我和刘大侠才发现我们有一个共同点，就是我们都不是毛主席的好孩子。刘大侠说曾带弟弟去偷市郊农民田里的玉米，我说曾跟哥哥去偷城郊农民地里的红薯。后来又发现我们的青春启蒙读物居然都是红色经典《钢铁是怎样炼成的》：少年保尔因救地下党朱赫来被捕入狱，同牢房还关押着一位少女。白军司令威胁少女说，如果拒绝跟他相好，就把她交给一群大兵。刘大侠记忆力超强，竟能背诵少女拥抱着保尔说的那句话："亲爱的，我把处女的贞操献给你吧！"我说我读这部小说时才十四五岁，不知道处女的贞操是什么意思，就是心跳加速。刘大侠笑嘻嘻说："我也是，还在下边用红笔画了一杠，加上三个大问号。"至于保尔后来的英雄事迹，早就还给了奥斯特洛夫斯基。我们面面相觑，唏嘘不已：钢铁就是这样没有炼成的啊！最后，我们皆好德不如好色，好学不如好酒，同病相怜，惺惺相惜，遂成哥们儿。

王红却从小就是毛主席的好孩子，三好学生、先进知青、优秀团员、优秀党员等，追求高雅情调，绝无低级趣味，至今不斗地主、不玩麻将。我们吓唬王红说："不玩麻将容易得老年痴呆！"王红一笑置之。虽有媚雅之嫌，王红也会调侃搞笑。记得前年"保先"动员，熊兰书记说校党委要求各学院提出奋斗口号，我那时虽已"下课"，却还忝列院党委委员，就积极提议用"文革"前共产主义口号"我爱人人，人人爱我"，王红现场点评说："你爱人人有希望，人人爱你莫指望！"逗得大家大笑，竟把"保先"动员会变成了抨击我一夫多妻主义的批判会。研究生毕业，师生聚餐共饮，王红向诸生交代说："不谦老师少言寡语，酒至三分；川普朗诵古今中外诗歌，酒至五分；眉飞色舞说到动物，酒至七分；鼓吹一夫多妻主义，酒至九分，此时大家即可迅速撤离，否则就只能舍命陪酒仙了。"

但与王红真正相知，是在我做副系主任之后。十年前某日晚，老系主任龚老师打电话给我说拟推荐我做副系主任，问我意下如何。我受宠若惊，但又觉得太突然，就说："能容我想想？"放下电话跟媳妇商量，媳妇说："想什么想？干！"我说："说得轻巧，吃根灯草！"跟媳妇解释说我这个人当官有三大忌：第一，不喜说"印刷体"；第二，不喜开会；第三，不喜看人眼色行事。媳妇讽刺我说："这不喜那不喜，就喜喝酒，是不是？"我一笑，说："知我者，媳妇也！"媳妇脸一沉，说："这个官，你愿意要当，不愿意也要当！"我说："当了官，这样会那样会，跑来跑去，实在辛苦。"媳妇说："你虽然辛苦，但我在狮山好风光嘛！"我说："芝麻大点个官，你以为多风光？人家王红武侯区委宣传部部长都不干，要回中文系当老师。"媳妇说："那是你们川大中文系，狮山化学系当个教研室主任都拽得很，何况副系主任？"我笑道："看来，为了老婆风光，这个芝麻官我还非得干？"媳妇说："就是！就是！"我故作感慨状说："如今做人难，做男人更难，做不怕老婆的男人最难。"媳妇笑道："太夸张了吧？"我其实也有虚荣心，嘴上却说："难道不是？入党，是满足老婆心愿；当官，又是满足老婆心愿。人家说，谢不谦，你咋个这么没血性哟！这种男人，哪个女人喜欢哟！"媳妇说："我喜欢。"

翌日，给龚老师回电话说："服从组织安排。"龚老师说同时还推荐了王红，最后由学校决定。竟然冒出个王红！

我就觉得自己没戏了。王红竞争优势明显：第一，知名度高；第二，人缘好；第三，现任副处级，是重点提拔对象。除非王红自己退出，否则我必败无疑。我找到刘大侠，说："你和王红好像很熟，能否帮我一个忙？"刘大侠看我一脸严肃，迟疑地问："我能帮你什么忙？"我就把目前形势和任务叙说一番，然后问："你能不能跟王红说让我去当这个副系主任？"刘大侠吃了一惊，说："你娃还有官瘾嗦？"我说："这事关我家庭幸福，你我也算哥们儿，难道就没有一点同情心？"刘大侠连连说："好好好，我去说我去说。"刘大侠找到王红，开门见山地说："王红，你就让谢不谦去当这个副系主任嘛！"王红一笑，说："你以为我愿意跟他去争这个破官？"

学校任命下来，王红任副书记，我任副系主任。后来，王红对我说："最初对你印象极坏，居然这样厚颜无耻，简直是官迷心窍！"我辩解说："我谢不谦是那样的人吗？都怪刘大侠说话不讲策略！"王红笑道："你们男人都是假装清高，哪个功名心不强哦！"

一年之后，中文系和新闻系合并成学院，我改任副院长，王红却主动给自己"下了课"，校方再三动员她继任学院党委副书记，她坚辞不就。上上下下皆认为王红是党委副书记最合适人选，毛书记请我去说服王红，王红不为所动，说："太累。"记得老系主任龚老师曾感叹说："从未见过王红这么投入的副书记哟!"王红工作之投入,不必细说,看她今日教书育人之尽心尽责,即可想见当日为官情状。我劝王红说:"何必太认真嘛,潇洒一点就不累。"王红却说:"不是工作累,是心累。我有我做人的原则,很难适应官场游戏规则,所以才回到学校。"我说:"学校又不是官场。"王红说:"学校虽不是官场,却比官场还官场!"我深有同感。以王红的耿介,即使一个芝麻官,她也会做得很累很痛苦,除非她愿意改变自己。王红决绝地说:"我不可能改变自己!"颇有不为五斗米折腰的古风。我当时只觉得王红很清高,很固执,缺乏变通精神,后来我做芝麻官做得四面楚歌尴尬下台,总结得失,才觉得王红当年的选择是明智之举。

当年,学院班子分工,我分管教学工作,最烦琐,也最吃力不讨好,就恳请王红出山,做中文系副系主任。按照学校"实院虚系"的思路,系一级无官品,其实就是大教研室概念。王红放着院官不做,却很乐意来做这个干实事的副系主任。中文系系主任刘亚丁谦谦君子,不争名、不争利、不出风头。我在美国访学期间,王红和亚丁设计并成功申报教育部重点教改课题,却让院长和我这个分管教学的副院长领衔。后来,发表成果,申报奖项,我都名列在前。

王红呕心沥血,十年磨一剑,将"中国诗歌艺术"打造成了一门备受学生欢迎的文化素质课。前些年,又编写正式教材，由高等教育出版社出版。学校动员申报校级精品过程，王红为第一负责人，我忝列第二负责人。教务处找到我，说这门课程是文科中最具竞争力的，准备直接推荐申报国家精品课程，但按照教育部规定，第一负责人必须是教授。我说："那就以后再申报。"教务处说争取国家精品课程也是学校荣誉，建议我当第一负责人。我打电话告诉王红，王红爽快地说："行！"就这样，"中国诗歌艺术"被评为国家精品课程，也是四川大学第一门获此殊荣的文科课程。学校表彰会上，某学院课程负责人吹嘘他们如何幕后做工作跑关系，而且希望学校今后多拨点钱给予支持。王红愤然地说："居然还大言不惭！我就要说评审专家还是公正的，我们没有幕后勾兑也评上了！"我说："算了，何必得罪别人。"王红上台发言，竟直言快语，心里咋想就咋说。那位大言不惭鼓吹关系学的教授作何感想我不知道，但却感动了校报某编辑，编辑找到王红，说希望把她的一席慷慨陈词整理成文。王红应允。不久，见诸校报，竟改成采访体，标题是"访国家精品课程负责人谢不谦、王红"，配发的照片是我一个人的标准照。我打电话问王红什么情况，王红说："校报上登张标准照，好搞笑哦，我就没有给照片，也没让他们来照相。"回来说给媳妇听，媳妇感慨地说："王红这样的人，真的很难找哦！"

且说刘大侠出任古代文学教研室主任后，广结善缘，到处抒情，说仰慕暗恋王红已久，最后竟向研究生宣称王红是他的情人。王红笑道："你这是自作多情。"刘大侠说："王红，你怎么一点也不解风情哦？"王红连连摆手说："去去去。"后来刘大侠又移情别恋，改向肖奂抒情。寒假回长春，刘大侠半夜居然打长途电话给肖奂说："肖奂，俺好想你啊！"肖奂笑嘻嘻说："刘大侠，你好搞笑哦！"汉卿在一旁咬牙切齿。不知汉卿官拜副院长后，何时能报这一箭之仇。

某日，为网上展示学院师资阵容和精神风貌，学院在文理图书馆前的草坪上分教研室合影。刘大侠说："肖奂，咱俩来合影一张，让汉卿去吃醋？"肖奂笑着闪避，王红路见不平拔刀相助，说："刘大侠，那咱俩先来合影一张，寄给尊夫人？"刘大侠大惊失色，狼狈逃窜。

王红不仅拒收学生任何礼物，还经常请学生吃饭；刘大侠却依仗权势，到处敲诈学生，今天让研究生甲买张《成都商报》，明天又让研究生乙请吃杂酱面。王红请学生吃饭，刘大侠笑嘻嘻说："我也带上我的研究生来，共同愉快？"刘大侠媳妇当时在英国访学，他整天像匹孤独的狼，披着羊皮，到处游荡。记得某日，刘大侠在文科楼外遇见我，说请我到红瓦楼共进午餐，打电话邀约四五个研究生作陪。餐罢结账，一百多元，刘大侠东掏西摸，摸出几张皱巴巴的角票元票，可怜兮兮地说："不谦，我忘记带钱了。"结果刘大侠请客我买单。前些日，刘大侠打电话给我说他媳妇读完我博客后很不以为然，对他的两大评价是：第一，虽然到处抒情，但对媳妇很忠贞；第二，虽然到处敲诈，但对钱不在乎。刘大侠在电话里激动万分，说："不谦，我幸福惨了！"看来刘大侠隐藏很深，同事十五六年，我竟然都没看出来！

刘大侠与王红人生境界不同，各自的孩子表现也不同。刘大侠玩世不恭，口头禅是"臭狗屎"，儿子嘟嘟也目空一切，据说竟背地里斥我是"臭狗屎"。王红心气很高，女儿天和也志存高远，跟肖奂女儿宇剑玩，天和总是要扮公主，让宇剑扮宫女，宇剑若不愿意，天和就说："雷宇剑好输不起哦！"给王红打电话，若是天和接电话，我就逗她说："公主，请问母后在否？"电话那边就听见公主的声音说："妈妈，谢伯伯的电话！"然后就会听到王红严厉的声音说："陈天和，快去弹钢琴！"给刘大侠打电话，若是嘟嘟接的，电话里的声音就是："老刘，电话！"刘大侠有次半天才接电话，我问他在干什么，他竟然说："我在帮嘟嘟做作业。"我说："你是不是太宠儿子了？"刘大侠说："我就是宠儿子，咋的了？"

我做院官时，刘大侠经常调侃我，王红经常抨击我，说我不在状态、无所作为，说我和光同尘、老于世故，说我追名逐利、腐败堕落，云云，从来都是单刀直入，绝不拐弯抹角。前年换届前夕，王红打电话痛斥我说："人家都说你做官都做成坏人了,你还恋栈不去?"责令我快快让贤。我当时很生气,跟她争论起来,说:"我即使是坏人,也比某某人好。"王红说:"你都堕落到要跟某某人相比了,还说不是坏人?别人都说我们把你当哥们儿是不是看错了人哦!"真是语不惊人死不休,把我气得一塌糊涂。过后思量,觉得王红所言不无道理,如果不是把我当真心朋友,以王红之宽容大度,绝不至于口无遮拦、当头棒喝。数日后,王红打电话给我说:"谢老兄,你还在生我的气吧?"我一笑,说:"我又不是刘大侠那样的小肚鸡肠,生什么气哟!"

王红喜欢游泳、爬山等运动,暑假带女儿旅游也是寻名山大川、沙漠荒原。平时就是备课,评阅学生作业,连博客也是为课外与学生交流而开,发现学生佳作,必广为传播。刘大侠常说:"王红太投入,太认真,要解构王红,让她放水。"我说:"这怎么可能?教书育人是她性命安顿之处,让她放水等于摧毁她的人生。"刘大侠看似是东北爷们儿,却常跟王红耍小孩脾气,一会儿说"我不理你了",一会儿又说"我不跟你说话了",昨日还打电话告诉我说:"我跟王红断交了。"原来,王红斥刘大侠是既得利益者,把他气憷了。其实,刘大侠很欣赏王红,常跟我说:"你貌似洒脱,其实很在乎名利;王红才是真洒脱,她不在乎名利,只在乎学生的评价。"现在而今眼目下,有几个人不是跟着学术评价指标亦步亦趋?谁还在乎什么学生评价?我以为,在王红心中，学生的赞美，学生的信任，就是最高的荣誉。每年学生评教结果下来，大多数教师置若罔闻，而王红必来打听。每见自己名列榜首，虽然强作镇静，但我看得出，王红心底充满喜悦。我们上完课就走人，很少跟本科生课外交流，但王红一说起本科生就如数家珍，某生贫困，某生偏执，某生才华横溢，某生迷恋卡夫卡，竟比我这个分管教学的院官还熟悉学生情况。王红为贫困学生做了许多事情，却鲜为人知。某生入学后，一直得到"陈先生"的资助，毕业前夕，该生坚持要面谢这位"陈先生"，王红说："何必面谢？只要你今后做个好人，工作踏实，生活幸福，就是报答陈先生了。"我说："这位陈先生也太矫情，见一面又何妨？"王红这才告诉我这位"陈先生"就是她，说："他不是见到我了吗？"该生可能至今还蒙在鼓里。去年新百家姓排行榜出炉，前五名是李、王、张、刘、陈。我打电话给王红说："热烈祝贺足下与先生两大家族进入中国五强！"王红不解，问："什么中国五强哦？"我笑着说："快上网看，新百家姓五强。"可见王红化名"陈先生"还是很有深意的。

去年某晚，王红打电话给我说某生坠楼而死，她心里很难过。我说："该生都毕业工作了，何必自责呢？"王红说死者母亲告诉她该生曾给她打过电话，她未接到。王红不无遗憾地说："他临死前给我打电话，一定是有什么心事想跟我倾诉，我如果接到了电话，说不定还能挽留住他的生命啊!"王红为此而公布手机号码,为此而开博客,记得第一篇就是悼念这个年轻而忧郁的生命的。我读王红博客,拳拳之心,殷殷之意,谆谆之语,常为之动容。刘大侠是个"网盲",大惑不解,问:"玩什么博客哟?"我说:"王红哪里是玩博客,她是在与更多的学生以心会心啊!"向刘大侠描述王红博客的历史与现状,刘大侠听后感慨地说:"王红不是某个人,而是一个物种!"吓了我一大跳。刘大侠反复向我解释,我才弄明白他的意思,他意思是王红是一种精神的物化,也就是基督教所谓道成肉身的意思,象征着一个源远流长却濒临中断的师德传统。玩世不恭、视一切皆臭狗屎的刘大侠,听说我要写王红,嘱咐我一定要把他的这个评价写上。

王红当之无愧是当代高校最优秀、最称职的教师之一。前些年本科基地评估,梦蝶居士当着教育部高教司某司长和学校领导的面,为王红仗义执言,说:"连王红这样优秀的教师都评不上教授,我内心感到自愧!"去年教学评估,临时要把教学效果不好的教师替换下来,谢校长亲自查看课表,问:"怎么不见王红?"指示说王红一定要出现在课堂上。学校也需要王红这样的优秀教师撑门面。但王红去年申报教授职称,竟然连学科组这一关都未能通过,原因是没有所谓核心期刊论文。我打电话安慰王红,王红却说:"我又不是为了评教授而活,早有心理准备,以副教授身份退休。"

王红主编了《中国文学》第二卷（该书荣获教育部二〇〇二年全国普通高等学校优秀教材二等奖），主讲"中国诗歌艺术"（该课程是四川大学第一门文科国家精品课程），教书育人，呕心沥血，竟不抵几篇文字垃圾。面对这个荒唐透顶而又大行其道的体制怪胎，我悲愤无语。正如餐厅，不是鼓励厨师去做美味佳肴，而是要求发表什么《论回锅肉之艺术美》、《论麻婆豆腐之演变》、《夫妻肺片考证》、《锅盔与麦当劳之跨文化比较》之类文章，岂不可笑？刘大侠说："可笑什么？臭狗屎！"我这里要澄清一种误解，王红没有核心期刊论文，并非学术功底或学术水准问题，而是她玩不来学术游戏，她宁愿将论文发表在《新国学》这样真正的学术刊物上，也不愿发表在核心期刊上去凑热闹：非不能也，是不屑也。我多次向王红解构当今学术理念，她依然一意孤行。真心希望王红能转变观念，潇洒走一回。

最后我想说，王红，你不是孤独者，更不是失败者，学生因有你这样的老师而盛赞川大中文系，我们因有你这样的诤友涣然而消鄙吝之心，如此精彩人生，不是一个教授头衔所能换来的。

二〇〇七年二月十日

## 附 记

王红于二〇〇九年晋升教授。我觉得人生有些事情真的很奇妙，比如我和王红在川大的交集与合作，现简单梳理一下。

我和王红都跟川大没有学缘关系，都是"外来户"。王红一九八九年来川大，我一九九一年来川大，我们都在古代文学教研室。

一九九六年，中文系系主任龚翰熊教授推荐我和王红担任系干部，王红任副书记，我任副系主任。当时的系干部可以享受副处级待遇，校内有午休房，免费安装电话。不少老教师不解：第一，为什么都是"外来户"？第二，为什么都出自古代文学教研室？

王红不想做官，一年后辞去副书记，安心教书育人。我官迷心窍，改任学院副院长，直至二〇〇五年，将知天命，被王红等"轰下台"。其间，我和王红等人共同编撰的专业课教材《中国文学》四卷本荣获教育部二〇〇二年全国普通高等学校优秀教材二等奖，我和王红主讲的"中国诗歌艺术"被评为国家精品课程，也是四川大学第一门获此殊荣的文科课程。

二〇〇六年，王红创建天涯博客"长亭短亭"，并邀我加盟。二〇〇七年，我另立门户，创建天涯博客"短亭长亭"。从此,"长亭短亭"与"短亭长亭"交相辉映,成为四川大学一道独特的人文风景线。海内外不少网友说分不清"长亭短亭"和"短亭长亭",我说无所谓,都是大家的精神家园。

二〇一一年,四川大学学生会发起四川大学首届最受学生欢迎教师奖评选活动,我被选上。二〇一三年,继续评选,王红被选上。这样的民间荣誉虽然没有任何含金量,但我和王红都很珍视。

二〇一五年,我荣获四川大学首届卓越教学奖一等奖。二〇一九年,王红荣获四川大学第六届卓越教学奖一等奖。

四川大学有三十多个学院,覆盖了文、理、工、医、经、管、法、史、哲、农、教、艺等十二个门类,六届评奖,我们文学与新闻学院古代文学教研室竟然两次获得卓越教学奖一等奖,一慨。

二〇二〇年一月二十六日

## "边缘人"伍厚恺

外国文学教研室伍厚恺教授,长我十岁,人如其名,忠厚恺悌。如今已退出江湖,近几届学生可能全然没有印象。记得十年前,某届本科生毕业,邀请老师们在校工会俱乐部联欢。女同学有个节目,把老师们编成顺口溜,有道是:"风流的毛迅,潇洒的易丹,英俊的黎风,深沉的冯川……"到最后一句时女生们齐喊:"我爱你,伍厚恺!"老伍当时坐我旁边,我就幽默他说:"老伍,好幸福哟!"老伍一脸傻笑,很幸福的样子。

记得初来川大时,教研室前辈张志烈老师语重心长告诉我说:"不谦,川大中文系水深得很哟,你好自为之!"我不想蹚这个深水,就闲云野鹤似的,按时上课,下课就走人,与中文系同事若即若离,不深交。两年后申报副高,系上投票通过三人,我与老伍皆入围。系主任龚老师找到我,说：" 我希望报到校评委的三人都通过，但按照惯例又不可能，总得刷下一个来。"我立刻明白了龚老师意思，心里虽然不情愿，嘴上却表态说："既然要刷一个人，那就把我刷下来吧！"龚老师如释重负，笑着说："不谦，你这样的谦让风格，真是很少见。"我勉强一笑，说："哪里是什么风格哟，说句心里话，评上了都高兴，评不上都不高兴。"后来，我做副院长，老伍是外国文学教研室主任，交往渐多，相知愈深，才感觉我当年主动退出恶性竞争，简直是英明之举。

老伍是"文革"后第一批研究生。之前，老伍与江湖艺人李伯清为伍，在成都街上拉板车挣饭钱，至今老伍还很得意，常和人说："李伯清见到我这个患难之交，老远都要跳下车打招呼的。"后来又去攀枝花抬石头修铁路，最后流浪回到成都，帮成都科大某系刻蜡纸。大家都说老伍字写得好，不像是个拉板车抬石头的。考研成绩上线后要单位出具政审材料，但老伍没有正式单位。高中毕业，因家庭出身问题，老伍未能上大学，到处打零工，属于社会流浪青年（盲流）。最后还是某系怜才，破例为老伍这个临时工出具了证明。研究生毕业后留校，老伍终于有了正式工作。所以，老伍虽然年长我十岁，工龄却比我少八年。很长一段时间，老伍住在校外自家破房，收入也低，但他心态很好，默默教自己的书、做自己的学术，从不怨天尤人。川师老万是老伍拉板车抬石头时代的患难之交，出任文学院院长后，要帮兄弟一把，就上报学校，要把老伍作为人才引进川师，并为老伍争取到三室一厅。老伍犹豫很久，终于未去。老万和我说："老伍这家伙，跟你一样，虚荣心太强，不就是川大牌子好听一点？"我说："什么牌子好听哟，老伍是对川大有感情，舍不得走。"

出版社编辑小庄，多次约请我和老伍写书编书，谈完正事，就请吃饭。老伍说光吃饭没意思，要喝酒。老伍酒量不大酒瘾大，非白酒不喝，正合孤意。我们常从中午喝到晚上还意犹未尽，也不许小庄走人，必须陪我们继续喝。小庄追悔莫及，说："请神容易送神难哟！"前年春暖花开时，小庄编辑室邀请我们夫妇前往石象湖，一边吃喝一边讨论选题计划，结果选题计划尚未讨论出个名堂，我们早已飘飘然。小庄苦笑，说："两个酒疯子！"就和媳妇们闲话家常。老伍跟我说："让她们几个女人神聊，咱们去玩男人的。"竟拉我去荡摇摇椅、压跷跷板、滑梭梭板。老伍五十七岁，我四十七岁，媳妇们哈哈大笑说："纯粹老顽童！"

前年，我刚乔迁江安新居老伍就打来电话，说一群狐朋狗友要来参观我的"豪宅"。我说："什么豪宅哟，农家乐而已，附近连个像样的餐厅都没有，去哪里吃饭喝酒呢？"老伍就说酒菜他们从城里带来，不用我费心，我负责提供场地就行。翌日上午，老伍、小庄、陈永宁等八九人果然驱车而来。陈永宁是《尘埃落定》、《我在天堂等你》等电视剧的制片人，江湖幽默大师，登徒子之流，只要有女士在场，他就精神亢奋，妙语连珠，洋相百出，逗得众男女笑得眼泪长流。那天陈永宁竟穿上我媳妇的衣服，头上裹条花毛巾，扭着腰学女人腔："不谦啊，俺这朵狮山鲜花，咋就插在你九眼桥头这堆牛粪上了呢？"我媳妇嘴一撇，说："庸俗！"老伍说："不谦，听说你酒后喜欢背古今中外诗歌，再来一盘？"我说："凭啥？要来大家一起来！"众男士说："好！"老伍就拖把椅子放在客厅中间，说："表演者要站在台上。"我登台抛砖引玉，朗诵叶芝诗："当你老了，头白了，睡思昏沉……"然后男士们相继登台表演。记得老伍醉态十足，站在椅子上东摇西晃吼叫英文，仿佛是海明威《老人与海》名句"A man can be destroyed but not defeated"（人可以被毁灭，但不可以被打败），下台时一个踉跄，差点跌个仰八叉。

老伍谦谦君子，不事张扬，听龚老师说，第一届外国文学研究生就老伍和李郊两人，李郊是川大子弟，母亲石璞教授是川大中文系外国文学权威，但最后留校的是老伍。由此可见川大中文系当年系风。后来老伍访学英国，能流畅阅读英文原著，也翻译过若干英美小说与学术论著，但从不自吹，说是为稻粱谋而已。老伍曾送给我两本他自己的学术论著，一本论卢梭，一本论伍尔夫，见解精到，文笔优美，旁征博引中外文献，但绝不以艰深文浅陋。我曾动员老伍申报博导，老伍竟笑着说："拜拜，我不想玩这个游戏。"学院增列老伍为"副博导"，老伍断然拒绝，说："啥子副博导哟，说起来都笑死人。"听说老伍、冯川与外语学院陈锡麟、朱徽等教授，有一不定期读书沙龙，交流心得，探讨问题，是真正意义上的学术活动，但他们从不炒作，外界知之者甚少。想到如今芝麻大点个成果或不三不四的学术会议就要在文科楼外悬挂横幅"热烈祝贺……"云云，我就对老伍、冯川他们心生敬意。去年暑假特别热，老伍他们的读书沙龙迁到都江堰灵岩寺，邀请我与王红前往。我调侃道："你们西学，我们国学，天这么热，还搞东西碰撞嗦？"老伍说："什么东西碰撞哦，人投缘，神侃，也是人生之乐嘛！"遗憾的是，我与王红皆因临时有事，未能前往。

老伍、冯川等皆自称"边缘人"。冯川以译介荣格心理学驰名学界，德国洪堡基金会曾邀请他前往欧洲参加学术会议。最近网上有一个民间排行榜"影响现代中国学术的人物"，冯川竟与毛泽东、蒋介石、鲁迅、胡适等同为榜上名人，排名第二十四。院领导再三动员冯川申报博导，冯川婉拒，说："现在不是分博导教授和普通教授吗？我冯川甘愿做普通教授，来衬托你们博导教授的威仪。"冯川是川大教授中唯一蹲过监狱的，经常以英文论文参加海外学术会议，有一次告诉我说他某年参加境外学术会议的论文是用文言书写的。去年校庆，冯川来我家喝酒，说刚从美国参加完儿子婚礼回来,去美国前他老婆在成都买了很多红绸红缎,为儿子布置美国新房。我笑道:"忘不了中国情结嗦?"冯川说:"人走不出皮肤。"我不知道近些年学生是否知道川大是个藏龙卧虎之地,若伍厚恺、冯川、易丹、毛迅、黎风、周啸天、张放等教授,都自甘为"边缘人"。前年,所有博导的大头像都贴在学院走廊两边的墙壁上,学生们天天可以瞻仰凭吊,我的头像也贴在上边,很惭愧,也很无奈。我想告诉同学们,如果想寻找有真才实学、真知灼见的老师,当然可以到那两面墙上按图索骥,但我建议最好还是到那些没有响亮头衔的"边缘人"中去寻找。

## 附 记

老伍退休前夕,四川师范大学文理学院聘他担任文传系系主任,他曾邀请我前往为学生演讲,其工作之踏实、身心之投入,与从前闲云野鹤判若两人。老伍根据学生实际情况,因材施教,组织各种课外活动小组,搞得有声有色、轰轰烈烈。四川大学文学院前书记毛建华受聘为四川大学锦城学院文传系系主任时,前往取经,不无感慨地说:"万万没想到,老伍竟这么有领导才干,以前真是被埋没了。"

二〇〇七年一月二十一日

# 本色书生刘亚丁

刘亚丁是四川大学中文系七八级的，后来考上吉林大学硕士研究生，搞俄苏文学研究。毕业后，亚丁响应媳妇号召，回川大任教。默默耕耘，孜孜以求，一不留神，亚丁竟操成教育部"新世纪学科带头人"，拿到一笔巨款，又跑俄国单操去了。亚丁前些年去莫斯科大学，归国前，拍出一百美金，请老俄同行去中国餐厅饕餮一顿，把老俄个个震得绿眉绿眼，竟把他当成个大款崇拜，很为咱中国知识界争了口气。二十世纪五十年代，中国人民想象中的天堂是苏联：楼上楼下，电灯电话；土豆烧牛肉，吃了饭后吃苹果；云云。这段艳羡别人的历史，被亚丁同志的美金彻底颠倒了过来。欲知其详，请读亚丁访俄花絮《风雨俄罗斯》。

据考证，亚丁纯粹中国血统，但因长期浸淫俄苏文学，相貌居然发生了微妙变化，晃眼一看，仿佛依稀是个普希金的相似形。亚丁虽不具备普希金那样的浪漫气质，但为了媳妇也曾跟人决斗，差点闯下大祸。那是十五六年前，亚丁媳妇小黄还穿着军装，家住空军医院。某日，邻居跟小黄发生纠葛，先是文斗，然后发展为武斗。邻居依仗人多势众，气焰嚣张。亚丁热血沸腾，竟跑回学校搬救兵，纠集研究生十来条好汉，雄赳赳气昂昂，要杀向空军医院，决一雌雄。若非老系主任龚老师及时制止，亚丁以教师身份而在军事机关聚众斗殴，不是蹲班房，就是被清退出党。记得龚老师事后感叹说："亚丁啊亚丁，你竟不晓得组织学生闹事是何等罪名！"看亚丁平日温文儒雅，连说话都轻言细语，我就想到一句中国俗语：兔子逼急了也会咬人。

亚丁当然不是兔子，而是个本色书生。这样里外纯粹的书生，在今日高校教师中已属珍稀品种。记得某次项楚先生为青年教师作学术报告，亚丁以系主任身份做主持人，前面那一段开场白纯粹书生腔，而且是中学生似的书生腔，结束语还抛文曰"《诗》有之：'高山仰止，景行行止。'虽不能至，然心向往之……"，完全是中学生背诵课文的语调。我忍不住想笑，但看亚丁满脸虔诚的样子，生怕影响现场气氛，就起身跑到外面走廊上去笑。遇到王红，王红问我："不谦，什么开心事，你一个人偷着乐？"我说："亚丁好搞笑哦！"咿咿呀呀学亚丁中学生背诵课文的语调。王红反笑我说："这是亚丁本色，有什么好笑？你才好笑！"

亚丁没有易丹潇洒，也没有伍厚恺洒脱，很看重教授、博导头衔荣誉。但我这不是讽刺亚丁，而是惺惺相惜、同病相怜。我们很难操练到易丹、伍厚恺那样的境界。王红经常讽刺我功名心太重，我说："我是个男人，家里的顶梁柱，不比你，有性别优势，外面有男人撑着！"王红说："那人家易丹、老伍呢？"我就把亚丁拖出来做挡箭牌说："那亚丁呢？功名心不重？"王红便无言以对。亚丁不像我浑身缺点，他绝对是个好人，王红可以无情讽刺我，却不忍心去苛责亚丁。亚丁小我三岁，早已荣升教授，但按照学校遴选博导的规定，必须有博士学位。院内有限的几位博导都想延揽亚丁成为麾下。用王晓路教授的说法，亚丁是熟练工，不是学徒工，不仅不用导师操心，还能为导师增添光彩，虽然不通俄语，也能提劲打靶："中国著名俄苏文学专家都来读我的博士！"亚丁却作了个局外人绝对莫名其妙的选择：报考项楚先生的古典文献学。亚丁给我打电话征求意见，我沉吟良久，说："亚丁啊，我真心佩服你！"亚丁为何不选择驾轻就熟的外国文学或文艺学，而毅然决然选报很陌生、很沉重的古典文献学，跟着项先生啃三年敦煌卷子、佛教文献，他虽不说，我们都心知肚明，至今还在赞叹："亚丁真有个性！"梦蝶居士曾赋诗赞曰："凝睇敦煌窟，游心伏尔加。"亚丁为此开罪某求贤若渴的博导，我要是亚丁，可能就会有所变通，不会意气用事，自讨苦吃。亚丁做任何事情都一丝不苟，他虽然是为评博导而读博，但博士头衔绝不是混来的。我参加了亚丁的博士论文答辩，说实话，比很多古典文献硕士专业出身的人还要专业。

亚丁谦谦君子，却给儿子取了个很吓人的名字：刘擎苍。东坡词云："老夫聊发少年狂，左牵黄，右擎苍。"想象青年亚丁，左手牵着媳妇小黄，右手擎着婴儿苍，绝妙的东坡词写意画！我逗亚丁说："你娃真能把东坡词活学活用哦！"亚丁腼腆地纠正我说："我媳妇不姓黄，姓杨。"我笑道："左牵羊，右擎苍？更绝！"却遭到众人谴责："拿人家姓名开玩笑，低级趣味！"从此相聚不敢再开这种低级玩笑。刘擎苍小时候却很瘦小，莫说苍鹰，可能连小鸡都缚不了。刘擎苍怯生，小朋友一起玩，他不言不语独坐一旁，大有乃父之风，却因此经常被刘嘟嘟、陈天和等"侵略成性的战争贩子"欺负。某次刘大侠邀请我们去川大花园新居做客，他儿子刘嘟嘟竟把人家刘擎苍整哭了。刘大侠和王红紧急出面干预，陈天和却说："刘擎苍好输不起哦！"嘟嘟更霸道，连声吼说："刘擎苍，臭狗屎！"看着刘擎苍可怜兮兮的样子，我油然而生同情之心，拿出摄像机，说："刘擎苍，举枪射击，我给你录像！"刘擎苍抹把眼泪，慢吞吞拿起玩具机枪，对着两个"侵略成性的战争贩子"，口作哒哒声。亚丁竟走过去，把枪头扭转后说："你咋个把小朋友当敌人哦？"枪口却正对着我。我笑道："我不害怕当敌人，瞄准，射击！"刘擎苍脸一红，慢慢放下了枪。真是子如其父，假戏都不能真做。

去年，俗文化研究所组织剑门关之游，可带家属一人。亚丁就带儿子参加。再见刘擎苍，他已上小学六年级，个头比我还高，倘若两军交战，刘嘟嘟和陈天和绝非对手，性格也大变，口若悬河，滔滔不绝，跟以前判若两人，在汽车上看的书居然是冯友兰的《中国哲学简史》，一考问，竟能对答如流。我对亚丁说："咂，你们刘擎苍是个神童哦！"亚丁反倒不好意思了，说："他娃只是喜欢瞎看书。"一路上刘擎苍非要跟我谈文学、哲学和人生，我逗他说："有没有女朋友哦？"亚丁远远注视着我俩，神情紧张，他肯定是在担心，怕我口无遮拦把他儿子给教坏了。刘擎苍却很认真地说："我们班上女生都崇拜我，当面叫我刘教授。"听说我是个一夫多妻主义者，刘擎苍就要说服我改邪归正，神童原话是："我觉得，一夫一妻不是人的需要，而是社会的需要。但是，如果满足了某些人的需要，就会有另外的人找不到老婆，社会就会大乱，你的一夫多妻也无法保障。"我看着这个小大人似的神童，连连感叹说："咂，刘教授，你好凶险哦，真把我彻底说服了，我郑重宣布，即日起放弃一夫多妻主义！"大家哈哈大笑，亚丁红着脸呵斥儿子说："刘擎苍，不准胡说八道！"神童居然反驳说："怎么是胡说八道？我是从报纸上看来的！"中午吃饭，与项先生同桌，神童又跟大一蒋同学讨论起禅宗，大家都笑道："祖师爷面前竟敢班门弄斧嗦！"逗得项先生也笑了起来。亚丁在另一桌，很尴尬，非要把刘擎苍弄走。大家都说："让他在这桌，多好耍嘛！"父子个性迥异，相映成趣。回来路上，我对刘擎苍许诺，如果我养的纯情土鸡生了双黄蛋，就送给他。刘擎苍高兴地说："那我就写一篇双黄蛋作文！"我说："双黄蛋作文？那可是个高难度的题目哦。"后来纯情土鸡果真生了个双黄蛋，我就把双黄蛋拿给亚丁，请他转交给刘擎苍，亚丁连连道谢。刘擎苍现在已上初一，也不知道双黄蛋作文写出来没有。

二〇〇七年二月十五日

# 家花不如野花香

著名宋代文学专家祝教授尚书，退休两年多了，还与书为伴，孜孜不倦，乐在其中。我和媳妇晚饭后在江安河边溜达，遇到祝夫人郭大姐，问："为什么祝老师不陪你出来散步？"郭大姐撇嘴道："他呀，不是抱着电视，就是抱着他的书！"

但学术圈内人都晓得，祝老师抱书抱出了大学问。祝老师却笑着自嘲说他一辈子都没官运，连教研室主任也没当过。我说："谁叫您老人家自封部长级高官！"明清两朝的尚书是正二品，相当于现在的部长，比川大校长级别还高。祝老师笑道："此尚书，非彼尚书。"

却说上月，祝老师博士生关门弟子论文答辩邀请我参加，地点在望江校区。祝老师一上我车就说起他最近要完成的书稿，我赞叹道："您老人家这种退而不休的精神，真让我等后学敬佩而惭愧!"祝老师却说:"不谦,你不了解我的另一面。"祝老师跟我同教研室十多年,现在又同居江安花园,居然还隐藏着另一面,可见知人之难。祝老师笑道:"你别以为我是迂夫子,我也是会享受生活的。"说他现在找到了一种新的生活方式:捡蘑菇。

这种生活方式很是新鲜,关键是去哪里捡。祝老师得意地笑道:"嘿嘿,这个你就不懂了。"说江安校区不高山上雨后天晴时蘑菇就长出来了。原来祝老师捡的是野蘑菇。我问:"野蘑菇有毒,你不怕?"祝老师更得意了,说:"我从小捡蘑菇,有毒无毒,一眼就能辨认。"说他到不高山捡蘑菇已经三年多了,每年从三月捡到八月,拿来煮汤吃,好吃惨了。我说:"家花真是不如野花香?"祝老师笑道:"改天我送一碗蘑菇汤给你品尝。"

却说第二天,我去狮山参加硕士生论文答辩,手机铃响,原来是祝老师打来的:"谢不谦,你在哪里?"说他给我送蘑菇汤来了,就在房门外面,却无人应答。我赶紧道谢,说我正在狮山,媳妇也不在家。祝老师说:"我晚上再给你送来?"我说"好",却很过意不去。

中午聚餐后,狮山众好汉邀请我玩"血战到底",我摸摸答辩费,笑道:"多乎哉?不多也!难道想让我质本洁来还洁去?"大家说:"就是这个意思。"我突然想起要去望江校区参加川大毕业晚会,还要致辞,万一媳妇也没回家,再让祝老师扑空，就太难为老人家了，赶紧飞车而回，去祝老师家中端蘑菇汤。祝老师取来汤匙，让我先尝一口，果然鲜美无比。我心服口服，赞叹道："祝老师，您老人家真的太能干了，比我能干！"郭大姐却揭祝老师老底说："他能干什么？蘑菇是我捡的，汤是我煮的！"原来正直严谨如祝老师，受眼下浮躁学风的影响，也学会了剽窃他人"学术成果"。祝老师却辩解道："捡野蘑菇这个点子总是我想出来的吧？"把我笑惨了。

我前脚回家，媳妇后脚进门。我赶紧将蘑菇汤放在微波炉上加热，然后叫媳妇来品尝山珍野味。媳妇疑神疑鬼，说："会不会中毒啊？"我斥责她说："你狗撵摩托不懂科学，人家祝老师吃了三年多了，每年从三月吃到八月，越吃越精神，越吃越健康，能中什么毒？"媳妇这才放下身段，一尝，赞不绝口道："味道真的很鲜哈！"我说："家花不如野花香嘛！"媳妇瞪我一眼，我赶紧解释说："我用的是本意。等我退休了，也去不高山捡野蘑菇？"媳妇却泼冷水道："把毒蘑菇也捡回来？"我说："我办事，你放心，祝老师不愧为名师，不仅授人以鱼，更授人以渔，教会了我辨认蘑菇的方法，跟找女朋友完全两个概念。但这个方法的细节我得永久保密，因为不高山面积就那么大，野蘑菇产量有限，只能满足两三家人的需要，如果大家都知道了，都上山去捡，我们就吃不到了。"媳妇讽刺我说："你好自私啊，还好意思宣扬什么人性善!"我笑道:"我又没损人利己,自私一回也不算人性恶吧?"

二〇一二年六月十日

## 寻找人生的品位

老朋友杨教授天宏兄最近买了一部新相机,把他在四川大学江安校区芙蕖塘拍摄的几张枯枝残叶的照片发给我看:

媳妇点评道："人家拍的是艺术，你拍的是相片。"我不服气，说："杨教授玩的是单反相机，比我的数码相机高档。"媳妇说："人家品位比你高雅！"讽刺我一天就会拍些鸡啊猫啊菜园子啊，格调低俗，毫无诗情画意可言。我笑道："那为什么网友都说我拍得妙趣横生呢？"媳妇说："人家是讽刺你没内涵、没品位，只会玩噱头、插科打诨、逗逗笑，你还得意？一点自知之明都没有！"我就也想去拍几张枯枝残叶，像天宏教授一样，化腐朽为神奇，让媳妇见识见识我的人生品位。

　　却说昨天午后，阳光灿烂，我带上相机，跑到对面校区，围着明远湖转来转去，却找不到天宏镜头中的风景。看来人生品位是一种境界，秋水伊人，在水一方，不是俯拾即是，只好随便将所见收入镜头，立此存照。

　　我正在桥上追踪抓拍一只不知名的水鸟时，却感觉背后好像有人在偷拍我，回头一看，却是一男一女，二人赶紧收起相机，笑道："谢老师，你好好耍哟！"我问："你们是大几的？"女生笑着说："我们都这么老了，还能是大几的。"我也笑说："在我面前，你们还敢言老？"原来他们是比较文学与世界文学专业研究生，选过我的课。我因眼睛近视，上课不戴眼镜，也从不点名，所以选我课的外专业学生我大都不认识，更叫不出名字。他们不知道我来到这湖光山色中是寻找人生品位的，却误以为我多好耍多潇洒。子非鱼，安知

鱼之苦也，其实很多时候，你我都生活在别人的想象中。篡改卞之琳名诗《断章》：

你站在桥上照风景
看风景人在背后偷拍你

枝上的鸟儿装饰了你的博客
你装饰了别人的生活

## 附　记

今晚应邀为学生搞了场国学讲座，就在湖水边的水上报告厅，讲儒道互补的人生智慧，如何做人生的加减法。道家智者，儒家仁者，孔子说，智者乐水，仁者乐山。我说："昨天我来江安校区拍照，不高山空山不见人，却见湖边到处都是人，看来大家都是道家智者？男女生却都拿着书在念念有词地背诵'加强后方的战略建设'、'国防建设要服从经济建设'、'不打无准备之战'，等等，要考军事理论吧？好像又是儒家仁者，貌似以国家天下为己任，个个都是战略家，好折磨人嘛！"把大家逗笑了。

**再附记**

历史文化学院杨教授天宏兄是我在狮山"碉堡楼"时代的老邻居、老朋友，仁者乐山，乐狮山。前些年，转战锦江边的川大，智者乐水，乐锦水。杜甫诗云："锦江春色来天地，玉垒浮云变古今。"天宏兄专攻中国近现代史，即使在狮山"碉堡楼"蜗居，他也心无旁骛，执着于学术，不像我这样浮躁，东一榔头西一棒槌。天宏兄著述甚丰，如《基督教与近代中国》、《口岸开放与社会变革：近代中国自开商埠研究》、《基督教与民国知识分子》、《救赎与自救：中华基督教会边疆服务研究》等，都是传世之作，蜚声海内外史学界。孔子说："人能弘道，非道弘人。"此之谓也。我今晚讲国学，对学生说，国学之精神，中国文化之魅力，不在书，而在人。儒与道，入世与出世，不是学术，而是人生取向。人生因性格不同、专业不同、生存方式不同，虽然会有所差异，但却殊途同归：幸福快乐。幸福快乐，见仁见智，自己的感觉而已。天宏兄和我都已年过半百，好像感觉都很幸福快乐。天宏兄这两张照片是他仔细比较观察了一两个小时后才拍摄下来的，与他严谨的学术精神和人生态度一脉相通，却灵动着一种超然物外的神韵。而我呢，纯粹颤花儿，凭感觉去咔嚓，泥沙俱下，即使有所获，也是妙手偶得。天宏兄说："不谦，哪天我们一起去钓鱼？"说附近有好多鱼塘。我们"食有鱼"，钓鱼不过是行为艺术。我笑道："如庄子钓于濮上？"这就是儒道互补，以出世的精神，做入世的事业。

二〇〇九年十二月十三日

# 人生有什么意义

好多年前,我还住在狮山"碉堡楼"的时候,有一天晚上,一位早已毕业的学生打电话给我,说她想请教我一个问题,我以为是什么学术问题,就正经地说:"请讲。"学生却问道:"人生有什么意义?"吓我一跳,我反问她说:"你为什么提这个问题?"学生说她们几个同学争论,各执一词,谁也说服不了谁。我笑道:"我暂不回答你的问题,先给你背诵一首海涅的诗?"

亨利希·海涅,德国"夜莺诗人",我最喜欢的外国诗人之一,我为他自学过德语,并抄录过很多首德文原诗保存至今。下面这首诗是《北海》组诗之一,题曰《问题》,是我年轻的时候喜欢读的,当年并不在意,阅世愈深,愈觉有滋味焉。大意是:

暮色苍茫的海边，
徘徊着一位青年，
他心中充满疑惑，
焦灼地向海浪问道：

"请给我解释人生之谜，
这个很古老的问题。
那些戴着方冠的埃及僧侣，
那些戴着黑帽的天主教教士，
那些戴着假发的哲学家，
以及各式各样的文人学者，
都为这个问题绞尽脑汁——
这人生有什么意义？
人从哪里来？又向哪里去？
什么样的人住在天上的星辰里？"

海浪呼啸，冲击着岸边的岩石，
风儿在吹，云在飞驰，
星星冷漠地照耀，
一个傻瓜在等待着回答。

我刚背诵完，学生就大叫道："谢老师，我懂了！"貌似禅宗公案似的。我笑道:"你懂什么了?"学生却故弄玄虚卖关子说:"我不说。"她虽然不说,但我知道,从此以后,她活得很平常,也很快乐。

我以为,人生有什么意义,是古今中外故作深刻状的精英们杜撰出来折磨自己也折磨别人的伪问题,却把我们普通人给害惨了。我对人生的理解,就个体而言,生命本来就是偶然。茫茫人海,大千世界,父母偶然走到一起,并不是非此即彼的选择,然后孕育了幼小的生命,生命逐渐长大,成熟,衰老,最后归于寂灭。所谓人生,也就是生命的一个过程,如庄子所说,生就是人在旅途,死就是回家休息。这个偶然的生命过程,人在旅途,在这个世界上走一遭,享受生命,享受人生旅游的快乐,这本身就是意义,还需要什么附加值呢?

但人与人不同,总有人想活得更精彩。而所谓精彩,无非是超越芸芸众生,成为人上人,出乎其类,拔乎其萃,而且要让众生都羡慕,众星拱月,才能显出其价值,于是就制造出这个人生意义的命题,貌似只有志存高远、飞黄腾达,这人生才有意义。其实,这是生命的异化,人生的异化。庄子说,鲲鹏展翅,水击三千里,一飞冲天,抟扶摇而上者九万里;林间的小鸟,跳跃于蓬蒿间,外面的世界有多精彩,它们不知道,那它们的生命就没意义了吗?一切生命,被偶然抛掷在这个世界上,都是等值的,而这个值,就是适意，适自己的意。记得上大学时自学法语，读到一则法国幽默：

人生什么最重要？
摩西说：上帝。
所罗门说：人。
耶稣说：爱。
马克思说：肚皮。
弗洛伊德说：性。
爱因斯坦说：这一切都是相对的。

还是爱因斯坦最伟大。即使非要追寻人生的意义，也是相对的。

我愿以平常人、平常心，享受生命的快乐、饮食的快乐、男女的快乐，其他什么意义都是假打。

## 附 记

今天居然找到大学时代的笔记本，法国幽默原文如下：

Qu'est-ce qui est le plus important dans la vie pour un homme?

À la question, Moïse répond: le dieu.

Solomon dit: c'est l'homme.

Mais le Christ dit: c'est l'amour.

Marx dit: le ventre.

Freud dit: le sexe.

Et Einstein dit: tout est relatif.

记得当年，我将这段幽默硬译为英文，抄在宿舍的黑板报上，逗得同学们哈哈大笑：

What's the most important thing in the life of a man?

To this question, Moses replied: God.

Solomon said: It's man.

But Christ said: It's love.

Marx said: Stomach.

Freud said: Sex.

And Einstein said: All are relative.

距今已三十年，一慨。五月六日晚补记。

二〇一〇年五月六日

# 千万别做乖娃娃

上周,学院副书记罗梅打电话给我,请我本周末到江安校区跟学生搞一次讲座,被我一口回绝:"不去!"罗书记就循循善诱说:"学院可是要付报酬的哟!"我笑道:"不稀罕!"说最近参加校内外毕业生答辩太累了,周末想放松放松。罗书记就讽刺我说:"你是嫌钱太少?"差点把我肺给气炸了,我驳斥道:"我给学生社团搞那么多场讲座,全是义务劳动,什么时候要过一分钱?"罗书记赶紧缓和气氛,笑嘻嘻道:"我知道你有钱,不喜欢钱——"这简直是对我的污蔑,我说:"我找的媳妇都姓钱,我能不喜欢钱?"罗书记就恳求道:"支持一下我的工作嘛!"我说:"这还差不多。讲什么题目喃?"罗书记居然说:"你随便乱讲。"吓我一大跳,因为最近学校即将出台的教师管理规定就有这不准那不准,随便乱讲可是要受行政处分的。我从参加工作到现在,年过半百，填写各种表格时在"何时何地受过何种奖励或何种处分"栏中还是一片空白，既没有来自官方的荣誉，也没有来自官方的处分，历史很清白，如因随便乱讲晚节不保、一生清白毁于一旦，我脸皮厚无所谓，但我媳妇死要面子，绝对崩溃，何苦来哉？

却说今天上午，阳光灿烂，我如约前往。登上讲台，才发现听众全是我院大一新生。江安校区远在郊外，平时全封闭式管理，周末才放风。可能因为进城车费不便宜，不少同学即使周末放风，也舍不得去潇洒走一回。我这才恍然大悟：罗书记组织周末系列讲座，据说已请若干位老师闪亮登场，实际上是请老师们来跟学生共度周末，给"围城"制造些轻松活泼的气氛，所以她允许我"随便乱讲"，只要让学生感觉不郁闷就行。

于是我就兴之所至，抛出一个很愉快的话题：千万别做乖娃娃、好学生！因为乖娃娃太假，好学生太累，一点也不好耍。说大学时代要干一点点坏事或恶作剧，今后同学相聚才有值得回忆的话题。举自己大学时代为例，偷学校食堂的大白菜，偷看同学的情书，等等，现在都成了最珍贵、最美好的回忆，把大家笑惨了。

然后，我说到学习，希望大家博览群书，发展自己的兴趣爱好，不要把考试分数看得太重，更不能为分数而学习，尤其对文科大学生来说，考试分数并不能反映一个人的真实能力。我不是说不重视考试，而是说有些同学对分数的追求近乎病态，还振振有词说是为了保研为了出国云云。这当然跟大学的评价体制有关。现在流行以综合成绩平均分数排名论英雄，而且不分主次，把体育、军事理论、文化素质课等公共课成绩统统平均进去，貌似全面发展，实则扼杀了大学生们的个性发展与创新精神。举我指导的一位学生为例，该生很聪明，很阳光，却因计算机基础考试没及格而被淘汰出"创新人才班"。"创新人才班"是学校教务处搞的试验田，汇聚了各个专业的高分学生，名曰培养创新人才，却唯分数是论。我不知道计算机基础跟文科创新精神有什么鬼关系。还有若干令人哭笑不得的恐怖要求，如学生评优的表格居然有国家级、省部级奖，国家级、省部级科研课题，SCI、CSSCI核心期刊论文，等等，荒唐荒诞，所以我去年就正式宣布，不再担任"创新人才班"指导教师。我不愿意把自己也整成个"创新精神病"，更不愿意指导大学生以躁进之心，去争做这样的好学生。

最后，有学生问我：什么是大学的灵魂？信仰自由吗？我说这是宪法赋予中华人民共和国全体公民的权利，不是大学的灵魂。我认为，陈寅恪先生当年所揭橥的"独立之精神，自由之思想"才是大学的灵魂。

回家后，媳妇听我汇报演讲内容，惊抓抓叫道："你敢教学生干坏事？"我说："现在的大学生思想觉悟比你高，独立思考能力比你强,你以为我在台上讲的他们都相信?说不定他们还在窃笑哩:谢不谦的话信得,老鼠药都吃得!"

二〇一〇年五月二十九日

# 跟大学生"谈情说爱"

上周,中国诗歌艺术课下课后,华西医学院两位女生找到我,说她们正在策划以爱情、婚姻为主题的校园文化活动,想请我搞个讲座,讲一讲我对爱情的理解。我婉言谢绝,建议她们去找年轻老师,如黄勇、朝富等七〇后,他们跟八〇后、九〇后更有共同语言。但她们一再坚持,说听了我的课很受教益,希望我能现身说法,并把她们的活动策划书发到了我邮箱。这个活动的主题很浪漫也很抒情:如果爱,请深爱。策划书说:

面对大学校园里的"速食爱情",不得不引发我们对现在大学生的爱情观的重新审视,以及我们自己对感情的态度。到底是"不在乎天长地久,只在乎曾经拥有",还是恪守"一辈子只爱你一个",还是"无所谓,只要有房有车有钞票"……以前那种羞涩的爱情已经不存在，现在有的只是卿卿我我的缠缠绵绵，以前的忠贞不渝已经几乎绝迹，现在要的是新鲜刺激，是新鲜感。我们是否该开始反省自己的感情？

策划书最后有一个亮点：一吻到永远——

很书生气，很理想化，但我被她们的单纯和真诚打动了，就同意去演讲，题目是"书本上的爱情与现实中的爱情"。我把青春时代激动过我的小说和诗歌重温一遍，然后在今天晚上如约前往，天南海北，东拉西扯，时空错乱，纯粹意识流，却收获了满堂的掌声、笑声和一束鲜花。

回家上网，却见王红给我留言说："我今晚经过你的教室，被'如果爱，请深爱'的标题雷得满脑袋粉红泡泡，几乎要复发眩晕症。本想瞻仰一下你的风采，顺便听听如何'深爱'，结果教室被你的粉丝们围得密不透风，只好作罢了。"还有一个学生留言说："谢老师，今晚您的讲座啊，太巴适了。上学期，也有个年轻的心理老师来讲大学生的爱情，可是跟您比，那可差远喽。哈哈，那花可以送给钱老师，嘿嘿，又算一个小浪漫哈？祝谢老师钱老师幸福加倍，恩爱永远哦！(*^__^*) 嘻嘻！"

听讲座的学生的确是爆满，盛况空前。主持人说："谢老师，您好有魅力！"我笑道："不是我有魅力，是爱情有魅力。"我讲了些什么呢？一边喝酒，一边回想，大概有这么几点：

一、古今中外，没有所谓纯粹爱情；

二、我们这代人的恋爱，不是纯洁，是愚昧；

三、初恋大都不会有结果；

四、爱不可能是唯一，移情别恋很正常；

五、十八岁到二十八岁是恋爱最甜蜜、最美好的时期；

六、爱情不能太书本，也不能太现实，不能太精神，也不能太物质；

七、大学生的爱情要有文化品位，要有诗情画意；

八、互相要有神秘感，所以最好不要同专业恋爱；

九、爱情全碰运气，婚姻全是缘分；

十、婚姻不是爱情的坟墓，是另一种幸福的开始。

最后我说，作为一个来自大巴山的老大学生，我海拔不高，其貌不扬，特地提醒男同学们注意，千万别相信什么男女平等的鬼话，男儿当自强，要展现你的魅力和阳刚之气，百折不挠才能收获幸福的爱情。

我穿插了若干真实的故事，我同学的，我朋友的，甚至现身说法，并非真理，却是我所见所闻所经历的真实人生，可能境界较低，不是那么主旋律，但却是我的真心话。总之，在这个价值多元的时代，可以看重物质，也可以追求精神，都无可厚非，但我以为，自己创造的幸福才是最长久最美好的。我是爱情至上主义者，送给大学生们豪言壮语：敢于恋爱，善于恋爱。有学生问我爱情和事业如果发生冲突时怎么选择，我说我选择爱情。

二〇〇九年十一月二十七日

## 师生互粉：致青春飞扬的爱情

今天收到一封学生的电子邮件，让我很感动。我是个普通教授，教书是我的职责，育人却不是我的长项。我媳妇就常常斥责我误人子弟，我说："我在外面那么受人尊敬，回家就挨你的骂，太不公平了！"媳妇说："那是人家不知道你的真实面目。"这封电子邮件给我提供了回击媳妇的重磅炮弹。

亲爱的谢老师：

有这样一个男孩，他一直关注着您的微博，他会仔细思考并认真回复您的言论，他会被您充满趣味的生活点滴所触动，在听到频繁的微博更新提示音后经常笑着对我说："是谢老师，谢老师喜欢有感而发，微博直播。"

有这样一个男孩，他的收藏夹里静静地立着您的"短亭长亭",像我追美剧一样,他忠实地守候您更新的每一篇博文。我们认识不久,他就很宝贝地把您的博客推荐给我,他能够在我说起其中一篇的内容时迅速地从脑海中搜索出来,并兴致勃勃地和我一起分享读后感。

有这样一个男孩,大学的第一堂课听了您的"中华文化"后被完全震撼了,顿觉来川大来对了,川大老师真的不错。他旁听了整个学期仍觉不足,大一下学期补退选课程时,点了整整一中午的鼠标,终于成为您正式的学生。他把您的课听了两遍,听得那样入心,他记得您讲的每一堂课,记得其中每一个故事,每一个风雅的笑谈。

有这样一个男孩,他提起您时从来都是"谢老师",自然地,带着敬意。他也热爱文学,给我的情书里会有《桃夭》和《木瓜》,他受您的引导,喜欢儒家和儒学。他悉心构思出那篇关于文化认同的期末论文,充满诚意地用文字与您交流。他不浮夸、不炫耀,他将对您的喜爱和敬仰深深地埋在心里,默默地关注您,被您潜移默化地影响着。

他是真的尊敬您。

他经常在上过您的课后跟您道别,或是偶遇您的时候略带兴奋地向您问好。他那么熟悉您,如亲近的好友,但您却并不认识他。也许他不是唯一一个如此钟情于您的学生,但我一路见证了这份坚贞的感情,我觉得这值得被您知晓。您不是遥不可及的明星,对您的喜爱和尊敬不像那些盲目的崇拜一样无处投递，我们从您身上得到的也不是短暂的兴奋和痴迷，而是受益终身的知识和能量，而且亲切可爱如您，收到这封表白信必定是欢愉的。

"十一"期间您在微博直播了在雨巷里纪念您和师母珍珠婚的全过程，图文并茂，很平凡，却又那样动人。好巧，也是这个月，十月二十六日，是我和这个男孩在一起两周年的纪念日，我们一起走过最美好的岁月，如今一个大三，一个大四，虽然前路茫茫，但我们都在为我们的未来努力，不管将来如何，我们珍惜我们在一起的时光，我们也期待在三十多年以后，能像您一样纪念多年前的青春纯情，见证那如岷江一样滔滔不绝的爱。

亲爱的谢老师，今天终于告诉您以上这些，说出了我对他的心疼，感觉像放下了一件埋藏已久的心事。谢谢您在这里看我笨拙的文字。但我知道您一定会祝福我们，就如我们真挚地祝福您一样。

这是我们两周年纪念最特别的礼物。

再次表达对您的敬意！

您的铁粉
二〇一三年十月十三日

我回信如下:

亲爱的同学:

　　请原谅我,这个男孩,你的恋人,我的确不知道他姓甚名谁,哪个学院哪个专业,我都不知道,因为每学期选课的学生那么多,记不过来。但我爱选我课的每一个学生,尽可能将自己平生所学、所思、所悟教给大家,不说假话,不说过头话,不发非常异议可怪之论,希望大家能有所得,有所启发。我从事的是人文学科的教学,努力将人生与学术打成一片,这也是我天涯博客和新浪微博的风格。谢谢你们喜欢我的中华文化课,谢谢你们喜欢我的博客和微博。大学时代青春飞扬的爱情是最浪漫最诗情画意的,祝福你们相爱到永远!

二〇一三年十月十四日

## 致华西医学生：贫困山区同学如何克服自卑心理？

我从二〇〇六年开始为本科生讲授文化素质课"中华文化"，古今贯通，力求把古典学术与现实人生打成一片。有些学生居然把我这个"子曰诗云"、"之乎者也"的迂老夫子当成了人生导师，上网跟我"触电"，或交流学习心得，或探讨事业人生，或诉说青春烦恼，等等。只要后院没起火，我都一一作答，最后声明：仅供参考。前年，收到这位华西女同学的邮件，诉说自己的郁闷。以下是该生的来信：

谢老师：

您好！我是您班上的同学，是华西××学院××专业的，有点事想求助于您……就是我想改变内向的性格，学习人际交往能力。

我是一个内向的孩子，觉得我的大学生活挺枯燥的，每天就是学习、吃饭，偶尔听听讲座，没有参加什么活动，在班上和年级上也没担任什么职务。我不善交往，平时和同学走在一起也不知该谈些什么，我似乎落伍于其他同学一个时代，他们谈的大部分话题我都没听过，在一旁也只有听的资格，而且还听不懂。平时班里搞活动我也不愿意参加，总想逃避社交。刚才填"推优入党"量化表，我才知道自己不能这样下去了，因为几乎每项都是零分，长期下去我还怎么在社会上生活呢，我会被社会淘汰的！

我也曾试图改变，但是在性格面前，意志似乎不堪一击。我觉得可能是因为我骨子里的自卑吧！因为来自农村，家里经济状况不好，再加上我又没什么特长，头脑又不是很聪明，学习成绩又不是太好，性格又内向，不善交往，偌大一个学校，似乎没有我的容身之地。一个学期过去了，我也没有交到一个知心朋友，手机里存了那么多人的电话号码，孤独寂寞时却不知道该打给谁……

我真的渴望改变，老师，您能帮助我吗？我该怎么做才能使自己有五彩斑斓的大学生活呢？

**下面是我的回信：**

××同学：

你好！你想改变内向的性格，学习人际交往能力，一句话，活得更自信、更阳光。

我感觉你主要的问题，不是性格内向，而是过分自卑，如你自己诊断的那样。记得三十多年前，我上大二时，读人才学家雷祯孝先生的一篇文章，说从贫困山区走出来的大学生刚入大学时容易走向两个极端，狂妄与自卑。狂妄源于无知，自卑源于落差。雷先生是我大巴山乡贤，北京大学化学系毕业，他这种判断可能也包含了他自己的人生体验。能考上重点大学者，都是本地中学出类拔萃者，一进大学之门，才发现山外有山、天外有天，从小在本乡本土培育起来的优越感遭受重创。据我所知，这是很多贫困山区大学生必经的心路历程，回避不了，关键在于调整好自己的心态，正视自己的短处，也发现自己的优势，这样才能重新找回自信。其实，这世界，这人生，全在自己的感觉：人必自尊，然后人尊之；人必自贱，然后人贱之。如果要自卑，人人都能找到理由，岂止贫困山区同学而已？

须知来自贫困山区、经济状况不好的同学并非你一人。校长谢和平院士也是农村孩子，家里的经济状况也不好，他完全是凭自己的勤奋努力改变了命运。著名歌唱家廖昌永也是农村孩子，去上海音乐学院报到的时候，出火车站遇大雨，他把皮鞋脱下来，赤脚跑到学校。因为家境贫穷，平时连肉都舍不得吃。同寝室同学钱包失窃，首先怀疑是他作案。他很气愤，但不自卑，以刻苦学习来证明自己的价值。

就是城市同学，家境也不一定都好。我以为，自卑是一种弱者思维，总是以己之短比人之长，结果越比越气短。你换一个角度比，你凭着自己的聪明和努力，能在激烈的高考竞争中脱颖而出，进入华西这样令人羡慕的学院，已经超过了很多家境优越的城市孩子，这是多么值得骄傲的事情，为什么要自卑呢？

事实上，很多城市同学的爷爷辈也是农民，因父辈的努力才改变了祖祖辈辈面朝黄土背朝天的命运。你的人生起点可能不如城市同学高，但你的下一代，却将因你的努力而改变命运。这难道不值得你自豪吗？想想每年那么多高考落榜的城市孩子、农村孩子，想想每年那么多梦想进入华西却好梦未能成真者，你是何等幸运！你今天已经走出改变命运的第一步，只要继续努力，人生的道路一定会越走越宽广。

毋庸讳言，同学之间难免有程度不同的偏见甚至歧视，这种现象并非今天才有，如我大学时代户籍森严，校内校外、有形无形都能感觉到一种不平等的氛围：北京人瞧不起外省人，外省省会人瞧不起县城人，县城人瞧不起乡镇人，乡镇人瞧不起农村人。如果到国外，还可能会遭遇种族歧视呢！这样或那样的歧视，无处不在，要看你怎样面对，而不是别人怎样看你。

以我自己为例，因为"文革"，要说孤陋寡闻，我比你更甚。我二十一岁时才第一次走出大巴山区，第一次坐火车，一路震撼，一路出洋相。到重庆转车北上，居然在火车站磨蹭一天一夜，也不敢到市区玩，怕走迷路。重庆至北京，两天三夜，除了上厕所，我没敢离开座位一步，更不敢下车去透透气，活动活动筋骨，生怕火车开走了，结果把两条腿都坐肿了。去看天安门，第一次乘坐公共汽车，我竟不知道买票，还误以为北京乘公交车免费哩！

我在大巴山老家同学中也算是见多识广的佼佼者，但天外有天，山外有山，跟北京、天津同学一比，我太土气太无知：很多书，没读过；很多事，不知道。跟你一样，我也没什么特长，至今是歌盲、舞盲，当年连自行车也不会骑。大城市同学的很多话题，我最初也插不上嘴，只能当听众。有北京同学曾这样评价我：既有山里人的聪明和淳朴，也有山里人的傻气和无知。我说话口音重，常被同学们取笑。记得学校放映电影《元帅之死》，我向副班长张燕报告影讯，她差点没笑闭气，因为四川话没卷舌音，我说普通话就通通卷舌，把"元帅之死"说成了"元帅之屎"。有次周末去北京同学家玩，同学姐姐问我是哪里人，我说："我是四川深山老林的人，我老家话很土，你肯定听不懂。"她大感不解，问："怎么你说话我基本上能听懂呢？"我解释道："我现在说的是普通话，不是老家土话。"她赶紧声明不是讽刺我，的确以为我说的是四川老家话。其实，即使是讽刺，我也无所谓，很多老一辈革命家连四川普通话都不会说哩！

性格内向不一定是缺点，孤陋寡闻也并不可怕，可怕的是自我设限，画地为牢，有意跟同学们隔绝疏远。如你所说，不善交际，不喜欢参加社团活动，没有知心朋友，孤独寂寞，等等，其实这些都是可以逐渐改变的，但首先你要有改变自己的意识，如孔子所说："为仁由己，而由人乎哉？"其次，与人为善，不要把人想得太坏，大多数同学都有友爱之心，即使个别同学很势利，不必介意，一笑置之，你瞧不起我，我还瞧不起你哩。最后，不必为自己的无知自惭形秽，你才刚刚进入大学，同学比你强，比你见多识广，是你的幸运和福气，因为这些同学就是你的老师。大学学习，不仅仅是听老师讲课，也包括同学之间的互相砥砺。我自己的经验是，大学同学之间的交流碰撞有时比老师授课还能启迪心智。我当年从同学们那里学到的很多东西，至今还受用无穷。

最后我想说，人与人不同，有人能很快适应大学生活，很快交上新朋友，有人却不能，比如你，这很正常，不必为此纠结。你说这样长期下去会被社会淘汰，太夸张了，是自己吓自己。从现在做起，平常人、平常心，努力学好本领，踏踏实实工作，就绝不可能被社会淘汰，说不定未来哪一天，山不转水转，我还要请你帮治病哩。如果这样，我首先希望你这位白衣天使发自内心地微笑，坚定我的信心，而不是让我被自己的病吓死，是不是这样？所以，你现在最应该学会的,是以自信的微笑面对人生种种,而不是梦想拥有根本就不可能存在的五彩斑斓的大学时光。

  以上意见,仅供参考。顺祝周末快乐,天天快乐!

二〇一五年一月二十二日

# 我此生最珍视的奖励和荣誉

人生在世,不可能没有功利心、虚荣心,我也未能免俗。迎合体制,巧与周旋,获得过若干校级、省部级的奖励,都为的是名利,升等晋级。但今天晚上,在四川大学望江校区文华活动中心,在学生们热烈的掌声和喝彩声中,校长谢和平院士、党委书记杨泉明教授联袂登场,将下面这个塑料飞碟赠予我时,我超越了形而下的名利境界,升华到了形而上的精神境界。

这个没有含金量的塑料飞碟,是学生们对我的褒奖,完全是民意自由表达:学生推荐,学生投票。据悉,去年教师节后,由四川大学学生会发起的选秀活动四川大学首届最受学生欢迎教师奖评选正式拉开帷幕。寒假前,经初选、复选,从三十个学院一百二十二位被提名者中,评出了二十五位候选人。

我是闲云野鹤，自由自在，对这次选秀活动不以为意。寒假前，化学系研究生网友"望江楼后"在我博客下留言：祝贺不谦师荣登四川大学最受学生欢迎教师奖候选人决赛榜！登录学校官方网站，才得知承蒙学生厚爱，我忝列二十五分之一，以姓氏笔画为序，叨陪末座。网上公布的推荐理由是："谢谦老师学识渊博，为人随和风趣，自称'谢不谦'。其所开的名为'短亭长亭'的天涯博客，在广大学子中人气颇高。他讲授的'中华文化（文学篇）'等课程，语言风趣幽默却又发人深省。他讲课旁征博引，寓庄于谐，将其对生活、文化的理解与同学们分享。谢老师的讲座常座无虚席，在同学们中间有着广泛的影响力。"

我所讲授的"中华文化"，不是我个人的专利，而是四川大学文科学院面向全校各专业学生开设的文化素质课，分为"文学篇"、"历史篇"、"哲学篇"三大板块，由文史哲三系教师集体承担、分别讲授，学生任选其一。我讲的不是所谓"文学篇"，不是从《诗经》到明清小说，而是自拟的题目，"儒家文化与现代中国"。这是我的学术兴趣。我在江安校区和望江校区举办的讲座涉及文学艺术、社会人生，包括谈情说爱。胸怀祖国、放眼世界非我所长，我只是尽我所能，不玩深沉，不走极端，试图将历史与现实融会贯通，学术与人生打成一片，甚至现身说法，总之，不说假话，不说官话，不说牢骚话，不说反动话，尽可能坦诚，尽可能真诚。有没有感动所有学生我不知道，但却感动了我自己。课后或讲座后，我经常不能自已，感觉意犹未尽，不吐不快，于是诉诸文字，如《人生有什么意义》、《千万别做乖娃娃》、《我曾这样读〈论语〉》、《我看"国学热"》、《跟大学生"谈情说爱"》、《一吻到永远》等。

记得寒假开学后，现场投票前夕，有三位学生来采访我，要为我造势。我赶紧声明说："我上不得台盘，一对着摄像头就神经短路。"学生诚恳地说："不谦老师，大家都好喜欢你，你配合一下嘛！"我被学生的诚恳感动，正襟危坐，积极配合。

可能是为了制造悬念，直到昨天下午，我才得到通知去参加今晚的颁奖典礼。这次历时半年的选秀结果，四川大学首届最受学生欢迎教师奖十大得主，在一群仙女翩翩起舞后，由校党委书记杨泉明教授正式揭晓，我居然从叨陪末座到名列第二。名列第一的，是华西口腔医学院美女副教授王杭博士，她的专业是面部矫正、美容整形。主持人问："人怎样才能更美？"王美女答："外在的美貌会随着时间发生变化，关键是要心地善良。"全场喝彩。王美女的大学老师、著名病理学专家、华西临床医学院李甘地教授，文质彬彬，儒雅君子，更是学生们追捧的偶像。主持人问："李教授，您有什么成功秘诀想传授给医学生呢？"李教授说："不是医学生，而是赠给所有川大学生，两个字，淡定！"全场热烈鼓掌，经久不息。主持人问历史文化学院周毅教授："您是学生的偶像，您的偶像是谁？"周教授说是苏东坡。我也是苏东坡的粉丝，但第一个以花喻美女的是天才，第二个以花喻美女的是蠢材。我急中生智，想制造一点喜剧气氛，说我偶像是一位家庭主妇，也就是我媳妇，主持人却不问偶像，笑盈盈说："谢老师，我是您的博粉，听说您最近开了个博客——"我赶紧纠正她说："不是最近，都已经开了三年了。"其实我在天涯开博客已经快五年了，竟颠三倒四，将错就错，不知今夕何夕。主持人智商高情商更高，赶紧转移话题，说："您为什么开博客？博客都说些什么？"我语无伦次作答，然后献花使者上场，跟我拥抱，我拥抱着鲜花回家。

感谢川大学子！我的孩子们，你们认同的是坦诚、真诚，是独立自由的人文精神，而不是土洋结合的思想教条，更不是以艰深文浅陋的伪学术。朋友曾引外校学生举报异端老师为戒，劝我不要自找麻烦、自诒伊戚，我笑道："我不是异端，川大学生也并不傻！"事实上，学生们因上我的课而更加热爱人生、热爱中华文化，有近期校报发表的轻纺与食品学院张鹏同学的文章《川大之大：上谢谦老师"中华文化"课有感》为证，让我感到无比欣慰。先圣孟子说君子有三乐，其一曰"得天下英才而教育之"，于我心有戚戚焉。

孩子们，我将把你们赠予我的飞碟，挂在我书房墙上，挂在我心上，永远！虽然校学生会不过是个学生自治的群众团体，这个飞碟所代表的奖励与荣誉在高校没有任何级别，既不是国家级，也不是省部级，连校级也不是，不可能计入任何官方统计表格，但我引以为豪，这是我任教四川大学二十年来最令我激动，也是我此生最珍视的奖励和荣誉。

川大学子，孩子们，我爱你们！

二〇一一年四月二十八日